Heather Chavez

All die bösen Taten

Buch

Auf der Heimfahrt bemerkt die Tierärztin Cassie Larkin einen Mann, der eine junge Frau brutal angreift. Sie hält an, und nachdem sie die Polizei gerufen hat, geht sie aller Warnungen zum Trotz dazwischen. Daraufhin stößt der Angreifer eine seltsame Drohung aus: »Lass sie sterben, und ich werde dich am Leben lassen.« Doch das kann Cassie nicht. Während sie dem Opfer hilft, stiehlt der Unbekannte ihr Auto und verschwindet. Jetzt kennt er ihren Namen, ihre Adresse. Er weiß von ihren Kindern …

Am nächsten Tag verschwindet Cassies Ehemann spurlos. Ein Zufall? Verzweifelt versucht sie ihn zu finden und findet dabei Unglaubliches heraus. Nichts geschieht so zufällig, wie es zunächst scheint, und plötzlich ist Cassie gezwungen, eine schier unmögliche Wahl zu treffen, um ihre Familie zu retten …

Autorin

Heather Chavez ist Absolventin der UC Berkley in Englischer Literatur und hat als Zeitungsjournalistin und Lektorin gearbeitet. Mit ihrem Ehemann und den gemeinsamen Kindern lebt sie in Santa Rosa, Kalifornien. »All die bösen Taten« ist ihr erster Roman.

Heather Chavez

ALL DIE BÖSEN TATEN

Thriller

Deutsch von Bernd Stratthaus

blanvalet

Die Originalausgabe erschien 2020 unter dem Titel »No Bad Deed«
bei William Morrow, New York.

FSC
www.fsc.org
MIX
Papier aus verantwortungsvollen Quellen
FSC® C014496

Penguin Random House Verlagsgruppe FSC® N001967

1. Auflage

Redaktion: Susann Rehlein
Umschlaggestaltung und -motiv: © Johannes Wiebel | punchdesign,
unter Verwendung von Motiven von Shutterstock.com (Aggie 11; Toluk)
und owik2/photocase.de
HK · Herstellung: sam
Satz: Buch-Werkstatt GmbH, Bad Aibling
Druck und Bindung: GGP Media GmbH, Pößneck
Printed in Germany
ISBN 978-3-7341-0851-8

www.blanvalet.de

Für Alex

1

Wären meine Kinder bei mir gewesen, nichts von alldem wäre passiert. Ich wäre im Minivan bei verriegelten Türen und hochgekurbelten Fenstern sitzen geblieben. Genau wie der Notruftyp mich per Telefon angewiesen hatte.

Aber mein Mann Sam hatte die Grippe. Er hatte Audrey schon vor Stunden abgeholt, und Leo war zum Lernen bei einem Freund, also saß ich allein im Van.

Wie ich in tiefer Dunkelheit so vor mich hin fuhr, kam ich mir vor wie ganz allein auf der Welt. Regenschwere Wolken schoben sich vor den Halbmond, noch fielen nur vereinzelte Tropfen, aber bald würden sich die Schleusen öffnen. In der Rushhour wälzte sich in Santa Rosa ein stetiger Strom aus Eltern auf dem Weg zur Grundschule und aus Angestellten auf dem Weg zu ihrem Bürojob über die zweispurige Straße. Jetzt, einige Stunden später, lag die Straße hingegen beinahe verlassen da, was sowohl der Uhrzeit als auch dem Wetter geschuldet war. Widerwillig schaltete ich die Scheibenwischer an.

Nur ein paar Meilen von zu Hause entfernt klingelte mein Handy in meiner Handtasche. Ein Name erschien auf dem eingebauten Display des Minivans: Sam. Über Bluetooth hätte ich den Anruf leicht entgegennehmen können, doch ich ignorierte ihn. Nach einer Zwölfstundenschicht, in der ich mehrere Dollar in Münzen aus dem Magen eines Labradors gefischt hatte, war ich zu erschöpft für den nächsten Streit. In letzter Zeit schienen all unsere Gespräche mit denselben vier Wörtern zu beginnen: *Ich liebe dich, aber …*

Sam ließ es nur dreimal klingeln, bevor er aufgab.

In der plötzlichen Stille knurrte mein Magen. Es war das dritte Mal diese Woche, dass ich das Abendessen versäumt hatte, dabei war erst Mittwoch. Wahrscheinlich war das auch der Grund für Sams Anruf gewesen.

Ich liebe dich, aber deine Patienten kriegen dich mehr zu Gesicht als ich und unsere Kinder.

Das war ein beliebter Vorwurf.

Ich öffnete den Energydrink, der schon seit Tagen im Getränkehalter steckte, nippte daran und verzog das Gesicht. Wie konnte Leo dieses Zeug nur trinken? Ich war mir ziemlich sicher, dass eine Dose Katzenpisse besser geschmeckt hätte. Trotzdem trank ich ihn halb leer. Koffein war schließlich Koffein.

In einiger Entfernung kam zwischen Eichen und Immergrün das alte Krankenhaus in Sicht. Paulin Creek stieß im Süden an den Campus, dahinter befanden sich nur noch freies Feld und ein Polder. Da das Krankenhaus schon seit Jahren leer stand, hatte niemand einen Grund hier anzuhalten. Und doch glaubte ich zwischen den Gebäuden Bewegung auszumachen. Es prickelte mir kalt im Nacken. Ich schob es auf den Koffeinstoß. Derart abgelenkt, hätte ich beinahe die Gestalt übersehen, die quer über die Straße rannte. Ich zuckte auf meinem Sitz zusammen. Ein Reh? Nein, zweibeinig, also ein Mensch.

Als ich den Arm ausstreckte, um den Energydrink wieder im Getränkehalter abzustellen, zitterte meine Hand, sodass die Dose am Rand der Mittelkonsole hängen blieb. Sie sprang auf den Beifahrersitz, Flüssigkeit lief aus und sammelte sich um meine Handtasche. Für die Schimpfkanonade, die ich losließ, hätte mein pubertierender Sohn Hausarrest bekommen. Ich hielt auf dem Seitenstreifen und zog meine Strickjacke aus, um die Pfütze damit aufzuwischen. Als ich mir dann mit einem Feuchttuch aus dem Handschuhfach die klebrigen Hände abtupfte, sah ich aus dem Augenwinkel einen Fleck neben dem Krankenhauseingang.

Ich kniff die Augen zusammen, um erkennen zu können, was, gerade außerhalb der Reichweite meiner abgeblendeten Scheinwerfer, auf dem Boden lag. Ein Strahl Mondlicht machte die Nacht etwas weniger rabenschwarz, und die Lichter meines Minivans schnitten durch das Geäst und fielen auf den Weg dahinter.

Wahrscheinlich ein Jogger.

Im Regen.

In der Dunkelheit ohne reflektierende Kleidung.

Der instinktgeleitete Teil meines Gehirns lachte mich aus.

Regentropfen prasselten auf die Windschutzscheibe. Ich schaltete das Fernlicht an und konnte jetzt mehr erkennen. Neben der ersten Gestalt gab es noch eine zweite. In der Entfernung wirkten sie ungefähr so groß wie das Brautpaar auf einer Hochzeitstorte.

Ich legte den Gang ein und fuhr langsam vom Seitenstreifen auf den Pfad, der zum Krankenhaus führte, versuchte zu verstehen, was ich sah. Da am nächsten Tag

Halloween war, dachte ich zuerst, es könnte sich um zwei Teenager handeln. Welchen besseren Ort gab es für einen Streich als ein Krankenhaus, das verlassen an einem halb bewaldeten Hang lag? Doch beim Näherkommen sah ich klarer. Ein Mann und eine Frau standen in den Lichtkegeln meiner aufgeblendeten Scheinwerfer. Sie stritten. Nein, sie *kämpften.* Sam und ich stritten miteinander, aber das hier war etwas anderes. Hier gab es geballte Fäuste, Stöße, Wut, und deshalb hatte die dunkelhaarige Frau in der Sporthose auch keine Chance.

Die Frau kauerte sich zusammen, senkte das Kinn und versuchte, sich mit ihren über dem Kopf verschränkten Armen zu schützen. Sie machte sich immer kleiner, während der Mann – kahl und einen guten Kopf größer – das Gegenteil tat.

Ich hielt an, ließ den Motor aber laufen. Meine Finger versuchten unbeholfen, die Notrufnummer zu wählen. Die Frau blickte in meine Richtung, doch der Mann in Jeans und weißem T-Shirt drehte sich nicht zu mir um. Weniger als sechs Meter entfernt, und er zuckte nicht einmal.

»Was ist Ihr Notfall?«, fragte der Mann in der Leitstelle.

Die Stimme ließ mich zusammenfahren, und ich konnte kurz nicht antworten. Ich zitterte, überprüfte noch einmal, dass die Türen auch wirklich verriegelt waren, nannte meinen Aufenthaltsort und beschrieb dann das Pärchen.

»Sie kämpfen«, sagte ich.

»Ist er bewaffnet?«

»Ich glaube nicht.«

»Was tut er jetzt gerade?«

Bevor ich noch etwas entgegnen konnte, hob der Mann die Frau hoch und warf sie mit der Leichtigkeit eines Katers, der mit einer Eidechse spielt, die Uferböschung Richtung Bach hinunter. Einen Moment lang schienen meine Scheinwerfer die Frau gegen den Himmel zu nageln. Dann fiel sie und verschwand jenseits des Gestrüpps am Wegesrand.

Ein plötzlicher Druck senkte sich mir auf die Brust. Die Stimme des Mannes in der Leitstelle, die erst einen Moment vorher noch so laut geklungen hatte, erschien mir nun weit weg und verzerrt. Mir stockte der Atem, und mein Blickfeld trübte sich an den Seiten ein. Der Drang, mich zu verstecken, war überwältigend. Was ich da sah, fühlte sich wie eine Erinnerung an, obwohl das nicht sein konnte. Ich hatte keine derartigen Erinnerungen. Und auf einmal fühlte ich mich in meinem verriegelten Auto ebenso verletzlich wie die Frau draußen. Hatte ich eine Panikattacke oder gar einen Schlaganfall? Mein Mund war trocken und meine Zunge ein nutzloser Klumpen. Ich war nicht mehr sicher, ob der Mann in der Leitstelle mich verstand.

Was zum Teufel ist hier los?, dachte ich.

Der Mann zog etwas aus der Tasche. Ein Handy? Etwas anderes? Dann war er verschwunden, wahrscheinlich ihr hinterher, über den Rand der Böschung.

Ihn verschwinden zu sehen genügte, um mich von dem zu erlösen, was auch immer mir die Sprache verschlagen hatte.

»Er hat etwas in der Hand«, sagte ich.

»Was tut er gerade?« Die Stimme des Mannes am Telefon blieb ruhig, doch ich bekam eine Heidenangst.

»Ich weiß nicht, sie sind nicht mehr hier.«

»Sie haben den Tatort verlassen?«

»Nein, ich kann sie nur nicht mehr sehen.«

Meine Hand senkte sich auf den Türgriff, obwohl ich keineswegs vorhatte auszusteigen.

Als ob der Mann diese Bewegung erahnt hätte, befahl er mir: »Bleiben Sie im Wagen sitzen.«

Ich ballte die Faust um den Griff. Und bevor der Mann noch etwas sagen konnte, steckte ich mein Handy in die Tasche und öffnete die Tür.

Ich bin nicht ganz sicher, warum ich ausgestiegen bin, vielleicht wegen dieses anderen Mädchens, früher. Als ich gerade meine Zwischenprüfung machte, gab es dieses braunhaarige Mädchen in meinem Mikrobiologie-Kurs. Peinlicherweise konnte ich mich nicht an ihren Namen erinnern. *Seinen* wusste ich noch: Dirk. Dirk kam bei einem bestimmten Typ Mann gut an und auch bei einem bestimmten Typ Frau. Nämlich bei dem Typ, der glaubt, dass Eifersuchtsanfälle und die blauen Flecken danach romantisch sind.

Auf einer Party außerhalb des Campus, auf der der zweite Platz irgendeiner Sportmannschaft gefeiert wurde, hatte Dirk offen das Mädchen, dessen Name mir nicht mehr einfiel, über eine Stunde lang wüst beschimpft. Er war nicht ihr Freund, wäre es aber gern gewesen, und bis zu diesem Abend hatte sie es sich vielleicht ebenfalls gewünscht. Dann hatte er sie grob angepackt. Sie geschubst. Als er sie schließlich geohrfeigt hatte, hatte lediglich ein Typ Dirks Arm festgehalten. Doch selbst der hatte Dirk nicht daran gehindert, der jungen Frau aus dem Zimmer zu folgen.

Nur Minuten später stürzte sie über das Balkongeländer. Sie brach sich einen Arm und einige Rippen und hätte sich wohl auch den Schädel gebrochen, wenn nicht eine Hecke ihren Sturz abgefedert hätte, bevor sie auf dem Asphalt aufschlug. Niemand hatte allerdings mitbekommen, ob Dirk sie gestoßen hatte.

Vielleicht war es die Erinnerung an dieses Mädchen, die mich nun aussteigen ließ, vielleicht lag es aber auch nur daran, dass ich oft unbedachte Dinge tat.

Mein Herz überschlug sich. Keine fünf Meter entfernt, auf der Hälfte zwischen dem Wegesrand und dem rauschenden Wasser, stand der Mann über die Frau gebeugt. Die Hand hatte er um ein Springmesser geschlossen. Ein Messer. Er hatte ein Messer.

Mir fiel nicht ein, wie ich ihr außer mit dem Notruf, den ich abgesetzt hatte, noch hätte helfen können. Meine letzte Prügelei war zwanzig Jahre her, und selbst damals war ich nicht so blöd gewesen, es mit einem Kerl aufzunehmen, der doppelt so groß war wie ich.

Während sich der Ärger des Mannes wie von selbst abspulte, entschied sich sein Opfer für die Verteidigung, die häufig angewandt wird: Sie erschlaffte, bewegte sich nicht mehr. Ihre Nase blutete.

Ich schluckte und rief ihm zu, er solle aufhören – die Wut, die in mir aufstieg, machte mich leichtsinnig.

Falls der Mann sich von meinem unvermittelten Auftauchen bedroht fühlte oder sich dessen überhaupt nur bewusst war, ließ er es sich jedenfalls nicht anmerken. Er streckte die Arme nach der Frau aus, seine Hände packten sie am Sweatshirt. Dann zerrte er sie zu sich, so heftig, dass ihre Brust gegen seine schlug. Das Messer befand sich nun gefährlich nah an ihrer Wange. Ich stand immer noch sehr viel näher bei meinem Van als bei dem Angreifer und riskierte einen Schritt vorwärts. »Die Polizei ist unterwegs.« Es hätte eigentlich bedrohlich klingen sollen, doch das Zittern in meiner Stimme verriet mich.

Der Mann sah auf und starrte mich an, durch mich hindurch, Regen rann ihm in einer glatten Linie von der Kopfhaut zum Stoppelkinn. Den Kiefer hatte er vorgeschoben, und in seinem Blick lag etwas Vages, Entrücktes. In diesem Moment wirkte der Mann vor mir kaum noch menschlich. Er war ein Tier, sein Körper war angespannt, sein Atem ging stoßweise.

»Sie sollten gehen«, sagte er.

»Das glaube ich nicht«, erwiderte ich, auch wenn mir unvermittelt Gedanken an Leo und Audrey durch den Kopf schossen. Obwohl ich nicht näher ging, konnte ich die Frau auch nicht einfach ihm überlassen. Meine Hand sank an meine Hosentasche und zu meinem Telefon darin.

Der Mann wandte seine Aufmerksamkeit wieder seinem Opfer zu, doch seine Stimme dröhnte bis zu mir. »Wen lieben Sie?«, fragte er. Obwohl er dabei die Frau ansah, ließ mich die Tatsache, dass er lauter sprach, vermuten, dass die Frage an mich gerichtet war. Das verblüffte mich – nicht nur seine Worte, so unpassend sie in diesem Zusammenhang auch sein mochten, sondern seine Stimme selbst, in der kein bisschen von dem Hass lag, der sein Gesicht verzerrte.

Der Mann ließ sein Opfer zu Boden fallen und hielt es dort mit seinem matschigen Stiefel fest. Dann wandte er den Kopf, um zu mir aufzusehen. »Ihr Leben ist schon total am Arsch. Sie wissen es nur noch nicht.« Diesen Kommentar unterstrich er mit einem Tritt gegen den Oberkörper der Frau. Dann kauerte er sich hin und positionierte die Klinge so, dass sie abwärts wies, auf sein liegendes Opfer.

Ich versuchte mich an das zu erinnern, was ich über den Umgang mit aggressiven Tieren wusste. Wenn sonst nichts half, sollte man einen angreifenden Hund gegen den Hals, die Nase oder den Hinterkopf treten. Sich nach einer Waffe umsehen. Knochen brechen. Ich wusste, wenn es so weit kommen würde, wäre ich diejenige, die zu Bruch gehen und wahrscheinlich erstochen würde. Ich hob einen Stein auf und wog ihn in der Hand. Ich warf, doch in meinem Wunsch, der Frau weitere Verletzungen zu ersparen, verfehlte ich den Mann um einige Meter, der Stein wurde von nassen Blättern verschluckt.

Ich glitt ein wenig weiter den Weg hinab – hielt immer noch Sicherheitsabstand – und hob einen weiteren Stein auf.

»Tun Sie das nicht«, sagte ich dann.

Daraufhin lachte er, doch seine ganze Aufmerksamkeit galt der Frau.

Ich warf also auch den zweiten Stein, der ihn an der Wange streifte. Mit dem Handrücken rieb er sich einmal kurz über diese Stelle, konzentrierte sich ansonsten aber weiter auf sein Opfer. Seine Schultern spannten sich an. Die Frau wehrte sich mit frischem Eifer, erkannte anscheinend verspätet, dass, egal welche emotionale Bindung einmal zwischen ihnen bestanden haben mochte, diese sie jetzt nicht retten würde. Seine Wut würde nicht verrauchen. Er hatte tatsächlich vor, das Messer zu benutzen.

Bis zu diesem Augenblick hatte ich mich für jede meiner Aktionen bewusst entschieden: anzuhalten, den Notruf zu wählen, auszusteigen, die Steine zu werfen. Doch als der Mann nun das Messer hob, kehrte die unerklärliche Panik zurück, die mich schon im Van ergriffen hatte, und meine Lunge pumpte in heißen, raschen Atemzügen. Im Zwielicht sah ich etwas, das nicht da war – eine weitere Frau, eine andere Zeit, eingebildet, aber genauso real wie der Regen und der Schlamm und das Blut, das durch meine Ohren rauschte.

Ich hatte nicht geplant, mich noch direkter einzumischen – zumal meine Kinder tief in meinen Gedanken verwurzelt waren –, doch ich stolperte und rutschte die Böschung hinab. Ich war ebenso überrascht wie der Mann, als ich gegen ihn taumelte, mein Kurs war eine Kombination aus Ungeschicklichkeit und glücklichem Zufall. Die Klinge, die eigentlich für den Brustkorb der Frau gedacht war, streifte stattdessen meinen Arm. Sie hinterließ kaum einen Kratzer, aber ich schrie auf, machte ein Geräusch, das ich schon oft bei Tieren gehört hatte, das sich aus meiner eigenen Kehle aber unvertraut anhörte. Er ließ das Messer los, und es fiel ins Wasser.

Ich kippte rückwärts in den sumpfigen Bachlauf. Meine Wahrnehmung wurde so glitschig wie der Regen auf den Steinen, mein Herz hämmerte wie Donnerschläge in meiner Brust. Die Frau neben mir lag reglos da, das Gesicht des Mannes war verzerrt vor wütender Entschlossenheit.

Dann hielt er unvermittelt inne. Er kauerte sich neben mich und packte meinen Kopf mit beiden Händen. Seine Augenbrauen zogen sich zusammen, während er mich musterte. Ich zweifelte nicht daran, dass er mir mit einer einzigen Bewegung das Genick brechen konnte. »Warum zum Teufel tun Sie das?«, fragte er dann. »Wer sind Sie?«

Er war mir jetzt so nahe, seine Stimme dröhnte so laut, dass mir die Ohren klingelten. In diesem Augenblick bemerkte ich einen Fleck auf seinem T-Shirt, der eventuell Blut sein konnte.

Ich wollte ihm erklären, dass ich mich nicht absichtlich eingemischt hatte, dass alles nur ein Versehen gewesen sei, doch die Worte wollten mir einfach nicht über die Lippen kommen. Er streckte die Hand aus und packte mich bei den langen roten Haaren, die er sich locker um die Finger wand. Er zog daran, zog mein Gesicht noch weiter zu sich heran.

Dann – endlich, Gott sei Dank – hörte ich die Sirenen.

Eine weitere Sekunde lang musterte er mich und ich ihn: breite Nase mit einem Höcker auf dem Rücken, das linke Ohr verschrumpelt und in sich geknickt, ein weißer Wurm aus Narbengewebe, der verhinderte, dass sein Bart an dieser Stelle des Kiefers wuchs. Es war ein Mann, der gern kämpfte, und zwar nicht nur mit Frauen, die halb so groß waren wie er.

Es schien ihm nichts auszumachen, dass ich in der Lage sein würde, ihn zu identifizieren, gegen ihn auszusagen.

»Lassen Sie sie sterben, dann bleiben Sie am Leben«, sagte er. Er stieß mit der Schuhspitze gegen die Frau. »Die Wahl ist nicht allzu schwer. Sie ist dem Tod schon nah genug.«

Dann, bevor ich noch verstand, was er tat, sprang er mit großen Sätzen davon, die Böschung hinauf und zur Straße, wo ich so hilfreich den Zündschlüssel in meinem Minivan hatte stecken lassen.

Er würde mein Auto als Erster erreichen. Mein Fahrzeugschein. Meine Handtasche. In wenigen Augenblicken würde er meinen Namen und meine Adresse kennen. Sowie die Namen meines Mannes und meiner Kinder.

2

Meine erste Untersuchung des Opfers am Straßenrand war kurz, der Mond spendete nur sehr wenig Licht. Ich musste nah an sie heran, um ihren Atem zu hören – er war nur ein Hauch auf meiner Wange –, und auch ihr Puls war schwach. Kein Stöhnen. Kein Jammern. Selbst als die Notfallsanitäter sie auf die Bahre hoben, gab sie keinen Ton von sich.

Eine halbe Stunde nachdem der Krankenwagen sie weggebracht hatte, wartete ich immer noch darauf, dass die Polizei mich gehen ließ. Der Regen war zu Nebel geworden. Trotzdem klebte mein Haar an meinem Gesicht, und mein T-Shirt war durchnässt. Ich hätte meine Strickjacke wohl besser nicht benutzen sollen, um im Auto das verschüttete Getränk aufzuwischen.

»Sind Sie sicher, dass Sie keine Jacke haben wollen?«, fragte der Officer erneut. Ich musste auf sein Namensschild schauen, um mich zu erinnern, wie er hieß: Willis. Dadurch wurde meine Aufmerksamkeit auf die Bodycam gelenkt, die die letzte halbe Stunde über alles aufgenommen hatte. Diese Kamera ließ mich meine Antworten hinterfragen, und ich wunderte mich, ob meine Stimmlage oder meine Körperhaltung später eventuell als Schuldeingeständnis gedeutet werden konnten.

»Mir ist nicht kalt«, erwiderte ich. Und das stimmte auch. Durchnässt war ich zwar, aber ich fror nicht. Meine Nerven fühlten sich taub an und meine Kleider so warm wie Badewasser. Wahrscheinlich war das nicht normal.

Ein Mann kam von der Straße her auf mich zu, nachdem er sich mit der Polizistin unterhalten hatte, die das Erstgespräch mit mir geführt hatte. Der Neuankömmling trug eine graue Anzughose, die trotz der späten Stunde noch immer eine Bügelfalte aufwies, ein Hemd, das so weiß war, dass es das Mondlicht reflektierte, und eine Krawatte mit dunkelrosa Streifen.

Ich wandte meine Aufmerksamkeit wieder Officer Willis zu und faltete die Hände, damit sie nicht mehr zitterten. »Wie geht es meiner Familie?«

Im Kopf ging ich all die persönlichen Gegenstände durch, die sich im Van und meiner Handtasche befunden hatten: Leos Fußballfotos, eine Nachricht von Audreys Grundschullehrerin, Audreys Medikamente und schließlich noch der Fahrzeugschein, auf dem mein Name und unsere Adresse standen.

Der Mann war nun im Besitz all dieser Dinge.

»Haben Sie schon mit meinem Mann gesprochen?«

Officer Willis nickte und zeigte dann auf meinen Arm. »Das sollten wir besser untersuchen lassen.«

Meine Hand schoss zu dem Kratzer, den das Messer des Mannes verursacht hatte. »Mir geht's gut«, versicherte ich. »Was haben Sie Sam gesagt?«

»Wir haben ihm mitgeteilt, dass Ihr Van gestohlen wurde, Sie aber in Sicherheit sind.«

»Und geht es ihnen gut? Sam? Den Kindern? Ist noch eine Streife bei ihnen?«

»Es ist noch ein Streifenwagen dort, und Ihrer Familie geht es gut.«

Ich ließ nicht locker. »Haben Sie das kürzlich überprüft?« Unser Haus war kaum eine Meile entfernt. Weniger als zwei Minuten, selbst wenn man sich ans Tempolimit hielt.

»Ihrem Haus wird er sich nicht nähern.«

Ich drehte mich zu dem Mann um, der gerade gesprochen hatte: dem Detective mit der ordentlich gebügelten Hose und dem weißen Hemd. Nun, da er näher gekommen war, bemerkte ich, dass das, was ich für Streifen auf der Krawatte gehalten hatte, tatsächlich Speckscheiben waren.

»Cassie Larkin? Detective Ray Rico.« Er überragte mich nur um wenige Zentimeter, sein gebräuntes Gesicht war so breit wie sein Lächeln. Er hatte schwarze Haare, die dunklen Augen waren von Falten umgeben. Ich erwartete eigentlich, dass er mir zur Begrüßung die Hand entgegenstrecken würde, aber das tat er nicht.

»Immer wieder die gleichen Fragen, nicht wahr?«, sagte er. Es war zwar keine richtige Entschuldigung, kam dem aber nahe. »Sie wollen sicherlich schnell nach Hause. Willis, bitte bringen Sie Dr. Larkin etwas zum Überziehen.«

Die Möglichkeit abzulehnen gab es nicht, als der Officer mit einem Sweatshirt zurückkehrte, nahm ich es entgegen.

»Wenigstens hat der Regen nachgelassen«, sagte Detective Rico.

Meine Jeans war vollkommen durchnässt, und meine

Füße standen in den Turnschuhen im Wasser. »Ja, das ist gut.«

Er schaltete ein Aufnahmegerät ein und schlug sein Notizbuch auf. Außerdem hatte er noch ein Blatt Papier dabei, allerdings konnte ich nicht erkennen, was darauf stand. »Erzählen Sie mir noch mal der Reihe nach, was passiert ist.«

Als ich meinen Bericht beendet hatte, nickte Rico knapp. »Es war wirklich … tapfer von Ihnen auszusteigen.« Ich hatte schon damit gerechnet, dass er »dumm« sagen würde. Und ich hätte ihm nicht widersprochen.

»Das hätte doch jeder getan.«

»Da bin ich mir nicht so sicher.« Rico warf einen Blick auf seine Notizen. »Sie kannten ihn aber nicht, richtig?«

»Nein.«

»Er war kein Patient oder ein Elternteil eines Freundes Ihrer Kinder?« Als ich den Kopf schüttelte, bohrte er nach: »Da sind Sie sich sicher?«

Ich konnte mich an das wutverzerrte Gesicht des Mannes erinnern und daran, wie er scheinbar mühelos die Frau die Böschung hinabgeworfen hatte. »Ich habe ihn noch nie zuvor gesehen.«

»Würden Sie ihn wiedererkennen?«

Als ich nickte, streckte Detective Rico mir das Blatt Papier entgegen, das er in der Hand hielt, zunächst noch umgedreht. »Ich zeige Ihnen jetzt ein paar Fotos.«

Dann drehte er es um. Darauf waren Fotos von sechs Männern, alle weiß, alle kahlköpfig oder mit schütterem Haar, alle zwischen Ende vierzig und Ende fünfzig.

»Der Verdächtige ist vielleicht nicht unter denen

hier«, sagte Rico ausdruckslos. »Sie müssen also niemanden identifizieren.«

Ich strich mir eine feuchte Haarsträhne aus den Augen, und mein Herz blieb stehen. Es hätte nicht deutlicher sein können, wenn das Foto von einem Ring aus Feuer umgeben gewesen wäre. Dort, in der mittleren Reihe, war der Mann mit der wulstigen Narbe am Kiefer und der früher einmal gebrochenen Nase.

»Das ist er.« Mein ausgestreckter Finger zitterte fast ebenso sehr wie meine Stimme.

»Sind Sie sicher?«

»Vollkommen.«

Rico reichte mir einen Stift und bat mich, das Foto zu markieren, das ich identifiziert hatte. Dann ging er kurz weg, und als er wiederkam, fragte er: »Sagt Ihnen der Name Natalie Robinson etwas?«

Ich schüttelte den Kopf. »Heißt das Opfer so?«

Die Augen des Detective waren grau wie Granit. »Was ist mit Anne Jackson?«

»Nein. Wer ist Anne Jackson?«

Detective Rico gab keine Antwort. Er nickte und kritzelte etwas in sein Notizbuch, dann zeigte er auf meinen Arm. »Erzählen Sie mir noch mal, wie Sie sich den Schnitt zugezogen haben.«

Bei Erwähnung der Wunde wurde mir bewusst, dass sie pochte. »Er hat versucht, sie zu erstechen, hat stattdessen aber mich erwischt. Es ist nur ein Kratzer.«

»Carver Sweet ist groß und kräftig.«

Mein Herz wummerte gegen meinen Brustkorb. »Sie wissen, wer er ist?«

»Jetzt, wo Sie ihn identifiziert haben, schon.« Sein Gesicht blieb ohne Emotion. »Also, Carver Sweet ist ein Riese und hatte ein Messer. Sie haben Kinder und hatten schon den Notruf alarmiert. Warum noch eine direkte Konfrontation riskieren?«

Ich erinnerte mich, wie ich in meinen Turnschuhen an der Böschung abgerutscht war, das Gebüsch gegen meine Knie gepeitscht hatte und ich auf Steinen und Zweigen Gefahr gelaufen war, mir den Knöchel zu verstauchen. Wie zerbrechlich ich mich gefühlt hatte, als ich gegen ihn gestoßen war. »Ich bin ausgerutscht.«

»Sie sind ausgerutscht?«

»Ich hatte keinen Halt auf dem Hang, der Boden war nass.«

Rico starrte mich an und sagte lange nichts. Es erinnerte mich an die Gelegenheiten, wenn ich mit Kunden sprach, die Tiere mit ungeklärten Verletzungen oder Anzeichen von Unterernährung zu mir brachten. So sprach man mit jemandem, wenn man vermutete, er könnte lügen.

Rico blickte noch einmal in sein Notizbuch. »Sie haben ausgesagt, Carver Sweet könnte Blut auf seinem Shirt gehabt haben. Wann ist Ihnen das aufgefallen?«

»Gegen Ende.«

»Wann haben Sie denn bemerkt, dass das Opfer blutete?«

Die Fragen des Detective ließen mich alles infrage stellen, was ich getan hatte, um die Frau zu retten. Hatte ich dreißig Sekunden zu lange gewartet, bevor ich die Notrufnummer wählte? Nachdem der Angreifer dann geflohen war, hatte ich ihre Blutung nicht schnell genug gestillt? Hatte ich der Polizei gegenüber irgendein Detail unerwähnt gelassen, das zu Carver Sweets Verhaftung führen konnte? Ich drängte diese Bedenken beiseite, doch als ich Rico wieder ansah, dämmerte mir etwas Neues: Würden meine verzögerten Antworten als Berechnung missinterpretiert werden?

»Ich habe bemerkt, dass sie blutete, nachdem er sie die Böschung hinuntergeworfen hat. Aus der Nase.« Hatte es vielleicht noch andere Verletzungen gegeben? Angestrengt versuchte ich mich zu erinnern.

»Als Sie angehalten haben, hat sie also noch nicht geblutet?«

»Ich glaube nicht.«

»Sie *glauben* nicht?«

»Sie hat nicht geblutet.« Oder hatte sie doch? Je länger die Befragung dauerte, desto schwankender wurde meine Gewissheit, und ich fragte mich, ob der Detective mich absichtlich aus dem Konzept brachte.

»Hatte er das Messer noch nicht hervorgezogen? Als sie noch auf dem Weg standen?«

»Nein.« Aber schon als ich antwortete, war ich mir plötzlich sicher, dass ich irgendeine Verletzung übersehen hatte, etwas, was meine Geschichte infrage stellen würde. Ricos Gekritzel dauerte einige Sekunden, das Kratzen des Stifts auf dem Papier zerrte an meinen Nerven.

»Wird sie wieder gesund?«, fragte ich.

Der Detective sah mit gerunzelter Stirn und vagem Blick auf. »Die Frau, die er angegriffen hat?«

»Natürlich.« *Wem sonst hätte die Frage denn gelten können?*

»Ich weiß nicht.« Er blätterte eine neue Seite seines Notizbuchs auf. »Haben Sie irgendwelche anderen Fahrzeuge an der Straße bemerkt?« Als ich den Kopf schüttelte, erklärte er: »Wir haben eine halbe Meile von hier zwei Autos gleich neben der Straße gefunden. Ein Unfall. Wenn Sie ein Stück weitergefahren wären, hätten Sie sie gesehen.«

»Wenn er sie von der Straße abgedrängt hat, war das kein Zufall.«

»Wie kommen Sie darauf?«

Die Frage des Angreifers hallte noch ganz frisch in meinen Ohren nach: *Wen lieben Sie?* Und dann, fast das Letzte, was er gesagt hatte: *Lassen Sie sie sterben, dann bleiben Sie am Leben.*

»Es hat so gewirkt, als wäre es was Persönliches.«

Rico dachte darüber nach. »Ich hab mal einen Typen verhaftet, weil er einen anderen Autofahrer mit einem Baseballschläger verprügelt hatte«, sagte er dann. »Anschließend ging er auf das Kind des Mannes los. Alles nur wegen einer verbeulten Stoßstange, weniger als tausend Dollar Schaden. Wissen Sie, der Mann mit dem Baseballschläger hatte am Vortag seinen Job verloren, und dann hat ihm irgendein Lexus an einer Ampel die Vorfahrt genommen. Der Chef, der ihn gefeuert hatte, fuhr auch einen Lexus.«

»Was wollen Sie damit sagen?«

»Jedes Verbrechen ist was Persönliches, sogar die mit zufälligen Opfern.« Rico presste den Mund zu einem Strich zusammen. »Sie sagen, Sie hätten den Mann nicht gekannt, aber kannten Sie vielleicht sein Opfer?«

»Ich habe keinen von beiden jemals vorher gesehen.«

Erst nach meiner Antwort fielen mir seine ersten beiden Worte auf: *Sie sagen.* Als zweifelte er meine Aussage an.

»Sie sagen also, Sie sind direkt von der Arbeit gekommen?«

Schon wieder. »Ja.«

»Und wann sind Sie dort losgefahren?«

»Kurz nach zehn.«

»Kann das irgendwer bezeugen?«

»Ich war die letzte Stunde über allein, aber davor, sicher.«

»Gibt es in Ihrer Praxis irgendwelche Überwachungskameras?«

»Nein.«

Der Regen, der meine Kleidung durchnässt hatte, war inzwischen durch das geliehene Sweatshirt gekrochen, die Kälte sickerte schließlich in meine Haut ein. Ich begann zu zittern.

»Hat die Zahl Drei irgendeine Bedeutung für Sie?«

Ich musterte ihn, doch er verbarg seine Gedanken gut. »Nein? Wieso?«

»Da ist nur etwas, das einer der Officer gefunden hat. Wahrscheinlich hat es nichts zu bedeuten.« Rico kritzelte noch etwas in sein Notizbuch und lächelte dann gezwungen. »Sieht aus, als hätte jemand Ihr Auto auf dem Parkplatz eines Supermarkts entdeckt, bald wissen wir also mehr«, sagte er. Dann erlosch sein Lächeln wieder, und sein Blick wurde ernst. »Vorhin habe ich Ihnen versichert, dass Carver Sweet Ihrem Haus nicht nahe kommt, und das habe ich auch so gemeint. Aber Sie müssen trotzdem vorsichtig sein. Sie sind eine Gefahr für ihn.«

Der Detective gab mir seine Karte und rief dann Officer Willis zu uns, damit er mich heimfuhr. Als der Detective sich entfernte, wischte er sich wie angeekelt die Handflächen an der Hose ab.

3

Wir wohnten in einem kleinen Haus im Ranch-Stil in Lomita Heights, einer Siedlung aus den frühen 1960ern. Wir waren vor sechzehn Jahren hier eingezogen, als ich gerade mit Leo schwanger war. Damals war ich mit riesigem Bauch immer den leichten Anstieg hinaufgelaufen und einmal auf dem Gehweg nach hinten umgekippt.

Okay, vielleicht auch mehr als einmal.

Jetzt fühlten sich meine Beine genauso wackelig an, und als ich mich dem Haus näherte, fiel mir ein, dass ich keinen Schlüssel mehr hatte.

Nachdem er mich nach Hause gebracht hatte, war Officer Willis noch so lange geblieben, bis ich an der Tür stand. Leo hatte das Gesicht schon an die Ritzen der Jalousie gequetscht, zerzaustes Haar, trüber Blick, den Mund zu einer finsteren Grimasse verzogen. Trotz der Tatsache, dass er mich jetzt, mit fünfzehn, schon um fünfzehn Zentimeter überragte, war er doch auch noch immer das Bündel, das ich diesen Hügel hinauf- und hinabgetragen hatte. Wie damals warf mich die Last, seine Mutter zu sein, aus der Bahn.

Er öffnete die Eingangstür. »Was zum Teufel ist los, Mom?« Eine zerknautschte Decke auf dem Sofa zeigte, dass er auf mich gewartet hatte. Ich wusste, dass er mehr aus Neugier denn aus Sorge aufgeblieben war, aber ich drückte ihn dennoch fest an mich. »Die Polizei war hier und wollte mit Dad sprechen, und jetzt hat dich ein Bulle heimgebracht? Wo ist der Van?«

»Gestohlen.«

»Echt? Wissen sie, wer ihn geklaut hat?«

»Ja. Ich krieg ihn bald wieder.« Ich spulte meine Standardablenkung ab: »Hast du Hunger?«

Leo hatte erst vor einer Stunde gegessen, also wollte er natürlich ein Sandwich. Ich machte zwei, Truthahn für ihn, vegetarisch für mich. Von der Anspannung rumorte mein Magen, aber ich zwang mich trotzdem, das halbe Sandwich zu essen, bevor ich mir eine Handvoll Batterien aus der Schublade nahm und sie in die Tasche steckte. Nachdem Leo gegessen hatte und wieder ins Bett gegangen war, und nachdem ich die Verriegelung an seinem Fenster überprüft hatte, sah ich auch noch nach der schlafenden Audrey. Der Pony klebte ihr an der Stirn. Wie üblich hatte meine Schulanfängerin darauf bestanden, unter einem Berg von Decken einzuschlafen. Ich nahm alle bis auf eine weg und küsste sie auf die verschwitzte Wange, dann befühlte ich ihre Stirn. Feucht, aber nicht fiebrig. Sie hatte sich noch nicht bei ihrem Vater mit der Grippe angesteckt.

Ich zog das alte Babyfon aus Audreys Schrank, auf dem sich seit einigen Jahren der Staub angesammelt hatte, und tauschte die Batterien gegen die in meiner Tasche aus. Es funktionierte noch. Das Empfangsgerät nahm ich mit.

Als ich schließlich vor dem Schlafzimmer stand, holte

ich tief Luft, machte mich auf einen Streit gefasst und öffnete die Tür. Sam saß in seiner Pyjamahose im Bett. Mein Mann hatte den schmalen Körperbau eines Akademikers, und seine gerötete Nase hob sich von der blassen Haut ab. Außerdem war er schön. Das sagte man vielleicht nicht über einen Mann, aber es stimmte: Lächeln mit Grübchen, strubbeliges Haar, das zum Hineingreifen einlud, dichte Wimpern, die unsere Kinder zum Glück geerbt hatten. Meine eigenen Augen waren mit Stummelwimpern bestückt, die man nur durch das Wunder einer Volumen gebenden Wimperntusche überhaupt sehen konnte.

»Ich wäre rausgekommen, aber ich dachte, du willst ein bisschen Zeit mit Leo«, sagte er. Ich meinte einen Vorwurf in seinem Kommentar zu hören. Das schien er zu spüren, denn er hielt inne und sprach dann leiser weiter. »Sag mir, was passiert ist.«

Ich stellte das Empfangsgerät auf die Kommode neben ein Fläschchen Erkältungsmedizin und berichtete ihm alles – fast. Ich beschrieb ihm die Begegnung mit dem Paar und die beiläufige Art, in der der Mann die Frau die Böschung hinabgeworfen hatte. Ich erzählte ihm von dem Verhör durch den Detective und dass ich den Eindruck gewonnen hatte, dass Rico mir irgendeine wichtige Information vorenthielt. Aber ich verschwieg Sam die Panikattacke im Van und übersprang auch die Details meiner Geschichte, die mich übermäßig leichtsinnig erscheinen ließen. Ich wollte diese vier Wörter nicht schon wieder hören: *Ich liebe dich, aber …*

Ich liebe dich, aber du hättest vorsichtiger sein sollen.

Während ich berichtete, zog ich mich aus. Meine Kleider waren schlammverschmiert, und ich zog mir eins von Sams Schlafshirts über. Er beobachtete mich, und meine Nerven knisterten unter meiner Haut. Ich schob es auf die Stresshormone.

Als ich fertig gesprochen hatte, seufzte Sam, und seine Brust rasselte vor Anstrengung. »Cassie.« Es war teils Anklage, teils Besorgnis.

Er stand auf, verschwand im Badezimmer und kam mit dem Erste-Hilfe-Koffer zurück. Dann schaltete er das Licht an, bevor er sich neben mich aufs Bett setzte.

»Lass mich mal sehen«, sagte er und zeigte auf meinen Arm. Es war nur ein Kratzer, aber ich streckte ihm den Arm entgegen. Als er die Augen zusammenkniff, um besser sehen zu können, reichte ich ihm seine Brille vom Nachttisch.

»Ich bin gerade ein bisschen sauer auf dich«, sagte er, und der Virus verlieh seiner Stimme einen heiseren Ton. Er legte mir ein Kissen auf den Schoß und bettete sanft den Arm darauf, dann machte er sich daran, die Wunde mit einem sterilen Tuch zu säubern.

»Du bist sauer?«

Er zog eine Tube mit desinfizierender Salbe aus dem Koffer. »Ja, sauer. Warum hast du dein Leben so leichtfertig aufs Spiel gesetzt?« Sanft tupfte er die Salbe auf meinen Arm. »Die Kinder …«

Ich wich zurück, als hätte er mich weggestoßen. »Ich habe an die Kinder gedacht«, sagte ich. Jede meiner Entscheidungen wurde jeden Tag von mir unter dem Blickwinkel der Mutterschaft geprüft. »Was für eine Mutter wäre ich denn, wenn ich die Tochter eines anderen Menschen einfach im Stich lassen würde? Außerdem hättest du dasselbe getan.«

Als Sam aufsah, war sein Blick hinter dem schwarzen Rahmen seiner Brille durchdringend, und mir stockte der Atem. »Es geht nicht nur um die Kinder.«

»Das weiß ich doch.«

Er verpflasterte meine Schnittwunde und legte den Erste-Hilfe-Koffer und seine Brille dann auf den Nachttisch. »Wenn du das nächste Mal einen Mann mit einem Messer siehst, steig einfach nicht aus.«

»Du hörst dich an wie der Mann in der Leitstelle.«

»Versprich es mir.« Seine Stimme bebte mit mehr Dringlichkeit, als ich nach siebzehn Jahren Ehe erwartet hätte.

»Ich kann mir nicht vorstellen, dass mir so was noch mal passiert.« Als er mich finster anblickte, fügte ich hastig hinzu: »Aber ich versprech's dir trotzdem.«

Sams Lippen öffneten sich, als wollte er noch etwas hinzufügen, doch stattdessen beugte er sich über mich und schaltete die Nachttischlampe aus.

Wir legten uns hin. Im Dunkeln rasselte sein Atem, und ich passte mich seinem Rhythmus an, um meinen eigenen wieder unter Kontrolle zu bringen. Ich streckte mich nach ihm aus, und meine Finger streiften seinen Rücken, als er sich gerade von mir weg- und zur Wand umdrehte. Durch die Erkältungsmedizin brauchte er nur wenige Minuten, bis er einschlief.

Es wird noch andere Nächte geben, dachte ich mit der Gewissheit einer seit Langem verheirateten Frau.

Als ich dann so dalag und dem Babyfon lauschte, als die Dunkelheit immer erdrückender wurde, erschien mir die Stille, die mich normalerweise beschwichtigte, wie eine bedrohlich lauernde Kreatur. Später fragte ich mich, ob mich damit einfach nur meine Intuition vor dem hatte warnen wollen, was folgen sollte – dem, was tatsächlich bereits begonnen hatte.

4

Nachdem ich von großen Insekten, einem noch größeren Mann und Wiegen voller Schlamm geträumt hatte, wachte ich benommen und mit Kopfschmerzen auf. Als ich mich zur anderen Bettseite ausstreckte, waren Sams Laken kalt.

Ich tastete nach meinem Handy auf dem Nachttisch und stöhnte auf, als ich sah, wie spät es war. Nach einer unruhigen Nacht war ich anscheinend gerade rechtzeitig eingenickt, um zu verschlafen. Mir den Wecker zu stellen war am Vorabend kein vordringliches Anliegen gewesen.

Als meine Füße den Teppich berührten, sah ich ein kupfernes Glänzen am Bettrand. Ich streckte die Hand nach dem Gegenstand aus, der meine Aufmerksamkeit erregt hatte und der gar nicht aus Metall war, sondern aus Papier. Ich legte ihn in meine Handfläche und betrachtete ihn. Es war ein Origamihund, nicht größer als eine Visitenkarte. Ich nahm an, dass er vom Nachttisch gefallen war.

Der Papierhund mit den gefalteten Ohren und den winzigen Beinchen brachte mich zum Lächeln. Er erinnerte mich daran, wie mein Verhältnis zu Sam früher gewesen war, als er mir noch ständig Geschenke wie dieses an unerwarteten Orten hinterließ: eine Mosaikfliese auf der hinteren Veranda oder eine Skizze auf meinem Armaturenbrett. Einmal hatte er auf dem Küchentresen aus verschüttetem Kaffeemehl eine erstaunlich detailreiche Landschaft modelliert.

Es war eine Weile her, dass Sam ein Kunstwerk für mich geschaffen hatte, auch wenn es nur etwas so Einfaches wie ein Hund aus gefaltetem Papier war. Zu beschäftigt, behauptete er. Wir waren beide zu beschäftigt – für Kunst, für Sex, für alles neben den Bedürfnissen unserer Kinder, seiner Schüler, meiner Patienten.

Mein Lächeln verebbte. Ich stellte den Origamihund auf meinen Nachttisch. Dann stand ich auf, klebte ein frisches Pflaster auf meinen Kratzer und folgte den Geräuschen in die Küche. Ich blieb auf der Schwelle stehen und sah einfach zu, es dauerte aber nur eine Sekunde, bis ich entdeckt wurde. Leo trug Kopfhörer und eine finstere Miene. Rasch stand er auf: »Dad hat gesagt, wir sollen dich schlafen lassen.«

Bevor er noch mehr sagen konnte, blieb er mit dem Rucksack an der Plastikschüssel hängen, in der Sam die Eier verquirlt hatte. Sie fiel klappernd zu Boden, und ihr Inhalt verteilte sich auf die Küchenschränke. Unser Chihuahua-Mischling Boo flitzte heran, um die schleimige Pfütze zu begutachten. Er nieste, als er ein bisschen Ei einatmete, und Sam stupste den Hund mit dem Fuß beiseite.

Ich schnappte mir eine Rolle Küchentücher vom Tresen und wischte die Sauerei auf, während Sam eine neue Schüssel und weitere Eier holte. Dann wandte ich Audrey meine Aufmerksamkeit zu, die auf einem Hocker am Tresen saß: »Hast du deine Medizin genommen, Peanut?«

Bevor sie antworten konnte, zog Leo einen seiner Kopfhörer heraus: »Ich muss zur Schule.«

»Einverstanden, Schule ist wichtig.«

Leo rollte mit den Augen. »Ich meine, jetzt gleich.«

Audrey keuchte und riss die Augen auf. »Aber du bist noch nicht angezogen.«

»Ich *bin* angezogen.«

»Neeeeein.« Audrey seufzte, als wäre ihr Bruder sechs Jahre alt. »Du bist normal angezogen, nicht für Halloween.«

Sie hüpfte von ihrem Hocker herunter, vollführte eine Pirouette und präsentierte ihr schwarzes Katzenkostüm. Dem Grad der Verknitterung nach zu urteilen, hatte Audrey das Kostüm die ganze Nacht unter ihrem Schlafanzug getragen.

»Siehst du? Ich bin eine Katzenprinzessin, obwohl, noch nicht ganz, mein Diadem liegt noch in meinem Zimmer. Was bist du?«

»Zu spät zum Training. Kann mich nicht einer von euch fahren und dann wieder herkommen?«

»Ja, das ist ein total vernünftiger Vorschlag«, entgegnete ich ironisch. »Wir passen alle unsere Terminpläne an, weil du in letzter Minute deine Pläne geändert hast. Außerdem haben wir vorerst nur ein Auto, du erinnerst dich?«

»Das heißt also Nein?«

Ich zeigte auf einen freien Hocker. »Das heißt: Setz dich hin. Ich fahr dich nach dem Frühstück.«

Leo fläzte sich auf den Hocker, während ich drei Scheiben Graubrot in den Toaster steckte.

Sam runzelte die Stirn und musterte mich. »Wie geht es dir? Hast du ein bisschen geschlafen?«

»Ein bisschen.«

»Wegen des Autos: Du kannst meins nehmen. Ich hol mir später einen Mietwagen, will vorher noch den Schlosser anrufen.«

»Gehst du nicht zur Arbeit?«

»Ich glaube, ich nehm mir noch einen Tag frei.« Sam hatte im vergangenen Schuljahr nicht einen Tag gefehlt, doch bevor ich darüber nachdenken konnte, fügte er hinzu: »Audreys Medizin ist fast aus. Ich wollte bei der Apotheke vorbeifahren, außer du hast sie schon aufgefüllt?«

Ich wollte gerade sagen, dass ich das Rezept am Vortag eingelöst hatte, doch dann fiel es mir wieder ein: meine Handtasche. Audreys Medikamente waren die nächste Sache, die ich würde ersetzen müssen.

»Ich kann sie holen.« Nachdem ich meine Kreditkarte hätte sperren lassen und bei der Zulassungsstelle vorbeigefahren wäre. Meine Kopfschmerzen wurden stärker.

Sam schaufelte Rührei auf drei Teller, und ich legte Brot dazu. Er fragte mich mit einer Geste, ob ich auch Eier wolle, aber ich rümpfte die Nase. Ich frühstückte ohnehin nicht gern, und an diesem Morgen hatte ich noch weniger Lust darauf als üblich.

Während meine Familie aß, ging ich zurück ins Schlafzimmer, um mich anzuziehen. Meine Hände zitterten, während ich mir die Bluse zuknöpfte – verständlicherweise, aber dennoch musste ich mich kurz aufs Bett setzen. Der Mann war voller Wut gewesen. Er hatte mich nicht nach meinem Namen gefragt, sondern mir diese Frage entgegengespien. Schlimmer noch, er hatte eine Warnung angeschlossen: *Lassen Sie sie sterben, dann bleiben Sie am Leben.* Hatte die Frau überlebt? Ich wusste es nicht, aber ich hatte alles unternommen, um sie zu retten, was sein Angebot meiner Einschätzung nach gegenstandslos machte. Und dieser Mann – tollwütig und gnadenlos – kannte meine Adresse. Hatte meine Schlüssel.

Die Tür ging auf, und Sam kam herein. Er nahm ein kleines Stück vergilbtes Plastik von seiner Kommode und setzte sich dann neben mich aufs Bett. »Bist du sicher, dass du in Ordnung bist?«

»Mir geht's gut«, log ich. »Letzte Nacht hast du irgendwie abwesend gewirkt.«

»Du warst gerade angegriffen worden.«

»Bist du sicher, dass das der Grund war?«

Jemand, der nicht mit Sam verheiratet gewesen wäre, hätte die Pause gar nicht bemerkt, so kurz war sie, bevor sich das vertraute Grinsen ausbreitete. »Natürlich«, entgegnete er. Ich fragte mich, ob er meine Lüge kurz zuvor genauso leicht durchschaut hatte wie ich seine jetzt.

Sam steckte das Stück Plastik in den Mund, das er in der Hand gehalten hatte. »Ich wollte Audrey einen Vorgeschmack auf das geben, was ich heute Abend tragen werde.«

»Moment. Ich dachte Leo nimmt sie mit zu Süßes oder Saures?«

Er schenkte mir einen gespielt anzüglichen Blick und entblößte sein Zombiegebiss. Als er mich küssen wollte, wich ich zurück.

»Ich dachte, Untote wären sexy«, lispelte er, und ich lächelte.

»Vampire sind sexy«, erklärte ich. »Zombies sind … Zombies. Warum macht Leo nicht mit Audrey die Runde bei den Nachbarn?«

»Er hat sich mit Tyler verabredet.«

»Wann hat er das denn gemacht? Hat er es Audrey schon erzählt? Bitte sag mir, dass du ihn gezwungen hast, es ihr selbst zu sagen.«

»Ssssicher«, lispelte Sam. »Er hat es Audrey gesagt. Jetzt aber noch mal zu dieser Bevorzugung von Vampiren … Es ist ziemlich leicht, in Abendgarderobe und mit der Fähigkeit, die Maiden zu betören, sexy zu sein …«

»Maiden?«

»… aber denk doch nur an den armen Zombie mit schlechten Zähnen und in fleckigen Lumpen. Wie sehr muss er sich anstrengen, um eine Frau zu sich ins Bett zu locken?«

So viel musste ich zugeben: Sam war mit seinem Zweitagebart und seiner noch immer grippegeröteten Nase ein verdammt sexy Zombie.

»Darüber hab ich noch nie nachgedacht«, gab ich zu. »Ich meine, ich wusste nicht mal, dass Zombies überhaupt Betten haben.«

»Zombies schlafen vielleicht nicht, aber sie haben trotzdem Bedürfnisse«, erwiderte Sam.

»Iieh … das ist eklig.«

»Siehst du, genau das meine ich.«

Bevor die Praxis, Sams Job und die Kinder uns so viel abverlangt hatten, war es oft so gewesen. Ein kleiner Teil von mir war sauer, dass der alte Sam ausgerechnet an einem Morgen wieder aufgetaucht war, an dem ich dafür keine Zeit hatte.

»Und noch ein weiteres Hindernis, das sie zu überwinden haben: die Sprachbarriere. Verstehst du, du willst einer Frau sagen, wie bezaubernd sie aussieht, doch alles, was herauskommt, ist ein Grunzen.«

Obwohl ich mit den Gedanken woanders war, gab ich dem Drängen seiner Hände nach, und diesmal erwiderte ich seinen Kuss, die Grippe konnte mir den Buckel runterrutschen. »Ich würde sagen, das ist auch bei manchen menschlichen Männern so.« Ich fuhr mit dem Finger seine Lippen nach. »Aber ich verstehe, was du mir sagen willst. Ein Vampir kann einer ›Maid‹ sagen, dass er ihr Blut trinken will, und es klingt schon wegen seines Akzents heiß.«

»Genau! Frauen lieben exotische Männer. Außerdem empfinden manche Frauen den Gestank nach Verwesung als abtörnend.«

»Das erscheint mir wirklich unfair. Aber leider habe ich den Eindruck, dass du für die Attraktivität von Zombies nicht allzu viel ins Feld zu führen hast.«

»Na ja …« Sam schlang mir die Arme um die Taille und beugte sich vor, um mich auf den Hals zu küssen. Auch nach siebzehn Jahren wusste er noch immer, was zu tun war. Um all diese Hindernisse zu überwinden, muss ein Zombie sehr überzeugend sein.« Er küsste mich auf die andere Seite des Halses. Die Plastikzähne kratzten an meiner Haut. »Und aufmerksam.« Seine Hände glitten an meinem Rücken abwärts. »Wenn eine Frau dir so leicht davonlaufen kann, muss man sich bei der Verführung umso mehr anstrengen.«

»Mmmm. Ich dachte, Zombies wären eher der ›Ich nehme mir alles mit Gewalt‹-Typ?«

Sam zog mich näher zu sich und damit weiter weg von den Dingen, die mich beschäftigten. Ich wünschte, ich hätte Leo nicht versprochen, ihn früher zur Schule zu fahren.

Sam flüsterte mir ins Ohr. »Nicht die schlauen.«

»Ich wusste nicht, dass es unter ihnen schlaue gibt.« Es war schon ein bisschen her. Eine Woche? Zehn Tage?

»Siehst du, mit welchen Vorurteilen sie zu kämpfen haben?«

»Mo-om.« Leo fügte eine zusätzliche Silbe hinzu, als er durch die Tür rief. »Können wir jetzt los?«

Ich rief zurück: »Ziemlich ungeduldig für jemanden, der seine kleine Schwester hängen lässt, wenn sie um die Häuser ziehen und Süßes oder Saures rufen will.«

Auf der anderen Seite der Tür grunzte Leo.

»Ich habe den Verdacht, Leo könnte zum Teil Zombie sein«, sagte ich.

Sams Handy klingelte. Seine Aufmerksamkeit verschob sich von mir auf das Display. Was auch immer gerade zwischen uns geschehen war, jetzt war es genauso tot wie ein Zombie.

»Musst du los?«, fragte er, und sein Ton schob mich geradezu Richtung Tür.

Ich begegnete seinem Blick, versuchte in seinen Augen zu lesen und verschränkte die Arme. »Ich hab noch ein paar Minuten Zeit«, entgegnete ich.

Der Anruf landete auf der Mailbox, doch das Telefon fing sofort wieder zu klingeln an.

»Tut mir leid«, sagte er, »aber da muss ich rangehen.«

Sam hielt mir die Tür auf und wartete, bis ich draußen war, bevor er den Anruf entgegennahm.

5

Die Ziegelfassade der Santa Rosa High, eine der ältesten Schulen im ganzen Bundesstaat, hatte sicher schon einiges gesehen. In einer Stunde wären die Parkplätze voll, doch jetzt konnte ich Leo noch direkt vor dem Eingang absetzen.

Gleich vom Schultor aus bat ich meine Assistentin Zoe – außerdem meine beste Freundin –, die Termine für diesen Morgen zu verschieben, damit ich bei der Bank anrufen und bei der Apotheke vorbeifahren konnte. Dann folgte der zeitraubendste Teil des Vormittags: die Zulassungsstelle. Während ich auf einem der billigen Plastiksitze wartete, ging ich mehrfach auf die Webseite unserer Regionalzeitung, um nachzusehen, ob dort irgendetwas über den Angriff oder den Zustand des Opfers berichtet wurde. Der Vorfall hatte sich wahrscheinlich zu spät ereignet, um es noch in die aktuelle Printausgabe zu schaffen, aber ich hoffte, online etwas zu finden. Nichts. Es war wohl noch zu früh.

Als ich endlich gegen Ende der Mittagszeit auf den Parkplatz vor meiner Tierarztpraxis fuhr, galt mein erster Gedanke Sam. Hier hatte ich ihn kennengelernt, als ich gerade seit einem Monat mein Praktikum machte – und sich eine Tragödie ereignet hatte: Prinzessin Jellybean war krank geworden. Sam arbeitete zu dieser Zeit als Vertretungslehrer in Mrs. Hawkings Vorschulklasse und hatte hektisch versucht, das Meerschweinchen wieder zur Aufnahme von Trocken- und Grünfutter zu bewegen, bevor den Kindern etwas auffiel. (Und ja, Prinzessin Jellybean war ein männliches Meerschweinchen, das von einer Gruppe fünfjähriger Mädchen getauft worden war.)

Der Tierarzt, für den ich damals arbeitete, hatte ihr Antibiotika und eine spezielle Diät verordnet, sodass Sam gezwungen war, Prinzessin Jellybean mit der Hand zu füttern. Selbst jetzt musste ich noch lächeln, wenn ich daran dachte, wie er mit einer Spritze in der Hand über das Nagetier gebeugt dastand.

Ein paar Wochen später waren Sam und das Meerschweinchen zurückgekehrt. Prinzessin Jellybean hatte einen gesunden Eindruck gemacht, wirkte sogar ein bisschen pummelig, aber Sam hatte behauptet, dem Nagetier würde sicher Akupunktur guttun. Er brauchte einen weiteren Monat und mehrere Termine, bevor er den Mut aufbrachte, sich mit mir zu verabreden.

An Sam dachte ich jetzt wegen des Telefonats. Nach siebzehn Jahren Ehe hatten wir keine Geheimnisse mehr voreinander. Das hatte ich wenigstens geglaubt, bevor er mich an diesem Morgen aus dem Zimmer gescheucht hatte, weil er telefonieren wollte.

Als ich die Praxis betrat, saß Zoe zusammen mit Smooch – ihrer einäugigen getigerten Katze, die neben ihrem Stuhl in ein Körbchen geschmiegt war – am Empfangstresen. Smooch blinzelte zum Gruß, bevor sie wieder wegdöste. *Katzen.*

Zoe sprang auf, und ich wappnete mich. Meine Freundin mit den lavendelfarbenen Haaren war eins achtzig groß und bestand aus muskulösen Kurven und einem überschwänglichen, gebleachten Lächeln. Außerdem umarmte sie gern. An diesem Morgen war ihre Umarmung jedoch zögerlich, als fürchtete sie, alles Stärkere könnte mich beschädigen.

»Bist du okay?«, fragte sie. Heute gab es kein Lächeln für mich.

»Ich bin okay.«

»Sicher?«

»Ganz sicher.«

Zoe war hektisch vor Neugier, gab sich aber erst einmal geschäftsmäßig: »Daryl ist mit Lester auf dem Weg hierher.«

Bevor ich noch nach dem Grund fragen konnte, flog die Eingangstür schon auf. Normalerweise stürmte Lester mit fliegenden Pfoten, Quadratschädel und wild wedelndem Schwanz in den Raum. Aber an diesem Tag stolperte er herein und sank dann wie ein Häufchen Elend in sich zusammen. Als ich mich ihm näherte, wimmerte der Labrador und schaute mich unter dem Rand seiner Halskrause hervor an, doch außer seinen Augenbrauen bewegte sich nichts an ihm. Ich konnte mich nicht daran erinnern, wann ich an Lester das letzte Mal eine schlaffe Leine gesehen hatte.

Ich kniete mich hin und kraulte den Labrador hinter einem seiner weichen Ohren. »Was ist mit unserem Jungen denn los?«, fragte ich.

Obwohl Daryl die Haarfarbe und das unbefangene Temperament seines Hundes teilte, waren sie, was ihre

Bewegungen betraf, normalerweise das genaue Gegenteil voneinander. Da der Hund nun aber vor seinen Füßen lag, schien Daryl Lesters nicht verbrauchte Energie zu absorbieren. Seine Schultern zuckten, sie waren den Mangel an Zug auf der Leine wohl nicht gewohnt.

»Seit der Operation gestern Abend geht es ihm schlechter«, erklärte Daryl.

Besorgt führte ich Daryl und Lester ins Behandlungszimmer. Wir hoben den Labrador auf den Edelstahltisch, und ich überprüfte den Verband über der Wunde. Es gab keine Anzeichen einer Schwellung und auch kein Sekret.

»Wann hat er zum letzten Mal gefressen?«, fragte ich.

»Zum Frühstück. Gestern Abend ging es ihm gut, aber heute Morgen hat er sich dann so verhalten, als hätte er ein ganzes Blech Spacebrownies runtergeschlungen.«

»Könnte das denn sein? Dass er Spacebrownies gefressen hat?« Es ging um Daryls Hund. Ich musste fragen.

»Nee«, entgegnete Daryl. »Zuerst dachte ich, vielleicht sind es die Medikamente.«

»Das Betäubungsmittel?« Noch einmal, es ging um Daryls Hund. Es war besser, alles nachzuprüfen.

»Ja.«

»Er war also benommen, hat aber gefressen. Mit normalem Appetit?« Als Daryl nickte, fragte ich weiter. »Hat er auch Wasser getrunken?«

Im Behandlungszimmer war es kühl, aber Lester fing an zu hecheln, und Sabber tropfte von seiner Zunge auf den Untersuchungstisch. »Ja, er hat getrunken. Was stimmt nicht mit ihm, Doc?«

Zwei verzweifelte Augenpaare fixierten mich. Ich hätte Daryl gern gesagt, dass das Verhalten für den Tag nach einer Operation normal sei, oder wenigstens etwas wie: *Das haben wir gleich*. Keins von beidem stimmte.

»Ich bin mir nicht sicher«, antwortete ich, zog Lesters Lippen zurück und überprüfte sein Zahnfleisch und die Innenseite seiner Wange. Beides war blass. Da er gerade erst operiert worden war, befürchtete ich, dass das blasse Zahnfleisch auf eine innere Blutung hindeutete. Er brauchte sofort eine Blutuntersuchung, und im Stillen ging ich die Tests durch, die ich dafür bestellen musste.

Dann folgte die Augenuntersuchung, in der ich die Reaktivität der Pupille checkte, was auch in Bezug auf Vergiftungen aufschlussreich sein konnte.

»Hast du ihn letzte Nacht in seinem Verschlag gelassen?«, fragte ich

»Sie wissen ja, wie er ist, Doc. Es ist schwer, ihn aus allen Schwierigkeiten rauszuhalten«, entgegnete er. »Aber ich hab mein Bestes getan. Hab ihn letzte Nacht in den Verschlag gesteckt. Hab ihn mit ins Bad genommen, als ich geduscht hab. Ich hab ihn nur einmal aus den Augen gelassen, und zwar als ein Typ an der Tür war und mir was über mein Seelenheil erzählen wollte, aber selbst das hat keine Minute gedauert, vielleicht dreißig Sekunden.«

»An Seelenheil hast du wohl nicht so viel Interesse, wie?« Ich hörte Lester ab. Einhundertsechzig Schläge pro Minute.

»Nee, hatt ich noch nie. Da stimmt was nicht, oder?«

Plötzlich war da dieses vertraute Bauchgefühl, halb Intuition, halb Erfahrung.

»Sein Herz schlägt schneller als normal, und er hat auch Schwierigkeiten beim Atmen.« Daryl streichelte Lesters Fell und versuchte, ihn zu beruhigen, doch das Wimmern des Hundes wurde nur noch lauter. »Hat er sich erbrochen oder Durchfall gehabt?«

»Nein.«

»Übermäßig viel uriniert?«

»Nein.«

Ich dachte an Lesters stolpernden Auftritt von vorhin. »Zittern?«

»Nichts in der Art.« Doch dann verfinsterte sich Daryls Miene. »Er war tatsächlich ein bisschen zittrig.«

Lester machte gut mit, als ich seine Temperatur maß. Normalerweise zappelte er so sehr herum, dass ich ein zweites Paar Hände brauchte. Als ich dann seinen Bauch abtastete, jaulte er auf. Da hatte er also Schmerzen.

»Seine Temperatur ist leicht erhöht«, erklärte ich. »Hatte Lester in dieser unüberwachten Minute oder sonst irgendwann Zugang zu Giften?«

»Sie glauben, Lester hat was gefressen, das er nicht fressen sollte.« Er formulierte es nicht als Frage. Wir kannten beide den Hang des Labradors, unverdauliche Dinge zu fressen, wie zum Beispiel die Münzen, die ich vor kaum vierundzwanzig Stunden chirurgisch hatte entfernen müssen.

»Es könnte alles Mögliche sein – verschimmeltes Essen aus dem Müll, Frostschutzmittel, Medikamente, bestimmte Pflanzen, Schokolade. Köder für Schnecken oder Erdhörnchen. Nikotin. Kommt davon irgendwas infrage?«

In Lesters Maul hatte ich zwar keine Verbrennungen

feststellen können, wie das Verschlucken von Chemikalien sie hinterlassen hätte, aber solche Anzeichen brauchten manchmal mehrere Stunden, um sich zu manifestieren.

»Ich habe aufgepasst«, versicherte Daryl in angespanntem Ton und kraulte den Hund an den Ohren. Lester blieb reglos, sein Kopf lag zwischen den ausgestreckten Pfoten. »Das wär mir doch aufgefallen.«

Der Labrador ruckte auf dem Tisch hin und her, und zu der plötzlichen Unruhe gesellte sich leises Wimmern, das schließlich zu einem andauernden Jaulen wurde.

»Ich weiß, dass du dich gut um ihn kümmerst, Daryl.« Während ich mit der Untersuchung fortfuhr, wägte ich meine Möglichkeiten ab. Sollte ich ihn zum Erbrechen bringen? Das würde nur etwas nutzen, wenn er das Gift innerhalb der letzten Stunde zu sich genommen hatte. Ich befürchtete, dass es dafür bereits zu spät sein könnte, dass das Gift – worum auch immer es sich dabei handeln mochte – Lesters Organe schon irreparabel geschädigt hatte. Außerdem war ich in Sorge, dass die kürzliche Operation ihn so sehr geschwächt hatte, dass er den Effekten des Gifts nicht viel entgegenzusetzen hatte.

Genau in diesem Moment würgte Lester, das Erbrochene war zähflüssig und von einem Braun, das fast schwarz wirkte. In meiner Praxis hatte ich schon mehrere Hunde aufgrund einer Schokoladenvergiftung behandelt, und alle hatten überlebt. Doch irgendetwas an diesem Fall beunruhigte mich. Irgendwas war anders. Ich untersuchte das Erbrochene, konnte aber nichts feststellen.

»Sieht aus wie Schokolade«, stellte Daryl fest. Bei den zahlreichen Dingen, die Lester über die Jahre hinweg verschluckt hatte, und den furchterregend klingenden Giften, die ich vor ein paar Minuten aufgezählt hatte, erschien Schokolade sicher wie die geringste der möglichen Gefahren.

Doch ich wusste mehr als Daryl: Es gab kein Gegenmittel zu Theobromin, der Chemikalie, die Lesters Beschwerden verursachte. Ich konnte nur die Symptome des Labradors lindern, konnte ihm Diazepam gegen das Zittern oder Propranolol gegen das Herzflattern verschreiben. Ich konnte und würde ihm Kohle gegen die Schokolade, die sich noch in seinem Magen befand, sowie Infusionen gegen Dehydrierung verabreichen. Ich konnte dafür sorgen, dass er sich einigermaßen wohlfühlte.

Ich konnte eine Menge tun – nur nicht garantieren, dass ich ihn retten würde. Und das war natürlich das einzige Versprechen, an dem Daryl interessiert war.

Als ob er meine Gedanken gelesen hätte, fragte Daryl: »Wird er wieder gesund?«

Ich gab die einzig aufrichtige Antwort – dass ich alles tun werde, was in meiner Macht stand –, doch dann erbrach sich Lester erneut, und mir wurde klar, was mich schon vor einer Minute gestört hatte: In der Schale war nichts als eine zähe, dunkle Flüssigkeit. Keine Fetzen von Silberfolie oder Plastik. In den anderen Fällen von Schokoladenvergiftung, die ich behandelt hatte, hatte es immer noch Spuren von Verpackung gegeben.

Es konnte zwar auch Zufall sein, der Beweis konnte sich immer noch in Lesters Magen befinden. Aber ich vermutete, dass ich keine Verpackung finden würde, und selbst jemand ohne eine Ausbildung in Tierheilkunde hätte genug Ahnung von Hundepsychologie gehabt, um Folgendes zu wissen: Hunde wickelten ihr Fressen niemals aus.

6

Ich stabilisierte Lester und überwies ihn in eine Einrichtung mit Rund-um-die-Uhr-Betreuung. Ich bemühte mich, nicht zu sehr über die fehlende Verpackung nachzugrübeln. Daryl backte seine speziellen Brownies wenigstens ein paar Mal pro Woche, und es war denkbar, dass der Labrador ausgewickelte Schokolade aus Daryls Speisekammer gemopst hatte.

Obwohl mich die Erklärung nicht vollends zufriedenstellte, beschäftigte mich noch eine dringendere Sorge: Warum ließ sich die Tür zu meinem Zuhause nicht mit meinem Schlüssel aufsperren? Er glitt zwar ins Schloss, doch da verkeilte er sich dann. Sosehr ich es auch probierte, er ließ sich einfach nicht drehen.

Benebelt wie ich war, fragte ich mich für eine Sekunde, ob so meine Ehe mit Sam enden würde: mit einem Schlüssel, der in einem Schloss festsaß, was dazu führte, dass ich das Heim nicht mehr betreten konnte, das wir seit sechzehn Jahren teilten. Meine Erschöpfung führte zu Zweifeln. Egal wie es um unsere Ehe bestellt war, Sam war stets ein besserer Mensch als ich gewesen. Die ersten paar Jahre über hatte ich ständig damit gerechnet, dass ihm das auffallen würde, dass er sich zurückziehen würde, nachdem er voll und ganz begriffen hatte, mit wem er es zu tun hatte: mit einem wilden Teenager, der sich zu einer orientierungslosen und leichtsinnigen jungen Frau entwickelt hatte.

Doch aus irgendeinem Grund geschah das Gegenteil. Er gab mir Halt. Ich weiß, man soll nicht versuchen, die Person zu ändern, die man liebt, aber wir heirateten jung und waren deshalb noch nicht völlig ausgereift. Veränderung war unausweichlich, und dank Sam änderte ich mich zum Guten. Wenigstens redete ich mir das ein. Mein Vater war da möglicherweise anderer Meinung.

Und doch stand ich nun hier vor meiner Haustür und zweifelte an Sam, weil er seit ein paar Wochen keine Lust mehr gehabt hatte, mit mir zu schlafen, und weil er an diesem Morgen lieber einen privaten Anruf entgegengenommen hatte. Im umgekehrten Fall hätte Sam nicht an mir gezweifelt. Wie gesagt, er war der bessere Mensch.

Ich versuchte noch einmal, den Schlüssel zu drehen. Es ging immer noch nicht. Dann erinnerte ich mich an den Umschlag, den Sam bei Zoe abgegeben hatte, während ich mit Lester beschäftigt gewesen war. Außerdem hatte er sein Auto gegen den Leihwagen getauscht, mit dem ich gerade heimgefahren war. In dem Umschlag steckte mein neuer Hausschlüssel für das ausgewechselte Schloss. Eigentlich hätte ich mich deshalb sicherer fühlen sollen.

Ich zog den neuen Schlüssel hervor und öffnete die Tür. Drinnen war alles dunkel, nur ein winziger Hund hüpfte um meine Füße herum. Bis auf Boo war das Haus leer. Leo hatte eine Nachricht geschrieben und gefragt, ob er bei Tyler übernachten könne, aber wo waren Sam und Audrey?

Sams blauer Toyota Camry stand in der Einfahrt neben meiner gemieteten Limousine. Offenbar war er mit Audrey zum Halloweenbeutezug durch die Nachbarschaft aufgebrochen. Ohne mich.

Ich hatte keinen Grund, ihm das übelzunehmen. Wir hatten ausgemacht, um sechs loszugehen, doch inzwischen war es nach sieben. Ich war zu spät heimgekommen, mal wieder, und ich wusste, wie ungeduldig Sechsjährige sein konnten. Es war ganz allein meine Schuld, aber es störte mich trotzdem, dass ich einmal mehr eine Familientradition versäumt hatte.

Ich beugte mich runter und kraulte Boo hinter den Ohren, schloss die Tür hinter mir ab und ging in die Küche. Ein Topf Spaghetti stand auf dem Herd, zwei Gläser mit Pastasoße auf dem Tresen daneben. Ich berührte den Topf. Er war noch warm, also konnten sie noch nicht allzu lange weg sein. Ich dachte angestrengt nach, um mich zu erinnern, wann ich das letzte Mal Abendessen gekocht hatte.

Ich rief Sam an. Es klingelte ein paar Mal, bevor er ranging.

»Cassie.« Er sagte meinen Namen auf die Weise, wie nur er es konnte, seine Stimme klang wegen der Grippe noch heiserer.

»Ich bin jetzt zu Hause.«

Ich wartete auf eine Einladung, aber es erfolgte keine. »Wir sollten nicht mehr allzu lange unterwegs sein. Audrey wird allmählich müde.«

»Ich kann mich mit euch treffen. Es täte mir leid, wenn ich Audrey enttäuschen würde.«

Ich rechnete es Sam hoch an, nicht darauf herumzureiten, dass das bereits geschehen sei, indem ich mich um über eine Stunde verspätet hatte. »Wie gesagt, wir kommen bald heim. Wir haben Spaghetti gekocht.«

»Hab sie gefunden.«

»Audrey hat darauf bestanden, die Soße zu machen.«

»Erstaunlich, dass sie die Gläser aufgekriegt hat.«

»Dabei hab ich ihr geholfen, auch beim Umfüllen in den Topf. Aber beim Rühren macht ihr keiner was vor.«

Im Hintergrund hörte ich immer wieder »Süßes oder Saures«. Ich schloss die Augen und stellte mir Audreys Gesicht in einem Pulk aus Kindern vor. Wenn ich die Augen schloss, konnte ich Sam besser atmen hören, er atmete schnell, aber gleichmäßig. Wahrscheinlich hielt er den Mund direkt ans Telefon. Seine Stimme klang bei den nächsten Worten leise, obwohl seine Worte selbst unmissverständlich waren. »Wir müssen reden.«

Mit dieser knappen Aussage kehrte der Zweifel zurück. »Worüber denn?«

»In einer halben Stunde sind wir zu Hause, vielleicht früher«, wich er aus. »Ich liebe dich, Cassie.«

Dann legte Sam auf, bevor ich noch antworten konnte, dass auch ich ihn liebte.

Die Spaghetti aß ich im Stehen und machte auch keinerlei Anstalten, meinen Teller abzuspülen. Es klingelte an der Tür. Nachdem ich kleine Schokoriegel und Päckchen mit saurem Gummizeug an die erste Welle von Kindern verteilt hatte, stellte ich die Schale mit den Süßigkeiten draußen auf dem Treppenabsatz ab und legte ein Schild dazu, auf dem stand: »Nimm zwei«, schaltete das Licht im Wohnzimmer aus und legte mich auf die Couch. Boo sprang neben mich aufs Polster. Wegen des Hundes deckte ich mich mit einer Fleecedecke zu und ließ mich in die Kissen sinken. Eigentlich hatte ich nur vor, mich kurz auszuruhen. Nur bis Sam und Audrey wieder zurückkämen.

Meine Augen brannten, und anders als letzte Nacht übermannte mich rasch der Schlaf.

Ich erwachte vom Vibrieren meines Handys. Und von einem Kitzeln an meinem Fuß. Ich ging ran und erwartete eigentlich, Sams Stimme zu hören, aber es war Daryl.

»Tut mir leid für die späte Störung, Doc«, entschuldigte er sich. »Lester hängt noch immer am Tropf, und sie haben ihm Medikamente gegeben, um den Herzschlag zu verlangsamen. Aber er kotzt nicht mehr.«

»Schön, dass es ihm besser geht.«

»Danke, Doc.«

»Du musst nicht …«

Daryl fiel mir ins Wort. »Doch, muss ich. Als ich das erste Mal bei Ihnen in der Praxis war, nach dem Unfall mit der gläsernen Schiebetür …«

»Daran warst du nicht schuld.«

»Ich weiß schon, aber ich war high und mir sicher, dass Sie es merken und mich verurteilen würde. Aber das haben Sie nicht gemacht.«

An jenem Tag vor fünf Jahren hätte er auch nicht schlimmer stinken können, wenn er einen weißen Streifen auf dem Rücken gehabt hätte. »Ist mir aufgefallen.«

Daryl kicherte, allerdings gedämpfter als sonst. »Oh

ja, das weiß ich. Meine Augen waren knallrot. Aber Sie haben mich nicht verurteilt.«

Boos Fell strich an meinen Zehen entlang, also schüttelte ich den Fuß. »Dazu hab ich kein Recht.«

»Niemand hat dazu das Recht, aber das hält die Leute nicht davon ab, es trotzdem zu tun. Also, danke. Nicht nur wegen heute.«

Seine Stimme brach, und für einen Augenblick sprach keiner von uns beiden. Schließlich fragte ich: »Immer noch keine Idee, wo Lester die Schokolade hergehabt haben könnte?«

»Ich hab darüber sehr viel nachgedacht, aber ich hab keinen Schimmer.«

Boo streifte weiter an meinem Fuß entlang. Vielleicht war es nicht sein Fell. Eine Pfote? »Danke, dass du mich auf dem Laufenden hältst, Daryl.«

»Ja, na ja, sorry noch mal, dass es schon so spät ist, aber ich dachte mir, mit Kindern sind Sie sicher noch auf, ist ja Halloween.«

Erst nachdem Daryl aufgelegt hatte, wurde mir die ganze Bedeutung seiner Entschuldigung bewusst: *Sorry noch mal, dass es schon so spät ist.*

Ich sah auf mein Telefon. 21.07 Uhr. Seit ich mit Sam gesprochen hatte, waren fast zwei Stunden vergangen. Ich tippte seine Nummer ein, landete aber gleich auf der Mailbox. Im Geist ging ich mehrere mögliche Erklärungen durch, und mein Herz schlug mit jeder, die ich ausschließen konnte, schneller. Vielleicht war Sam mit Audrey einen Burger essen gegangen – aber sie hatten ja schon Spaghetti gegessen.

Vielleicht ein Eis. Aber Sam würde unserer Tochter

kein Eis mehr erlauben, wenn sie schon einen Eimer voller Süßigkeiten mit sich rumschleppte. Wegen der Lebertransplantation achteten wir beide sehr genau darauf, wie viel Zucker sie zu sich nahm.

War Sam mit Audrey vielleicht noch beim Supermarkt vorbeigefahren, um Milch zu holen? Leo machte sich Rührschüsseln voller Müsli, sodass wir jeden Tag mindestens einen Liter brauchten.

Aus Sorge wurde Panik, als mir auffiel, dass Sam weder ins Burgerrestaurant, in die Eisdiele oder zum Einkaufen gefahren sein konnte, denn sein Auto stand ja vor dem Haus. *Oder?*

Ich sprang von der Couch hoch, was mir ein Japsen von Boo einbrachte, der in Höhe meiner Hüfte neben mir auf der Couch lag. Ich zog die Vorhänge zurück, als es in meinem Unterbewusstsein noch arbeitete: *in Höhe meiner Hüfte?*

Ich wusste nicht, was ich lieber gesehen hätte – das Auto oder eine leere Einfahrt. Ohne das Auto wäre Sam wahrscheinlich noch irgendwo hier in der Nachbarschaft. Wenn das Auto jedoch weg war, hätte er Audrey vielleicht zu einer Freundin gefahren, in seiner Schule noch irgendwelche Papiere geholt oder aus der Apotheke Erkältungsmedizin.

Sams blauer Toyota Camry stand in der Einfahrt. Auf einmal erschien mir die Abwesenheit irgendwelcher Erklärungsmöglichkeiten wie eine spürbare Lücke. Ich schaltete das Licht an, und mein Unterbewusstsein lenkte meine Aufmerksamkeit auf das Fußende der Couch und auf das Kitzeln, das nicht von Boo hatte stammen können.

Ich schrie auf, als ich sie sah: Schwarze Augen wie Stecknadelköpfe in ihrem großen, runden Kopf, gestreifter, gedrungener Körper, fast fünf Zentimeter lang, Kieferklauen, die aus dem fremdartigen Gesicht hervorragten, und sie krabbelte auf dünnen Beinen umher. Auf mich zu. Ich machte einen Satz rückwärts und war froh, dass niemand hier war und meine Reaktion mitbekommen konnte.

Es war nur eine Grabheuschrecke. Und trotzdem erschauderte ich bei dem Gedanken daran, dass dieses Vieh auf meinem Fuß gesessen hatte.

Ich schnappte mir ein leeres Glas vom Couchtisch und stülpte es über das Insekt, dessen Fühler daraufhin die Wände seines Gefängnisses betasteten. *Ping, ping.* Es war nur ein blödes Insekt, aber im Licht der Vorkommnisse der letzten vierundzwanzig Stunden fühlte es sich wie etwas anderes an. Wie eine Hässlichkeit, die über unsere Schwelle gekrochen kam. Eine Erinnerung an unsere Verletzlichkeit. *Ping, ping, ping.*

Meine Hand zitterte, als ich Leo eine Nachricht auf dem Handy schrieb. **Hast du was von Dad gehört?**

Die Antwort: **Nein. Warum?**

Er wollte wissen, wann dein Footballspiel morgen anfängt.

Ich konnte geradezu hören, wie er bei seiner Antwort mit den Augen rollte, es war kein Emoji nötig. **Dad weiß nicht, wann es losgeht?**

Selbst Leo durchschaute meine Lüge. Verständlicherweise. Sam hatte noch nie ein Spiel versäumt. Ich war diejenige, die sich manchmal erst zur Halbzeit reinmogelte.

Ich sah noch mal auf die Uhr: 21.10 Uhr. Noch nicht so spät. Vielleicht machten Sam und Audrey ja eine zweite Runde.

Mein Unterbewusstsein verspottete mich für diesen Versuch, mich selbst zu betrügen. Nach einem weiteren vergeblichen Anruf bei Sam schnappte ich mir die Schlüssel, machte einen großen Bogen um das Monstrum unter seinem Glas und brach dann auf, um nach meinem Mann und meiner Tochter zu suchen.

7

Mit dem alten Baumbestand, den alten Häusern und den Gehwegen, die sich himmelwärts schlängelten, hatte sich Lomita Heights schon immer wie ein Freilichtmuseum angefühlt. Vielleicht lag es auch am auffälligen Steinschild unten am Hügel oder daran, dass manche der Familien in ihren Häusern schon länger wohnten, als ich am Leben war. Alles fühlte sich solide an, fest verwurzelt. Sicher.

Heute Abend spürte ich nichts von der üblichen Sicherheit. Die Bäume waren voller Schatten, und der Gehweg machte den Eindruck, als könnte er bei der kleinsten Erschütterung vom Hang abrutschen, Häuser und Kinder unter einer Lawine aus bröckelndem Beton begraben.

Dieses Bild beruhigte mich ganz eindeutig nicht.

Kurz nach neun waren die Straßen fast leer. Sogar die älteren Kinder hatten ihre Süßigkeiten und ihre halbherzigen Kostüme weggepackt.

Dieser Mangel an Menschen ließ das Haus ein paar Straßen weiter herausstechen. Mit seiner übertriebenen Deko wäre der zweistöckige Bau auch als Geschäft durchgegangen: makabre Köpfe voller Theaterblut auf dem Zaun aufgepfählt, eine kopflose Vogelscheuche mit einer grinsenden Kürbislaterne unterm Arm, ein Sen-

senmann im grünlichen Licht absichtsvoll ausgerichteter Scheinwerfer, Totenschädel zu seinen Füßen, knochige Hände, die sich aus frisch ausgehobenen Gräbern streckten. Dann gab es noch die üblichen Grabsteine aus Schaumstoff, Warnschilder und Gummiratten, alles umwabert von Trockeneisnebel, geisterhaftem Stöhnen und Kettengerassel.

Es war das einzige Haus, vor dem noch etwas los war. Und mitten unter den Nachzüglern stand eine schwarze Katze mit einem Diadem.

Audrey.

Ich konnte gar nicht schnell genug zu ihr kommen, und als ich bei ihr war, fiel ich neben ihr auf die Knie. Ich zog sie an mich und umarmte sie, so fest ich konnte, doch dann machte ich mir sofort Sorgen, dass meine ungestüme Zuneigung ihr vielleicht Angst einjagen könnte. Ich schob sie von mir, sah ihr in die Augen und bemerkte, dass meine Tochter bereits Angst hatte. Sam war nirgends zu sehen.

»Ich nehme an, Sie sind die Mutter?« Ich sah auf und blickte in das Gesicht einer mir unbekannten Hexe.

»Mhm«, war alles, was ich herausbrachte, bevor ich Audrey noch einmal umarmte. »Wo ist denn dein Dad, Peanut?«

Meine Tochter hob die schmalen Schultern. Ihr Mund war mit Schokolade verschmiert, ihre Wangen mit Tränen. »Ich glaub, er hat mich verloren«, erklärte sie. »Ich hab Savannah aus meiner Klasse gesehen. Manchmal ist sie nett. Heute war sie auch als Katze verkleidet, aber sie hatte kein Diadem und war braun. Ich hab Savannah nur Hallo gesagt, und dann war Dad weg.«

Audreys Stimme brach mehrfach, während sie ihre Geschichte erzählte. Ihr Gesicht hellte sich vor Erwartung auf, es war nur wenige Zentimeter von meinem entfernt, und ich las darin jeden ihrer unausgesprochenen Gedanken: *Mom ist hier. Mom wird Dad schon wiederfinden. Mom bringt alles in Ordnung.*

Ihre Hilflosigkeit fühlte sich wie ein Schlag in die Magengrube an. Sam war der Verlässliche von uns beiden. Er war der Elternteil, der die übervollen Tagespläne der Kinder im Auge behielt, daran dachte, ein neues Rezept für Audreys Medikamente zu holen oder Leo Stollen zu kaufen. Er sorgte dafür, dass die Kinder zu essen hatten, auch wenn es nur Pasta mit Soße aus dem Glas war.

Sam wüsste, was zu tun wäre. Meine Finger zuckten, es war mein muskuläres Gedächtnis, das seine Nummer auf einem Tastenfeld wählen wollte. Doch Sam ging ja nicht ran.

»Schön, dass Sie endlich auftauchen.« Das war eine zweite Frauenstimme. Ich drehte mich um und sah, dass eine Piratin in kurzem Rock und Netzstrumpfhose sich zu der Hexe gesellt hatte. Ich ignorierte den vorwurfsvollen Ton, der fast so schwer zu ignorieren war wie der Weinatem der Piratin.

»Kannst du dich erinnern, wo du Dad zum letzten Mal gesehen hast?«

»Bevor ich Savannah gesehen habe.« Sie nahm ein paar Süßigkeiten aus dem Eimer und begutachtete sie auf der offenen Handfläche. »Sie hat mir alle ihre sauren Sachen geschenkt, und ich hab ihr eine von meinen Pralinen gegeben und die ganzen violetten, die wie Hustenbonbons schmecken.« Ihre Stimme klang hohl, und die

Süßigkeiten klapperten gegen das Plastik, als Audrey sie zurück in den Eimer fallen ließ.

Ich sah zu der Frau hoch. »Wie lange ist sie denn schon allein?«

Die Piratin schürzte die Lippen. »Sie ist nicht allein. *Wir* sind ja bei ihr. Aber *wir* sind nicht ihre Eltern.«

Die Hexe fügte hinzu: »Ihr Dad ist seit einer Viertelstunde weg. Mindestens. Wir hätten Sie angerufen, aber Ihre Tochter weiß Ihre Nummer nicht, und ein Handy hat sie auch nicht.«

Den letzten Satz sagte die Hexe in einem Ton, als beklagte sie, dass Audrey barfuß unterwegs wäre. Ich erhob mich und drückte Audrey gegen meine Hüfte. »Sie ist sechs. Natürlich hat sie noch kein Handy.«

»Ich hab meiner Clementine zum vierten Geburtstag ein Handy geschenkt«, sagte die Hexe.

Jetzt war die Piratin wieder an der Reihe. »Nicht dass es in Ordnung wäre, Ihr Kind einfach bei Leuten abzuladen, die Sie kaum kennen.«

»Sam hat Sie gebeten, auf sie aufzupassen? Aber warum?«

Die beiden Frauen antworteten nicht, doch an dem kurzen Nicken der Hexe konnte ich ablesen, dass dieses Thema bereits vor meiner Ankunft erörtert worden war und erst wieder zur Sprache käme, wenn sie mir die Meinung gegeigt hatten. »Wir haben genug mit unseren eigenen Kindern zu tun.«

»Außerdem kommen in bessere Gegenden wie diese auch Kinder aus anderen Vierteln«, fuhr die Piratin fort.

Ich verstand sie klar und deutlich: Diese »anderen« Kinder brachten Ärger mit.

An meiner Seite begann Audrey zu zittern. Ich zog mein Sweatshirt aus und wickelte sie darin ein.

»Sind Sie denn aus dieser Gegend?«, fragte die Hexe.

Ich runzelte die Stirn. »Warum? Denken Sie an einen gemeinsamen Hausflohmarkt?«

Der Hexe fiel die Ironie durchaus auf, aber nicht der Piratin.

»Das ist eine gute Idee, aber so meine ich es nicht.« Die Hexe warf ihrer Freundin einen »Sei nicht so dumm«-Blick zu.

Ich bedachte die beiden auch mit einem *meiner* Blicke. Wenn ich geglaubt hätte, dass eine Sechsjährige von ihren Eltern im Stich gelassen worden wäre, hätte ich gegen sämtliche Türen gehämmert, bis ich jemanden gefunden hätte, der das Kind kannte. Aber vielleicht machte das sonst niemand. Ich hatte ja auch nicht daran gedacht, meiner Tochter zum vierten Geburtstag ein Handy zu schenken.

Ich atmete tief durch und schluckte den Ärger herunter. Ich war nicht wirklich wegen dieser beiden Frauen wütend.

Na gut, einen kleinen Anteil hatten sie schon.

»Sie haben gesagt, Sam hat Audrey bei Ihnen gelassen?«

Die Piratin zeigte auf die Hexe. »Bei ihr. Ich war bei mir zu Hause und hab mir eine Flasche Wasser geholt.«

Klar, *Wasser*.

Die Hexe nickte. »Sam kennt mich von der Fahrgemeinschaft. Normalerweise brechen wir um dieselbe Zeit auf.«

»Wo ist er dann hin?«

»Keine Ahnung. Er sagte, er sei nur kurz weg, aber das war vor einer *Viertelstunde.*«

»Und keine von Ihnen hat ihn seitdem gesehen?«

Die Hexe schüttelte den Kopf, aber die Piratin zuckte mit den Achseln. »Ich hab ihn ja überhaupt nicht gesehen.«

Ich scrollte durch die Bilder auf meinem Handy, wählte eins von Sam aus und hielt es der Piratin unter die Nase. »Der hier.«

Sie runzelte die Stirn während sie das Display musterte, dann lächelte sie auf diese Weise, auf die mein Mann Frauen oft zum Lächeln brachte. »Ja, *den* hab ich gesehen, aber schon früher. Bevor er Ihre Tochter meiner Freundin aufgehalst hat. Er sah aus, als würde er auf jemanden warten.«

Als Audrey sich enger an meine Hüfte schmiegte, umschlang ich sie fester mit dem Arm. »Warum glauben Sie, er hat auf jemanden gewartet?«

»Er hat immer wieder auf sein Handy geschaut und sich umgesehen«, erwiderte die Piratin. »Außerdem hat er eine Nachricht getippt. Dann muss er wohl wen auch immer erreicht haben, denn er hat sein Handy eingesteckt.«

»Wie lange ist das her?«

Sie zuckten gleichzeitig mit den Achseln. »Über eine Viertelstunde«, sagte die Piratin schließlich.

Ich musste Audrey heimbringen, und die beiden schienen nichts zu wissen. Ich versuchte es mit einer letzten Frage: »Wo haben Sie ihn denn zuletzt gesehen?«

»Drüben bei den Geistern.« Die Hexe zeigte auf die andere Seite des Hofs, wo eine Palme stand.

Ich wollte mein Portemonnaie herausziehen, um ihnen eine meiner Visitenkarten zu geben, musste aber feststellen, dass ich es nicht bei mir hatte. »Kann ich Ihnen meine Nummer dalassen? Falls Sie ihn noch mal sehen.«

Ich nannte ihnen meine Nummer, die die Piratin in ihr Handy tippte.

»Danke, dass Sie sich um meine Tochter gekümmert haben. Ich will Sie jetzt nicht länger aufhalten, Ihre Kinder brauchen Sie ja.«

Ich freute mich diebisch über die plötzliche Panik der Frauen, als sie sich umsahen und ihnen auffiel, dass sie keine Ahnung hatten, wo ihre Kinder waren. Wahrscheinlich hätte ich mich noch mehr darüber gefreut, wenn dasselbe nicht auch für meinen Mann gegolten hätte.

8

Ich setzte Audrey und Boo bei meiner Freundin Zoe ab. Meine Tochter brauchte nicht lange, bis sie – immer noch als Katze verkleidet – einschlief. Kurz darauf saß ich wieder in meinem Mietwagen. Zwar wäre ich gern bei ihr geblieben, um an ihrem Bett zu sitzen, falls sie aufwachte, aber ich musste ihren Dad finden.

Santa Rosa ist ungefähr 65 Quadratkilometer groß, und ich durchsuchte jeden einzelnen von ihnen. Manche sogar zweimal. Solange ich in Bewegung war, hatte ich ein Ziel, und solange ich ein Ziel hatte, musste ich mich nicht zu eingehend mit dem Problem beschäftigen. Mein Mann war nicht heimgekommen, und einer der letzten Sätze, die er zu mir gesagt hatte, war: *Wir müssen reden.*

Es war nie gut, diese Worte zu hören, unter diesen Umständen sogar noch weniger.

Von unterwegs rief ich Sams engsten Freund Ozzy mehrere Male an. Jedes Mal landete ich direkt auf der Mailbox. Ununterbrochen überprüfte ich die eingegangenen Anrufe und Nachrichten, nur um sicherzugehen, dass ich keine Benachrichtigungen von ihm oder Sam verpasst hatte. Das war nicht der Fall.

Ich fuhr auf einen Supermarktparkplatz und legte die Stirn auf das Lenkrad. Wenn ich alle Hoffnungen und

Zweifel beiseiteließ, kam ich zu folgender Erkenntnis: Sam war entweder absichtlich gegangen, oder etwas – jemand – hatte diese Entscheidung für ihn getroffen.

Es war kurz vor Mitternacht, und allein hier im Auto ergaben die Erklärungen, die mir die ganze Zeit im Hinterkopf herumgeisterten, keinen Sinn mehr.

Ursprünglich hatte ich erwogen, dass Sam vielleicht einen Freund besucht hatte. Aber das bedeutete, dass er sich entschieden haben müsste, unsere sechsjährige Tochter bei einer Frau zu lassen, die er nur von seiner Fahrgemeinschaft her kannte. Außerdem war Sam nicht der Typ für einen Uber, falls er also nicht jemanden besuchte, der in Gehweite wohnte, bräuchte er sein Auto, doch sein Auto stand in unserer Einfahrt. Aber was, wenn er sein Auto gar nicht gebraucht hatte? Er konnte ja bei jemand anderem mitgefahren sein – entweder überredet oder gezwungenermaßen. Mein Hirn arbeitete wie eine Maschine, sortierte Möglichkeiten, von denen eine schrecklicher als die andere war. Er konnte beim Überqueren der Straße angefahren worden sein. Er konnte gestolpert sein. Wir lebten in einem alten Viertel, und Baumwurzeln stemmten den Asphalt an manchen Stellen auf, bildeten so Erhebungen, an denen man sich Zehen anstoßen und Knöchel verstauchen konnte. Ein Mensch konnte so stürzen, dass er sich den Kopf aufschlug und das Gedächtnis verlor – oder sogar sein Leben.

Sam konnte erschossen, erstochen oder erschlagen worden sein – von jemandem, der seine Brieftasche oder sein Telefon rauben wollte, oder vollkommen grundlos. Wenn seine Brieftasche und sein Handy gestohlen worden waren, woher sollte das Krankenhaus wissen, wen sie anrufen mussten? Wenn außerdem sein Ehering gestohlen worden war, woher sollten die Sanitäter überhaupt wissen, dass es bei ihm zu Hause jemanden gab, der sich um ihn sorgte?

Meine Hand zitterte, als ich die Telefonnummern der Krankenhäuser googelte. Jedes Mal, wenn ich mit der Notaufnahme verbunden wurde, hielt ich die Luft an, doch jedes Mal erhielt ich auch dieselbe Antwort: Niemand, auf den Sams Beschreibung passte, war eingeliefert worden.

Es blieben also nur noch die Polizei und das Leichenschauhaus. Und für keinen dieser Anrufe war ich schon bereit.

Natürlich gab es noch eine weitere Option. Sams Verschwinden konnte etwas mit dem Angriff vom Vorabend zu tun haben. Wir hatten zwar die Schlösser ausgetauscht, aber die Adresse war noch dieselbe. Carver Sweet wüsste über unsere Kinder Bescheid, falls er meine Brieftasche geöffnet hatte – und welcher Verbrecher ließ denn eine Brieftasche ungeöffnet? Wir hatten Kinder, es war Halloween ... Es war nicht schwer zu erraten, dass wir mit ihnen auf der Jagd nach Süßigkeiten um die Häuser ziehen würden. Wir wären nicht mehr durch unsere verriegelten Türen geschützt und deshalb leichte Beute.

Auch wenn ich noch so sehr versuchte, sie beiseitezuschieben, kehrte eine mögliche Erklärung immer und immer wieder: Sam könnte eine Affäre haben. Vielleicht hatte er Audrey bei einer Frau gelassen, die er kaum kannte, weil die Alternative gewesen wäre, dass sie seiner Geliebten begegnete.

Doch wenn das stimmte, warum hatte er mich dann nicht angerufen, damit ich unsere Tochter abholte?

Die Antwort drängte sich mir so schnell wie die Frage auf: Vielleicht hatte er gesehen, dass ich nach ihnen suchte. Egal was die kostümierten Mütter behauptet hatten, eine Viertelstunde war nicht lange. Ich war schon mindestens die Hälfte dieser Zeit in dem Viertel unterwegs gewesen. Sam hätte mich sehen können, hätte gewusst, dass Audrey in Sicherheit war, und sich dann aus dem Staub gemacht, um zu überlegen, wie er mir am besten mitteilen konnte, dass er mich verließ. Oder vielmehr: dass er mich schon längst verlassen hatte.

Seine Worte fielen mir wieder ein: *Wir müssen reden.*

Eine weitere Möglichkeit: Sam hatte stattdessen versucht, die Affäre mit seiner Geliebten zu beenden, und sie hatte schlecht darauf reagiert. Das brachte die Bilder eines bewusstlosen Sam zurück, der darauf wartete, in einem Gebüsch, einem Straßengraben oder in jemandes Kofferraum entdeckt zu werden.

Ich umklammerte mein Handy fest und widerstand dem Drang, es auf den Boden zu werfen. Das schlanke Stück Elektronik erweckte nur den Anschein einer Verbindung. Ich scrollte durch meine Kontakte, doch es gab nur wenige Leute, die ich um diese Zeit anrufen konnte. Sam hatte außer ein paar Cousins, Tanten und Onkeln keine Familie, keiner von ihnen wohnte in der Nähe. Die Nummern seiner Kollegen hatte ich nicht, und sowieso hätte ich da nicht angerufen.

Ich legte den Gang ein und fuhr zu Ozzy.

Der Freund meines Mannes wohnte in Healdsburg, einer Kleinstadt, zwanzig Minuten nördlich von Santa

Rosa. Healdsburg war bekannt für seinen Wein und den Marktplatz aus dem 19. Jahrhundert, es war voller kleiner Brauereien, Geschäfte und Restaurants mit winzigen Außenbereichen, in denen die Gäste sitzen, Cold Brew trinken und vegane, regionale oder edle guatemaltekische Gerichte genießen konnten. Auf dem Marktplatz stand einer dieser großen Pavillons, der an Weihnachten mit Girlanden und Lichtern und an patriotischen Feiertagen mit Flaggen behängt wurde. Ohne Zweifel hatte es hier vorhin noch von Kindern nur so gewimmelt, doch jetzt lag er verlassen da. Sowohl Touristen als auch Einheimische waren bereits schlafen gegangen.

Einen kurzen Fußmarsch vom Stadtzentrum entfernt hatte Ozzy eine Einliegerwohnung in einem hundert Jahre alten Bungalow. Abgeblätterte blaue Farbe. Zerbrochene Ziegel in der Einfahrt. Einfach verglaste Fenster, von denen eins mit Sperrholz vernagelt war. Da die Grundstückspreise in Healdsburg nun mal waren, wie sie waren, galt so ein Haus nicht als heruntergekommen, sondern als *historisch*.

Ich klopfte an. Trotz der späten Stunde öffnete Ozzy rasch. Falls ich ihn aufgeweckt hatte, zeigte er mir das nicht. Sein Gruß war wachsam, als wäre er auf der Hut.

»Hey, Ozzy.« Ich versuchte zu lächeln, fühlte mich aber nicht danach. »Ich hab mich gefragt, ob du was von Sam gehört hast.«

»Ich hab deine Nachricht vorhin bekommen, Cassie, aber ich hab ihn nicht gesehen.« Ozzy Delgado war in Austin aufgewachsen, und der texanische Akzent schlich sich in seine Sprache, wenn er müde war. Er strich sich eine Locke aus dem Gesicht und öffnete die Tür gerade weit genug, damit ich die linke Hälfte seines Körpers sehen konnte. Er trug eine Cargohose und ein Hemd mit Blumenmuster – sein Outfit für kalte Tage. Sein Sommerlook war identisch, nur das er dann Cargoshorts trug. Ozzy war also noch nicht im Bett gewesen. Ich wartete ab, wie er sich bei der Tür entscheiden würde: Sie öffnen, damit ich eintreten konnte, oder mich auf der Schwelle festhalten. Es war zwar spät, aber es war auch kalt.

Er bat mich nicht herein.

»Ihn zu sehen oder etwas von ihm zu hören ist nicht das Gleiche«, sagte ich und versuchte an ihm vorbei ins Wohnzimmer zu spähen. In der Dunkelheit konnte ich allerdings nichts erkennen. Das einzige Licht drang aus dem rückwärtigen Teil der Wohnung, und ich wusste von früheren Besuchen mit Sam, dass dort Ozzys Schlafzimmer lag.

Ozzy schloss die Tür wieder etwas mehr, sodass ich nur noch ein Drittel von ihm sehen konnte, und presste die Lippen aufeinander. »Von ihm gehört hab ich auch nichts.«

»Keine Anrufe? Keine Nachrichten?«

»Ich weiß schon, was ›von ihm hören‹ bedeutet.«

Ich ließ nicht locker. »Du hattest also keinen Kontakt mit ihm?«

Er strich sich eine weitere Locke aus der Stirn, sein Gesicht verfinsterte sich, und der Akzent brach sich immer mehr Bahn. »Ich bin sicher, dass Sam sich mit dir in Verbindung setzt.«

»Und ich bin sicher, dass du mir ausweichst.«

Ein paar Sekunden verstrichen, doch mein penetrantes Starren führte nur zu einem Seufzen.

»Sam ist mit Audrey um die Häuser gezogen«, erklärte ich. »Als sie nicht heimgekommen sind, habe ich nach ihnen gesucht. Audrey habe ich gefunden, ihn aber nicht.«

Er riss die Augen auf. »Er hat Audrey allein gelassen?« Nun war er ebenfalls besorgt.

»Sie stand ein paar Straßen von unserem Haus entfernt bei zwei Frauen, die ich noch nie vorher gesehen hatte.«

Seine Miene entspannte sich. »Kannte Sam sie denn?«

»Eine von ihnen kannte er wohl von seiner Fahrgemeinschaft«, räumte ich ein. Ich mochte nicht, wie Ozzy mich bei diesen Worten ansah. Als täte ich ihm leid. Als wüsste er etwas, das ich nicht wusste.

»Na, siehst du.«

»Es ist trotzdem seltsames Timing, findest du nicht? Dass Sam ausgerechnet an Halloween unsere Tochter irgendwo stehen lässt.«

»Hätte es denn eine gute Zeit gegeben, zu der er hätte gehen können?« Ozzy atmete tief durch. »Es ist spät, Cassie«, sagte er dann und rieb sich, wie um das zu unterstreichen, die Augen. »Ich sag dir Bescheid, falls ich was von Sam höre. Wie auch immer, ich hoffe, ihr zwei kriegt das wieder auf die Reihe.«

Er schloss die Tür, und ich stand wie vom Donner gerührt da. Was zum Teufel sollte dieser letzte Satz denn heißen?

Auf dem Rückweg zum Auto dachte ich über Ozzys Kommentar nach. Ich ließ meine Ehe mit Sam und Sams Rolle darin Revue passieren. Ich erinnerte mich daran, wie er meine Wunde nach dem Angriff am Vorabend versorgt hatte, und wie eindringlich er gewirkt hatte, als er erfuhr, wie leichtsinnig ich gewesen war. Er war lustig, stur, zugewandt, und manchmal zog er sich auch in sich zurück, falls die Dinge nicht so liefen, wie er es sich vorgestellt hatte. Oft verdonnerte er mich zur Rolle der strengen Mutter, und er verabscheute Streit. Ging das so weit, dass er es vermieden hatte, mir mitzuteilen, dass er sich scheiden lassen wollte? Ich verwarf diesen Gedanken. Es stimmte schon, Sam hatte sich am Morgen bei dem Anruf sehr geheimniskrämerisch verhalten, doch er war auch der Mann, der für die Akupunktur des Klassenmeerschweins bezahlt hatte. In der Highschool war er mal eingeschritten, als eine Gruppe einen kleineren Mitschüler fertiggemacht hatte, was mit einer blutigen Nase und der Freundschaft zu Ozzy geendet hatte. Sam war Optimist, aber auch ein sehr beschützerischer Ehemann und Vater, die Art Mann, die sich als Zombie verkleidete, um mit seiner sechsjährigen Tochter an Halloween Süßigkeiten einzusammeln.

Nachdem ich alles gegeneinander abgewägt hatte, konnte ich nicht glauben, dass Sam unglücklich war.

Doch ein Gedanke piesackte mich, bevor ich ihn noch verscheuchen konnte: Vielleicht war er nicht unglücklich mit mir, aber trotzdem glücklicher mit jemand anderem.

Ich ließ den Wagen an. Zweiundzwanzig Minuten später bog ich in den Terra Linda Drive ein. In diesen zweiundzwanzig Minuten hatte ich mich selbst davon überzeugt, dass Sam mich liebte, dass er unsere Kinder liebte und uns nicht einfach so ohne Erklärung verlassen hätte.

Als die Erklärung dann eine Minute später eintraf,

war sie nicht das, was ich erwartet hatte: Eine Nachricht von Sam, gerade als ich in unsere Einfahrt fuhr. Drei Wörter: **Tut mir leid.**

Ich parkte mitten in der Einfahrt. Es gab keinen Grund, rechts zu parken, auf der Seite, die üblicherweise für mich reserviert war, denn irgendwann innerhalb der letzten Stunde war Sams Auto verschwunden.

9

Ich betrat das Haus und stand einfach in der Dunkelheit, der leere Parkplatz erinnerte mich an alles, was vielleicht verloren war. Wenn ich meine Augen schloss, sah ich Sam und mich, wie wir waren, als wir gerade erst ein paar Monate in diesem Haus wohnten. Ich sah, wie er einen kleinen Leo vor dem Wohnzimmerfenster im Gegenlicht der Nachmittagssonne hochhob. Dann erbrach sich Leo über sie beide. Sam lachte – denn was sonst hätte man tun können? –, sah mich dann mit hochgezogener Augenbraue an und bat mich um ein »sehr großes« Handtuch. Als ich die Augen wieder aufschlug, war die Erinnerung noch frisch genug, dass ich die Augen vor dem eingebildeten Sonnenlicht zusammenkniff und einen Hauch von saurer Milch roch.

Ich liebte Sam damals, und ich liebte ihn heute, würde ihn wahrscheinlich immer lieben. Selbst wenn er mich nicht mehr liebte.

Als ich das Licht anschaltete, bemerkte ich als Erstes das Glas, das umgekippt mitten auf dem Wohnzimmerboden lag. Ich war kurz verwirrt, bevor es mir wieder einfiel: die Grabheuschrecke, die ich darunter gefangen hatte, bevor ich das Haus verließ. Während ich nach Sam gesucht hatte, hatte er unser gemeinsames Heim betreten, das Glas umgestoßen und war dann weggefahren.

Wieder frei, hatte das Insekt nun wahrscheinlich irgendeine dunkle Ecke gefunden, in der es sich verstecken konnte, unter einem Bett oder in einem Schuh. Ich konnte es mir da draußen vorstellen, nur Zentimeter entfernt, wie es mich mit seinen fremdartigen Augen beobachtete, wie seine Kieferzangen malmten und seine Beinchen trippelten – die daran gewöhnt waren, sich in feuchte, verrottende Materie zu graben.

Ich hasste die kleinen Mistviecher.

Zoe bestand darauf, dass Insekten wie Grillen und Marienkäfer, ja sogar Spinnen, Glück brachten. Doch Grabheuschrecken waren keine Grillen, daher fühlte sich die verborgene Anwesenheit dieses Exemplars wie das Gegenteil an. Obwohl mir bewusst war, dass es unvernünftig war, Sams Verschwinden mit dem Entkommen des Insekts in Verbindung zu bringen, fühlte es sich doch wie ein Omen an.

Ich holte Kleider zum Wechseln für beide Kinder, bevor ich in unser Schlafzimmer ging und meine eigene Tasche packte.

Ich dachte noch immer an das Insekt und an Sam, als ich ihn sah: auf dem Nachttisch, den Hund aus gefaltetem Papier. Vielleicht war es die Furcht, die mir noch immer im Magen saß, oder meine tiefe Erschöpfung, aber das Origamitier erschien mir in der fast vollständigen Dunkelheit weniger unschuldig als im Morgenlicht. Ich ging zum Nachttisch hinüber, zögerte aber, bevor ich die Hand ausstreckte. Als ich das Papier berührte, erwartete ich fast, dass er mich beißen würde. Wieder schob ich es auf den Stress, doch mit den abwärts geknickten Ohren und dem breiten Papierschädel erinnerte er mich an einen Labrador. Ich hielt ihn mir vor die Nase und roch daran. Ich meinte einen Hauch Schokolade wahrzunehmen. Meine Hände zitterten, als ich das Origamigeschöpf auffaltete und es zu einem Bogen beschichteten Papiers wurde. Auf der kupferfarbenen Außenseite stand der Markenname der Kuvertüre, die wir manchmal kauften.

Auf der anderen Seite war mit Bleistift eine Zahl geschrieben.

2.

Ich erinnerte mich an Detective Ricos Frage nach dem Angriff: Ob die Zahl Drei irgendeine Bedeutung für mich habe.

Manchmal überschreiten wir in unserem Leben eine Schwelle, ohne es zu bemerken. Wir verabschieden uns im Juni von einer Schulfreundin, und uns ist nicht bewusst, dass sie über den Sommer wegzieht. Wir schreiben uns für den Kurs in Mikrobiologie ein, der die Richtung unserer Karriere verändert, oder wir begegnen an irgendeinem normalen Dienstag der Person, die wir später einmal heiraten werden.

Doch diese Schwelle hier kündigte sich mit blinkenden Pfeilen und Ausrufezeichen an.

2.

Ich wusste nicht, was die Zahl bedeutete, aber ich wusste, dass sie *irgendeine* Bedeutung hatte. Als ich so auf das Rechteck aus Papier hinabblickte, stellte sich mir eine neue Frage: Wenn Sam nicht derjenige gewesen war, der den gefalteten Hund auf meinem Nachttisch hinterlassen hatte, wie war die Person, die ihn tatsächlich hergebracht hatte, in unser Schlafzimmer gelangt? Hastig faltete ich das Papierchen zusammen und steckte es in die Tasche.

10

Zoe lebte in einem mediterranen Stadthaus mit Schindeldach und einem französischen Balkon. Neben dem Pfad zu ihrer Tür blühten Sukkulenten in ährenförmigen Blütenständen, und rosa Röschen und zierliche Gräser und violette Blumen wiegten sich im Wind.

Als ich bei Zoe eintraf, schlief Audrey bereits. Sie aber nicht. Als ich die Wohnung betrat, saß meine Freundin mit den fliederfarbenen Haaren auf der Couch, hatte die langen Beine unter sich gezogen und die einäugige Smooch wie den unheimlichsten Schal der Welt um die Schultern drapiert. Vorhin hatte ich Zoes Fragen noch ausweichen können, doch nun verriet mir ihre steinerne Miene, dass Ausweichen keine Option mehr war.

»Wie geht es Audrey?«, fragte ich.

»Schläft wie ein Stein. Irgendwas von Sam?«

Ich sank in den plüschigen Sessel ihr gegenüber und drückte mir ein Kissen gegen die Brust. »Er hat mir eine Nachricht geschickt, dass es ihm leidtut.«

»Und …?«

»Das ist alles. Es tut ihm leid. Oh, und sein Auto ist inzwischen fort.« Ich rutschte auf dem Sessel herum und lockerte den Griff um das Kissen. Auf einmal hatte ich keine Kraft mehr, es festzuhalten, und es glitt zu Boden.

»Als ich mit Ozzy gesprochen habe, sagte er, er hofft, dass wir es wieder auf die Reihe kriegen.«

Zoes Gesicht war wie eine Leinwand, ihre Gefühle darauf ausdrucksstarke Pinselstriche, die man unmöglich fehlinterpretieren konnte. In diesem Fall war die Farbe der Wahl rot. »Was zum Teufel hat er denn damit gemeint?«

»Das hat er mir nicht erklärt.«

»Bei euch ist doch alles in Ordnung.«

Aber stimmte das denn? Ich dachte angestrengt darüber nach. Als Audrey noch ein Baby war und eine Lebertransplantation gebraucht hatte, war ich damit nicht gut umgegangen. Ich hatte es zugelassen, wieder in Muster zurückzufallen, die ich Jahre zuvor schon abgelegt hatte – ich trank etwas mehr, als gesund war, arbeitete länger in der Praxis, damit ich das Gefühl hatte, tatsächlich jemandem helfen zu können –, denn als Mutter und Medizinerin hatte ich meine Tochter im Stich gelassen. Sie hatte erst Gelbsucht bekommen müssen, bis ich die Symptome erkannt hatte. Und ich war wütend gewesen. Wirklich wütend.

Sam hingegen hatte meine Wut und den Schmerz unserer Tochter absorbiert und unsere Familie durch die Krise getragen. Ich konnte jederzeit auf ihn zählen, selbst wenn er nicht auf mich zählen konnte. Doch in letzter Zeit hatte ich wieder begonnen, länger zu arbeiten, und diesmal hatte Sam sich zurückgezogen. Nur ein bisschen. Gerade genug, damit es mir auffiel. Ein Teil von mir hatte damit gerechnet, dass er irgendwann sagen würde: *Ich liebe dich, aber ich kann so nicht mehr weitermachen.*

Ich berichtete Zoe von Sams Verhalten an diesem Tag

und erzählte ihr mehr über den Angriff, dessen Zeugin ich am Vorabend geworden war.

Als ich fertig war, sagte sie: »Du hattest schon immer einen Retterkomplex.«

Ihr Kommentar verblüffte mich, aber dann fiel es mir ein: Sie hatte mich vorher nicht gekannt. Sie hatte die Cassie nicht gekannt, die dabei zugesehen hatte, wie der College-Psychopath Dirk seine Beinahefreundin misshandelte. Nun hatte ich an diesen Angriff zweimal in zwei Tagen gedacht. Warum nur?

Ich beantwortete meine Frage: »In meinem Leben gibt es eine Menge, das ich hätte anders machen können.«

»Zum Beispiel?«

In jener Nacht auf dem College war ich diejenige gewesen, die den Notarzt gerufen hatte, als das Mädchen über die Balkonbrüstung gestürzt war. Doch ich hatte von oben zugesehen, als die Polizei dann eingetroffen war. Alle hatten zugesehen, wenigstens die, die die Party nicht fluchtartig verlassen hatten – man machte sich eher Sorgen wegen des Alkohols, den wir getrunken hatten, als um das abgestürzte Mädchen.

Wir befanden uns im Schockzustand, das hatte ich mir damals eingeredet. Inzwischen erkannte ich das lähmende Gefühl als Schuld. Falls das Mädchen in den Minuten vor Ankunft der Polizei gestorben wäre, wäre sie allein gestorben.

Ich überging Zoes Frage. »Ich glaube, Sam war noch mal im Haus. Als ich unsere Sachen geholt habe, war das Glas, mit dem ich eine Grabheuschrecke gefangen hatte, umgestoßen worden. Und es sei denn, sie hatte Steroide geschluckt …«

»Ich kann nicht fassen, dass du bei Bullmastiffs Fieber misst, dich aber vor einem Insekt fürchtest, das kaum größer als dein Daumen ist.«

»Ja, ich weiß, und Spinnen bringen Glück. Da ist noch was.« Ich zog das Schokoladenpapier aus der Tasche und reichte es Zoe.

»Was ist das?«

»Das hab ich heute früh auf meinem Nachttisch gefunden. Es war zu einem Hund gefaltet.«

»Wie Origami?«

»Ja, zuerst dachte ich, es ist vielleicht von Sam, aber jetzt ...«

Ich ließ das kurz auf sie wirken und wartete, ob sie zum selben Schluss wie ich kommen würde. Ich merkte, wann es so weit war. Wie ich roch sie an dem Papier.

»Riecht nach Schokolade.« Sie riss Augen und Mund auf und fragte mit atemloser Stimme: »Lester?«

»Das hab ich auch vermutet, aber ich habe keine Ahnung, was die Zahl zu bedeuten hat.«

»Hm.«

»Hm?«

»Nichts. Ist halt 'ne Zwei.«

»Nach diesem Angriff fragte mich der Detective, ob die Zahl Drei irgendeine Bedeutung für mich hat.«

»Und?«

»Außer dass sie die Zahl zwischen zwei und vier ist, fällt mir nichts dazu ein. Aber es fühlt sich wie eine Drohung an, vor allem nach dem, was mit Lester passiert ist.«

Sie stutzte und runzelte die Stirn. »Ich dachte, du hättest es gefunden, *bevor* Lester vergiftet wurde?«

»Hab ich auch.«

»Hm.«

»Ich sollte Detective Rico anrufen … Was ist?«

»Ich weiß, dass du aufgebracht bist.«

»Natürlich bin ich aufgebracht. Mein Mann hat vielleicht gerade unsere Ehe mit einer Dreiwort-SMS beendet.«

»Weißt du noch, als Bobby und ich uns getrennt haben und ich mich mit ihm treffen wollte?«

»Du wolltest Sardinen in seinen Tank stecken.«

»Er hat mich mit meiner Cousine betrogen! Es hätte eh nicht geklappt, ich hätte seinen Tank aufstemmen müssen, er hätte es bemerkt, bevor die Sardinen wirklich Schaden hätten anrichten können.«

»Ach, *das* war der Haken an deinem Plan.«

»Ist ja auch egal, du hast mich jedenfalls davon abgehalten. Du wusstest, wie aufgebracht ich war, dass ich nicht mehr klar denken konnte, und du hast mir gesagt, ich soll keine Sardinen in Bobbys Tank stecken.«

»Findest du wirklich, dass ein Anruf bei Detective Rico wegen Sam das Gleiche ist wie der Versuch, das Auto von deinem Ex mutwillig zu zerstören?«

»Gar nicht. Nur … Tut mir leid, Cassie, aber du kannst einfach nicht klar denken. Und das ist auch okay, bei allem, was du gerade durchgemacht hast. Aber als deine Freundin muss ich hier die Vernünftige sein.«

»Die Vernünftige, hm? Haben wir nicht gerade darüber geredet, dass du deinem Ex Fische in den Tank stecken wolltest?«

»Okay, ich bin also normalerweise nicht die Vernünftige, aber lass es mich hier mal versuchen. Zuerst das

Papier. Als du es mir gezeigt hast, hab ich erst gar keine Zahl gesehen.«

»Was denn sonst?«

Sie drehte es um und fuhr über eine Stelle, an der die Folie erhaben war, dort wo die Bleistiftspur auf der anderen Seite das Spiegelbild hinterlassen hatte. »Den Buchstaben S. Es könnte wohl auch eine Zwei sein, wenigstens kapiere ich, warum du das denken könntest. Die Kraft der Suggestion. Du hast über die Frage dieses Detective nachgedacht, also hast du eine Zwei gesehen, während ich dachte, dass ein Origamihund etwas ist, das Sam dir dalassen würde. Also hab ich ein S gesehen.«

»Aber du bist auch meiner Meinung, dass es nach Schokolade riecht.«

»Ich bin schon bei dir zu Hause gewesen. Ihr benutzt diese Marke.«

»Du glaubst, es ist nur Zufall?«

»Wie sollte sich denn irgendwer Zutritt zu eurem Haus verschaffen? Zu eurem Schlafzimmer?«

»Carver hat meinen Van gestohlen, in dem auch meine Schlüssel lagen. Die Schlösser sind erst gestern am späten Vormittag ausgetauscht worden.« Dann dachte ich an das Insekt, das unter dem Glas hervor entkommen war. »Wenn es etwas mit diesem Abend zu tun hat und er Sam etwas angetan hat – dann hätte er sogar den neuen Hausschlüssel.«

»Das kommt mir ein bisschen … weit hergeholt vor. Ist es nicht wahrscheinlicher, dass Sam den Hund für dich als romantische Geste hinterlassen hat, die nur deshalb so unheimlich wirkt, weil er jetzt fort ist?«

Ich nahm das Papier in die Hand, sagte aber nichts.

»Und ist es angesichts der Nachricht, die du bekommen hast, nicht wahrscheinlicher, dass Sam gegangen ist, weil …«

»Weil?« Aber ich wusste schon, worauf der Satz hinauslaufen würde.

Zoe lief rot an und legte mir die Hand aufs Knie. »Weil er es wollte.«

»Wäre das dann nicht eine sehr unangemessene Gelegenheit für eine romantische Geste?«

»Was ich sage, ergibt also keinen Sinn für dich?«

Ich drehte meinen Ehering. »Ich glaube, Sam wollte mir schon seit Wochen irgendwas erzählen, und ich habe es einfach nicht bemerkt. Aber wenn es auch nur eine vage Möglichkeit gibt, dass er nicht aus freien Stücken verschwunden ist …«

Zoe beendete den Satz für mich: »Dann musst du alles in deiner Macht Stehende tun, um ihn ausfindig zu machen.«

Smooch glitt von Zoes Nacken auf ihren Schoß. Zoe streichelte sie mechanisch, während sie über ihre nächsten Worte nachdachte. Dank ihres bemerkenswert ausdrucksstarken Gesichts wusste ich, was nun folgen würde. Schließlich sagte sie: »Ich hoffe, dass Sam eine Affäre hat.« Da sie sich für eine Variante entschieden hatte, die sowohl logisch war als auch bedeutete, dass Sam nicht in Gefahr schwebte, wurde ihr Ton wieder lebhafter. »Sam hat sich verdächtig verhalten und gesagt, dass ihr reden müsst. Diese Frauen haben berichtet, dass es so aussah, als hätte er bei dem Haus, wo du Audrey gefunden hast, auf jemanden gewartet. Dann ist da noch seine SMS. Und Ozzy deckt ihn ganz offensichtlich.« Sie machte eine Pause, um Luft zu holen. »Ich hoffe, Sam hat nur irgendeine Tussi klargemacht und nimmt sich einfach eine Auszeit, um nachzudenken, denn wenn das stimmt, kommt er wieder zurück.«

Auch wenn dieser Gedanke mir das Herz brach, dachte ich: *Hoffentlich*.

11

Ich schlief mit dem Telefon in der Hand ein und erwachte so auch wieder. Dann sah ich auf das Display. Keine Nachrichten.

Aus der Küche hörte ich Audrey, die mit Zoe Frühstück machte. Und lachte. Am vorigen Morgen waren das noch wir vier in unserer eigenen Küche gewesen, Sam hatte Eier aufgeschlagen, und keiner war sich bewusst gewesen, dass es unser letztes gemeinsames Frühstück als Familie sein könnte.

Noch war ich nicht bereit für Audreys Fragen, also wickelte ich mich in die Decke ein und rief meinen Sohn an.

»Hey.« In Leos Stimme lag der übliche Anflug von Teenager-Ungeduld. »Was ist los, Mom?«

»Ich wollte nur mal hören, wie's so geht.« Ich zwang meine Stimme, fröhlich zu klingen. *Alles ist in bester Ordnung.* »Hattet Tyler und du gestern einen lustigen Abend?«

»Ja, schon. Warum hast du angerufen?«

»Ich wollte nur sagen, dass ich dich lieb hab.«

»Ich dich auch. Kommt Dad und du zum Spiel?«

Ich brauchte einen Moment, bis ich darauf antworten konnte. »Ich bin nicht sicher, ob Dad es diesmal schafft.«

»Aber du kommst doch, ja?«

»Ich hab darüber nachgedacht, ob du vielleicht auch nicht gehen solltest.«

»Was?« Wenn ich Leo eröffnet hätte, dass wir vorhatten, in den Kongo zu ziehen, um bei den Bonobos zu leben, hätte er das weniger ungläubig aufgenommen. »Du machst Witze, oder?«

»Ich dachte, dass du, Audrey und ich stattdessen essen gehen könnten.«

»Warum das denn?«

»Essen ist jetzt nichts total Ungewöhnliches.«

Er seufzte, unbeeindruckt von meinem Versuch, unbeschwert zu klingen. »Aber wir spielen doch gegen Monty.« Montgomery High, Santa Rosas Erzrivale. »Ich kann Monty nicht auslassen, keine Chance. Der Trainer würde mich killen.«

Ich dachte kurz darüber nach, Leo dazu zu zwingen, das Spiel auszulassen. Ich war seine Mutter, ich konnte das tun. Doch dann dachte ich: Genau wie unsere Familie vielleicht schon ihr letztes gemeinsames Frühstück eingenommen haben könnte, war heute Abend vielleicht auch Leos letztes Spiel. Wenn Sam nicht mehr heimkam, würde die Tatsache, das Spiel gegen Monty verpasst zu haben, nicht mehr das Schlimmste sein, was in Leos Leben passiert war.

»Ich mach mir einfach nur Sorgen um dich.«

Leo fiel auf, dass mir kurz die Stimme versagte. »Ist alles in Ordnung, Mom?« Pause. »Warum kommt Dad denn nicht zum Spiel?«

Die Lüge kam mir prompt über die Lippen. »Dad ist auf einer Konferenz, und mir geht's gut. Ich bin nur noch ein bisschen unruhig wegen vorgestern Abend.«

»Ja, na ja, wenn alles okay ist, muss ich jetzt wirklich auflegen.« Die Ungeduld war wieder zurück. »Tyler und ich wollen vor dem Unterricht noch in den Kraftraum.«

»Schreib mir später.«

»Warum?«

»Weil ich deine Mom bin.«

»Ja, und du machst dir Sorgen um mich, ich weiß. Egal. Tylers Mom muss jetzt los, also …«

»Geh schon.«

»Wir sehen uns beim Spiel?«

»Audrey und ich kommen.«

In der Küche lachte Audrey noch einmal auf, ein Poltern, das bei so einem kleinen Kind irgendwie deplatziert wirkte. Ihr Temperament war schon immer so übermütig gewesen. Jetzt waren Leo und sie es, die mich so weit stabilisierten, dass ich aufstehen konnte, und die mir so viel Konzentration gaben, dass ich mich einem weiteren, wahrscheinlich höllischen Tag würde stellen können.

Auf dem Schulweg sah Audrey unter all ihren Lagen aufgebläht aus wie ein Marshmallow am Lagerfeuer. Ich riskierte einen Blick in den Rückspiegel und sah, wie sie in ihrem Kindersitz herumzappelte, um eine bequeme Sitzposition zu finden.

»Mommy, können wir nächstes Jahr auch einen von diesen Kürbissen haben, die aussehen, als müssten sie brechen? Du weißt schon, mit den Samen und den Schnüren, die ihm aus dem Mund kommen?«

Endlich eine Frage, die ich ehrlich beantworten konnte. Vorhin, als Audrey gefragt hatte, wo ihr Dad sei, hatte die Lüge einen bitteren Nachgeschmack in meinem

Mund hinterlassen. Ich erzählte ihr, ihr Dad habe sich entschuldigt, weil er sie allein gelassen habe, und dass er heute ganz früh zu einer Lehrerkonferenz aufgebrochen sei. Dieselbe Lüge, die ich auch Leo aufgetischt hatte. Und alles war umso schlimmer gewesen, weil beide sie ohne Nachfrage geschluckt hatten.

Ich hielt am Straßenrand, in der Nähe der Hidden Valley Elementary. »Klar können wir nächstes Jahr so einen Kürbis haben.«

Mein Atem stockte bei den beiden Wörtern: *nächstes Jahr*. Wie würde das nächste Jahr für unsere Familie wohl aussehen?

»Savannah hat erzählt, dass ihr Dad einen Kürbis geschnitzt hat, der wie eine Fledermaus aussieht, aber ich finde, ein kotzender Kürbis wäre viel cooler.«

Mit diesen Worten schnappte Audrey sich ihr Diadem und ihren Rucksack, umarmte mich rasch und hüpfte dann zu einer Gruppe von Mädchen, die zur Begrüßung kreischten. Mein Herz zog sich zusammen. Ich wusste nicht einmal, wie der nächste *Tag* aussehen würde.

Vorher hatte ich alle außer den dringendsten Terminen abgesagt und diese an einen anderen Tierarzt verwiesen. Jetzt, wo ich mich weder um Patienten noch um Kinder kümmern musste, dachte ich über meinen nächsten Schritt nach.

Ein Dutzend Versuche, Sam zu erreichen, blieben erfolglos, den letzten hatte ich vor knapp einer halben Stunde unternommen. Zum ersten Mal seit Monaten hätte ich beinahe meinen Vater angerufen, aber wir hatten schon jahrelang nicht mehr miteinander gesprochen. Sechs Jahre lang, um genau zu sein. Unser letztes Gespräch war ein distanzierter Telefonanruf kurz nach Audreys Geburt gewesen. Leo kannte er kaum und Audrey überhaupt nicht, wobei sollte er mir jetzt also helfen?

Die Ziegelfassade der Highschool tauchte vor mir auf, bevor ich noch ganz begriff, wohin ich unterwegs war. Ich fuhr auf den Lehrerparkplatz und hielt nach Sams blauem Camry Ausschau. Als ich ihn nirgends entdecken konnte, parkte ich. Audreys Grundschule begann eine Viertelstunde später als die Highschool, also hatte der Unterricht hier schon angefangen. Ich überlegte, im Sekretariat anzurufen und nachzufragen, ob Sam da war, aber ich kannte die Antwort bereits: War er nicht.

Fünfundzwanzig Minuten blieb ich im Auto sitzen, bis die Glocke das Ende der ersten Stunde bekanntgab. Ich umklammerte das Lenkrad, während ich den Blick über die Menge schweifen ließ. Nicht nach Sam hielt ich Ausschau, sondern nach Leo. In dieser ganzen Flut brauchte ich einen Augenblick, um herauszufinden, welcher der unbeholfenen, schönen Teenager mein Sohn war. Als ich ihn entdeckte, ging mir wie immer das Herz auf. Leo war mit Tyler und einem anderen Jungen zusammen, den ich zwar kannte, aber dessen Name mir nicht einfiel. Mein Sohn lächelte, wie er es seinen Freunden gegenüber tat, wenn er nicht wusste, dass seine Mom ihn beobachtete. Leo stand kurz vor dem Erwachsenwerden, aber er war trotzdem immer noch ein Junge und brauchte einen Vater, der sich verantwortungsvoll verhielt.

Ich tippte noch eine Nachricht an Sam und drückte auf Senden, bevor ich sie noch hinterfragen konnte.

Während ich auf seine Antwort wartete, las ich die Nachricht dann noch einmal durch: **Gib mir einen Grund, warum ich dich nicht vermisst melden sollte. Du hast fünf Minuten.**

Sam benötigte nur drei. **Ich brauche Zeit.**

Na ja, unsere Kinder brauchen einen Vater.

Ich weiß.

Ruf mich an.

Einige Minuten vergingen, bevor eine weitere Nachricht auf dem Display aufploppte: **Ich kann nicht. Noch nicht.**

Warum nicht?

Es ist kompliziert. Und dann: **Ich bin nicht allein.**

Trotz meiner Vermutung vom Vorabend, dass Sam mich betrügen könnte, stellte ich mir jetzt vor, wie Sam sich in einem Schrank versteckte oder im Kofferraum eines fremden Wagens lag. In beiden Szenarien war er voller blauer Flecken und blutete.

Als meine Gedanken sich verfinsterten, kam mir eine weitere Möglichkeit in den Sinn: Sam war vielleicht gar nicht derjenige, der mir die Nachrichten schrieb.

Wer ist bei dir? Bist du verletzt?

Er beantwortete nur die zweite Frage: **Ich werd schon wieder.**

Dann ruf mich an.

Als darauf keine Antwort erfolgte, wählte ich seine Nummer. Ohne dass es klingelte, landete der Anruf sofort auf der Mailbox.

Eine Sekunde später folgte die SMS: **Tut mir leid.**

Anscheinend hat sich die Anschaffung des großen Buches der Klischees für dich richtig gelohnt.

Was soll ich denn sagen?

Ich will, dass du mir sagst, was zum Teufel hier los ist.

Das ließ ich einen Moment so stehen, bevor ich den Mut aufbrachte, die Frage zu stellen, auf die ich eigentlich eine Antwort wollte. **Hast du eine Affäre?**

Die drei Punkte, die anzeigten, dass Sam eine Antwort tippte, blieben einige Minuten auf dem Display, doch als die Nachricht dann eintraf, bestand sie nur aus fünf Wörtern: **Gib mir bis heute Abend.**

Ich blieb hartnäckig: **Du hast mir nicht geantwortet.**

Ich wartete darauf, dass die Punkte wieder erscheinen würden. Dreißig Sekunden vergingen. Dann eine Minute. Schließlich tippte ich: **Woher weiß ich, dass du das hier wirklich bist?**

Diesmal erfolgte die Antwort umgehend. **Wer sollte es denn sonst sein?**

Noch so eine Nichtantwort.

Als Leo und Audrey noch Babys waren, hatte Leo das Babyfon immer auf seiner Seite des Bettes behalten. Selbst als sie begannen durchzuschlafen, hatte Sam wenigstens einmal pro Nacht nach ihnen gesehen. »Nur falls das Babyfon nicht funktioniert.«

Warum hast du Audrey bei dieser Frau gelassen?

Heute Abend. Versprochen.

Ich weiß nicht, ob ich dir bis heute Abend geben kann.

Es folgten wieder die drei Punkte, dann: **Unsere erste Begegnung. Prinzessin Jellybean.**

Ich sog scharf die Luft ein. **Was?**

Du hast mich gefragt, ob ich es wirklich bin.

Meine Hände zitterten, als ich noch einmal die unbeantwortete Frage stellte: **Hast du eine Affäre?**

Im kalten Leihwagen, in dem schwer der Geruch nach künstlicher Kiefer hing, wartete ich auf Sams Antwort, und als die drei Punkte wieder auf dem Display erschienen, pochte mein Herz laut. Dann setzte mein Herzschlag für eine Sekunde aus. Meine ganze Welt erstarrte, denn die letzte Nachricht, die ich von Sam erhielt, bestand nur aus einem einzigen Wort: **Ja.**

12

Zuckerwattewolken hingen über dem Dachfenster des Empfangsbereichs der Polizeiwache von Santa Rosa, das Licht der Vormittagssonne fiel durch eine Reihe saft- und kraftloser Ahorne herein. Ich betrat die Wache und fragte nach Detective Ray Rico. Er war nicht da, aber der Polizist am Empfangstresen – ein drahtiger Mann mit markanter Nase – bot mir an, jemand anderen zu holen, der mir helfen könne, und ließ mich dann warten. Darin war ich noch nie gut gewesen, war es erst recht nicht, seit Sam verschwunden war.

Die Frau, die nach fünf Minuten zu mir kam – fünf Minuten, die sich wie eine Stunde anfühlten –, war so groß wie ich, trug die Haare zu einem strengen Knoten gebunden und hatte viel Rouge auf den Wangenknochen. Sie stellte sich mir als Marisol Torres vor und führte mich in einen Raum, der direkt vom Empfangsbereich abging. Trotz ihrer strengen Frisur machte die Polizistin einen freundlichen Eindruck, und ihr angedeutetes Lächeln wirkte vertrauenswürdig.

Andererseits hatte auch meine Ehe vertrauenswürdig gewirkt.

Torres nahm die Kontaktdaten, die Passwörter für Sams Social-Media-Accounts und eine Beschreibung meines Ehemannes auf. Als sie um ein Foto bat, scrollte ich durch ein halbes Dutzend Bilder, bis ich eines fand, das geeignet war. Es war vor ein paar Jahren auf einer Wanderung im Annadel State Park aufgenommen worden, in einem Gebiet, das seitdem von Waldbränden verheert worden war. Die grünen Bäume und Sams schelmisches Lächeln waren beide Überbleibsel aus einer vergangenen Zeit.

»Das muss schwer für Sie sein«, sagte Torres. »Wann haben Sie Ihren Mann zum letzten Mal gesehen?«

»Gestern Morgen um kurz vor sieben.«

»Halb sieben? Viertel vor?«

»Viertel vor.«

»Hatten Sie gestern noch einmal Kontakt zu ihm?«

»Wir haben um 19.14 Uhr telefoniert.« Das wusste ich so genau, weil ich meine Anrufliste gecheckt hatte. Mehrfach. »Als ich kurz nach sieben heimgekommen bin, war er mit unserer Tochter schon zum Halloween losgegangen.«

»Was hat Ihr Mann zu Ihnen bei Ihrem letzten Telefonat gesagt?«

Darüber musste ich nicht nachdenken. Unser letztes Gespräch lief in meinem Kopf auf Dauerschleife, seit Sam verschwunden war. »Er sagte, Audrey und er wären in ungefähr einer halben Stunde wieder zu Hause und dass wir miteinander reden müssten.«

»Worüber denn?«

»Das hat er nicht gesagt.«

Sie sah mich eindringlich an. Obwohl sie versuchte, ihren Blick sanft erscheinen zu lassen, war ich nicht mehr sicher, ob Officer Torres noch auf meiner Seite war.

»Was haben Sie dann getan?«, fragte sie.

»Ich habe auf die beiden gewartet.« Dass ich eingeschlafen war, behielt ich für mich – zum Teil aus Schuldgefühlen, doch vor allem aufgrund der Fragen, die dieser Umstand aufwerfen könnte: *Sie haben ein Nickerchen gemacht? Während Ihr Mann und Ihr Kind verschwunden sind? Was für ein Mensch sind Sie denn?*

Sie hätte die Fragen sicher anders formuliert, doch genau das hätte sie gedacht. Torres brauchte nicht noch mehr Gründe, um an mir zu zweifeln.

Ich fuhr fort: »Ich bekam einen Anruf wegen eines Patienten um kurz nach neun, und da fiel mir siedend heiß auf, dass Sam und Audrey noch nicht wieder zu Hause waren.«

»Das fiel Ihnen erst auf nach … wie viel? … fast zwei Stunden?«

Rückblickend erschien es nun ziemlich dumm, das mit dem Nickerchen ausgelassen zu haben. Zu spät. Ich versuchte, ebenso leidenschaftslos wie die Polizistin zu schauen.

»Genau.«

»Was haben Sie getan, nachdem Ihnen auffiel, dass Ihr Mann nicht heimgekommen war?«

»Ich habe nach ihm gesucht.« Ich erzählte Torres von meiner Suche in der Nachbarschaft und dass ich schließlich Audrey bei den beiden Frauen gefunden hatte.

»Und seitdem hatten Sie keinen Kontakt mehr zu Sam?«

Ich zögerte. »Es gibt ein paar Textnachrichten. Aber ich bin mir nicht sicher, ob sie wirklich von Sam sind.« Ich zeigte sie ihr trotzdem.

Torres rutschte auf ihrem Stuhl herum, ihr Stift schwebte über dem Klemmbrett, dass sie mit geübter Nachlässigkeit auf dem Knie balancierte.

»Warum bezweifeln Sie, dass diese Nachrichten von Ihrem Mann stammen?«

Auf der Herfahrt hatte ich über diese Frage ausführlich nachgedacht, also konnte ich schnell darauf antworten. »Hatten Sie mal eine Beziehung, Officer Torres?«

»Jeder war mal verliebt.«

Ich zitterte, als mir auffiel, wie sehr dieser Kommentar dem von Carver Sweet von vorgestern ähnelte, »wen lieben Sie?«, hatte er gefragt. »Warum sagen Sie das?«, fragte ich alarmiert.

Torres sah mich an, als wäre ich eine Außerirdische. »Na, Sie haben mich doch gefragt.«

»Tut mir leid. Wie auch immer, wenn Sie in einer Beziehung sind, fragen die Leute Sie immer danach, wie Sie sich kennengelernt haben, stimmt's? Zuerst hat mich die Erwähnung von Prinzessin Jellybean aus dem Konzept gebracht, doch dann dachte ich daran, wie oft wir diese Geschichte schon erzählt hatten. Und auch alles andere ... Es klang einfach nicht nach ihm.«

»Warum?«

»Zuerst mal: Er hat nicht nach den Kindern gefragt.«

Torres biss die Zähne zusammen. »Glauben Sie nicht, dass die Möglichkeit besteht, dass Ihr Mann freiwillig gegangen ist?«

Reflexhaft schüttelte ich den Kopf, doch natürlich bestand die Möglichkeit. Ihr Gesichtsausdruck blieb undurchdringlich, aber ich spürte, dass sie nicht überzeugt war. Das konnte ich ihr nicht übelnehmen, ich war ja nicht mal selbst vollkommen überzeugt.

»Auch wenn die Nachrichten von Sam stammen, erwähnt er doch hier, dass er verletzt ist.« Ich tippte auf das Display, wo ich danach gefragt hatte, ob er verletzt sei, und er geantwortet hatte, dass er schon wieder werden werde. »Wenn er verletzt ist, sollten Sie dem doch nachgehen. Und wenn die Nachrichten gar nicht von Sam sind …« Ich ließ das in der Luft hängen. Wir wussten beide, was passiert sein konnte, falls Sam diese Nachrichten nicht geschickt hatte.

Torres starrte mich einige Sekunden lang an, bevor sie fragte: »Gibt es bei Sam eine Geschichte von psychischen Erkrankungen oder Drogenmissbrauch?«

»Nein.«

»Finanzielle Probleme?«

Ich wollte gerade sagen, dass das natürlich nicht der Fall sei, aber ich hatte nicht daran gedacht, unsere Kontoauszüge oder Kreditkartenabrechnungen zu überprüfen. Ich kümmerte mich um die Finanzen der Praxis, Sam um unsere privaten Konten. Das war uns als faire Aufteilung erschienen, doch jetzt fiel mir auf, dass ich nicht mal wusste, was wir fürs Kabelfernsehen oder die Kfz-Versicherung bezahlten. »Ich glaube nicht.«

Torres machte eine Pause, tippte mit dem Stift auf und sagte dann: »Mrs. Larkin, ich weiß, das klingt jetzt vielleicht hart, aber Sie müssen berücksichtigen, dass zwei anscheinend unbeteiligte Frauen Ihnen erzählt haben, sie hätten Sam kurz vor seinem Verschwinden noch gesehen, dass es so wirkte, als würde er auf jemanden warten, und dass er Ihre Tochter freiwillig in ihrer Obhut gelassen hat. Wir schließen keine Möglichkeit aus, und Sie sollten das auch nicht tun.«

Ich mochte nicht, wie Torres' perfekt gezupfte Augenbrauen sich über den leicht zusammengekniffenen Augen zusammenzogen. Das angedeutete Lächeln erschien nun eher wie eines aus Mitleid denn aus Freundlichkeit.

Und doch blieb eine Tatsache im Zusammenhang mit dem Verschwinden meines Mannes bestehen: »Sam hätte Audrey niemals allein gelassen.«

Torres' Gesichtsausdruck blieb undurchschaubar. »Sie war ja nicht allein. Auch wenn Sie die Frau nicht kannten, Ihr Mann kannte sie.«

Obwohl ihr Kommentar nicht verletzend gemeint war, war er es trotzdem. Sam kannte die Frau im Hexenkostüm, weil er derjenige war, der Audrey jeden Tag zur Schule fuhr. Er war immer da. Bis jetzt, wo er es plötzlich nicht mehr war.

»Warum sollte er Audrey bei einer Fremden lassen, wenn unser Haus nur ein paar Straßen entfernt ist? Außerdem haben Sie Audrey gestern Abend nicht gesehen. Sie war völlig fertig. Hat geweint. Falls Sam wirklich geplant hat, mehr als ein paar Minuten wegzubleiben, hat unsere Tochter das jedenfalls nicht gewusst.«

»Haben Sie die Telefonnummern dieser Frauen?«

Ich schüttelte den Kopf. Ein weiterer Fehler von mir.

Torres nickte, als wäre dieses Versäumnis verständlich, aber ich spürte, dass sie mich verurteilte. Vielleicht verurteilte ich mich auch nur selbst.

Dann zog ich das Schokoladenpapier aus meiner Handtasche, in der ich es vorhin verstaut hatte. Ich reichte es Torres und berichtete ihr von Lesters Vergiftung und darüber, wie ich das Papier zu einem Hund gefaltet auf meinem Nachttisch gefunden hatte.

Sie nahm mir das Papier ab und legte es auf ihr Klemmbrett. »Das überprüfen wir. Und die Informationen über Ihren Mann jagen wir durch eine landesweite Datenbank.« Ich wappnete mich für das »aber«, das ich kommen hörte. »Wir überprüfen das, *aber* falls wir nichts finden, das anzeigt, dass Ihr Mann in Gefahr schwebt, können wir kaum etwas tun. Unglücklicherweise ist es Erwachsenen erlaubt, zu kommen und zu gehen, wann sie wollen.« Torres legte den Stift hin und lehnte sich vor, eine Geste, die wohl eine Beziehung zwischen uns herstellen sollte. »Die meisten vermissten Erwachsenen tauchen innerhalb von ein paar Tagen wieder auf. Bei Erwachsenen ist die Wahrscheinlichkeit höher, dass sie freiwillig verschwunden sind, als dass sie Opfer eines Verbrechens wurden. Im Moment mag Ihnen das vielleicht nicht so vorkommen, doch das ist eine gute Sache. Die Chancen stehen nicht schlecht, dass es Sam gut geht.«

Obwohl die Worte genau das waren, was ich hören wollte, beruhigten sie mich nicht.

»Wir werden alles überprüfen, aber es gibt auch Dinge, die Sie tun können: Fragen Sie bei Freunden, in Krankenhäusern oder Notunterkünften nach. Und noch einmal: Falls es irgendeinen Anhaltspunkt dafür gibt, dass Sam nicht freiwillig gegangen ist, untersuchen wir das. Nur weil es wahrscheinlicher ist, dass ihm nichts passiert ist, heißt das nicht, dass wir es nicht in Erwägung ziehen.«

Ich nickte und signalisierte so mein Einverständnis,

dass die Befragung beendet war. Doch offenbar war sie das gar nicht.

»Noch etwas. Indem Sie diese Anzeige erstatten, haben Sie ein Recht darauf, unterrichtet zu werden, wenn wir herausfinden, dass Ihr Mann in Sicherheit ist.«

»Das heißt?«

»Das ist alles, worauf Sie ein Anrecht haben. Falls wir Ihren Mann finden und er nicht will, dass Sie erfahren, wo er sich aufhält, dürfen wir Ihnen diese Information nicht weitergeben.« Sie rückte das Klemmbrett auf ihrem Schoß zurecht. »Sie waren vor ein paar Tagen in einen Überfall verwickelt, richtig?«

»Es war eine schreckliche Woche.«

Sie richtete sich auf, ihre Haltung und ihr Blick signalisierten auf einmal, dass sie auf der Hut war. »Die Polizei sucht nach Mustern. Der Überfall selbst könnte nur Pech gewesen sein, schlechtes Timing. Oder Glück, wenn Sie es aus dem Blickwinkel der Frau betrachten, deren Leben Sie gerettet haben. Aber wenn Sie nun einen Ehemann hinzufügen, der fast genau vierundzwanzig Stunden später verschwindet, und den Mord …«

Als sie ihren Satz nicht sofort beendete, hakte ich nach: »Die Frau, die er angegriffen hat, ist gestorben?«

»Mittwoch war ein ziemlich stressiger Tag für Mr. Sweet. Bevor er die Frau überfallen hat, hat er seine Frau vergiftet. Sind Sie sicher, dass Sie ihn nicht kennen?«

Seit der Attacke wurde ich den Gedanken an Carver Sweets Gesicht nicht mehr los. Am deutlichsten erinnerte ich mich an die Narbe – aufgeworfenes Fleisch, das sich an seinem Kiefer entlangwand wie eine Albinoschlange.

Das Mal eines Gewaltverbrechers. Diese Narbe hätte ich nicht einmal dann vergessen, wenn ich sie unter gewöhnlichen Umständen gesehen hätte.

»Ich habe ihn nie zuvor gesehen. Aber die Frau, die er zusammengeschlagen hat – ist sie am Leben?«

Torres' Blick wurde hart, und ich spürte, wie mir die Röte in die Wangen stieg. »Miss Breneman ist gestern aus dem Krankenhaus entlassen worden.«

Normalerweise merkte ich, was Leute dachten, und in der kurzen Atempause der Polizistin und der Art, wie sie das Klemmbrett festhielt, las ich irgendeine Erwartung.

»Freut mich, das zu hören«, sagte ich.

Torres nickte und erhob sich endlich. »Wir geben Ihnen Bescheid, falls wir etwas hören. Außerdem geben wir Ihnen Bescheid, sobald Sie Ihren Van abholen können.«

Das hatte ich vollkommen vergessen und nickte jetzt dankbar. »Allerdings wegen Ihrer Tasche ... Die war nicht im Van, als wir ihn gefunden haben. Entweder hat er sie mitgenommen oder weggeworfen.« Keine dieser Möglichkeiten tröstete mich.

Officer Marisol Torres verschwand, ihre ganze ursprüngliche Warmherzigkeit war durch eine effiziente Barschheit ersetzt worden.

Ich dachte an Sam, sah der Polizistin hinterher und überlegte, dass meine Menschenkenntnis wohl doch nicht so gut war wie gedacht.

13

Als ich die Polizeiwache verließ, hatte die Herbstsonne alle Wölkchen vertrieben, spendete jedoch keine Wärme.

Vor der Wache blieb ich stehen. Ich hätte heimgehen, den Computer überprüfen, die Verbindungsnachweise und die Kreditkartenabrechnungen sichten sollen. Doch wenn ich an zu Hause dachte, dachte ich daran, wie Sam Tamales machte und der Feuermelder losging, als ein paar Maishülsen Feuer fingen, oder daran, wie Sam Audreys aufgeschürfte Knie und Ellbogen verarztete, unbedeutende Verletzungen, die sofort besser wurden, weil Dad ein Superheldenpflaster draufklebte. Ich dachte daran, wie Leo das letzte Mal Grippe hatte und uns erlaubte, uns neben ihn auf die Couch zu setzen. Wir hatten einen ganzen Samstagnachmittag so verbracht, hatten uns unter eine Decke gekuschelt und uns Wiederholungen von *South Park* und einigen Miyazaki-Filmen angeschaut.

Ich konnte nicht heimgehen.

Obwohl ich noch nicht über meinen nächsten Schritt entschieden hatte, ging ich zielstrebig zum Auto. Beweg dich, sagte ich mir, genau wie vorige Nacht. Mit dem Grübeln konnte ich bis zum Abend warten, wenn ich entweder eine weitere Nacht auf Zoes Sofa schlafen oder meine erste Nacht allein in dem Bett verbringen würde, das ich normalerweise mit Sam teilte. Ich war mir nur nicht sicher, ob ich dafür schon mutig genug war.

Noch immer versuchte ich vergeblich, mir einen Plan zurechtzulegen, als ich an der Wache vorbeifuhr – und sie sah: eine kleine Metallbox, deren Linse auf die Straße gerichtet war. Ich wendete an der nächsten Kreuzung und fuhr schließlich doch nach Hause.

Die kalte Sonne stahl dem Viertel, in dem Sam verschwunden war, seinen Zauber, die Geister waren nun als Bettlaken zu erkennen, die Skelette waren offensichtlich aus Plastik und nicht aus Knochen. Eine Hexe, die ihrer Schatten und glühenden Augen beraubt war, hing zu einer Seite von einem Zaunpfahl. Irgendwer hatte ihr Lumpenkleid mit Ei bekleckert.

Es war noch nicht mal elf Uhr an einem Freitag, und die Straße lag verlassen da. Doch ich war ja nicht auf der Suche nach Menschen, sondern nach Kameras. Frauen wie die, die ich gestern Abend getroffen hatte – die Piratin und die Hexe, die über Kinder gemeckert hatten, die »aus anderen Vierteln« herkamen –, waren genau solche, die Fremde überwachen würden.

Ich ging die Straße auf einer Seite hinauf – vorbei an Häusern im Ranchstil, an traditionellen und solchen aus der Mitte des vorigen Jahrhunderts – und auf der anderen Seite wieder hinunter, vorbei an Gärten mit Virginia-Eichen und blühenden Birnbäumen, an Buchsbaumhecken und Pflanzen, die Trockenheit gut aushielten. Ich scannte die Eingänge, die Balkons im zweiten Stock und die Dächer.

Aber ich entdeckte keine Überwachungskameras. Vielleicht waren sie unter Dachtraufen angebracht oder im Gebüsch versteckt, aber war der ganze Sinn von Überwachung nicht, Verbrecher abzuschrecken? Was war mit Kameras an den Gegensprechanlagen? Irgendwer konnte mich beobachten, indem er eine App auf sein Telefon lud, und ich würde es vielleicht gar nicht mitkriegen.

Die nur allzu vertraute Frustration überkam mich. Als ich gerade auf die Highschool in Phoenix gekommen war, hatte ich mich dem Geländelaufteam angeschlossen, aber bald festgestellt, dass ich Laufen gar nicht mochte. Ich bekam Blasen und Wadenkrämpfe, und meine Lunge fühlte sich oft so an, als stünde sie kurz vorm Kollaps. Keine Endorphine, nur schmerzhafte Anstrengung und jedesmal die Angst, dass ich tatsächlich würde kotzen müssen – und das wäre doch wirklich peinlich gewesen.

Aber ich beendete die Saison. Das tat ich immer: Ich machte keine halben Sachen. Als ich nun also vor den Häusern stand, vor denen Sam zuletzt gesehen worden war, ging ich noch mal denselben Weg wie am Vorabend ab und betrachtete die Klingeln genauer.

Fast hätte ich ihn übersehen, konzentriert blickte ich nach oben. Doch es war keine Kamera, die meine Aufmerksamkeit erregte, sondern ein Kürbis. Er war ganz an den Rand der Veranda gerückt, sodass ich ihn nicht entdeckt hatte, als ich das erste Mal hier vorbeigekommen war. Weiche Stellen hatten sich auf dem gedrungenen Kürbis gebildet, an denen seine Farbe zu verblassen begann. Die Kürbislaterne war allerdings meisterhaft geschnitzt. Die Augen tot und hohl, die Augenbrauen gebogene Schlitze der Bestürzung, die Mundwinkel wiesen abwärts. Aus diesem Mund quoll zwischen sorgfältig geschnitzten Zähnen ein großzügiger Schwall aus strähnigen und mit Kernen durchsetzten Kürbisinnereien hervor.

Als ob er sich übergeben würde.

Es war genau die Art von Kürbis, die Audrey erwähnt hatte, und er stand auf der Steintreppe eines zweistöckigen Hauses, zwei Türen entfernt von dem verwunschenen Haus, bei dem ich sie aufgegabelt hatte.

Kostenlose Zeitungen lagen über die Stufen verstreut neben dem Kürbis, einige weitere noch auf dem Rasen des Vorgartens. Ein Seitenfenster war kaputt, die Öffnung mit Karton bedeckt.

Obwohl ich nicht erwartete, dass mir irgendwer aufmachen würde, klopfte ich.

»Verkaufen Sie was, oder suchen Sie die Gardners?«

Ich drehte mich nach der Stimme um. Sie gehörte zu einer älteren Frau, deren Brillengestell ein Leopardenmuster hatte. Sie trug eine geblümte Bluse und eine mauvefarbene Hose. »Wenn Sie nämlich zu den Gardners wollen, die sind Mitte des Monats ausgezogen.«

Wenn das Haus allerdings seit ein paar Wochen leer stand, hätte das Verandalicht gestern Abend eigentlich nicht an sein dürfen. Und wenn das Licht nicht an gewesen war, wie hatte Audrey dann den Kürbis entdeckt? Ich hatte ihn schon bei Tageslicht beinahe übersehen.

Die Frau in der mauvefarbenen Hose – ihre Haare waren nur einen Ton heller – interpretierte meine Pause als Zeichen, dass ich mehr wissen wollte. »Stan, der Mann, war Parkplatzaufseher. Er hat vor ein paar Monaten seinen Job verloren. Die Frau, Christina, ist Aushilfslehrerin, aber nur mit ihrem Gehalt konnten sie keine fünfköpfige Familie ernähren. Wenigstens nicht in Sonoma County. Sie sind nach Ohio gezogen.« Sie streckte mir die Hand entgegen. »Ich heiße Helen.«

»Freut mich, Sie kennenzulernen. Ich heiße Cassie.« Ich zog mein Handy hervor und scrollte zu einem Bild von Sam. »Haben Sie diesen Mann hier gesehen? Gestern Abend vielleicht?«

Die ältere Dame rückte die Brille zurecht und beugte sich vor. »Ist das Ihr Mann?«

Als ich nickte, lächelte Helen. »Ein hübscher junger Mann. Grübchen hab ich schon immer gemocht. Mein Bob hatte auch welche.«

»Haben Sie ihn hier irgendwo gesehen?«

»Natürlich. Vor allem wegen des kleinen Mädchens ist er mir aufgefallen. Sie sprühte nur so vor Energie und war so höflich. Manche sagen ja nicht mal Danke, aber sie schon.«

Mein Herz machte einen Sprung. »Sie haben Audrey gesehen?«

»Das kleine Mädchen? Sie war ganz zauberhaft und die einzige Katze, die ich gestern eine Krone tragen sah.«

»Wann war das?«

»Die Süßigkeiten sind mir so um acht rum ausgegangen, und sie gehörten zu meinen letzten Besuchern. Viertel vor?« Sie dachte kurz darüber nach und nickte dann. »Ja, das stimmt wohl.«

Das war, kurz nachdem Sam mich angerufen hatte. Zwanzig Minuten, um genau zu sein. Sam hatte versprochen, eine halbe Stunde später zu Hause zu sein. »Ist irgendjemand bei den beiden gewesen?«

Die Frau legte den Kopf schief, ihre Neugier wurde zu Misstrauen. »Haben Sie beide Probleme, geht es darum? Denn da möchte ich mich nur ungern einmischen.«

»Mein Mann ist verschwunden.« Es zum zweiten Mal innerhalb einer Stunde laut auszusprechen ließ die Last auf meinem Herzen schwerer werden. Ich zwang mich zu einem Lächeln, fürchtete aber, dass das ungefähr so freundlich aussah wie bei dem Kürbis auf der Treppe.

»Und Sie denken, dass er vielleicht mit jemandem durchgebrannt sein könnte? Mit einer Frau?«

»Vielleicht.«

Sie dachte darüber nach und fuhr sich dabei mit den Fingern durch das mauvefarbene Haar. »Ich dachte eine Weile, dass mein Bob mich betrügt, da waren wir gerade frisch verheiratet. Ich habe eine Schachtel Kondome gefunden. Dann hab ich sie mit dieser Tinte begossen, die man nur unter UV-Licht sieht.«

Ich konnte nicht widerstehen. »Wie ist das ausgegangen?«

»Als ich bemerkt habe, dass ein paar davon fehlten, wartete ich, bis er eingeschlafen war, und holte dann meine spezielle Lampe. Ich überprüfte seine Hände. Und alles andere. Er war sauber. Es stellte sich heraus, dass die Kondome einem Freund gehörten und Bob sie nur für diesen Typen aufbewahrte, damit dessen Frau sie nicht fand. Ich schenkte der Frau die Schachtel und die Lampe.«

So viel zu Helens Nichteinmischungsgrundsatz. Oder vielleicht war dieser Grundsatz so auch erst entstanden. Ich konnte mir nicht vorstellen, dass das Geschenk auf große Begeisterung gestoßen war.

»Was Ihre Frage angeht: Er war mit dem Mädchen allein.«

»Darf ich Sie fragen, in welchem Haus Sie wohnen?«

»In dem gelben Ranchhaus.« Helen zeigte auf ein Gebäude auf der anderen Straßenseite. Das leer stehende Haus lag also direkt gegenüber Helens Zuhause und gleich neben dem Spukhaus.

Ich reichte ihr eine meiner Karten. »Falls Sie noch irgendetwas hören ...«

Helen nahm die Visitenkarte entgegen und steckte sie in die Hosentasche. »Sind Sie sicher, dass Sie die Gardners nicht kennen?«

Auf mein Kopfschütteln hin sprach sie weiter: »Die beiden jüngsten Gardner-Kinder sind noch nicht in der Schule, aber der Älteste geht in die dritte Klasse. Armer Kerl. Es muss schrecklich für ihn sein, dass alles in seinem Leben sich ändert.«

Ich zog mir das Sweatshirt über die Hände, weil ich auf einmal wieder fror. Was würden meine Kinder wohl tun, falls ihr Vater nicht wieder heimkäme? »Es muss schrecklich sein«, stimmte ich zu.

»Ohio ist allerdings nicht so schlecht. Eine Cousine von mir lebt da«, erklärte Helen. Dann musterte sie mich noch einmal und zwinkerte mir zu. »Ich hoffe, Sie finden Ihren Mann.«

Daraufhin tätschelte sie mir den Arm und entfernte sich.

14

Ich hatte mich zunächst so sehr auf das Viertel konzentriert, in dem Sam verschwunden war, dass ich mein eigenes übersah. Doch dann fuhr ich an Gino Baldovinos Haus vorbei.

Nachdem er dreimal verheiratet gewesen war, lebte Mr. Baldovino zurzeit allein. Jedes Mal hatte ihn die Frau wieder verlassen. Das hatte ich kurz nach unserem Einzug erfahren, als Mr. Baldovino zu uns herübergekommen war, um mir mitzuteilen, dass ich meinen Blumen zu viel Wasser gab.

Seither hatte Mr. Baldovino nur noch einmal mit uns gesprochen, und zwar letzten Herbst, als ein Rechen am selben Tag aus seinem Vorgarten verschwunden war, an dem Leo ein paar Freunde eingeladen hatte. Es gelang mir nicht, meinen Nachbarn davon zu überzeugen, dass die Jungs nichts damit zu tun hatten – Rechen, hatte ich ihm erklärt, standen bei den meisten Teenagern nicht gerade hoch im Kurs. Er war wieder abgezogen und hatte irgendetwas auf Italienisch gemurrt.

Am folgenden Tag hatte Mr. Baldovino eine Überwachungskamera installiert, die seither ununterbrochen auf unser Haus gerichtet war.

Mein Atem beschleunigte sich im selben Maß wie

meine Schritte, als ich die Straße überquerte und auf Mr. Baldovinos Zuhause zuging. Mein Klopfen klang nur unwesentlich lauter als mein Herzschlag.

Als Mr. Baldovino darauf nicht reagierte, klingelte ich. Die Vorhänge wurden beiseitegezogen und fielen dann wieder an Ort und Stelle.

So vergingen fünf Minuten, in denen ich weiter hartnäckig vor seiner Eingangstür stehen blieb. Ich klopfte erneut, und als ihn das nicht zu interessieren schien, klingelte ich noch einmal.

Ich hatte mich in einen guten Rhythmus zwischen Klopfen und Klingeln eingegroovt, als die Tür sich endlich öffnete. Durch den Spalt konnte ich nur ein Auge und die Hälfte der Nase erkennen.

»Was wollen Sie?«, blaffte er.

Small Talk war bei meinem Nachbarn vergebliche Liebesmüh, also entschied ich mich für die knappe Variante: »Ihre Überwachungsvideos von gestern Abend und heute Morgen. Bitte.«

Das eine Auge verengte sich zum Schlitz. Ich vermutete, dass er zwischen seinem natürlichen Drang, mir die Tür vor der Nase zuzuschlagen, und dem Wunsch, mehr über ein mögliches Verbrechen in seiner Nachbarschaft zu erfahren, hin- und hergerissen war. Die Neugier gewann die Oberhand über seine schlechten Manieren. »Warum?«

Da es mir widerstrebte, ihn ins Vertrauen zu ziehen, nahm ich Zuflucht zu einer Lüge. »Ein Hängetopf an meinem Seitentor ist verschwunden.«

»Ich kann mich an keinen Hängetopf erinnern.«

Ich verfluchte mich innerlich, dass ich mich nicht

für Audreys Rad oder Leos Fußballschuhe entschieden hatte. Diese Dinge wären ihm egal gewesen. Tatsächlich bezweifelte ich, dass es ihm irgendetwas ausmachen würde, falls die Kinder selbst verschwänden.

»Ich hab ihn erst gestern Abend aufgehängt.«

»Hatte Ihr Sohn Besuch von seinen Freunden?«

Ich seufzte und nahm mich zusammen. »Nein.«

»Was war in dem Topf?«, fragte er, das Auge noch immer zugekniffen.

»Keine Ahnung. Irgendwelche kleinen gelben Blumen.«

Er grunzte spöttisch. »›Kleine gelbe Blumen‹. Das grenzt es ja ein.«

Doch meine Unwissenheit überzeugte ihn offenbar, und er öffnete die Tür weit genug, damit ich beide Augen sehen konnte. »Kaufen Sie sich einen neuen.«

»Die Blumen waren neu, aber der Topf gehörte meiner Mutter«, log ich. Erneut. Ich besaß nichts von meiner Mutter.

Mr. Baldovino dachte darüber nach. »Es sind *meine* DVDs.«

Warum sollte ich sonst auch herkommen?, dachte ich. »Ich kann sie Ihnen bezahlen.«

Sein Stirnrunzeln verstärkte sich. »Ich brauche Ihr Geld nicht. Sie könnten mir den Rechen zurückgeben, den Ihr Sohn mir geklaut hat.«

Wie hatte dieser Mann nur drei Ehefrauen rumgekriegt?

»Mein Sohn hat Ihren Rechen nicht gestohlen, Mr. Baldovino, aber ich kann Ihnen ja einen neuen kaufen.«

»Sie würden nicht die richtige Sorte kaufen.«

Ich unterdrückte einen weiteren Seufzer. »Haben Sie irgendeinen bestimmten Wunsch, Mr. Baldovino? Ich könnte für Sie einkaufen gehen.«

Er besaß kein Auto und war schon über achtzig, doch bei diesem Angebot warf er sich umgehend in die Brust. »Was? Glauben Sie etwa, ich bin irgend so ein Krüppel?«

»Natürlich nicht. Wie steht es mit Ablegern aus unserem Garten?«

Das weckte sein Interesse. »Ich will einen Baum«, sagte er. »Den japanischen Ahorn.«

»Natürlich.«

Ich rechnete eigentlich damit, dass er nun die Aufzeichnungen holen würde, doch stattdessen schloss er einfach wortlos die Tür und war auch nach einigen Minuten noch nicht zurückgekehrt.

Ich klopfte wieder.

»Was?«, blaffte er durch die geschlossene Tür.

»Kann ich die DVD bekommen?«

»Ich bring sie Ihnen nach meinem Mittagsschlaf.«

Ich erwog kurz, hartnäckig zu bleiben, entschied dann aber, dass jede Art von Druck eventuell zu weiteren Baumforderungen führen würde.

Eigentlich hatte ich gar nicht heimgehen wollen, aber da ich nun gezwungen war, auf die Aufnahmen zu warten, hatte ich keine Wahl. Trotzdem stand ich immer noch wie angewurzelt vor Mr. Baldovinos Tür, ganz wie der japanische Ahorn, der bald aus meinem Vorgarten gerissen werden sollte.

Kein Strahl der späten Vormittagssonne drang durch die Verdunkelungsvorhänge in unser Wohnzimmer. Die Vorhänge hatten wir kurz nach Audreys Geburt angebracht, zur selben Zeit hatten wir auch das Schlafsofa angeschafft. Audrey hatte Koliken gehabt und zu den seltsamsten Zeiten geschlafen, also hatte ich ihre ersten acht Lebenswochen über in diesem Zimmer gewohnt. Als ich so in der Dunkelheit stand, erinnerte ich mich an diese Zeit mit neuer Deutlichkeit. Ich hatte mich hilflos und furchtbar allein gefühlt. Noch schlimmer war es geworden, als Audrey ihre Diagnose erhielt. Das war der Zeitpunkt, an dem ich begonnen hatte mich zurückzuziehen. Zu dieser Zeit hatte ich geglaubt, Sam hätte eine Affäre.

Es war ein flüchtiger Verdacht gewesen, und er hatte sich schon in der Nacht wieder in Luft aufgelöst, in der Sam daran Gefallen fand, mit mir im Wohnzimmer zu schlafen, aber jetzt fragte ich mich, ob ich meinen Verdacht vielleicht zu schnell ad acta gelegt hatte. Hatte er mich vielleicht schon damals, vor so langer Zeit, betrogen?

Ich akzeptierte diese Theorie nicht vollständig, konnte sie aber auch nicht widerlegen. Seitdem ich Audrey gestern Abend allein vorgefunden hatte, hatte ich zwischen Vertrauen und Misstrauen geschwankt, jede Erkenntnis entweder als Beweis dafür genommen, dass Sam freiwillig gegangen war, oder als Indiz für das Gegenteil.

Wenn ich an Sam so leicht zweifelte, spielte die Wahrheit dann überhaupt eine Rolle?

In unserem Haus gab es kein richtiges Büro, wir hatten nur auf einer Seite des Esszimmers einen Arbeitsplatz eingerichtet. Vor Jahren hatte Sam einmal einen alten Schreibtisch am Straßenrand gefunden und dann ein ganzes Wochenende damit verbracht, ihn abzubürsten, abzuschmirgeln, zu versiegeln und ihn schließlich dunkelgrün zu streichen. Der Familiencomputer stand nun darauf, umgeben von allem möglichen Durcheinander: Rechts waren Leos Geschichtsbuch, Stapel von Schmierpapier und ein halbvolles Wasserglas. Links Audreys Kunstwerke sowie Flaschen voller Glitzer und Klebstoff. Und auf einem Regalbrett über dem ganzen Chaos lehnte das Bild, das Sam und die Kinder im Sugarloaf Ridge State Park zeigte, aufgenommen zu einer Zeit, als Leo noch auf den Schoß seines Vaters passte. Wie üblich war ich auf dem Foto nicht zu sehen.

Ich setzte mich auf den Stuhl und loggte mich auf der Webseite unserer Bank ein, sah die Transaktionen des letzten Monats durch. Es gab Abbuchungen für Lebensmittel, Benzin, Nebenkosten und Restaurantbesuche, meist von solchen, in denen die Mahlzeit in einer Tüte serviert wurde. Wir hatten meinen Van in diesem Monat zugelassen und einen Abgastest durchgeführt. Es gab mehrere weitere Online-Abbuchungen, die mir nichts sagten, doch als ich sie überprüfte, handelte es sich sämtlich um Dinge, die wir bestellt hatten: eine neue Handyhülle und Sneaker für Leo, ein paar Bücher für Audrey.

Ich nahm mir den vorletzten Monat vor und konnte immer noch nichts Verdächtiges entdecken. Es waren keine größeren Summen abgehoben worden, auch nicht mehrere kleine. Über die letzten zwei Monate hinweg waren insgesamt nur 320 Dollar am Geldautomaten gezogen worden. Soweit ich das beurteilen konnte, waren weder Blumen noch romantische Abendessen oder Reizwäsche bezahlt worden. Falls Sam allerdings tatsächlich eine Affäre hatte, wäre er sicherlich klug genug, solche Sachen bar zu bezahlen.

Es gab nur eine Überraschung, und zwar nicht bei den Ausgaben. Vielmehr fehlte eine. Nachdem ich zwei Monate Kontobewegungen durchkämmt hatte, konnte ich nirgends eine Tilgungsrate für unseren Kredit finden.

Ich wechselte auf die Webseite unseres Kreditgebers. Dort bestätigte sich, was ich bereits vermutet hatte: Die Zahlungen für das Haus waren fünfundvierzig Tage überfällig.

Ich überlegte, was zu solch einem Versäumnis hatte führen können, es konnte sich ja nur um ein Versehen handeln. Sam war in letzter Zeit zerstreut gewesen. Das galt für uns beide. Wenn wir unsere Rechnungen nicht mehr hätten begleichen können, hätte Sam mir das mitgeteilt. Er hätte nicht das Dach über dem Kopf unserer Kinder aufs Spiel gesetzt. Derartige Geheimnisse hatten wir nicht voreinander.

Ich stutzte: Das war die Lüge, mit der ich mich immer beschwichtigte. Natürlich hatten wir Geheimnisse, ich war nur davon ausgegangen, dass es sich dabei um nichts Wichtiges handelte. Letzte Woche hatte ich Sam gesagt, ich käme sofort nach der Arbeit heim, hatte tatsächlich aber eine Stunde in meiner Buchhandlung gestöbert. Letzten Monat, als ich Leo die Sneaker kaufte, hatte ich gelogen und behauptet, sie seien im Angebot gewesen. Es schien mir besser, dass Sam die Wahrheit herausfand, wenn er die Überweisungen durchging, und nicht am Ende eines langen Arbeitstags.

Ich liebe dich, aber du gibst zu viel Geld für die Kinder aus.

Bevor Sam verschwunden war, dachte ich, dass das die Art von Geheimnissen wäre, die wir voreinander verbargen: verschleierte Buchkäufe und überteuerte Sneaker. Aber vielleicht war so alles nur losgegangen. Kleine Geheimnisse waren immer größer geworden, bis der eigene Ehemann verschwand und man herausfand, dass die Kreditraten nicht mehr beglichen wurden.

Was wusste ich sonst noch nicht über meinen Mann?

Ich wandte mich wieder der Liste der Banktransaktionen zu und richtete meine Aufmerksamkeit diesmal auf die Zahlungseingänge. Mit dem Taschenrechner meines Handys addierte ich Sams Gehaltsschecks der letzten beiden Monate. Ich wusste zwar nicht auf den Dollar genau, was er verdiente, aber die Gesamtsumme war niedriger, als ich erwartet hatte. Ich ging sechs Monate zurück und verglich die damaligen Eingänge mit den aktuellen. Die aktuellen waren beträchtlich niedriger. Vor zwei Wochen hatte es überhaupt keinen Zahlungseingang mehr gegeben.

Ich hatte Schwierigkeiten, die Bedeutung all dessen zu erfassen. Hatte Sam Geld von seinen Gehaltsschecks abgezweigt und es irgendwo gesammelt, bis er jetzt entkommen konnte? War sein Gehalt gekürzt worden, ohne dass er mir davon etwas mitgeteilt hatte? Er hatte mir ja auch nichts von den offenen Kreditraten erzählt, was mochte er also sonst noch vor mir verbergen?

Wut kochte in mir hoch, bitter und scharf. *Was zum Teufel ist hier los, Sam?*

Ich schlug das gerahmte Foto von Sam und den Kindern vom Regal, sodass es verkehrt herum auf dem Schreibtisch landete, auf diesem blöden Schreibtisch, den Sam in diesem Grünton gestrichen hatte, weil er behauptete, er ähnele meiner Augenfarbe. Ich rechnete eigentlich damit, dass das Glas zu Bruch gehen würde, doch es blieb heil, was sich wie Verrat anfühlte. Ich riss eine Schublade auf und schmiss das Foto hinein. Diesmal bekam das Glas mehrere Sprünge.

Auf perverse Weise befriedigt, stieß ich die Schublade wieder zu, öffnete sie erneut und stieß sie noch einmal mit voller Wucht zu. Bei der zweiten Erschütterung wackelte der Knauf aus gebürstetem Nickel, sodass er sich löste, als ich die Schublade ein drittes Mal zurammte.

Wo bist du nur, Sam? Warum bist du nicht hier?

Tränen des Zorns kündigten sich an, aber ich biss die Zähne zusammen. Es ging ja nicht nur um Sam, sondern um alles: den Überfall an dem verlassenen Krankenhaus, die um ein Haar tödliche Vergiftung meines Labrador-Patienten, Audrey bei Frauen zu finden, die ich nicht kannte, meinen Vater, mich selbst.

Dann gab es da noch Carver Sweet, einen Mann, der seine Frau ermordet hatte und wusste, wo wir wohnten.

Ich wartete, bis meine Hände zu zittern aufhörten, bevor ich meine Aufmerksamkeit wieder auf den Computerbildschirm richtete. Meine Finger bewegten sich nun unbeholfen über die Tastatur, sodass ich ein paar Versuche benötigte, um Sams Passwort korrekt einzugeben. Er benutzte dasselbe Passwort für sämtliche Social-Media-Accounts, im Grunde für alles, also war es ziemlich einfach, alle Seiten zu überprüfen, auf denen er sich herumtrieb. Wenigstens die, von denen ich wusste. Dann zog ich seinen Laptop aus der Messenger-Bag, die er immer neben dem Schreibtisch abstellte, und überprüfte auch den. Ich fand keine Überraschungen. Sam war stets darauf bedacht, ein Vorbild für seine Schüler zu sein, und achtete sehr auf das, was er postete.

Da Sam kaum einen Tag weg war, fühlte ich mich wie eine Voyeurin, eine Stalkerin. Ich überlegte, ob ich auf meinen eigenen Social-Media-Accounts einen Aufruf starten sollte: *Hat irgendwer meinen Mann gesehen?* Doch das schien mir verfrüht zu sein. Sollte ich Sams Verwandten Bescheid geben? Den Medien? Sollte ich einen Privatdetektiv engagieren? Jede Option, die ich in Betracht zog, erschien mir sinnloser als die nächste, vor allem weil ich um die komplizierteren einen Bogen machte.

Sam konnte im Gefängnis sein.

Er konnte im Krankenhaus liegen.

Er konnte …

Den letzten Gedanken schüttelte ich ab und rief eine Datenbank örtlicher Haftanstalten auf. Als das kein Ergebnis brachte, telefonierte ich noch einmal die Krankenhäuser ab. Schließlich rief ich widerstrebend auch das Leichenschauhaus an und wartete fünf Minuten, bis die Unterlagen geprüft wurden. Sie hatten keine Leiche eines unbekannten Mannes hereinbekommen.

Ich wechselte zu den Verbindungsnachweisen der Handys unserer Familie und klickte Sams Nummer an. Zuerst prüfte ich seine Anrufe, dann die SMS. Besonderes Augenmerk legte ich auf die Anrufe, die er getätigt hatte, während ich nicht zu Hause war.

Ich holte scharf Luft. Zwei Nummern stachen heraus: Eine davon kannte ich, die andere nicht.

Die mir bekannte Nummer stach wegen der Uhrzeit heraus. Sam hatte seit seinem Verschwinden nur an zwei Menschen SMS versandt: an mich und offensichtlich an Ozzy. Sams Freund hatte mich angelogen.

Die zweite – mir unbekannte – Nummer tauchte dreimal am Tag von Sams Verschwinden auf. Keiner der Anrufe hatte länger als fünf Minuten gedauert. Einer davon stammte vom letzten Morgen, als Sam sich seltsam benommen hatte. Einen weiteren hatte er nur wenige Minuten vor unserem letzten Gespräch angenommen.

Auf einmal klopfte jemand heftig an die Tür, und ich erstarrte. Vor dem Eingang stand Mr. Baldovino, einen Spaten in der Hand und die DVD unter den Arm geklemmt. Er zog sie hervor und streckte sie mir entgegen. »Hier.«

Bei meinem irritierten Blick auf den Spaten fügte er hinzu: »Es ist besser, ihn jetzt in der Winterruhe auszugraben.«

Ich brauchte einen Augenblick, bis mir klar wurde, dass er den japanischen Ahorn meinte, den ich ihm versprochen hatte. Ich selbst brachte jeder Pflanze den Tod, mit der ich in Berührung kam, aber Sam liebte es zu gärtnern. Aus reiner Gewohnheit hätte ich Mr. Baldovino fast Sams Hilfe angeboten. Dann fiel es mir wieder ein. Ich stützte mich am Türrahmen ab.

»Danke«, sagte ich und nahm die DVD.

Er grunzte. »Ich werde nicht gern angelogen.« Ich wollte schon fragen, wovon er sprach, als er hinzufügte: »Es gibt keinen Hängetopf.«

Natürlich hatte er sie sich angesehen.

»Also«, fragte er und gestikulierte in Richtung der DVD. »Wer ist der Typ, der sich das Auto Ihres Mannes geholt hat?«

Als ich die Tür wieder schloss, stand Mr. Baldovino noch immer davor, aber ich hatte nicht die Kraft, seine Frage zu beantworten. Sobald ich allein war und keine Fassade mehr aufrechterhalten musste, gaben meine schlotternden Knie nach, und ich sank zu Boden. Das Sonnenlicht drang vor mir durch die Scheibe, aber ich saß mit der DVD in der Hand im Schatten. Es fühlte sich an, als wäre ich ausgehöhlt und dann mit einer öligen, brackigen Schwärze wieder gefüllt worden.

Es war leichter gewesen, an eine Affäre zu glauben und dass Sam freiwillig gegangen war. Jetzt wusste ich, dass ich genau deshalb diese Theorie nicht rundheraus verworfen hatte. Vielmehr hatte ich mich an sie geklammert, sie war wie ein rettendes Floß auf einem riesigen, mitleidlosen Ozean.

Ich starrte die DVD an und sagte mir, dass Mr. Baldovino ein älterer Herr war, seine ewig zusammengekniffenen Augen ein Zeichen dafür, dass er nicht gut sah, aber zu stolz war, das zuzugeben. Aufnahmen einer Überwachungskamera konnten körnig sein, das hatte ich zumindest gehört. Bisher war es noch nie notwendig gewesen, mir solches Material anzusehen. Der Mann, den mein Nachbar für jemand anderen hielt, konnte also sehr wohl Sam sein, vielleicht in einem Winkel aufgenommen, der ihn größer oder kleiner, dicker oder dünner oder auf sonst irgendeine Weise unvertraut erscheinen ließ.

Selbst als ich noch versuchte, mich mit solchen Gedanken zu beruhigen, wusste ich bereits, dass ich mir das nicht leisten konnte. Ich musste das Floß loslassen und sehen, wohin die Ozeanströmung mich trieb, auch wenn ich bezweifelte, dass ich in der Lage wäre, sie zu überleben.

Die DVD umklammerte ich so fest, dass meine Knöchel weiß hervortraten, dann ging ich quer durch den Raum zum DVD-Player. Ich wischte die Staubschicht ab – außer für selbstgemachte Filme benutzten wir das Gerät eigentlich nicht mehr – und legte die DVD ein. Anschließend setzte ich mich im Schneidersitz vor den Fernseher, weniger als einen Meter vom Bildschirm entfernt, die Fernbedienung lag in meinem Schoß. Der Film startete automatisch.

Das Bild war schärfer, als ich erwartet hatte. Die Furcht kratzte einen Hohlraum zwischen meine Schultern. Das Bild war so klar, dass meine leise Hoffnung, Mr. Baldovino könnte Sam auch frontal nicht erkannt haben, sich umgehend in Luft auflöste.

Ich spulte bis kurz vor meiner Ankunft aus der Praxis vor. Ich sagte mir, dass es irgendeinen sichtbaren Hinweis geben müsse, als Sam und Audrey das Haus verlassen hatten – vielleicht hatte er eine Tasche bei sich gehabt, oder die mysteriöse Frau war ihm gefolgt. Doch in Wahrheit hatte ich einfach nur das Bedürfnis, ihn wiederzusehen.

Als es so weit war, brach mein Herz in tausend Stücke. Wie er sich bewegte, Audrey über seine Schulter hievte, mit den langen Beinen eine Stufe vor dem Eingang übersprang und unsere Tochter dann mit einer übertriebenen

Pirouette auf dem Gehweg abstellte – das war eindeutig Sam. Schlank, athletisch, entspannt. Sogar jetzt, unter diesen Umständen raste mein Herz aus anderen Gründen als aus Sorge.

Ich bildete mir ein, ich könnte Audrey kichern hören und Sam grinsen sehen. Doch das konnte ich nicht. Sie waren Formen und Schatten und Licht und Leben, und dann waren sie fort.

Ich spulte zurück und sah mir alles noch einmal an. Beim dritten Mal verschwommen die beiden ineinander, verschmolzen durch die Tränen in meinen Augen zu einer Einheit.

Ich konzentrierte mich auf meinen Atem, als ich mit dem Bildsuchlauf den Film bis zu meiner eigenen Ankunft vorlaufen ließ, dann zu meinem späteren überstürzten Aufbruch. Ich war außer mir gewesen, aber auch ahnungslos, meine Welt war noch intakt gewesen.

Die Bilder der DVD rauschten vorbei. Als ich mir selbst dabei zusah, wie ich mich vom Haus entfernte, verlangsamte ich den Suchlauf und beugte mich vor, fixierte den blauen Toyota Camry, der links in unserer Einfahrt parkte.

Es geschah um 00.36 Uhr. Die Gestalt tauchte von der rechten Bildschirmseite her auf – falls der Eindringling von einem anderen Fahrzeug abgesetzt worden war, war das außerhalb des Bildes geschehen – und bewegte sich auf das Auto zu. Weniger als fünf Minuten zuvor hatte ich mich noch darauf konzentriert, meinen Atem unter Kontrolle zu bekommen, doch nun schien es eine unlösbare Aufgabe zu sein, überhaupt Sauerstoff in meine Lunge zu befördern.

Mr. Baldovino hatte recht. Der Mann auf dem Bildschirm war nicht Sam. Doch mein Verdacht, ein Fremder könnte den Wagen gestohlen haben, war unbegründet. Obwohl ich ihm nur einmal begegnet war, erkannte ich den Mann auf dem Bildschirm sofort wieder: groß, immer noch in denselben Kleidern wie am Vorabend, setzte sich der Angreifer vom verlassenen Krankenhaus in Sams Auto und fuhr davon.

Der Dieb hatte weder ein Fenster zertrümmern noch das Schloss aufbrechen müssen. Er hatte einfach nur Sams Schlüssel aus der Hosentasche gezogen.

15

Ich machte eine Kopie von der DVD und legte sie in meine Schreibtischschublade, das Original steckte ich in meine Handtasche.

Außerdem druckte ich einen Screenshot des Mannes aus, der Sams Wagen gestohlen hatte, des Mannes, den ich für Carver Sweet hielt. Das klarste Bild zeigte ihn im Profil, und derart starr hätte er irgendwer sein können – wenn nicht das Stoppelkinn gewesen wäre, dunkel bis auf die Stelle, an der sich die Narbe befand.

Ich faltete das Papier ordentlich zusammen und steckte es neben die DVD in die Handtasche.

Auf der Polizeiwache saß derselbe Officer mit der markanten Nase am Empfangstresen. Ich fragte nach Detective Ray Rico.

Wie an dem Abend, als wir uns kennengelernt hatten, trug Rico ein gestärktes weißes Hemd, doch diesmal waren auf seiner Krawatte statt Speckscheiben winzige Hot Dogs.

»Wieder verarbeitetes Fleisch, wie ich sehe.« Ich reichte Rico die DVD.

»Näher komme ich ihm im Moment nicht, ich muss darauf achten, nicht zu viel Salz zu essen.« Er sah hinab auf die DVD. »Was ist das?«

»Sie haben von Sam gehört?«

»Ich habe eine Kopie des Berichts bekommen.«

»Haben Sie schon was gehört?«

»Es ist erst ein paar Stunden her.« Obwohl er recht hatte, hörte ich einen Anflug von Frustration in seiner Stimme. Selbst ich wusste, wie entscheidend diese ersten Stunden waren. »Geht es Ihnen gut?«

Die Frage überraschte mich, und ich hätte mehr Zeit für die Antwort gebraucht, als mir zur Verfügung stand. »Das hier sind Aufzeichnungen der Überwachungskamera eines Nachbarn. Ich bin ziemlich sicher, dass Carver Sweet den Wagen meines Mannes gestohlen hat.«

Rico machte eine Geste, mit der er mich aufforderte, ihm in den hinteren Teil der Wache zu folgen, wo sich vermutlich sein Büro befand, aber ich schüttelte den Kopf. »Ich muss gleich weiter, aber ich wollte Ihnen das vorbeibringen.«

Ricos Blick blieb fest, aber weniger unfreundlich als bei der ersten Vernehmung. »Sie haben meine Frage noch nicht beantwortet.«

Welche Frage? Ich ließ im Kopf unsere kurze Unterhaltung Revue passieren und kam in dem Moment darauf, in dem er mich ein zweites Mal fragte: »Sind Sie okay?«

Ich wollte Detective Rico vertrauen, wusste aber, dass die erste Verdächtige beim Verschwinden eines Mannes die Ehefrau war. Die Luft auf der Polizeiwache war trocken und zu warm.

»Mir geht es erst wieder gut, wenn Sie Sam finden und Carver Sweet verhaften.«

»Wir finden sie, beide, Dr. Larkin. Torres hat erwähnt, dass Sie ein zu einem Hund gefaltetes Schokoladenpapier gefunden haben, auf das die Zahl zwei geschrieben war.«

»Eine Freundin von mir glaubt, es könnte auch ein S sein.«

»Ich glaube, es ist eine Zwei.« Es war eine simple Aussage, doch ich konnte endlich wieder frei atmen. Es kam mir vor, als hätte ich ein schweres Möbelstück eine Treppe hinaufgeschleppt und als hätte Rico plötzlich an einer Seite mit angefasst.

»Neulich Abend bei dem verlassenen Krankenhaus haben Sie mich nach der Zahl Drei gefragt. Haben Sie da auch so was gefunden?«

Rico strich sich über die Krawatte, als könnte er seinen Appetit auf Hot Dogs auf diese Weise stillen. »Kein Origami, nein.« Der Detective starrte mich wieder auf seine übliche Weise an. Hätte ich Geheimnisse gehabt, hätte ich sie ihm umgehend gestanden. »Sondern einen Stein, auf den irgendwer eine Drei gemalt hatte.«

»Gemalt?«

»Mit Acrylfarbe. Weiße Farbe auf einem grauen Stein. Er ist untersucht worden.«

»Wo haben Sie ihn gefunden?«

»In Carvers Wagen.«

Ich biss mir fest genug auf die Zunge, dass ich Blut schmeckte.

Carver.

Obwohl es irrational war, stellte ich mir vor, dass er uns beobachtete und sich diebisch über meine Angst freute. Aber vielleicht war er schon gar nicht mehr in

Santa Rosa, sondern in einem modrigen Keller, Hunderte von Meilen entfernt, wo er meinem Mann Unaussprechliches antat. Falls Sam nicht freiwillig gegangen war. Zu dieser Möglichkeit kehrte ich immer wieder zurück. Wie auch immer, ohne Sam fühlte ich mich haltlos und zu lange abgelegten Angewohnheiten hingezogen. Das alte Ich war ein Mädchen, mit dem man gern feierte. Sie mixte einen starken Mojito, kannte die coolste Antwort auf jede Small-Talk-Frage und unterstützte einen, wenn man sich mit der neuen Freundin des Ex anlegte, selbst wenn man im Unrecht war. Doch die alte Cassie war im Zusammenleben auch total anstrengend. Sie war mürrisch und nachtragend, und sie überlegte nicht immer sorgfältig, vor allem dann nicht, wenn sie zu viele dieser Mojitos intus hatte. Ich mochte es nicht, dass die alte Cassie sich wieder in meinem Kopf breitmachte.

»Haben Sie noch keine Idee, wo Carver sich aufhalten könnte?«, fragte ich.

»Noch nicht, aber wir sind dran.«

Das Schweigen dehnte sich aus, und ich spürte, dass ich aus Rico nichts mehr rauskriegen würde. Außerdem musste ich einkaufen. Allein der Gedanke an meine nächste Station machte mich wütend und deshalb ungeduldig.

»Sagen Sie Bescheid, wenn Sie was hören?«, fragte ich.

Detective Rico nickte knapp und strich sich dann die Hot-Dog-Krawatte glatt. »Natürlich.«

Ich war zu 25 Prozent sicher, dass ich ihm trauen konnte.

Zehn Minuten später fuhr ich auf den Supermarktparkplatz. Bis zehn zu zählen reichte nicht aus, also zählte ich, bevor ich ausstieg, bis hundert. Trotzdem ging mein Atem noch immer unregelmäßig, und meine Wangen glühten, als ich die Autotür schloss.

Im Laden trat ich an die Kundeninformation, zu einer Blondine, auf deren Namensschild *Beth R.* stand, und fragte sie nach dem Filialleiter.

Beth R. schob mit dem Mittelfinger ihre Brille auf dem Nasenrücken hoch und errötete, als ihr bewusst wurde, wie diese Geste hätte interpretiert werden können. Sie versuchte, es mit einem übereifrigen Lächeln wettzumachen. »Kann *ich* Ihnen vielleicht behilflich sein?«

»Nur falls mein Mann und Sie in SMS-Kontakt stehen.«

Das Lächeln wurde zu einem Stirnrunzeln, und ihre Augenbrauen zogen sich zusammen. »Wie bitte?«

»Den Filialleiter, bitte.« Nachträglich schob ich meinerseits noch ein Lächeln hinterher. Sie zog ab, als hätte ich ihr einen Tritt verpasst.

Beth R. kehrte kurz darauf mit dem Filialleiter zurück, dessen Versuch eines Grinsens in sich zusammenstürzte, als er mich sah. Offenbar waren wir alle drei ziemlich lausig darin, so zu tun, als ob.

»Hey, Ozzy«, sagte ich in gekünstelt freudigem Ton. »Ich dachte mir schon, dass du heute arbeiten musst.«

Ozzy wollte mich am Ellbogen packen, wahrscheinlich um mich an einen etwas abgeschiedeneren Ort zu bringen, ließ die Hand aber wieder sinken, bevor er mich berührt hatte.

Er trug Hemd und Krawatte, hatte seine Locken mit Haargel gebändigt und wirkte insgesamt sehr unbehaglich. Eine Locke hatte sich ihre Unabhängigkeit zurückerobert und fiel ihm wie ein Korkenzieher auf die linke Wange.

»Ähm … schön, dich wiederzusehen, Cassie.« Sein texanischer Akzent verriet, wie nervös er war.

»Ich kann mir nicht vorstellen, dass du das ernst meinst, aber das macht nichts. Im Moment freue ich mich auch nicht wirklich, dich zu sehen.«

Beth R. war auf ihren Platz hinter dem Informationstresen nur wenige Meter entfernt zurückgekehrt. Sie tat so, als würde sie irgendetwas aufräumen, obwohl sie sich erkennbar nur vorbeugte, um unser Gespräch besser belauschen zu können.

Ozzy bemerkte das und wies auf ein Büro hinter dem Tresen. »Möchtest du dich an einem ruhigeren Ort unterhalten?«

»Geht schon. Also, ich bin Sams Telefonverbindungen durchgegangen und habe bemerkt, dass ihr euch SMS geschrieben habt.«

»Komm schon, Cassie.« Sein Akzent wurde noch deutlicher, und er schielte wieder in Richtung des Büros.

»Was wirklich seltsam ist, denn als ich gestern Abend bei dir war, hast du behauptet, nichts von ihm gehört zu haben. Das war unmittelbar, bevor du mir versprochen hast, mir Bescheid zu sagen, falls du von ihm hören solltest.«

Beth R. tat nun nicht einmal mehr so, als würde sie nicht lauschen, sondern starrte uns unverhohlen an. Ein Kollege, der gerade vorbeikam, blieb ebenfalls stehen.

Ozzy strich sich die entwischte Locke beiseite, und seine dunklen Augen flehten mich an. Ich seufzte und steuerte auf das Büro zu.

Er schloss die Tür hinter uns. »Danke. Manchmal sind die Angestellten …«

Ich unterbrach ihn: »Warum hast du mich angelogen?«

»Sam ist mein Freund, Cassie.«

»Ich bin auch deine Freundin.«

»Du weißt, dass das nicht dasselbe ist.«

»Du hättest mir ja nicht alles sagen müssen, aber wenigstens irgendwas. Wenn schon nicht um meinetwillen, dann wegen der Kinder.«

Er vergrub die Hände in den Taschen und sah weg.

»Nach unserem Gespräch hat Sam mir auch geschrieben.« Ich streckte ihm mein Handy entgegen, genau wie ich es bei Officer Torres getan hatte. »Aber die Sache ist die: Ich glaube nicht, dass die Nachricht von Sam stammt. Und falls das stimmt, war Sam wahrscheinlich auch nicht die Person, die dir geschrieben hat.«

»Da kannst du dir nicht sicher sein.«

»Richtig.« Ich zog das Bild von Carver Sweet aus meiner Handtasche und legte es umgedreht auf seinen Schreibtisch. »Aber da ist noch etwas: Vor zwei Tagen bin ich Zeugin geworden, wie ein Mann eine Frau angegriffen hat. Und letzte Nacht, als ich gerade bei dir vor der Tür stand, hat derselbe Mann Sams Auto aus unserer Einfahrt gestohlen. Er hatte Sams Schlüssel. Warum sollte er dann nicht auch sein Handy haben?«

Ozzy schaffte es noch immer nicht, mich anzusehen. »Sam hat dir geschrieben, dass er nicht allein ist. Vielleicht kennt er diesen Typen. Außerdem ist das kein sehr gutes Foto.«

»Hör zu, Ozzy, mir ist egal, ob Sam eine Affäre hat.« Meine Stimme klang angespannt. Natürlich war es mir nicht egal, ob mein Mann mit einer anderen Frau schlief. Das war im Moment nur nicht meine Hauptsorge. »Ich muss wissen, ob mein Mann, der Vater meiner Kinder, nicht in irgendeinem Straßengraben liegt.«

Ozzy ließ sich auf seinen Stuhl hinter dem kleinen Schreibtisch sinken. »Er hat eine Affäre«, stieß er hervor.

In meiner Brust verhakte sich etwas, doch ich zwang mich zu sagen: »Erzähl's mir.«

»Ich glaube nicht …«

»Mach schon.«

Er nahm eine Wasserflasche aus einer der Schubladen und trank einen langen Schluck, wahrscheinlich wünschte er sich, es wäre Bier. Falls es welches gewesen wäre, hätte ich ihn vielleicht auch um einen Schluck gebeten.

»Wann ist das losgegangen?«

Ozzy rutschte auf seinem Stuhl hin und her und trank noch einmal, bevor er antwortete. Als er es dann tat, vermied er direkten Blickkontakt und starrte stattdessen auf die Flasche in seinen Händen. Locken fielen ihm ins Gesicht wie ein Vorhang, hinter dem er sich verstecken konnte.

»Ich bin mir nicht sicher.«

»Ein Monat? Länger.«

Er zuckte die Schultern und pulte das Etikett von der Flasche, schnippte die klebrigen Fetzen weg, die an seinen Fingerspitzen klebten. »Ich weiß es nicht.«

»Was stand in seinen SMS?«

»Nicht viel.«

»Hat er jemals erwähnt, dass er vorhatte, mich zu verlassen?«

Als Ozzy darauf keine Antwort gab, schoss es mir heiß in die Wangen, und ich konnte mich nicht davon abhalten, die Hand auszustrecken und die Flasche zu packen. Ich warf sie quer durch den Raum. Das Wasser spritzte gegen die Wand, vor der die Flasche landete.

Ozzy zuckte auf seinem Stuhl zusammen und starrte mich an. »Sam hat mir nicht erzählt, dass er dich betrügt, jedenfalls nicht sofort.« Er lockerte seine Krawatte und öffnete den obersten Hemdknopf. »Ich hab ihn vor ungefähr einem Monat in der Schule besucht und wollte ihn fragen, ob er in seiner Freistunde einen Kaffee mit mir trinkt, da hab ich sie zusammen gesehen. Er behauptete, sie sei die Mutter einer seiner Schülerinnen, und natürlich hab ich ihm geglaubt. Ich meine, komm schon, es geht hier um Sam, oder? Er ist immer verrückt nach dir gewesen. Und so verrückt er nach dir ist, bei den Kids gilt das doppelt. Er ist der Typ Mann, der dem Rest von uns zeigt, dass eine Ehe nicht beschissen sein muss.«

»Keine beschissene Ehe zu führen ist immer unser Ziel gewesen.«

Ozzy nahm eine zweite Wasserflasche aus der Schublade. Er trank und grinste mich an, als er den Deckel wieder aufschraubte. Dann neigte er den Kopf in Richtung der Stelle, an der die andere Flasche auf dem Boden lag. »Ich wusste gar nicht, dass du so unbeherrscht sein kannst.«

Er hatte mich früher nicht gekannt. »Niemand hat bisher meine Familie bedroht.«

»Stimmt.« Er schob die Flasche beiseite. »Letzte Woche hab ich sie noch mal bei ihm im Auto sitzen sehen.«

»Was haben sie getan?«

»Nicht, was du denkst. Es wirkte nur ... verdächtig. Und als er dann vor ein paar Tagen bei mir war, ist er plötzlich aus dem Zimmer gegangen, um einen Anruf entgegenzunehmen. Er ist mein Freund, ich verurteile ihn nicht, aber wie du schon gesagt hast, ihr zwei habt Kinder. Ich wollte nicht tatenlos danebenstehen, wie er alles wegwarf, weißt du? Also hab ich ihn darauf angesprochen. Er hat es abgestritten und behauptet, er wollte nur einer seiner Schülerinnen helfen. Einer Hannah.«

Ozzy wirkte verlegen. »Erst hab ich ihm geglaubt. Aber dann hat er mir später am Tag noch eine SMS geschrieben und alles zugegeben.«

»Was stand drin?«

»Er bat mir, dir nichts davon zu erzählen, und hat gesagt, ihr beide hättet gerade eine schwierige Phase.«

»Wann war das?«

»Vor einer Woche.«

Bevor ich Carver Sweet begegnet war. Bevor Carver Sweet Zugang zu Sams Telefon hatte.

»Waren es nur diese Nachrichten? Persönlich habt ihr nie mehr über die Affäre gesprochen?«

Er lächelte. Ich erkannte den Gesichtsausdruck wieder. Es war derselbe, den ich auf Torres' Gesicht gesehen hatte und auf Ozzys am Vorabend. Mitleid.

»Wir haben kurz gesprochen. Ich hab ihm gesagt, dass, was auch immer zwischen ihm und Hannahs Mutter abging, aufhören müsse. Er hat geantwortet, er muss da was klären. Das war's. Ich hab nicht nachgebohrt. Er wusste, dass er Mist gebaut hatte.«

»Wie heißt sie?« Als Ozzy den Kopf schüttelte, hakte ich nach: »Weißt du es nicht, oder willst du es mir nicht sagen?«

»Ich weiß es nicht.«

»Wie hat sie denn ausgesehen?«

»Sie hatte braunes Haar oder dunkelblondes. Sie war klein. Andererseits ist Sam auch groß, die meisten Frauen wirken neben ihm klein.« Er zögerte und dachte nach, ob ihm noch etwas einfiel. »Mehr ist mir wirklich nicht aufgefallen. Sorry. Aber ich glaube, sie haben sich in einem Café in der Innenstadt getroffen.«

Ein Café in der Innenstadt. Ja, das schränkte die Möglichkeiten ein.

»Was stand in Sams Nachrichten gestern?«

Ozzy schaute wieder nach unten auf den Schreibtisch und kratzte sich am Kopf. »Er hat geschrieben, es tue ihm leid.«

Meine Brust verengte sich. »Was denn?«

»Mich da mit reingezogen zu haben, nehm ich an.«

Als er daraufhin schwieg, bohrte ich weiter: »Was noch?«

»Ich weiß nicht. Nicht viel.«

»Für wichtige Dinge braucht man nicht viele Worte.« Wie: *Ich liebe dich.* Oder: *Leb wohl.*

»Sam hat geschrieben, ich soll mir keine Sorgen machen, und falls du fragen solltest, sollte ich dir dasselbe sagen.«

Er begegnete für einen Moment meinem Blick, bevor er die Augen niederschlug. »Ich wollte es dir sagen, aber … ich wusste nicht, wie ich dir den Teil, dass Sam okay ist, erzählen sollte, ohne dir auch den Rest zu erzählen. Ehrlich gesagt dachte ich, er wäre längst wieder aufgetaucht.« Ozzy blickte auf, seine Miene wirkte plötzlich hoffnungsvoll. »Es ist nicht mal einen Tag her. Er kommt schon wieder.«

Ich zeigte auf das Bild des Mannes, der Sams Wagen gestohlen hatte. »Wenn er einfach nur Zeit braucht, um über ein paar Dinge nachzudenken, wie erklärst du dir dann das hier?«

Der Optimismus verschwand aus Ozzys Gesicht. Ich hatte in dem Augenblick die Hoffnung verloren, als ich Carver Sweet auf dem Bildschirm erkannt hatte.

16

Auf unseren letzten Kontoauszügen gab es keine Ausgaben für Cafébesuche – entweder hatte Hannahs Mutter die Rechnung beglichen, oder Sam hatte bar bezahlt. Das richtige Café zu finden war also eine Frage dessen, wie gut ich meinen Mann kannte. Vor ein paar Tagen wäre ich noch guten Mutes gewesen, dass ich diese Herausforderung würde meistern können, doch inzwischen hatte diese Zuversicht gelitten.

Die Muskeln meiner rechten Hand zuckten, wie sie es schon getan hatten, bevor ich die Wasserflasche quer durch Ozzys Büro geworfen hatte. Die Frage quälte mich: *Wie gut kannte ich meinen Ehemann?* Nachdem ich mit seinem besten Freund gesprochen hatte, erschien es nun wahrscheinlicher, dass der Grund für Sams Verschwinden eine Affäre war. Meine Haut fühlte sich heiß und rau an.

Als ich mir Sam mit einer anderen Frau vorstellte, mir vorstellte, wie er eine andere Frau *berührte*, wurde ich von einer Erinnerung überrascht, wie ich als Teenager ein anderes Mädchen verprügelt hatte. Ihr die Nase brach, weil sie sich darüber lustig machte, dass ich keine Mutter hatte. Ein anderes Mal hatte ich einem Jungen das Knie in die Weichteile gerammt. Ich wollte nicht, dass er mich anfasste.

Du musst damit aufhören, hatte mein Vater mir gesagt.

Ich kann nicht aufhören, hatte ich geantwortet, obwohl ich merkte, wie sehr ich es mir wünschte. Also hatte Red mir Kickboxstunden bezahlt. Auf die Polster konnte ich einprügeln. Das war zu meiner Therapie geworden.

Ich wünschte nun, ich hätte mit dem Sport weitergemacht, denn ich hatte das starke Bedürfnis, jemanden zu treten.

Das nächstliegende Café war ein Drive-thru mit einem Fenster, an dem man sich auch zu Fuß bedienen lassen konnte. Weil es der Schule direkt gegenüberlag, war es bei der Schülerschaft beliebt. Sam wäre hier nicht hingegangen. Nicht genug Privatsphäre.

Man konnte einen leeren Kaffeebecher in jede beliebige Richtung werfen und traf einen Starbucks. Doch Sam hätte etwas Regionales bevorzugt. Die vier wahrscheinlichsten Läden waren also entweder einen langen Spaziergang oder eine kurze Autofahrt entfernt. Das Hipstercafé, in dem auch Bier ausgeschenkt wurde, kam wohl nicht infrage. Es hatte tolle Bewertungen, passte aber nicht zu Sam. Blieben drei Läden, wenn ich die Schnellrestaurants nicht mitzählte, in denen es auch Kaffee gab. Ich rieb mir die Schläfen.

Ich begann mit dem Café dem Buchladen gegenüber. Keiner dort kannte Sam.

Bei meinem zweiten Halt hatte ich mehr Glück. Ein Barista mit blauer Schürze und einem Plug, das sein Ohrläppchen dehnte, nickte, als ich ihm Sams Foto hinhielt.

»Das ist doch der Lehrer. Netter Typ. Gibt immer Trinkgeld. Bestellt immer Medium Roast, manchmal auch Tee. Beides schwarz.«

Der Laden duftete nach Kaffee und Zimtbrötchen, und mir knurrte der Magen. Ich hatte nichts mehr gegessen seit … Ich hatte Mühe, mich an den Zeitpunkt zu erinnern. Dann fiel es mir wieder ein: die Spaghetti, die Sam und Audrey am Vorabend gemacht hatten. Zwar war ich nicht hungrig, begriff aber, dass ich etwas essen sollte, also schnappte ich mir eine Banane aus einem Korb auf dem Tresen sowie ein eingewickeltes Mozzarella-Pesto-Sandwich aus der Auslage.

Beim Bezahlen warf ich einen Blick auf das Namensschild des jungen Mannes. Josh. »Wann haben Sie ihn zuletzt gesehen?«, fragte ich.

»Er ist fast jeden Tag hier gewesen, gleich am Morgen, aber jetzt hab ich ihn schon ein paar Wochen nicht mehr gesehen. Allerdings fange ich inzwischen auch später an, es könnte also sein, dass er vor meiner Schicht hier gewesen ist.«

Ich fragte Josh, wann er normalerweise anfing, und er entgegnete, dass er nicht vor Mittag hier sei. Dann fügte er jedoch hinzu, dass Linda, die Leiterin des Cafés, fast jeden Morgen da war.

Als ich darum bat, mit Linda sprechen zu dürfen, zupfte der junge Barista sich die Schürze zurecht. »Sie musste rasch los – ein krankes Kind –, aber sie kommt später wieder.«

Verdammt.

Ich gab Josh meine Kontaktdaten und stellte dann die Frage, die ich absichtlich bis zum Schluss aufgespart hatte: »Hat Sam sich hier mal mit irgendwem getroffen?«

Der Blick des redseligen Barista wurde stumpf. »Normalerweise kam er allein.«

Ich hatte einen Sohn im Teenageralter, ich war also ziemlich geübt darin, die Lügen junger Männer zu durchschauen.

»Und wenn nicht?«

Josh biss sich auf die Lippe. »Ich hab ja gesagt, er kam allein.«

»Sie haben gesagt *normalerweise*. Daraus lässt sich folgern, dass er es manchmal nicht war.«

Der Barista bemerkte seinen Fehler. Verlegen zupfte er an den Bändern seiner Schürze. »Er war allein«, beharrte Josh.

Obwohl ich Mitgefühl hatte, hakte ich doch nach. »Verstehe. Ich würde einer Ehefrau auch nicht erzählen wollen, dass ihr Mann regelmäßig mit einer anderen Frau Kaffee getrunken hat. Aber ich weiß schon, dass Sam sich hier mit jemandem getroffen hat. Hannahs Mutter?«

»Ich kenn ihren Namen nicht.« Die Wangen des jungen Barista liefen rot an. Er tat mir leid. Er wand sich buchstäblich. Ich hatte bei Leo schon das gleiche Verhalten beobachtet, sobald ich nach Hausaufgaben fragte, die er noch nicht erledigt hatte.

»Wie hat sie ausgesehen?«

Josh zupfte an seinem Ohrring herum. »Ich erinnere mich nicht.«

»Blond? Brünett? Rothaarig?«

Er blickte nach rechts, in der Hoffnung auf weitere

Kunden, doch der Laden war leer. Er versuchte es trotzdem mit dieser Ausflucht. »Ich kann jetzt wirklich nicht reden, eigentlich hab ich ’ne Menge zu tun.«

Als ich daraufhin eine Augenbraue hochzog, fügte er hinzu: »Ich muss Sachen vorbereiten. Die Tresen abwischen, die Milch nachfüllen, den Müll rausbringen.«

Bei dieser letzten Aufgabe hellte seine Miene sich auf. Er rief eine Kollegin zu sich herüber, eine kleine Frau mit einem Bürstenschnitt, und fragte, ob sie ihn am Tresen vertreten könne.

»Warum?«, fragte sie.

»Damit ich den Müll rausbringen kann.«

»Hab ich schon gemacht«, sagte sie, bevor sie sich wieder ihren eigenen Tätigkeiten zuwandte, die offenbar mit der Benutzung ihres Handys zu tun hatten.

»Sieht so aus, als hätten Sie doch eine Minute Zeit, Josh. Wenn es nicht wirklich wichtig wäre, würde ich nicht drängen.«

Der junge Barista dachte nach. Schließlich sagte er: »Sie war nicht rothaarig. Brünett vielleicht?«

Ich wollte schon nach der Größe der Frau fragen, doch bevor ich das tun konnte, fügte Josh hinzu: »Sie saßen immer draußen auf der Terrasse, sie sind also wahrscheinlich nicht auf den Kameraaufnahmen zu sehen.«

Mein Herz begann schneller zu klopfen. Es war ihm nicht eingefallen, seinen Bericht damit einzuleiten? »Hier gibt es Videoüberwachung?«

Josh nickte. »Vor ein paar Monaten hat der Besitzer Kameras installieren lassen, nachdem irgendwer einen Penis auf die Scheibe gesprüht hat.«

Die Tür öffnete sich, und eine Windbö wehte ein älteres Paar herein. Josh richtete sich auf und lächelte: »Ich weiß nicht, ob wir es Ihnen zeigen können, aber ich frage meine Vorgesetzte, sobald sie wieder hier ist.«

Er wandte sich bereits ab, aber einer spontanen Idee folgend streckte ich die Hand aus. »Was verdienen Sie in der Woche?«

Er zog eine Augenbraue hoch. »Ich weiß nicht. Ein paar Hundert. Warum?«

»Wenn Sie Ihre Vorgesetzte überzeugen, mir das Video zu zeigen, kriegen Sie einen Wochenlohn von mir.«

Zum ersten Mal seit Beginn unseres Gesprächs wirkte Josh glücklich darüber, dass ich hergekommen war. Er grinste: »Wahrscheinlich hätte ich fünfhundert sagen sollen, hm?«

Dann zog er die Schürze straffer und eilte davon, um die Bestellung des älteren Paares aufzunehmen.

17

Die Sonne schien sich in beängstigendem Tempo über den Himmel zu bewegen. Als ich auf mein Handy sah, musste ich schon Audrey abholen.

Am Straßenrand im Auto sitzend, hatte ich drei Minuten, um die Hälfte des Sandwichs herunterzuschlingen, bis Audrey ins Auto kletterte. Ich bot ihr die Banane und den Rest des Sandwichs an. Sie stopfte sich ein Drittel der Banane in den Mund. Obwohl sie so ein kleines Mädchen war, hatte meine Tochter den Appetit und die Ernährungsgewohnheiten eines Piranhas.

»Langsam, Peanut.«

Mit bananengefülltem Mund nuschelte Audrey: »Was heißt päd-o-pill?«

Ich benutzte einen alten Trick: »Kannst du einen Satz damit bilden?«

»Dein Dad ist päd-o-pill. P-Ä-D-O-P-H-I-L.«

Meine Schultern versteiften sich. Sie musste sich das Wort wirklich genau angesehen haben, um es so perfekt zu buchstabieren. »Hat das irgendwer zu dir gesagt?«

Ein Hupen quetschte sich in unsere Unterhaltung, und ich fädelte mich in den zum Unterrichtsschluss starken Verkehr ein.

»Ich weiß, dass ich nicht mit Fremden sprechen darf.« Sie klang beleidigt.

»Warum fragst du dann?«

»Wegen dem Zettel.«

Als ich abrupt am Straßenrand hielt, hupte der Wagen hinter mir erneut. Ich gab meiner Erschöpfung und dem Stress die Schuld an meiner nächsten Aktion: Als der Fahrer vorbeirollte, streckte ich ihm den Mittelfinger hin.

Sofort rief ich mich zur Ordnung: *Das ist das alte Ich. Vor Sam, vor den Kindern.*

In den letzten sechsunddreißig Stunden hatte ich mehr Zeit als sonst mit meinem alten Ich verbracht.

Der Fahrer wirkte nur unwesentlich weniger schockiert als Audrey: Meine Tochter hatte die Augen und den vollen Mund weit aufgerissen.

»Mach mir das nie nach«, sagte ich. »Wo ist der Zettel?«

»Mama«, keuchte Audrey. »Das war wie ein Schimpfwort mit dem Finger!«

Es schockierte sie allerdings nicht so sehr, dass es ihren Appetit beeinträchtigt hätte. Sie aß also die Banane auf und machte sich dann über das Sandwich her.

»Du hast was von einem Zettel gesagt?«, beharrte ich.

»Der Zettel, den der Mann mir in den Rucksack gesteckt hat«, sagte sie zwischen zwei Bissen.

»Was denn für ein Mann?«

»Ein Mann mit einem lustigen T-Shirt. Es war ein Bär drauf, aber der Bär hat geraucht. Bären können doch nicht rauchen. Außerdem macht Rauchen Krebs.«

Audrey lächelte mit Brotkrümeln in den Mundwinkeln, stolz darauf, dass sie sich an etwas erinnerte, was ihr Dad ihr beigebracht hatte. »Oma Beatrice ist an Krebs gestorben, bevor ich auf der Welt war.«

»Das stimmt.« Ich versuchte, nicht ungeduldig oder aufgebracht zu klingen. »Hat der Mann irgendwas zu dir gesagt?«

Audrey schüttelte den Kopf. »Ich glaube, er wollte gar nicht, dass ich ihn sehe. Er hat den Zettel in meinen Rucksack gesteckt, als der noch in meinem Fach stand. Aber ich hab ihn trotzdem gesehen, weil ich heute mit Blumengießen dran war.«

Ich schnappte mir den Rucksack meiner Tochter und zog ein zerknittertes Post-it heraus, auf dem stand: *Dein Dad ist pädophil.*

»Ich hab Miss Dickerson den Zettel gezeigt, aber ich glaube, sie wusste auch nicht, was das Wort heißt. Sie hat ganz komisch geguckt, als sie ihn gelesen hat – obwohl, ein bisschen wie der Mann gerade im Auto, als du ihm den bösen Finger gezeigt hast.«

Ich durfte wohl mit einem Anruf von Audreys Lehrerin rechnen.

»Miss Dickerson wollte ihn behalten, aber ich wollte ihn dir zeigen, also hab ich ihn wieder mitgenommen. Darum ist er zerkrumpelt.«

Das Sandwich war aufgegessen, also widmete Audrey sich nun einem halb verspeisten Gummiwurm, den sie aus der Tasche zog. Sie klaubte die Fusseln ab und steckte ihn sich in den Mund. »Dann hab ich Bonnie gefragt, sie ist in der Dritten, und sie hat gesagt, das heißt, wenn jemand kleine Kinder mag.«

Wahrscheinlich durfte ich mich auch auf einen Anruf von Bonnies Eltern gefasst machen.

Sie wollte schon den nächsten Gummiwurm aus der Tasche ziehen, aber ich hielt sie zurück. »Nicht so viel Zucker, ja? Und wie ging's weiter?«

»Na ja, ich dachte, Bonnie weiß vielleicht doch nicht Bescheid, also wollte ich noch meinen Freund Jackson fragen …«

Ich stöhnte auf.

»… aber dann hab ich dein Auto gesehen und mir gedacht, ich könnte dich ja fragen.«

Gott sei Dank.

»Hast du gesehen, wo der Mann hin ist?« Ich ließ den Blick über die Menge wandern und hielt nach einem Mann in einem T-Shirt Ausschau, wie meine Tochter es beschrieben hatte. Als Audrey den Kopf schüttelte, fragte ich sie: »Kannst du dich an sonst irgendwas erinnern? An seine Haarfarbe zum Beispiel?«

Audrey verzog angestrengt nachdenkend das Gesicht. Ich hoffte, ich täuschte mich in Bezug auf das, was gleich kommen würde. »Ich glaub, er hatte keine.«

Mein Griff krampfte sich um das Lenkrad.

»Ich versteh nicht, was Bonnie gemeint hat«, plapperte Audrey weiter. »Natürlich mag Dad Kinder. Ich bin ein Kind und Leo zwar nicht, aber er war mal eins, und er liebt uns ja beide.«

»Das tut er.« Ich streckte die Hand über die Mittelkonsole zum Rücksitz und drückte Audreys Hand. »Ein Pädophiler ist nicht wie Daddy. Er ist jemand, der sagt, dass er Kinder mag, aber ihnen stattdessen wehtut.«

»Oh! Ein Kinderschänder!«

Jetzt war ich an der Reihe mit dem schockierten Blick. »Ja, genau.«

Audrey nickte, weil sie es auf einmal verstand. »Addison hat gesagt, dass Kendras Onkel ins Gefängnis musste, weil er ein Kinderschänder ist. Ich hab ihm gesagt, er soll sich um seine eigenen Angelegenheiten kümmern, weil es nämlich nicht nett ist zu tratschen.«

»Das hast du gemacht, nachdem du gefragt hast, was das Wort bedeutet?«

Audrey knabberte an ihrem Daumennagel. »Ich hab vielleicht ein bisschen gefragt. Oh, und er hat mir einen Umschlag gegeben.«

»Einen Umschlag?«

»Ich weiß, ich darf von Fremden eigentlich nichts annehmen, aber er hat ihn auch in meinen Rucksack gesteckt, und das ist ja was anderes, oder?«

»Das ist was anderes. Du hast ihn doch nicht aufgemacht, oder?« Ich hatte keinen Schimmer, was darin sein mochte, aber ich konnte mir nicht vorstellen, dass es etwas war, von dem ich wollte, dass Audrey es zu Gesicht bekam.

»Nein. Ist Daddy schon wieder zu Hause?«

Ich nahm den Umschlag aus Audreys Rucksack und verstaute ihn im Handschuhfach. Zum zweiten Mal an diesem Tag überlegte ich, meinen Vater anzurufen. Und diesmal verweilte dieser Gedanke ein bisschen länger in meinem Kopf. Ich entschied, dass dieser vorübergehende Ausrutscher damit zu tun hatte, dass meine Kinder ihren *eigenen* Vater vermissten. Ich wusste, dass ich ihnen würde sagen müssen, dass Sam fort war, aber ich wollte es ihnen beiden zusammen mitteilen. Am Abend, nach Leos Spiel. Also wiederholte ich Audrey gegenüber die Lüge, die ich nun schon eingeübt hatte: »Dein Dad muss ein bisschen länger auf der Konferenz bleiben, als er gedacht hat.«

»Okay«, sagte sie, baumelte mit den Beinen und sah aus dem Fenster. »Können wir ein Eis holen?«

»Ich muss dich bei Zoe abladen, damit ich noch etwas erledigen kann.«

»Und danach?«

Wegen ihrer Transplantation war ich immer sehr bedacht auf die Ernährung meiner Tochter, doch selbst nach ihrer Tasche voller Gummiwürmer konnte ich ihr das nicht abschlagen.

»Wenn wir vor Leos Spiel noch Zeit haben.«

Audrey rutschte noch ein bisschen in ihrem Kindersitz herum und summte falsch vor sich hin. Trotz ihrer Begegnung mit dem Fremden blieb Audreys Welt eine aus Schoko-Minz-Eis, einem Abend bei einem Football-Spiel der Großen und eine, in der beide Eltern zu Hause waren und sie liebten. Ich fürchtete mich vor dem Abend, wenn ich das Herz meiner Tochter würde brechen und den Umschlag würde öffnen müssen, der vielleicht mein eigenes Herz brechen würde.

Während ich um den Block fuhr, erzählte Audrey mir von ihrem Tag und verweilte genüsslich bei den Details, wie sie am Mittag Fangen gespielt und erfolgreich eine Orange gegen eine Tüte Salzbrezeln getauscht hatte. Wenn man Audreys Bericht Glauben schenkte, waren die Verhandlungen ebenso schwierig gewesen wie eine Friedensmission der Vereinten Nationen.

Ich fuhr noch ein zweites Mal um den Block, allerdings weit und breit keine Spur von dem Mann in dem T-Shirt mit dem rauchenden Bären.

»Hast du dich verfahren? Du musst hier abbiegen.« Audrey zeigte auf die Hauptstraße, die zu Zoes Haus führte.

»Danke.« Ich fuhr in die Richtung, in die Audreys ausgestreckter Finger zeigte. Dabei fiel mir ein, dass es eine mögliche Zeugin von Sams Verschwinden gab, die bisher nur flüchtig befragt worden war: unsere Tochter. Am Vorabend war ich noch ziemlich sicher gewesen, dass Sam wieder heimkommen würde, und hatte Audrey nicht mit bohrenden Fragen beunruhigen wollen. Solche Bedenken hatten sich seitdem in Luft aufgelöst.

Ich drehte das Radio leiser und wartete, bis Audrey eine weitere Geschichte beendet hatte, diesmal ging es um eine halbfertige Zeichnung, die vielleicht ein Drache oder ein Hund werden würde. Dann fragte ich sie: »War es gestern beim Halloween lustig mit Daddy?«

»Mhm. Aber wo ist Daddy denn hingegangen?«

Ich hasste es, meine Kinder anzulügen. Selbst als Audrey letzte Weihnachten gefragt hatte, ob es den Weihnachtsmann wirklich gibt, hatte ich mit einer Variante der Wahrheit geantwortet – manche glaubten an ihn, andere nicht. Darauf hatte Audrey verblüffend gleichgültig erwidert: »Ich wusste, dass er erfunden ist. Aber Einhörner gibt es wirklich.« Ich war froh gewesen, dass sie bei diesem letzten Punkt nicht weiter nachgehakt hatte.

»Daddy musste auf eine Konferenz, erinnerst du dich?«

Auf dem Rücksitz stieß Audrey einen ihrer gewohnt

dramatischen Seufzer aus. »Das weiß ich doch.« Plötzlich klang ihre Stimme ganz ernst. »Ich meine, wohin Daddy gestern Abend gegangen ist?«

Während ich noch nach einer Antwort suchte, in der wenigstens ein Quäntchen Wahrheit enthalten war, parkte ich vor Zoes Haus. Ich drehte mich auf dem Sitz um und blickte Audrey direkt an. »Ich bin nicht sicher. Ich dachte, wir könnten probieren, es gemeinsam rauszufinden.«

Ich versuchte, dabei ganz fröhlich zu klingen, als würde ich ihr ein besonders lustiges Spiel vorschlagen. »Ich habe den Kürbis gesehen, von dem du erzählt hast«, legte ich vor. »Er war cool.«

»Der kotzende Kürbis?« Sie lächelte, aber es wirkte zerbrechlich. Über den vergangenen Abend zu sprechen bereitete ihr Unbehagen. »Glaubst du, es ist schwer, so einen zu machen? Daddy ist doch gut in Kunst, ich wette, er könnte das.« Ihr Lächeln verflog. Ernst schaute sie mich an, und mir presste es das Herz zusammen.

»Ich wette, er könnte das. Hat er ihn denn auch gesehen?«

Audreys schmale Schultern hoben und senkten sich dann wieder. »Er hat mit der Frau gesprochen.«

»Was für eine Frau denn?«

»Die in dem Haus.«

Ich musste an die Nachbarin denken, Helen. Ich beschrieb sie Audrey und fragte: »War das die Frau?«

Audrey schüttelte den Kopf. »Die Frau in dem Haus mit den kaputten Fenstern.«

Ich versuchte, die Anspannung in meinen Schultern zu lockern, und zwang mich, die folgenden Worte trotz meiner wachsenden Angst langsam auszusprechen: »Stand sie mit euch beiden auf der Treppe? Oder war sie im Haus?«

»Hab ich doch gesagt, sie war im Haus.«

»War das Licht auf der Veranda an?« Dann fiel mir auf, dass dies langsam anfing, wie ein Verhör zu klingen. Da ich Audrey nicht beunruhigen wollte, fügte ich hinzu: »Erzähl mir einfach alles, woran du dich erinnerst.«

»Ich glaube, das Licht war nicht an. Sie hatte auch keine Süßigkeiten. Im Haus davor haben wir richtige Schokoriegel gekriegt, nicht nur die kleinen. Wenn wir Eis essen, kann ich dann trotzdem noch von meinen Halloweensüßigkeiten essen, wenn wir heimkommen?«

Da wir beide wussten, dass die Antwort Nein lauten würde, überging ich die Frage. »Woran erinnerst du dich sonst noch?«

»Weiß nicht.« Audrey begann zu zappeln. »Wann gehen wir Eis essen?«

Ich versuchte zu ergründen, ob das hier die typische Ungeduld einer Sechsjährigen oder etwas anderes war. Aber es hing einfach zu viel von ihren Antworten ab, als dass ich hätte aufhören können. »Kannst du dich erinnern, wie die Frau ausgesehen hat?«

Zuerst gab Audrey keine Antwort, obwohl ich merkte, dass sie sich sehr wohl erinnerte. *Warum?*

Dann sagte sie: »Sie hatte graue Haare.«

Grau? Das hatte ich nicht erwartet.

»Hatte die Frau kurzes oder langes Haar?«

»Lang. Und ihr Gesicht war auch grau. Außer den schwarzen Flecken auf ihrer Stirn. Ich glaube, es sollte aussehen, als wäre sie kaputt.«

Sie war also kostümiert gewesen. Plötzlich überlief mich ein eiskalter Schauer: *Wenn sie überhaupt eine Sie war.*

»War die Frau groß?«

Audrey wirkte verwirrt, und mir fiel auf, dass für sie alle Erwachsenen groß waren. Also formulierte ich die Frage um: »War sie so groß wie Daddy?«

»Ich glaube nicht. Daddy ist ziemlich groß.«

»Ist sie mit dir und Daddy zusammen zum Spukhaus gegangen?«

Audrey wand sich auf ihrem Sitz, drehte sich von mir weg und sah aus dem Fenster. »Ich weiß nicht mehr. Dann hab ich Savannah gesehen.« Sie schaute mich wieder an. »Hab ich dir schon erzählt, dass sie auch als Katze gegangen ist?«

»Ja, hast du. Sie war braun und hatte kein Diadem auf, hast du, glaube ich, gesagt.«

»Sie war wirklich braun.« Audrey fing an, mir andere Details über Savannahs Kostüm zu berichten – die Schnurrhaare waren anscheinend mit dem Eyeliner ihrer Mutter aufgemalt worden –, bevor sie ihren Bericht auf andere Kostüme ausweitete, die sie am Vorabend gesehen hatte.

Auf einmal war ich mir sicher: Meine Fragen bereiteten Audrey Unbehagen. Spürte sie vielleicht, was passiert sein konnte, obwohl ich es vor ihr zu verbergen versuchte? Oder hatte sie etwas gesehen, an das sie sich weder richtig erinnerte, noch konnte sie es wirklich vergessen?

»Ist irgendwas passiert, das du mir nicht erzählen willst?«

»Ich bin okay.«

»Den Eindruck machst du aber nicht auf mich. Du scheinst traurig zu sein.«

Natürlich war sie traurig.

Audreys Stimme klang ganz leise, als sie mir antwortete: »Ich mag es nicht, dass Daddy mich allein gelassen hat.«

Tränen schossen mir in die Augen, und ich beugte mich nach hinten, um meiner Tochter einen Kuss auf den Kopf zu drücken. »Mir gefällt das auch nicht.«

»Ich weiß!«, rief sie plötzlich. »Warum rufen wir Daddy nicht an und fragen ihn, wo er gewesen ist, nachdem ich Savannah getroffen habe?«

Ich drückte ihre Hand und teilte ihr dann eine weitere Wahrheit mit, die sich wie eine Lüge anfühlte: »Ich glaube, Daddy kann gerade nicht ans Telefon gehen.«

»Können wir ihn später anrufen?«

»Wir können es versuchen.«

»Ist auch egal«, entschied Audrey. »Daddy ruft uns sowieso an. Das macht er doch immer, wenn er weg ist.«

Ich dachte: *Diesmal nicht.* Aber ich sagte: »Ich wette, du hast recht. Daddy liebt dich sehr.« Der letzte Teil war immerhin nicht gelogen.

18

Ich parkte vor der Highschool, öffnete das Handschuhfach und zog den Umschlag heraus – groß, braun und nicht zugeklebt. Ich lehnte ihn auf meinem Schoß gegen das Lenkrad.

Jede Entscheidung, die ich seit Sams Verschwinden getroffen hatte, hatte ich umgehend bereut. Wenn ich die Mütter länger befragt hätte, hätten sie sich vielleicht auch an mehr erinnert. Vielleicht hätten sie mir auch ihre Telefonnummern gegeben, nach denen ich vergessen hatte zu fragen. Wenn ich zu Hause gewesen wäre, statt Sams Freund Ozzy am ersten Abend auszuquetschen, wäre ich vor Ort gewesen, als Carver Sams Auto gestohlen hatte. Die Polizei hätte ihn dann festnehmen können.

Dann gab es noch die Entscheidungen, die ich vor Sams Verschwinden getroffen hatte: die langen Abende in der Praxis, die verpassten Anrufe.

Doch diese Entscheidung – ob ich den Umschlag öffnen sollte – schien unausweichlich. Natürlich musste ich es tun. Wissen war immer besser als Ahnungslosigkeit. Oder etwa nicht?

Ich warf den Umschlag auf den Beifahrersitz, zog mein Handy heraus und wählte. Mein Vater nahm nach dem ersten Klingeln ab.

»Cassie?« Die Aufregung in seiner Stimme versetzte mir einen Stich ins Herz.

»Hi, Red.« Es war schon lange her, dass ich ihn das letzte Mal Dad genannt hatte.

»Wie geht's dir, Liebes?«

Wie fasst man sechs Lebensjahre in dreißig Sekunden zusammen? »Die Praxis läuft gut, und die Kids sind toll.«

»Kann ich mir vorstellen.« Keiner von uns wies darauf hin, wie lange unser letztes Gespräch her war. Wir beide kannten die genaue Zeitspanne, und wir beide wussten, wie der letzte Anruf geendet hatte. »Leo muss inzwischen doch riesengroß sein. Und Audrey – geht es ihr gut?«

»Ja. Leo hat gerade den Führerschein gemacht.«

Er kicherte auf vertraut polternde Art. »Dich Fahren zu lehren – das waren die furchterregendsten Monate meines Lebens.«

Mein Vater übertrieb nicht. Als Teenager war ich eine unverantwortliche Fahrerin gewesen. Damals war ich in den meisten Dingen unverantwortlich.

»Seit ich Kinder habe, fahre ich besser.«

Dazu seufzte er. »Und ich bin sicher, du bist auch eine großartige Mutter.«

»Es gibt nichts, was ich nicht für sie tun würde.«

Es war gar nicht als Vorwurf gemeint gewesen, doch es folgte ein peinliches Schweigen. Dann: »Ich hätte mich testen lassen sollen.« Näher war mein Vater einer Entschuldigung nie gekommen. »Aber du weißt ja, wie sehr ich mich vor Spritzen fürchte.« Entschuldigung im Eimer.

Audrey war ohne Gallengänge in der Leber zur Welt gekommen, eine Krankheit, die als Gallengangatresie bekannt war. Die ersten beiden Wochen über wussten wir nicht einmal, dass etwas nicht stimmte. Sie schien das zu haben, was sich alle Eltern für ihr Kind wünschen: perfekte Gesundheit. Alle Zehen und Finger waren vorhanden gewesen, und sogar der Milchschorf war rasch verschwunden und hatte nur rosige Haut und – außer wenn es um ihr Fläschchen ging – ein sonniges Gemüt hinterlassen.

Dann war ihre rosige Haut allmählich gelblich angelaufen, und sie war immer übellauniger geworden. Beim Termin beim Kinderarzt war mir dann schon klar, was ich hören würde: dass unsere Tochter eine Transplantation brauchte. Audrey trug inzwischen ein Stück von Sams Leber in sich.

»Es war nicht nötig«, erwiderte ich. »Sam war als Spender geeignet, und Audrey geht es gut.«

»Trotzdem, ich hätte für dich da sein sollen und für meine Enkeltochter.« Da er Audrey nie kennengelernt hatte, war es seltsam, ihn sie so nennen zu hören. Nicht auf eine schlechte Weise seltsam, einfach nur seltsam. »Ist alles in Ordnung, Cassie?«

Ich starrte auf den Umschlag. »Ich hatte schon bessere Wochen.«

»Kann ich irgendwas für dich tun?«

Als Audrey gerade geboren war, hatte mein Vater dieselbe Frage gestellt. Als ich Ja gesagt hatte, hatte er sein Angebot zurückgenommen. Nach all den Jahren hätte ich eigentlich in der Lage sein sollen, ihm zu verzeihen, aber das war noch nie meine Stärke gewesen. Wut fühlte sich weniger nach Schwäche an. Es war wohl ein Rückfall in meine Prügeltage.

Als ich weiter schwieg, fragte er: »Was ist los?«

In der Stille des Autos fühlte ich mich sicher, meinem Vater gegenüber, der für mich beinahe zu einem Fremden geworden war, die Worte auszusprechen: »Ich glaube, Sam hat mich verlassen.«

»Ich nehme den nächsten Flug.«

»Es geht schon.«

»Ich kann heute Abend bei dir sein, spätestens morgen.«

»Nein«, sagte ich, diesmal energischer.

»Warum hast du denn angerufen, Liebes?«

»Ich hab's dir doch gesagt. Sam ist fort.«

Er klang sanft, als er nachhakte: »Aber warum mich? Wir haben nicht mehr miteinander gesprochen, seit Audrey ein Baby war.«

Es war so weit. Ich schloss die Augen und atmete tief ein. »Hatte ich als Kind manchmal Panikattacken?«

»Hast du denn jetzt welche?«

»Ich bin mir nicht sicher.«

Knapp beschrieb ich das Gefühl, als Carver die Frau die Böschung hinabgeworfen hatte. Die Eintrübung des Sichtfelds und die Herzrhythmusstörungen. Die Albträume, die darauf gefolgt waren. Dass sich die Luft um mich herum sogar jetzt noch anfühlte, als wäre sie eine Last, die mich in den Boden presste und jeden Atemzug zur Schwerstarbeit machte.

Solche Kleinigkeiten eben.

Bevor er antwortete, vergingen ein paar Sekunden, nicht mehr: »Nie.« Doch wegen seines Zögerns, so kurz es auch gewesen sein mochte, stellte ich mir die Frage, ob er etwas vor mir verheimlichte.

»Es fühlte sich ... vertraut an.«

Diesmal zögerte er nicht. »Als Baby hattest du oft Koliken, als Kleinkind warst du stur, und deine Teenagerjahre haben mich beinahe ins Grab gebracht. Aber du hattest – hast – auch das großzügigste Herz, das ich jemals bei irgendwem erlebt habe, und ein Lächeln, das mich jedes Mal umhaut.« Er hielt kurz inne. »Ich vermisse dieses Lächeln.«

Ich wusste nicht, was ich darauf erwidern sollte, aber glücklicherweise ließ mein Vater mich vom Haken. »Als Baby hattest du oft Ohrenschmerzen, als du ungefähr in Audreys Alter warst, hattest du manchmal Bronchitis, und du hast dir sowohl den rechten Arm als auch den linken Knöchel gebrochen. Die Verstauchungen rechne ich gar nicht mit. Auch die waren zahlreich.« Er kicherte wieder, warm und tief. »Ach ... und ein Kind in der Vorschule hat dir mal beinahe mit einem Bleistift das Auge ausgestochen. Aber nein, keine Panikattacken. Allerdings ist es ja durchaus verständlich, dass sie ausgerechnet jetzt auftreten.«

»Danke, Red. Ich ... Es war gut, mit dir zu reden.«

Ich wollte schon auflegen, da hörte ich seine Stimme.

»Warte.«

Ich hielt das Handy noch einmal ans Ohr.

»Vorhin hast du gesagt, du würdest alles für deine Kinder tun. Also weißt du Bescheid.«

»Worüber?«

»Dass ich den ersten Flieger mit einem freien Platz nehme.«

Dann legte er auf.

Ich saß ein paar Minuten einfach so da, umklammerte mein Handy und betrachtete den Umschlag auf dem Beifahrersitz. Nein, ich war noch immer nicht bereit ihn zu öffnen. Aber es gab etwas ebenso Unangenehmes, das ich tun konnte.

Ich hatte mir die Nummer nicht notiert, doch das machte nichts. Ich hatte sie mir in dem Moment gemerkt, als ich sie in Sams Einzelverbindungsnachweis gesehen hatte.

Unsicher, was ich sagen würde, wählte ich sie trotzdem. Ein Teil von mir hoffte, auf der Mailbox zu landen, mit einer Begrüßung, die eine Identifikation des Gegenübers erlauben würde. Mehr brauchte ich eigentlich nicht. Den Rest herauszufinden konnte warten. Wenn tatsächlich jemand ranginge, wäre ich gezwungen, einen Teil der Wahrheit preiszugeben. Ich war mir nicht sicher, ob ich das tun könnte, auch nicht, ob ich meinerseits die Wahrheit einer Fremden erfahren wollte. Denn seit ich mit Ozzy gesprochen hatte, hatte ich ununterbrochen Angst, dass es sich tatsächlich um eine Sie handelte.

Beim dritten Klingeln hob jemand ab, und meine Befürchtung bestätigte sich. Es war eine Frau.

»Hallo?« Sie war außer Atem. Ich versuchte, nicht über den Grund dafür nachzudenken.

Ich stellte mich vor und wartete auf ihre Antwort. Würde sie meinen Namen wiedererkennen? Und falls ja, würde sie so tun, als kennte sie ihn nicht?

Sie erwiderte nur ein einziges Wort: »Ja.« Die Frau kannte meinen Namen, nannte ihren aber nicht.

Ich war mir nicht sicher, was ich sagen sollte. Was

sagte man denn auch üblicherweise, wenn man mit einer Frau sprach, die man verdächtigte, mit dem eigenen Ehemann zu schlafen? Ich entschied mich für: »Haben Sie eine Tochter namens Hannah?«

»Ich habe keine Kinder, aber ich betreue ein Mädchen namens Hannah.«

Sonnenlicht strömte ins Wageninnere, doch es war nur eine Illusion. Die Luft war eisig. »Können wir uns treffen?«, fragte ich.

In meinem Kopf spulte sich eine Liste möglicher Antworten ab: *Ja. Nein. Fahr zur Hölle.* Was sie dann tatsächlich sagte, stand nicht auf dieser Liste. Nicht mal annähernd.

Die Frau mit der unbekannten Nummer und der unvertrauten Stimme seufzte tief und verkündete dann: »Wir haben uns schon getroffen.«

19

Wir haben uns schon getroffen.

Als ich die Frau um eine Erklärung bat, gab sie mir ihre Adresse und sagte, sie sei in einer halben Stunde zu Hause. Als ich nachhakte, erwiderte sie nur: »Bis später«, und legte auf.

So hatte ich mir den Ablauf dieses Telefonats ganz gewiss nicht vorgestellt.

Ich starrte den Umschlag zwei weitere Minuten lang an, und dann – achtundzwanzig Minuten hatte ich noch totzuschlagen – stieg ich aus.

Die Gänge der Santa Rosa High waren um diese Uhrzeit praktisch leer. Obwohl Sam und Leo sich hier viel aufhielten, hatte ich diesen Ort nur ein paarmal besucht, und ich blieb stehen, als der Gang sich gabelte. An der Wand hing ein Anfeuerungsplakat für die *Panthers*, dessen rechte obere Ecke sich vom Klebeband befreit hatte und nun nach vorn geklappt herunterhing. Ich versuchte es wieder zu befestigen, doch das Klebeband hielt nicht mehr richtig, und meine Hände hatten nach dem Versuch Flecken aus orangefarbenem Glitzer.

Ich zwang mich weiterzugehen und bog rechts ab. Meine Turnschuhe quietschten, als ich auf die Tür mit der Aufschrift *Sekretariat* zuging. Vor dem Eintreten rückte ich noch einmal den Umschlag zurecht, den ich mir unter den linken Arm geklemmt hatte. Ich war immer noch nicht in der Lage gewesen, ihn zu öffnen, hatte ihn aber auch nicht im Auto liegen lassen können. In diesem Moment fühlte er sich wie unnötiger Ballast an.

Hinter dem Tresen saß eine Blondine in einem grünen Pullover und mit einem genervten Gesichtsausdruck. Eigentlich galt dieser Blick ihrem Computerbildschirm, doch sie drehte sich um, damit ich auch etwas davon abbekam.

Ich hatte nicht darüber nachgedacht, was ich sagen wollte. Doch als ich nach Sam fragte, veränderte sich die Miene der Frau. Ich vermochte sie nicht vollständig zu enträtseln, aber die Feindseligkeit darin war unübersehbar.

»Sind Sie ein Elternteil?«, fragte sie.

Ich fühlte einen spontanen Widerwillen, mich vorzustellen, und wiederholte stattdessen einfach: »Ein Elternteil?«

Die genervte Blondine erklärte das nicht weiter, sondern zeigte nur auf den Umschlag unter meinem Arm: »Ist der für Mr. Diggs?«

Ich zog den Umschlag unter meinem Arm hervor und drückte ihn mir gegen die Brust. Ein wenig von dem Glitzer war von meinen Händen auf das Papier gewandert. Sie wartete auf eine Antwort, doch ich presste die Lippen fest aufeinander. Die genervte Blondine schien mir von der Sorte zu sein, die ein unangenehmes Schweigen selbst füllte.

Meine Einschätzung bewahrheitete sich bereits nach wenigen Sekunden: »Wenn Sie ein Elternteil sind, sollten Sie wirklich mit Mr. Diggs sprechen. Er kümmert sich um die Angelegenheit.« Beim Ausspucken des letzten Wortes rümpfte sie die Nase.

Bevor ich noch nachfragen konnte, was sie mit »Angelegenheit« meinte, trat ein Mann mit langem Hals und einem Adamsapfel von der Größe eines Golfballs aus einem der Büros. Er war gerade dabei, sich seinen Mantel anzuziehen, als er vor mir stehen blieb.

Er lächelte, und sein Blick fiel erst auf den Ringfinger meiner linken Hand, dann auf mein Gesicht. »Habe ich da gerade gehört, dass Sie mit mir sprechen möchten?«, fragte er und streckte die Hand aus. Seine Handfläche war feucht, doch ich fürchtete, dass das für meine ebenso galt. »Ich bin Charles Diggs, der Rektor dieser Schule.«

»Cassie Larkin.«

Sein Lächeln fiel für die Dauer eines Herzschlags in sich zusammen, bevor er es durch ein anderes ersetzte. Die Reaktion der Sekretärin hinter mir war weniger taktvoll. Sie grunzte höhnisch.

»Mein Mann arbeitet als Lehrer hier, aber ich vermute, das haben Sie sich bereits selbst gedacht.« Ich wies auf die Blondine hinter dem Tresen. »Ihre Sekretärin hat erwähnt, dass es irgendeine *Angelegenheit* gibt, in die Sam verwickelt ist?«

»Hm.« Charles Diggs warf der Sekretärin einen tadelnden Blick zu. »Personalangelegenheiten kann ich nicht diskutieren, aber es war nett, Sie kennenzulernen, Mrs. Larkin.«

Er wollte an mir vorbeigehen, doch ich stellte mich ihm in den Weg. »Haben Sie Sam heute schon gesehen?«

»Nein, tut mir leid. Aber wir haben hier so viel Personal, ich kann nicht jeden einzelnen Stundenplan überwachen. Haben Sie ein schönes Wochenende, Mrs. Larkin.«

Er nickte der Frau zu und sagte: »Bis morgen, Pam«, dann ging er um mich herum und aus der Tür.

»Sie sind also seine Frau und wissen nicht Bescheid.«

Ich wandte mich zu der Sekretärin um, der Anflug von Feindseligkeit war noch immer spürbar, nun aber mit etwas anderem gemischt. Mitleid? Wieso war das mittlerweile die übliche Reaktion auf mich?

»Worüber denn?«

»Ich kann Ihnen verraten, dass Sam heute nicht hier war, aber nicht, warum.«

»Er ist krank, das weiß ich.«

Sie schnaubte noch einmal spöttisch. »Er ist schon seit Wochen nicht hier gewesen.«

Das musste ich erst einmal verdauen. *Seit Wochen?* Es war also nicht die Grippe, die Sam in den letzten paar Tagen abgehalten hatte, sein Klassenzimmer zu betreten. Mein erster Gedanke war: *Warum hat Sam mir nichts davon erzählt?* Der zweite: *Und warum auch Leo nicht?*

»Geht es um eine Angelegenheit mit den Schülern?«

Meine Frage war vage, aber die Frau hinter dem Tresen ergriff die Gelegenheit, die Illusionen zu zerstören, die ich mir ihrer Meinung nach machte.

»Frauen wissen nicht immer Bescheid«, sagte sie.

Daraus folgerte ich, dass für diese Frau eine Beziehung schlecht geendet hatte, und statt sich mir deshalb verbunden zu fühlen, verabscheute sie mich für meine Unwissenheit.

Und es stimmte ja: Ich wusste tatsächlich nichts.

»Es gibt Gerüchte, Mrs. Larkin.« Sie stand auf und legte sich den Riemen ihrer Handtasche über die Schulter. »Manchmal machen Menschen Dummheiten, sogar so angesehene Lehrer wie Ihr Mann.« Das Wort *angesehen* klang aus ihrem Mund wie eine Beleidigung.

»Seit Sie meinen Namen gehört haben, wollten Sie mir doch etwas sagen. Also, schießen Sie los.«

Rote Flecken erschienen auf ihren Wangen. »Ich will mich nicht einmischen«, sagte sie, blieb aber trotzdem wie angewurzelt hinter ihrem Tresen stehen.

»Oh doch, das wollen Sie.«

Ihre nächsten Worte genoss sie sichtlich: »Sam hat einen gewissen Ruf.«

»Was meinen Sie denn mit *Ruf*?«

»Er flirtet gern.«

Sam war immer überinterpretiert worden. Meiner Erfahrung nach war das stets ein Missverständnis gewesen, keine Absicht. Aber vielleicht hatte diese Frau auch recht, und ich hatte die früheren Warnsignale übersehen.

»Sie behaupten, er sei freundlicher zu Kolleginnen als nötig.«

Die Blondine presste den Mund zu einer strengen Linie zusammen. »Nicht zu Kolleginnen. Zu Schülerinnen.«

In Bezug auf Sam war mein Vertrauen in letzter Zeit erschüttert worden, aber nun erfüllte mich eiskalte Gewissheit. »Sie lügen.«

Damit hatte sie nicht gerechnet. Auf ihren Wangen erblühten rote Flecken. »Früher hätte ich so etwas auch nicht für möglich gehalten«, rechtfertigte sie sich. »Aber vor ein paar Wochen habe ich ein paar Eltern auf dem

Parkplatz miteinander sprechen hören. Sie haben gesagt, er hat Lieblinge, und zwar normalerweise hübsche Mädchen.« Pam warf sich in die Brust und sprach lauter. »Sie sagten, ein Mädchen, das einen mickrigen Punktedurchschnitt hat, hat bei ihm eine Eins bekommen.«

»Das ist natürlich ein unwiderlegbarer Beweis. Ich gehe davon aus, dass Sie gleich das Zulassungsgremium kontaktiert haben?«

Sie bedachte mich wegen der Ironie mit einem finsteren Blick. »Ich habe nachgesehen, Mrs. Larkin, und was sie gesagt haben, stimmt, manche seiner Schülerinnen bekommen Einser, und andere fallen durch.«

In dem Maß, in dem sie ihre Stimme erhob, wurde ich leiser. »Ich gehe davon aus, Sie haben überprüft, ob das ebenso für seine männlichen Schüler gilt?«

Sie hob eine Augenbraue. »Wieso sollte ich das tun?«

»Da Sie so großen Wert auf Wahrheit legen, dachte ich, Sie würden das checken.«

»Nein.« Sie klang empört, wusste aber noch nicht genau, warum.

»Na ja, haben Sie dann überprüft, ob das Gegenteil auch stimmt – dass es Mädchen gibt, die bei ihm durchfallen, aber zum Beispiel in Geschichte oder Mathe gute Noten haben?«

»Darum geht es hier doch wirklich nicht.«

»Da muss ich widersprechen. Sie argumentieren, dass alle großen Künstlerinnen gleich begabt in anderen Schulfächern sein müssen, das gesamte Datenmaterial zu überprüfen ist also *genau* das, worum es geht.«

Pam verschränkte die Arme und schürzte als Antwort auf meine Herausforderung die Lippen. »Ist ja auch egal, jedenfalls hielt ich es für meine Pflicht, es Mr. Diggs mitzuteilen, sobald ich von Sams … Problem … Kenntnis erlangt hatte.«

»Ich bin sicher, die Entscheidung ist Ihnen schwergefallen.«

Sie richtete sich auf und versuchte mich mit den paar Zentimetern, um die sie mich überragte, einzuschüchtern. »Ziemlich von oben herab für eine Person, die nicht mal weiß, was ihr eigener Ehemann so treibt.«

Pam schrie nun fast, während meine eigene Stimme kaum mehr als ein Flüstern war, doch ich konnte an ihren geschürzten Lippen ablesen, dass sie jedes meiner Worte hörte, als ich entgegnete: »Ich gebe Ihnen den guten Rat, künftig keine Gerüchte mehr über meinen Ehemann zu verbreiten.«

Derartige Vorwürfe konnten Karrieren ruinieren, egal ob sie der Wahrheit entsprachen oder nicht.

»Was sonst? Wollen Sie mich verklagen? Mich feuern lassen? Wer sollte denn Ihr Zeuge sein?«

Instinktiv ballte ich die Fäuste, und meine Wangen glühten. Dennoch sprach ich leise weiter. »Zeugen sind nicht immer von Vorteil.«

Sie starrte mich weiter an, machte aber einen Schritt zurück. »Wollen Sie mir drohen?«

»Habe ich Ihnen gedroht? Ich hatte gehofft, Sie hätten aus dem, was ich gerade gesagt habe, gelernt, wie gefährlich unbegründete Annahmen sein können.«

Um meinen Atem unter Kontrolle zu bringen, zwang ich mich wegzusehen, sodass mein Blick auf Pams Schreibtisch fiel. Ein geschlossener Aktenordner lag auf der ansonsten aufgeräumten Oberfläche. Auf dem

Schild war der Nachname einer Schülerin durch ein Blatt Papier verdeckt. Der Vorname war allerdings deutlich genug zu entziffern.

Hannah.

So ließ ich Pam stehen, meine Knie zitterten auf dem Rückweg zu meinem Auto. Ich stieg ein, ließ die Tür offen, und bevor ich den Mut verlieren konnte, klappte ich den braunen Umschlag auf, den irgendein widerlicher Typ meiner sechsjährigen Tochter zugesteckt hatte.

In dem Umschlag befand sich ein Foto. Es war auf Kopierpapier gedruckt, und dünne Linien ließen es undeutlich erscheinen. Dennoch gab es keinen Zweifel an der abgebildeten Aktivität, auch nicht an der Identität wenigstens eines der Teilnehmer.

Zwei ineinander verschlungene Körper, einer davon der meines Ehemanns.

Auf dem Bild war Sam zu sehen, wie er mit einer anderen Frau schlief.

Falls sie überhaupt eine Frau war, sie war dünn und blickte nicht Richtung Kamera. Sie hätte leicht im Teenageralter sein können.

Hätte ich in den letzten vierundzwanzig Stunden mehr als ein halbes Sandwich gegessen, hätte ich mich womöglich auf den Asphalt übergeben.

Ich schloss fest die Augen, doch die Innenseite meiner Lider erwies sich als ideale Projektionsfläche. Bilder spulten sich blitzartig ab: zwei Körper in Bewegung – zunächst langsam, dann immer heftiger –, die sich schließlich erschöpft voneinander lösten.

Meine Augen öffneten sich abrupt, doch ich konnte

das Foto nicht mehr anschauen. Ich drehte den Kopf und konzentrierte mich stattdessen auf den Bezug des Beifahrersitzes. Eine Naht hatte begonnen sich zu lösen, dünne Würmer aus Faden hingen heraus, wo der Sitz gegen die Mittelkonsole stieß. Außerdem hatte der Getränkehalter eine kleine Schramme. Diese Mängel waren mir vorher noch nie aufgefallen. Sie spielten auch keine Rolle. Es war ja nicht mein Auto.

Ich wandte die Aufmerksamkeit wieder dem Foto zu. Ich stellte mir Sam und mich in ähnlichen Situationen vor, erinnerte mich an das erste Mal, als er sich so sehr bemüht hatte, ein Gentleman zu sein, der Tequila ihm aber einen Strich durch die Rechnung gemacht hatte. Am nächsten Morgen, als das Sonnenlicht uns wieder hätte nüchtern machen sollen, hatte es uns sogar noch betrunkener gemacht. Dann war da noch der Morgen, an dem wir den Vertragsabschluss für das Haus gefeiert hatten. Die Nacht auf dem Zeltplatz, als die Luftmatratze geplatzt war. Der Nachmittag, an dem wir entschieden: Hey, warum fahren wir nicht zum Lake Tahoe und heiraten? Dann gab es noch die beiden gewöhnlichen Arbeitstage, an denen wir die Kinder gezeugt hatten. Sie waren nur in der Rückschau etwas Besonderes.

Es gab zahllose solcher Erinnerungen.

Doch keine davon war neueren Datums. Am nächsten waren wir dem Erzeugen einer neuen Erinnerung gestern Morgen gekommen, als Sam sich dieses lächerliche Zombiegebiss eingesetzt hatte und es fast wie früher gewesen war. Doch das Leben hatte uns abgelenkt. Obwohl es erst einen Tag her war, hatte ich da noch keine Ahnung, wie nahe wir einer Trennung waren.

Ich versuchte, das Foto genauer zu betrachten und nach Anzeichen zu suchen, dass es verändert worden war. Es war zwar Sams Gesicht, aber war das auch sein Rücken? War das sein Arm?

Ein paar Sekunden später musste ich wieder wegsehen. Mit zitternden Händen faltete ich den Umschlag zusammen und stopfte ihn in meine Tasche.

Ich begriff, warum dieser Umschlag Audrey und nicht mir übergeben worden war. Wer auch immer hinter dem Foto steckte, wollte, dass ich wusste, wie verletzlich ich war, wie leicht meinen Kindern Schaden zugefügt werden konnte. Das Monster hatte Audrey erwischt. Was, wenn es ihr nächstes Mal nicht einfach eine Drohbotschaft überbringen wollte?

Denn darum handelte es sich hier eindeutig: eine Drohung gegen meine Familie.

Weniger eindeutig war, wer da zusammen mit Sam auf dem Foto abgebildet war. War es die geheimnisvolle Hannah? Oder jemand anderes?

Ich drehte das Foto um. Auf der Rückseite stand, mit schwarzem Filzstift geschrieben, eine Zahl: *1*.

20

Die Adresse, die mir Sams mögliche Geliebte genannt hatte, war ein Haus in der Innenstadt, von dem die weiße Farbe abblätterte, dessen Garten jedoch tadellos gepflegt war.

Eine Brünette mit den großen Augen einer Mangafigur öffnete die Tür. Sie trug Trainingshose und Sweatshirt, diesmal in Hellblau, die dunklen Haare hatte sie zu einem Pferdeschwanz gebunden. Ich hätte sie auch dann wiedererkannt, wenn sie nicht fast genauso gekleidet gewesen wäre wie in jener Nacht bei dem verlassenen Krankenhaus. Da waren zum einen die Blutergüsse, die schlimmsten von ihnen bedeckten die Hälfte ihres Gesichts und hatten die violett-schwärzliche Farbe einer reifen Avocado angenommen.

Sie begrüßte mich mit Namen und stellte sich dann selbst als Brooklyn Breneman vor. »Ich würde Ihnen ja die Hand geben, aber so ziemlich jeder Teil meines Arms ist entweder gebrochen oder verstaucht.«

Was sollte ich darauf antworten – *Tut mir leid? Schön, dass es verheilt? Fühlt sich irgendwie komisch an, dass ich die Frau gerettet habe, die eventuell mit meinem Mann geschlafen hat?* Alles, was mir einfiel, klang dumm, also entschied ich mich für ein stummes Kopfnicken.

Sie machte mir Platz, und ich trat ein. Dabei musterte ich sie. Die Haarfarbe stimmte mit dem Foto überein, das mir zugespielt worden war, aber was ihren Körperbau betraf, war ich mir nicht sicher. Wobei ich mir allerdings sehr sicher war, war der leichte Geruch nach hartem Alkohol.

»Ich nehme an, Sie haben meine Nummer aus Sams Telefon?«, fragte sie.

Ich nickte ein zweites Mal.

Sie wies auf einen Sessel, dessen beigefarbener Bezug an einigen Stellen fast weißgescheuert war, und setzte sich selbst aufs Sofa. Sie zuckte zusammen, als sie sich in den Kissen zurücklehnte und ihren Arm darauf bettete.

»Tee?«, bot sie an. Auf dem Tisch standen eine Teekanne und zwei Tassen, eine von ihnen war leer. Die zweite war mit einer bernsteinfarbenen Flüssigkeit gefüllt, die ganz bestimmt kein Tee war.

Ich lehnte ab. Sie selbst nahm die volle Tasse und nippte daran. »Die Wohnung gehört meiner Freundin«, erklärte sie. »Ich kann nicht zurück zu mir nach Hause, bevor sie Carver schnappen.«

»Er weiß, wo Sie wohnen?«

»Er weiß eine ganze Menge über mich. Über Sie wahrscheinlich auch.«

Natürlich stimmte das. Er hatte meinen Geldbeutel und meinen Van gestohlen. Und doch jagte mir die Art, wie sie es sagte, eine Gänsehaut über den Rücken.

»Was meinen Sie damit?«

Sie lehnte sich auf der Couch zurück und zuckte mit einer Schulter. »Wir haben viel zu bereden.«

Brooklyn Breneman legte sich ein Kissen auf den

Schoß und dann ihren Arm auf das Kissen. Sie zog den Rand einer Bandage hoch, und diese Geste ähnelte so sehr derjenigen, mit der Sam meinen Kratzer am Abend des Überfalls verarztet hatte, dass mir der Atem stockte.

Während ich versuchte, irgendwie weiterzuatmen, sagte sie: »Ich denke, ich sollte mich zuerst bei Ihnen bedanken. Wenn Sie nicht gewesen wären, wäre ich jetzt tot.«

Ich wollte ihr eigentlich antworten, dass jeder dasselbe getan hätte, aber ich hatte Schwierigkeiten, meine Stimme wiederzufinden. So viele Fragen schwirrten mir durch den Kopf – woher sie Sam kannte, was Hannah mit all dem zu tun hatte, was sie mit dem Kommentar gemeint hatte, dass Carver wahrscheinlich eine Menge über mich wisse. Doch eine Frage war drängender als alle übrigen.

»Wissen Sie, was mit Sam passiert ist?«

Als sie nickte, wurden ihre unmöglich großen Augen noch ein wenig größer. Ich konnte mir vorstellen, dass mein Mann sich in diesen Augen verloren hatte. »Zumindest weiß ich einen Teil davon. Es ist aber kompliziert.«

»Mit Kompliziertem kann ich umgehen.«

Ihr Gesicht drückte Zweifel aus, als sie ihre Tasse wieder in die Hand nahm. Sie trank allerdings nicht. Wahrscheinlich wollte sie sich einfach nur an etwas festhalten.

Als sie nicht sofort zu sprechen begann, ermunterte ich sie: »Woher kennen Sie Sam denn?«

»Er hat mir mit Hannah geholfen.«

Wieder dieser Name: *Hannah*.

»Wie denn geholfen?«

»Hannah hat ... Schwierigkeiten. Sie wissen wahrscheinlich, dass Sam vor ein paar Wochen suspendiert worden ist?«

Als ich nickte, fuhr sie fort: »Ich bin Hannahs Betreuerin in einem dieser Jugendprogramme. Ihre Pflegemutter ist cool, aber ihre leibliche Mutter ... Sie ist kein netter Mensch.«

»Ich muss die Hintergründe nicht erfahren, ich möchte nur meinen Mann finden.« Die letzten Worte hatte ich vielleicht mehr als notwendig betont.

»Ich weiß nicht, wo Sam ist, aber ich weiß, wo er *war*.« Sie seufzte und trank die Tasse aus. »Wie gesagt: Es ist kompliziert.«

»Und wie *ich* schon gesagt habe: Damit kann ich umgehen.«

Brooklyn Breneman stellte die leere Tasse auf ihrem Schoß ab. »Ich könnte Ihnen tausend Geschichten über Hannah erzählen, aber ich belasse es bei einer.«

»Ich muss nicht ...«

Sie hob die Hand, um mich zu stoppen. In mir sträubte sich alles, aber ich ließ sie reden. »Hannah ist ungefähr vier Jahre alt und kommt nicht, als ihre Mutter sie zum Essen ruft. Hannah behauptet, ihre Mutter habe es gar nicht gemocht, wenn sie oder ihre Schwester sich versteckten. Also rechnet Hannah natürlich mit einer Strafe, aber stattdessen sagt ihre Mutter zu ihr, sie wolle ihr Gärtnern beibringen. Sie gibt Hannah ein Paar Arbeitshandschuhe und eine Schaufel. Im Garten steht eine riesige Eiche, über dreißig Meter hoch, und ihre Mutter sagt ihr, sie soll darunter ein Loch graben. Der Boden ist hart, es wäre schon eine Herausforderung für einen Erwachsenen, und Hannah ist ja noch ein Kind. Beim Graben fragt ihre Mutter sie, was sie anbauen möchte – Paprika? Rosen? Zuckerschoten? Treibt sie an. Die Füße des armen Mädchens sind zu diesem Zeitpunkt bereits blutig gescheuert, weil sie nur Ballettschläppchen trägt. Jedes Mal wenn Hannah den Fuß auf die Schaufel stemmt, schneidet sie sich in die Sohle. Als Hannah endlich ein kleines Loch gegraben hat – und dafür braucht sie Stunden –, schmeißt ihre Mom einen Sack neben sie auf den Boden und sagt: ›Ich hab eine Idee. Warum pflanzen wir nicht das hier?‹ So findet Hannah heraus, dass ihr Hund von einem Auto überfahren wurde. Das ist ihre erste klare Kindheitserinnerung.«

Die Geschichte war furchtbar, aber ich war hergekommen, weil ich Antworten brauchte. Trotzdem fühlte ich mich ein bisschen schuldig, als ich nachfragte: »Warum ist das wichtig?«

»Weil Sie verstehen sollten, was Hannah durchgemacht hat, bevor Sie sie für das verurteilen, was sie vielleicht Sam angetan hat.«

»Und was ist das?«

»Hannah hatte Schulprobleme. Sam hat sich an mich gewandt. Er hat versucht, ihr zu helfen, und das hat auch funktioniert. Ihre Noten und ihre Arbeitsmoral sind besser geworden. Dann haben Sam und ich …« Diesen Satz beendete sie nicht.

»Sie wollen mir sagen, dass Sie mit meinem Mann schlafen.« Mein Ton war eiskalt.

»Er hat nie verborgen, dass er verheiratet war.«

»Verheiratet *ist*«, verbesserte ich sie.

Sie blickte auf ihren Schoß und die leere Tasse. »Er ist natürlich attraktiv, aber am anziehendsten wirkten auf mich sein Sinn für Humor und sein Mitgefühl. Er ist ein toller Typ.« Ich schluckte eine Bemerkung herunter, dass ich meinen Mann kannte, vielen Dank für die Informationen, und dass *tolle Typen* nicht fremdgingen.

»Freut mich, dass Sie das denken.«

Ihre blauen Augen blitzten auf, zuerst dachte ich, aus Scham und dass nun eine Entschuldigung folgen würde. Aber als sie dann weitersprach, verteidigte sie meinen Mann, nicht sich selbst.

»Hannah ist achtzehn, also war sie schon volljährig, als Sam und sie vielleicht miteinander geschlafen haben. Ich halte es aber für wahrscheinlicher, dass Hannah das mit mir und Sam herausgefunden hat und dass sie deshalb eifersüchtig war. Zwei Menschen, die ihr etwas bedeuteten, hatten eine Beziehung miteinander, aus der sie ausgeschlossen war. Also verbreitete sie das Gerücht, Sam habe sie zu Sex als Gegenleistung für eine Eins gezwungen. Dieses Gerücht kam der Direktion zu Ohren. Denn Rest kennen Sie ja.«

Hatte Sam deshalb seine Suspendierung vor mir geheim gehalten? Weil er diese Nachricht nicht von dem Geständnis trennen konnte, dass er eine Affäre hatte?

»Sie haben behauptet, Sie wüssten, was gestern Abend passiert ist.«

Ihr Gesichtsausdruck verfinsterte sich, und sie nickte knapp. »Wir haben uns ein paar Straßen von Ihrem Haus entfernt getroffen.«

Sofort musste ich an unsere sechzehn gemeinsamen

Jahre in diesem Haus denken, an das Schlafzimmer, das wir teilten, an unsere Kinder, und mir wurde schlecht. »Sie waren schon bei uns zu Hause?«

Brooklyn Breneman zog die Schublade des Beistelltischs auf und nahm eine kleine Flasche Tequila heraus. Sie füllte ihre Teetasse auf, bevor sie die Flasche auf dem Tisch abstellte. Keine Verstellung mehr.

»An dem Abend, als wir beide uns begegnet sind, kam ich gerade von Ihnen zu Hause. Ich habe ihm eine Flasche Erkältungsmedizin vorbeigebracht, sonst nichts.«

Vielleicht war das tatsächlich alles, was an jenem Abend geschehen war, aber hatte es noch andere Abende gegeben? Und wäre ich früher zu Hause gewesen, hätte ich Brooklyn Breneman tatsächlich dort angetroffen, nicht unterwegs?

Als hätte ich die Frage laut gestellt, antwortete sie: »Ich wusste, dass Sie Überstunden machen.«

Sie verschwieg, dass Sam sie angerufen hatte, um ihr das mitzuteilen, aber ich wusste es. Die Verbindungsdaten mit Brooklyns Nummer hatte ich auswendig gelernt. Am Abend des Überfalls hatten sie zweimal miteinander telefoniert.

Der Verdacht der Polizei gegen mich schien plötzlich nicht mehr so weit hergeholt: Die Ehefrau taucht auf, als die Geliebte des Ehemannes angegriffen wird, und vierundzwanzig Stunden später verschwindet der Mann. An Detective Ricos Stelle hätte ich ebenfalls Fragen.

Ich hakte nach: »Sie haben also ein Treffen mit Sam bei uns in der Gegend ausgemacht …«

»Bei dem verlassenen Haus«, bestätigte sie, und meine Haut begann zu prickeln. Ich sah den verrottenden Kürbis auf den Stufen und die kaputte Scheibe glasklar vor mir. »Es sollte nur ein paar Minuten dauern.«

»Wie romantisch.«

»Das meine ich nicht«, widersprach sie. »Wir haben uns getroffen, um über Hannah zu sprechen, über die Anschuldigungen, die sie gegen ihn erhoben hat. Wir wollten uns eine Gegenstrategie überlegen, einen Weg finden, Sams Ruf zu retten, während wir zugleich Hannah schonten. Audrey hat eine Freundin getroffen, und Sam und ich wollten sie nicht zu lange allein lassen.«

Jedes dieser Details fühlte sich wie ein Schlag in die Magengrube an: das heimliche Treffen; Brooklyns beiläufige Verwendung von »Sam und ich«, als wären sie ein Paar; ihre demonstrative Sorge um meine Tochter. Es war nicht an ihr, sich um Audrey zu sorgen.

Obwohl ich bezweifelte, dass ich eine Antwort erhalten würde, fragte ich: »Wie heißt Hannah mit Nachnamen?«

Sie schüttelte energisch den Kopf. »Ich verrate Ihnen nur deshalb so viel, weil Sie mir das Leben gerettet haben und weil ich Sam genauso sehr finden will wie Sie. Aber Sie wissen, dass ich Ihnen ihren Nachnamen nicht sagen kann.«

»Ich kriege ihn schon raus.«

»Vielleicht.« Ein trauriges Lächeln umspielte ihre Mundwinkel. »Sie hassen mich, oder?«

»Ich weiß nichts über Sie.«

»Ich schlafe mit Ihrem Mann, so viel wissen Sie.«

Brooklyn nippte an ihrem Tequila und wartete auf meine Reaktion. Schließlich sagte ich: »Eigentlich nicht.«

»Eigentlich hassen Sie mich nicht? Oder Sie wissen eigentlich nicht, ob Sam und ich miteinander schlafen?«

»Das mit der Affäre. Aber vermutlich stimmt beides.« Ich hatte einen Großteil meiner Teenagerjahre damit verbracht, andere zu hassen, dafür hatte ich keine Kraft mehr. Die Kraft, die mir blieb, war auf eine einzige Aufgabe gerichtet: meinen Ehemann zu finden. »Sie haben gesagt, Sam und Sie hätten sich an Halloween getroffen. Wann haben Sie ihn zuletzt gesehen?«

»An die Uhrzeit erinnere ich mich nicht genau, aber wir waren erst ein paar Minuten zusammen, als ... ich Carver entdeckt habe. Er muss wohl mein Auto beobachtet haben.«

Es gab eine weitere Möglichkeit, eine, an die ich früher schon gedacht hatte, die mich jetzt aber dennoch kalt erwischte: Carver hatte vielleicht Sam beobachtet.

Brooklyn Breneman machte eine Pause, und den Blickkontakt aufrechtzuerhalten schien ihr große Mühe zu bereiten. Ihre Stimme zitterte, als sie gestand: »Ich bin einfach weggelaufen.«

»Haben Sie die Polizei verständigt?«

»Sobald ich mich in sicherer Entfernung befand, habe ich das natürlich getan.«

»Sam haben Sie nicht gewarnt?« Es war mir unmöglich, die Schärfe in meinem Ton zu verbergen.

»Warum hätte ich das tun sollen? Carver war doch hinter mir her, nicht hinter ihm.« Das sagte sie ganz beiläufig. »Ich bin mir immer noch nicht sicher, dass Carver für Sams Verschwinden verantwortlich ist. Sam hat ja offenbar eigene Probleme.«

Plötzlich wallte der Zorn in mir auf, loderte in meiner

Brust. Es war noch immer kein Hass, aber ich näherte mich ihm. Niemals hätte ich Sam zurückgelassen, vor allem nicht ohne ihn zu warnen. Ich hätte mein Leben aufs Spiel gesetzt, um ihn zu schützen. Und wenn ich ehrlich war, war ich mir ziemlich sicher, dass dasselbe auch jetzt noch galt.

»Sie hätten ihn warnen sollen.«

Brooklyn Breneman schenkte sich nach. Als sie wieder das Wort ergriff, redete sie bereits undeutlich. »Mit ihm hab ich auch geschlafen. Mit Carver.« Sie lief rot an, wahrscheinlich eher wegen des Alkohols als aus Verlegenheit. »Nur ein Mal. Es ist nicht wie mit …« Sie unterdrückte den Namen meines Mannes. »Egal, ich schätze, ich hab ein bestimmtes Schema. Unerreichbare Männer. Hätte nur nicht gedacht, dass ich mir auch einen Mörder aussuchen würde.«

Dann erhob sie sich, was eine ziemliche Leistung war. Als sie das Zimmer verließ, machten der Alkohol und die Verletzungen ihre Bewegungen langsam und wackelig. Ein paar Minuten später kehrte sie mit einem kleinen Stapel Fotos zurück. Ich vermutete schon, es könnten Fotos von ihr und Sam sein, doch dann fiel mir auf, dass zwei der Fotos an den Rändern bereits vergilbt waren.

»Die hab ich ihm abgenommen.« Sie streckte mir die Fotos entgegen. Als ich sie nicht nahm, drückte sie sie mir in die Hand. »Ich wusste, dass er wegen des Mordes an einem Mädchen im Gefängnis gesessen hat, aber nach seiner Version war er unschuldig gewesen. Außerdem war er erst achtzehn oder neunzehn, als es passiert ist, also hab ich mir das einreden lassen. Dann hab ich die hier entdeckt.«

Auf dem ersten – vergilbt, mit aufgeriebenem Papier – war ein Mädchen im Teenageralter zu sehen. Sie hielt den Kopf schräg und lächelte breit. Ich drehte es um. In einer unordentlichen Handschrift stand dort: *Natalie.*

Das zweite Foto zeigte eine Mittvierzigerin und war neueren Datums. Die Frau darauf trug ein blaues Kleid und war im Profil abgebildet. Auf der Rückseite des Fotos stand ein weiterer Name: *Anne.*

Bei meinem Verhör hatte Detective Rico diese beiden Namen erwähnt: *Natalie* Robinson und *Anne* Jackson.

Auf dem dritten Foto stand kein Name, nur ein mit Bleistift geschriebenes Fragezeichen. Aber ich brauchte keinen Namen. Es war ein Bild von mir.

Ich fuhr mit dem Finger das Fragezeichen nach und fragte mich, ob mit demselben Bleistift die Zahl Zwei auf das Schokoladenpapier geschrieben worden war.

Obwohl Natalie, Anne und ich nicht miteinander verwandt waren, hätten wir es durchaus sein können. Wir waren alle rothaarig und hatten helle Augen, wenngleich schwer zu entscheiden war, ob Annes und Natalies von demselben Grün wie meine waren.

Es gab noch ein weiteres Foto, das Brooklyn verkehrt herum in den Stapel gepackt hatte.

Als ich es umdrehte, sagte sie: »Tut mir leid, aber Sie mussten das erfahren.«

Ich hatte angenommen, das letzte Foto wäre eins von Brooklyn, doch so war es nicht. Verblasst und offenbar jahrzehntealt, zeigte es ein weiteres Mal Natalie. Auf diesem lächelte sie allerdings nicht. Ihre Augen waren zugeschwollen, und obwohl ihre Lippen nur leicht geöffnet waren, konnte ich Lücken erkennen, wo Zähne hätten sein sollen. Sie war in eine Kiste gezwängt und dann vergraben worden, ein Erdhaufen war am Rand des Bilds zu erkennen. Offenbar war sie tot und zuvor misshandelt worden.

Mit zitternden Händen ließ ich den Stapel auf den Tisch fallen. Ich hatte so genug davon, ständig neue schreckliche Bilder zu Gesicht zu bekommen.

»Das ist eine Kopie des Originals, das ich der Polizei übergeben habe. Es gibt zwar kein Foto von ihr, aber Anne ist inzwischen auch tot. Also bleiben nur ich, die Carver ebenfalls töten wollte – und Sie.«

Meine Finger brannten an den Stellen, an denen ich das Foto des toten Mädchens berührt hatte. »Ich kenne ihn aber nicht.«

»Das heißt nicht, dass er Sie nicht kennt. Und falls Sie glauben, dass ich nicht sein Typ bin …« Sie nahm ihr Handy aus der Hülle und zog den Führerschein daraus hervor. »So hab ich ausgesehen, als wir uns kennengelernt haben.«

Sie überreichte mir ihren Führerschein. Auf dem Foto waren die Augen von demselben Blau, und sie hatte dieselbe blasse Haut, aber ihr Haar war noch einen Tick heller als mein eigenes. Irgendwann war Brooklyn Breneman rothaarig gewesen.

»Ich weiß, das ist alles ein bisschen viel«, sagte sie.

»In der Nacht des Überfalls schien er mich nicht zu kennen«, sagte ich ratlos.

»Sind Sie sicher?«

Ich dachte kurz nach. »Er wirkte überrascht.«

Sie lachte knapp. »Nehmen wir an, ein Mann ertappt

seine Frau und seinen besten Freund beim Sex. Er wäre mächtig überrascht, das heißt aber nicht, dass er sie nicht kennt.« Sie zuckte zusammen. »Sorry, das war ein schlechter Vergleich. Aber hat er an dem Abend nach Ihrem Namen gefragt?«

Er hatte mich gefragt, wer ich sei, aber das hatte weniger wie eine Frage, vielmehr wie eine Anklage geklungen: *Wer sind Sie?* War das eine Frage nach meinem Namen gewesen? »Die Situation war nicht wirklich so, dass wir uns einander vorgestellt hätten.«

»Erinnern Sie sich an irgendetwas, das Carver an jenem Abend gesagt hat?«

Ich erinnerte mich natürlich an die Drohung, ich solle Brooklyn Breneman sterben lassen, und an Carvers Frage, wen ich liebte.

Was sonst noch?

Mit plötzlich trockenem Mund schenkte ich mir eine Tasse kalten Tee ein und trank ihn auf ex. Carver hatte gesagt, mein Leben sei am Arsch, ich wisse es nur noch nicht. Als wüsste er es, weil er mich kannte. Aber vielleicht ließ ich mich von Brooklyn nur verwirren.

Als ich ihr nicht antwortete, sagte sie: »Woran ich mich erinnere, ist, dass er Sie in dieser Nacht hätte umbringen können, er hat es aber nicht getan. Er wirkte aufgebracht, Sie dort zu sehen.«

Ich blieb skeptisch. »Sie behaupten, Carver hat Natalie getötet, er hat Anne getötet, er hat versucht, Sie zu töten. Wenn dieses Muster stimmt und er ein Foto von mir hat, warum hätte er mich dann verschonen sollen?«

»Ich weiß es nicht. Ich kann Ihnen nur sagen, was ich glaube.«

»Und zwar?«

Sie drückte sich mit dem heilen Arm ein Kissen gegen die Brust. »Bevor er Natalie und Anne umgebracht hat, hat er sie geliebt. Ich glaube, dass das sein Muster ist. Er findet eine Frau, die ihn interessiert, verfolgt sie, lernt sie aus der Ferne kennen, umwirbt sie. Liebt sie. Dann wird es ihm irgendwann langweilig, oder er wird wütend und konzentriert sich auf jemand Neues.«

Ich blickte ihr forschend in die großen blauen, von dunklen Wimpern gesäumten Augen. Ich suchte nach Anzeichen dafür, dass sie log, fand aber keine.

Sie fuhr fort: »Ich glaube, dass er sich auf Sie fixiert hat, als er mich wegen meiner Beziehung zu Ihrem Mann verfolgte.«

Falls ich ihr Glauben schenken sollte, musste sie mir eine Frage beantworten. Ich riss mich zusammen und stellte die Frage: »Wollte Sam uns verlassen?« Denn es ging um *uns* – mich, Leo und Audrey –, die er im Stich gelassen hatte.

»Falls ja, dann nicht meinetwegen.«

Seit meiner Ankunft hier war ich unsicher gewesen, ob ich ihr glauben sollte, doch dies war die erste Aussage, bei der ich mir sicher war, dass es sich dabei um eine Lüge handelte.

»Ganz am Anfang hab ich mir Illusionen gemacht, dass da etwas sein könnte«, sagte sie. Zu schnell. »Aber für ihn war es nie so.«

Ich zog den Umschlag aus meiner Tasche und faltete ihn auseinander. »Ich würde Ihnen auch gern ein Foto zeigen.« Ich schob es über den Tisch. »Sind Sie das?«

Sie wurde blass, fing sich aber rasch wieder. »Nein.«

Diesmal glaubte ich ihr. Die junge Frau auf dem Bild war ebenso schlank wie Brooklyn Breneman, aber größer, hatte längere Arme und einen schmaleren Oberkörper.

»Ist es Hannah?«

Brooklyn schwieg, ihr Blick war wie festgenagelt auf das Foto vor ihr gerichtet.

»Ist Hannah brünett?«

Da sah sie auf, und ihre Nasenflügel bebten. Sie stieß die Luft aus und tat so, als zuckte sie zusammen, versuchte den Ärger, den ich in ihren Augen aufflammen sah, als Schmerz auszugeben.

Ich stellte noch einmal die Frage von vorhin: »Wie heißt Hannah mit Nachnamen?«

Mit geschlossenen Augen und schmalen Lippen entgegnete sie: »Ich bin müde. Rufen Sie mich an, falls ich Ihnen noch irgendwie behilflich sein kann.«

Sie versuchte aufrichtig zu klingen, doch wir beide wussten, dass sie nicht rangehen würde, wenn ich noch einmal anrief. Unabhängig von dem, was sie noch vor ein paar Minuten beteuert hatte, hatte Brooklyn Breneman sehr wohl geglaubt, dass sich ihre Affäre mit Sam nicht ausschließlich um Sex drehte. Sie hatte ihm Medizin gebracht und sich um seine Kinder gesorgt. Sie hatte sich gerade mit seiner Frau über sein Verschwinden unterhalten. Alles war sehr gesittet und erwachsen vonstattengegangen. Wahrscheinlich hatte sie angenommen, dass sich Sam nach seiner Rückkehr entscheiden würde und dass die Chance besser als fifty-fifty war. Sie hatte wahrscheinlich schon darüber nachgedacht, wie das mit dem geteilten Sorgerecht ablaufen würde. Doch nun, da sie ein Foto gesehen hatte, auf dem der Mann, den sie liebte, mit jemand anderem Sex hatte, bestätigte sich eine Wahrheit, der Brooklyn sich nicht hatte stellen wollen: Sie war nichts Besonderes.

Ich begriff das, weil ich genau wusste, wie es sich anfühlte.

21

Vom Haus der Geliebten meines Mannes fuhr ich direkt zum Footballspiel meines Sohns an der Santa Rosa Highschool. Bei meiner Ankunft dämmerte es bereits, und das Spiel des Juniorteams, das vorher noch stattfinden sollte, hatte noch nicht begonnen, trotzdem suchte ich mir schon mal einen Platz ganz oben auf der Tribüne. Auf diese Weise konnte mir niemand über die Schulter sehen. Den Umschlag mit dem Foto hatte ich auf dem Schoß, die Kälte des Aluminiums kroch durch den Hosenboden meiner Jeans. Die leere Bank erinnerte mich daran, dass Sam fort war.

Bald wurde aus der Dämmerung ausgewachsene Dunkelheit, und ich hüllte mich in mein fleecegefüttertes Sweatshirt. Ich wäre allein, bis Zoe und Audrey in der Halbzeit zu mir stoßen würden. Sie verspäteten sich, weil sie noch Eis geholt hatten.

»Danke, dass du auf Audrey aufgepasst hast.«

»Ich würde auch dafür bezahlen, auf sie aufzupassen.« Zoes Fingernägel waren mit unordentlichen großen Punkten lackiert, die genauso lavendelfarben waren wie ihr Haar. »Ich hab sogar noch eine kostenlose Maniküre dazubekommen.«

Audrey blickte zu mir auf, ein bisschen Eis war noch

immer auf ihrer Wange. Sie zappelte, als ich es mit dem Ärmel abwischen wollte. »Ich hätte auch Smoochs Nägel lackiert, aber sie hat mich nicht gelassen.«

»Smooch ist einfach ein unabhängiger Geist«, erklärte Zoe.

»Also musste ich ihr stattdessen eine Schleife an den Schwanz binden.« Smooch war sogar eine noch größere Heilige als Zoe. »Ich war ganz vorsichtig, wie du es immer sagst, und hab ihr danach ein Leckerli gegeben.«

»Vielleicht waren es sogar mehrere.«

»Ich liebe Smooch.« Audrey strahlte und runzelte dann die Stirn. »Boo hab ich auch eine Schleife an den Schwanz gebunden, aber er mochte das gar nicht, also hab ich sie wieder abgenommen.«

Das Spiel der Schulauswahl würde erst in einer guten Stunde beginnen, sodass die Tribüne noch spärlich besetzt war, aber die Eltern und die Schüler, die schon da waren, jubelten dem Juniorenteam mit voller Begeisterung zu. Bis auf Audrey. Sie zappelte mehr als sonst herum. Es war eine Erleichterung, als sie ein paar Reihen weiter vorn eine Klassenkameradin entdeckte.

Nachdem Audrey zu ihrer Freundin hinuntergegangen war, teilte ich Zoe den Inhalt meines Gesprächs mit Brooklyn mit. Dann reichte ich ihr den Umschlag.

»Heute hat irgendein Mann das hier in Zoes Rucksack gesteckt.« Ich brachte es nicht über mich, das Post-it zu erwähnen.

Zoe rümpfte die Nase und zog eine Augenbraue hoch. Sie nahm das Foto heraus, drehte sich dann so, dass sie mehr Licht hatte, schluckte ein spontanes Aufkeuchen herunter und bemühte sich sehr, den Schock nicht auf ihrem Gesicht erkennen zu lassen. Dafür liebte ich sie sogar noch ein bisschen mehr.

»Sam?«, fragte sie. Sie hatte keinen Anhaltspunkt, ihn zu identifizieren. Anders als ich hatte sie ihn ja nie nackt gesehen.

»Ja.«

»Bist du sicher?«

Ich hatte das Foto ausgiebig genug studiert, um es jetzt nicht noch einmal betrachten zu müssen. In Wahrheit war ich mir nicht sicher, ob ich es mir noch einmal anschauen *konnte*. »Ja.«

Da entdeckte ich Leo, der mit verschränkten Armen an der Seitenlinie stand und auf die Ergebnistafel sah. Die Santa Rosa Panthers führten mit zwölf Punkten Vorsprung. Der Quarterback der gegnerischen Mannschaft warf zu hoch, und der Ball glitt dem anvisierten Mitspieler über die Fingerkuppen, sodass einer der Verteidiger der Panthers ihn abfangen konnte. Er rannte zehn Meter damit, bis er erwischt wurde. Der Jubel der Menge klang schrill in meinen Ohren.

»Das ist ja furchtbar.« Ich war mir nicht sicher, ob Zoe sich darauf bezog, dass der Mann das Bild heimlich in Audreys Rucksack geschmuggelt hatte, oder ob sie den tatsächlich fotografierten Akt meinte. Beides war ziemlich furchtbar. »Sie sieht …«

Zoe hielt inne, also beendete ich ihren Gedanken: »… jung aus.«

Sie legte sich das Foto umgekehrt auf den Schoß und umarmte mich so fest, dass sie mich beinahe erdrückte. »Es tut mir so leid, Cassie.« Ihr Mund, ihre

Augen, ihre Schultern, alles strahlte Trauer aus. »Das ist scheiße.«

Audrey und ihre Freundin waren ungefähr fünf Meter zur Seite gegangen, an den Tribünenrand. »Audrey, geh nicht zu weit weg«, rief ich. Dann wandte ich mich wieder Zoe zu. »Es ist wirklich scheiße«, pflichtete ich ihr bei. Meine Hand zitterte, als ich das Foto erneut umdrehte. »Aber ist es auch echt?«

Dies war der Hauptgrund, warum ich Zoe das Foto überhaupt gezeigt hatte. Meine Freundin war von sozialen Medien besessen und hatte eine besondere Gabe: Sogar in unserem Photoshop-Zeitalter war sie in der Lage, jeden Fehler an einem Bild zu finden.

Zoe atmete tief ein und nahm sich das Bild noch einmal vor. »Die Lichtverhältnisse wirken plausibel«, sagte sie und versuchte, so abgeklärt wie möglich zu klingen, obwohl ihre Stimme beinahe versagte. »Keine Schatten oder Reflexionen, wo sie nicht hingehören.«

Sie strich sich eine Strähne lavendelfarbenen Haars hinters Ohr und runzelte die Stirn. »Wenn es bearbeitet wurde, sind keine offensichtlichen Spuren zurückgeblieben, und auch die Perspektive ist top.«

Das Herz rutschte mir in die Hose. »Es ist also echt?«

»Ich bin mir nicht sicher.« Sie hielt sich das Foto dichter vor die Augen. »Die Qualität ist insgesamt nicht besonders gut. Das heißt zwar nicht unbedingt etwas, aber manchmal verstecken Leute, die ein Bild bearbeitet haben, ihre Eingriffe dadurch, dass sie das ganze Foto beschissen aussehen lassen.«

Sie hob den Kopf. Als ihr Blick meinem begegnete, wusste ich, dass sie das Foto für authentisch hielt. Trotzdem fragte sie: »Macht es dir etwas aus, wenn ich es mitnehme? Ich kann es genauer untersuchen, wenn ich bessere Lichtverhältnisse und eine Lupe habe.«

Ich hob die Hände, die sich allein durch die Tatsache, dass ich den Umschlag berührt hatte, schmutzig anfühlten. »Nimm es. Und, Zoe ... danke.«

Sie steckte es in die Jackentasche. »Hast du Brooklyn das gezeigt?«

»Hab ich.«

»Irgendeine Chance, dass sie das auf dem Foto ist?«

»Hängt davon ab, ob es bearbeitet wurde. Auf der Rückseite steht eine Zahl. Genau wie bei dem Schokoladenpapier.«

Ich meinte das gar nicht als Vorwurf, doch Zoe zuckte zusammen. »Sorry, Cassie, ich dachte wirklich, es ist ein S.«

Ich machte eine wegwerfende Geste. »Also ... 3, 2, 1. Ein Countdown?«

»Wofür?«

Ich zuckte die Schultern und reichte ihr Leos Jahrbuch. »Das hier hab ich unterwegs noch geholt. Ich dachte, wir könnten uns vielleicht all die älteren Mädchen näher anschauen, die Hannah heißen.«

»Überlass mir das«, schlug sie vor. Zoe war schon drauf und dran, mich noch einmal zu umarmen, hielt dann aber inne und packte mich stattdessen am Arm, sprang mit solcher Begeisterung hoch, dass es mir auch ein bisschen im Magen kribbelte. Sie zeigte auf das Spielfeld. »Er ist in der Startaufstellung!«

Als ich meine Aufmerksamkeit dem Spielfeld zuwandte, sah ich, dass Leo sich tatsächlich den Helm aufgesetzt und seinen Platz hinter der Abwehr eingenommen hatte. Ich fühlte, wie mir der Atem stockte, zugleich vor Stolz und Sorge.

Auf dem Spielfeld versemmelte der Center den Anstoß, der Quarterback fiel aber auf den Ball, sodass er zwar einige Meter, aber nicht den Ballbesitz verlor. Beim zweiten Spielzug passte der Quarterback dann den Ball zu einem Runningback, sodass sie fünf Yards gewannen. An beiden Spielzügen war Leo ein bisschen beteiligt. Beide Male sprintete er los, stoppte aber wieder, als ein Teamkamerad vor ihm den Ball erwischte.

Beim dritten Versuch war es anders.

Der Wind wehte schwach, aber mit eisiger Schärfe. Als die Panthers an der 35-Yard-Linie Aufstellung nahmen, zwang ich mich zu atmen, worauf ich sofort abergläubisch reagierte. Ich hatte die Luft während der ersten beiden Spielzüge angehalten, und Leo stand immer noch aufrecht. Meinen Aberglauben zu ignorieren erschien mir plötzlich als eine falsche, ja sogar gefährliche Wahl. Ich versuchte, den Sauerstoff in meiner Lunge zurückzuhalten, was sich wie eine Last auf meiner Brust anfühlte.

Aber es war zu spät.

Der Ball wirbelte hoch in die Luft, zu hoch. Es war ein schlechter Wurf, jeder konnte ihn erreichen. Schwarze und weiße Trikots strömten zusammen, Körper krachten ineinander. Receiver und Linebacker kämpften beide darum, den Ball als Erste aus der Luft zu pflücken.

Leo gewann den Kampf, er fing den Ball einen Sekundenbruchteil, bevor er attackiert wurde. Ein Haufen aus weißen Trikots presste meinen zerbrechlichen Sohn zu Boden.

Die Pfeife des Schiedsrichters schrillte, der Haufen zerstreute sich, und Leo tauchte darunter vollkommen intakt wieder auf.

Ich ließ frischen Sauerstoff in meine Lunge strömen.

Zoe grinste mich an und klatschte. »Hast dir kurz Sorgen gemacht, was?«

»Als Mutter immer.«

Als Offensive und Defensive bei den Panthers tauschten, war ich überrascht, dass Leo auf dem Spielfeld blieb.

Da ich auf einer Welle der Euphorie surfte, vergaß ich kurz meine Sorgen darüber, dass die gegnerischen Verteidiger die Linie der Panthers deutlich überragten. Obwohl er etwa genauso groß war wie mein Sohn, wog der schwerste ihrer Verteidiger nach meiner Schätzung fünfzig Pfund mehr als Leo.

Der Quarterback warf den Ball das Feld hinunter, auf der Leo gegenüberliegenden Seite, und die weißen Trikots drängten sich um den Receiver.

Auch Leo rannte, aber er war derjenige der Panthers, der am weitesten vom Ball entfernt war. Nur ein Spieler war noch weiter weg: der hünenhafte Verteidiger, der sich aus einem Grund, den ich nicht begriff, vom Ball entfernte. Dann sah ich und verstand.

Leo dagegen war dem Ball zugewandt. Und weil er sie nicht kommen sah, konnte er sich nicht auf die Bedrohung vorbereiten, was er ansonsten wohl getan hätte. Als der Aufprall erfolgte, Helm gegen Helm, flog Leo durch die Luft und krachte dann auf den Rasen, während der Verteidiger einen Satz machte und hart auf dem Boden aufkam.

Der Schiedsrichter pfiff, beinahe ebenso wütend wie

der Trainer der Panthers, und Leos Teamkameraden begannen, sich mit ihren Gegnern wegen des offensichtlichen Fouls zu rangeln. Darauf folgte eine neue Welle Pfiffe, während die Trainerstäbe und die Spieler an der Seitenlinie brüllten und gestikulierten.

Als der Haufen sich diesmal zerstreute, stand Leo nicht mehr auf.

22

Mein Handy klingelte einmal in meiner Tasche, doch zum ersten Mal seit Sams Verschwinden griff ich nicht sofort danach. Meine Augen waren starr auf das Spielfeld gerichtet, wo mein Sohn reglos dalag.

Einen Moment lang war ich ebenso erstarrt wie Leo. Dann rannte ich von der Tribüne hinab und packte im Vorbeigehen Audrey am Ellenbogen. Die Metallböden erzitterten unter unseren Füßen. Von der Tribüne traten wir auf Beton, dem wir bis zu dem niedrigen Zaun folgten, der das Spielfeld umgab. An dessen Rand zögerte ich und zog Audrey fest an meine Brust, als könnte so eine Geste sie vor dem Schaden bewahren, der ihrem Bruder zugestoßen war und vorher vielleicht auch ihrem Vater.

Warum hatte ich ihn spielen lassen? Ich hätte darauf bestehen müssen, dass er das Spiel ausließ. Ich hätte mehr tun müssen, damit er in Sicherheit war.

Leo lag noch immer auf dem Spielfeld, doch jetzt war er von einer Gruppe aus medizinischem Personal und Trainerstab umringt. Er lag so still da wie ein Vogel, der aus dem Nest gefallen ist. Ich konzentrierte mich auf seine Brust und glaubte, das Heben und Senken seiner Atmung erkennen zu können.

»Mom, das ist zu fest«, beschwerte sich Audrey und wand sich in meinem Griff.

Ich ließ lockerer, aber nur ein bisschen. »Tut mir leid.«

»Geht es Leo gut?«

»Er hat nur einen Schlag abbekommen, das ist alles.« Alles andere war nämlich unvorstellbar.

Fieberhaft dachte ich über die Möglichkeiten nach. Bänder konnten gerissen sein. Die Helmkollision machte eine Gehirnerschütterung wahrscheinlich. Dann gab es noch die Knochen. Zweihundertsechs Stück im menschlichen Körper, und durch die Wucht des Aufpralls konnte jeder von ihnen gebrochen sein. Am meisten sorgte ich mich um den Hals. Eine Verletzung dort konnte innere Blutungen zur Folge haben, Lähmungen – den Tod.

Aber das sollte meinem Sohn nicht passieren. Er stand normalerweise nicht in der Startformation, spielte fast nie. Er hätte sicher sein müssen.

Dann sah ich, dass Leos Fuß sich bewegte. Obwohl es nur ein Zucken war, stellte ich mir vor, wie er vom Spielfeld gehen würde, steif, vielleicht sogar humpelnd oder ein verletztes Bein hinter sich herziehend, während er auf beiden Seiten von Teamkameraden gestützt wurde.

Doch so verließ Leo das Spielfeld nicht. Mein Sohn verließ es auf einer Bahre und wurde vom Feld zu einem Krankenwagen getragen, der gleich hinter dem Tor auf ihn wartete.

Ich sah auf mein Handy. Eine SMS von Sams Nummer, aber jetzt war ich mir sicher, dass sie nicht von Sam stammte.

Sorry wegen Leo.

Erst wenige Stunden zuvor hatte ich noch gedacht, dass mich kein Bild stärker aus der Fassung bringen würde als das meines Mannes beim Sex mit einer anderen Frau. Dann lag Leo auf einer Bahre. Ihn so zu sehen erschütterte mich wie nichts, seit Audrey als Kind ins Krankenhaus gekommen war.

Ich hatte die Zahl auf der Rückseite des Fotos nicht ernst genug genommen. Wenn Sam weg war, ich aber auf meine Kinder achtgab, was konnte mir dann noch genommen werden?

Die Antwort lautete offenbar: alles.

Zuvor hatte ich geglaubt, die Zahlen auf dem Stein, dem Schokoladenpapier und dem Foto wären ein Countdown von Tagen. Aber vielleicht war das noch nicht alles. An dem Abend, an dem Detective Rico den Stein gefunden hatte, lebten drei Menschen in meinem Haus, die ich über alles liebte. Dann war Sam verschwunden, sodass nur noch zwei übrig blieben. Wenn Leo etwas zustieß …

Obwohl die Diagnose Gehirnerschütterung weder eine CT noch eine MRT erforderlich machte, war der Arzt besorgt genug wegen des Schlags gegen den Kopf, um weitere Tests anzuordnen. Sobald Leo fortgerollt worden war, ging Zoe, um nach Boo und Smooch zu sehen. Sie fragte mich, ob sie Audrey mitnehmen solle – und meine Tochter hätte die Ablenkung sicher gebrauchen können –, aber ich wollte sie in meiner Nähe behalten.

Während ich mit Audrey zusammen auf dem Polsterstuhl vor dem Untersuchungszimmer wartete, richtete ich meine Aufmerksamkeit wieder auf die SMS, die ich von der Person erhalten hatte, die im Besitz von Sams Handy war.

Sorry wegen Leo.

Ich tippte: **Wer sind Sie?**

Sam.

Wer SIND Sie?

Warum glaubst du mir nicht?

Weil Sie nicht Sam sind.

Natürlich bin ich Sam.

Hören Sie auf damit.

Wenn ich nicht Sam wäre, wie sollte ich dann etwas von dem Streit zwischen mir und Leo am Abend, bevor ich gegangen bin, wissen?

Das ließ mich innehalten. Was für ein Streit? Ich hatte nichts von irgendeinem Streit mitbekommen.

»Sam« tippte über mein Schweigen. **Ich bin sicher, dass Leo das, was er an diesem Abend gesagt hat, nicht so gemeint hat.**

Dann traf mich die Erkenntnis wie eine Ohrfeige. **Sie haben uns belauscht?**

Du schläfst auf der linken Bettseite. Dein Bademantel ist dunkelgrün, genau wie deine Augen. Genau wie mein Lieblings-BH.

Das Blut gefror mir in den Adern, und ich zog Audrey näher zu mir heran. **Und Sie beobachten uns auch?**

Natürlich beobachte ich. Ich bin dein Mann.

Ich dachte an meinen Sohn, dessen lädierter Kopf und Körper nebenan untersucht wurden. **Haben Sie Leo das angetan?**

Wie sollte ich Leo etwas antun? Ich war ja gar nicht da.

Was haben Sie getan?

Ehrlich, Cassie.

Obwohl ich wusste, dass er nichts sagen würde, was ihn verriet, fragte ich trotzdem: **Was wollen Sie?**

Ich will, dass du glücklich bist, Cassie.

Ich gehe zur Polizei.

Das letzte Mal scheinen sie dir da auch nicht geglaubt zu haben.

Er hatte mich also abgehört, sogar auf der Wache. Oder er kannte jemanden, der ihm die Information weitergegeben hatte. Beide Möglichkeiten jagten mir einen Schauer über den Rücken.

Sie sind nicht mein Mann.

Nicht mehr.

Warum tun Sie das?

Wir treffen Entscheidungen. Wie du in der Nacht beim verlassenen Krankenhaus.

Carver?

Ich hab dir doch gesagt, ich bin Sam.

Hannah?

Das wird langsam öde.

Haben Sie meinem Mann etwas angetan?

Mir geht's gut, Cassie. Sogar großartig. Ich hab jemanden gefunden, der nicht die ganze Zeit arbeitet.

Diese Worte erinnerten mich an einen Streit wegen meiner Überstunden in der Praxis. Vor über einem Monat.

Eine Frau, die nicht immer noch diese fünfzehn Pfund mit sich herumschleppt, sechs Jahre nach der letzten Geburt.

Dieser Unsicherheit hatte ich vor ein paar Wochen

Ausdruck verliehen, als Sam und ich allein im Schlafzimmer gelegen hatten – anscheinend waren wir keineswegs allein gewesen.

Ich bin mir nicht sicher, ob diese neue Beziehung funktioniert, also hoffe ich, du kannst uns in Ruhe lassen. Ich weiß ja, wie du sein kannst, wenn du eifersüchtig bist.

Bei diesen Worten sah ich plötzlich Brooklyn oder die junge Frau auf dem Foto vor mir, misshandelt und irgendwo an einem öffentlichen Ort liegen gelassen, damit die Polizei sie dort fand. Mit Beweismaterial, das zu mir zurückverfolgt werden konnte. Rico hatte bereits ausreichend Grund, mich zu verdächtigen.

Aber ich hatte größere Angst um Sam. Meine Hände zitterten, als ich schrieb: **Wenn Sie Sam etwas antun, werde ich Sie zur Strecke bringen.**

Der Spott folgte auf dem Fuße und war spürbar mit Schadenfreude vermischt: **Und wie genau wirst du das tun? Ich meine, wenn ich nicht Sam wäre. Der ich aber bin.**

Ich habe mich noch nicht entschieden. Aber ich habe Medizin studiert. Mir wird schon was Kreatives einfallen.

Ich glaube, jetzt sollte ich zur Polizei gehen.

Wenn er das tat, würde diese Konversation mich ebenso in Verdacht bringen wie ihn.

Dann schrieb er: **Besonders nach dem, was mit Lester passiert ist. Ich habe gehört, du hast ihn vergiftet. Der arme Hund.**

Ein vertrautes Gefühl der Wut durchströmte mich, aber diesmal leistete ich keinen Widerstand. Auf meiner virtuellen Tastatur ließ ich eine Drohung los. **Ich habe entschieden, dass, was auch immer ich mit Ihnen machen werde, etwas mit Skalpellen zu tun haben wird. Außerdem mit Wundspreizern und Klemmen.**

Ich weiß, du bist verletzt, aber wenigstens hast du noch die Kinder. Ich zog Audrey noch näher an mich, sodass sie eher auf meinem als auf ihrem eigenen Stuhl saß. **Ich hoffe, ich sehe sie bald.**

Ist das eine Drohung?

Ich sah, dass »Sam« tippte, und jede Sekunde des Wartens zehrte an meinen Nerven. Schließlich erschien die Nachricht auf meinem Display. **Warum sollte ich denn meine eigenen Kinder bedrohen?**

23

Als junges Mädchen war ich mal mit meinem Wagen in das Wohnzimmer unseres Nachbarn gerast. Und zwar nicht grundlos – ich hatte den Widerling wiederholt dabei erwischt, wie er in mein Schlafzimmerfenster gespannt hatte –, aber ich gebe zu, dass es geeignetere Maßnahmen gegeben hätte, die ich hätte ergreifen sollen. Bei anderer Gelegenheit versetzte ich einem fiesen Typen einen Nackenschlag, der einem kleineren Jungen den Rucksack abgenommen hatte. Auch das hätte wohl nicht meine spontane Vorgehensweise sein sollen, vor allem weil es viel weniger darum ging, den kleinen Jungen zu beschützen, als darum, dass ich mich seit Monaten nicht mehr geprügelt hatte.

Ich war also oft wütend, häufig ohne provoziert worden zu sein. Doch als Erwachsene hatte ich dann begriffen, dass die meisten Probleme sich besser durch Diplomatie, Verstand und Einfühlungsvermögen lösen ließen.

Dieses hier gehörte nicht zu diesen Problemen.

Soweit hatte ich alles richtig gemacht: An jenem Abend beim verlassenen Krankenhaus war ich aus Ungeschicklichkeit, nicht aus Tollkühnheit, die Böschung hinabgeschlittert. Ich hatte die Notrufnummer gewählt. Später hatte ich mit der Polizei kooperiert und sie über jeden meiner Schritte auf dem Laufenden gehalten. Ich war sogar mit der Frau, die behauptete, meinen Mann zu vögeln, höflich umgegangen. Ja, in den letzten Tagen hatte es Momente gegeben, in denen ich wütend geworden war, aber ich hatte dagegen angekämpft.

Ab jetzt galt das nicht mehr. Weil meine Kinder bedroht wurden und weil Leo sich im Nebenraum einem MRT unterziehen musste, war ich wirklich total angepisst.

Ich sah Zoe den Gang herunterkommen und winkte sie heran. Sie reichte mir meine Laptoptasche. »Wie geht's Leo?«

»Leichte Gehirnerschütterung, und sie machen sich Sorgen um sein Knie. Ist Perla unterwegs?«

»Müsste gleich da sein.« Sie gab mir die Hausschlüssel zurück. »Sie hat in eurem Haus was gefunden, aber das soll sie dir selber zeigen.«

Als Perla Anderson fünf Minuten später eintraf, ging Zoe ein Stück beiseite.

Vor Jahren hatte ich Perlas Rottweiler wegen Dysplasie behandelt. Es war eine Weile her, dass wir uns gesehen hatten, aber sie war dennoch diejenige gewesen, an die ich nach der letzten Reihe von Nachrichten sofort gedacht hatte.

Perla trug ihre übliche Uniform: Jeans, eine Messenger-Bag und ein T-Shirt mit Aufdruck. Auf diesem stand: *Ich bin nicht faul, ich lade*. Das letzte Mal, dass sie in meiner Praxis gewesen war, hatte sie gerade ihren Master in Informatik gemacht. Wie damals roch sie auch jetzt nach Nelkenzigaretten und dem Kaffee, den sie die ganze Zeit aus ihrem wiederverwendbaren Becher trank.

Sie stellte ihre Tasche ab und zeigte auf die, die Zoe mir gerade gegeben hatte. »Ist er das?«, fragte sie.

Ich zog den Laptop heraus, fuhr ihn hoch und überließ ihn ihr. Dasselbe tat ich mit meinem Handy.

Sie balancierte ihren Kaffee zwischen den Beinen, während sie auf der Tastatur herumhämmerte, ihre Nägel waren nur schartige Stummel.

»Zoe hat gesagt, du hast in unserem Haus was gefunden?«

Sie unterbrach das Tippen, zog etwas aus der Tasche und hielt es mir hin. Es waren drei Ringe, alle weiß und von der Größe eines Pennys.

»Du hattest recht mit dem Verdacht, dass euch jemand belauscht hat. Die hab ich an der Decke eures Wohnzimmers, der Küche und des Schlafzimmers gefunden.«

Perla trank einen Schluck Kaffee und steckte die Hand dann in die andere Tasche. Diesmal zögerte sie. »Das hier hab ich auch gefunden.« Sie legte mir einen harten, kleinen Gegenstand in die Hand. Es war ein USB-Kabel, ebenfalls weiß, die Sorte, die wir alle in unserer Familie benutzten, um unsere Handys aufzuladen.

Ich begriff zunächst nicht. Als ich gerade fragen wollte, warum sie es mir gegeben hatte, bemerkte ich es: ein kleines Loch, das da nicht hätte sein sollen.

»Eine Kamera?« Als sie nickte, begann ich zu zittern. »Wo hast du die gefunden?«

»In deinem Schlafzimmer.«

Vor meinem inneren Auge zogen all die Szenen vorüber, die die Kamera mitgeschnitten haben konnte. Klar, es gab Sex, so selten er auch geworden war, aber es gab auch andere Momente, in denen Sam und ich Zärtlichkeiten oder Unsicherheiten miteinander geteilt hatten, und das erschien mir fast noch eine empfindlichere Verletzung meiner Intimsphäre zu sein. All die Momente, in denen wir geglaubt hatten allein zu sein, hatte jemand gelauscht und zugesehen.

Mein Magen rumorte. Vielleicht würde ich nie mehr nach Hause gehen.

»Bist du sicher, dass das alles ist?«

»Ich hab alles abgesucht, mehr war da nicht, wenigstens wenn es um Wanzen geht.« Ich mochte den Ton nicht, in dem sie diesen letzten Teil hinzufügte, auch nicht den finsteren Gesichtsausdruck, mit dem sie meinen Laptop bedachte.

»Gibt es irgendeinen Weg herauszufinden, wer mir diese Nachrichten von Sams Handy schickt?«

Sie zuckte mit den Schultern. »Vielleicht ist es nicht mal Sams Telefon. Mit Call ID Spoofing wäre es ziemlich einfach, die Nachrichten so aussehen zu lassen, als kämen sie von irgendwo anders.«

»Kann man sie zurückverfolgen?«

»Es ist möglich, aber nicht leicht. Außerdem hast du noch andere Probleme.«

Perla tippte auf das Display und klickte sich durch eine Reihe von Postings auf sozialen Medien, sodass ich nur wenige Sekunden hatte, die einzelnen Einträge zu lesen.

JLs Team lässt sich fast so gut ficken wie seine Freundin.

JL ist so fett und blöd, dass die einzigen Buchstaben, die er kennt, KFC sind.

JLs Tussi macht die Beine für jeden außer ihm breit.

An ein Posting war das Foto einer sabbernden Bulldogge und ein Mädchenname angehängt. Ich ging davon aus, dass es der Name von »JLs« Freundin war.

Dann gab es noch ein schlecht bearbeitetes Foto eines Typen in einem Footballtrikot, der obszöne Dinge mit einem Schwein anstellte. Darunter stand: *Näher kommt JL Schweinsleder nie.*

»Was ist das?«

»Das hab ich von Leos Social-Media-Accounts.«

Teenager haben eigene Leben und Geheimnisse und treffen schlechte Entscheidungen, die sie vor ihren Eltern verbergen. Natürlich tun sie das. Und doch war ich mir felsenfest sicher: »Leo würde so etwas nie tun.«

»Das dachte ich mir schon. Anscheinend habt ihr ein Sicherheitsproblem.«

Meine Wut flackerte wieder auf. Ich fühlte mich nackt und ausgeliefert, fast so sehr wie gerade eben, als Perla mir die Kamera gezeigt hatte. »Warum sollte irgendwer ein Kind ins Visier nehmen?« Ich verbesserte mich: *Kinder*. Leo und der Junge, der verspottet worden war.

»Menschen sind Arschlöcher.«

In diesem Fall stimmte das wohl. »Irgendwer kennt also unsere Passwörter.«

»Und darum solltest du sie auch ändern.«

»Aber wie konnte das denn passieren?«

»Irgendwer könnte sich physisch Zugang zu einem eurer Handys verschafft haben oder zu eurem Computer oder sonst wie hineingelangt sein. Zum Beispiel mit einer Phishing Mail.«

»So eine E-Mail hätte ich nicht aufgemacht.«

Sie lächelte, genau wie ich es tat, wenn Audrey über Einhörner sprach. »Es gibt noch andere Mittel und Wege, um Passwörter zu stehlen. Jemand könnte zum Beispiel einen Keylogger platziert haben. Der könnte in eure Tastatur integriert sein, und wie findet man den?« Ich wusste, dass sie nicht davon ausging, dass ich ihn finden würde, ich hingegen hatte keinerlei Zweifel daran, dass Perla wusste, was zu tun war. »Jede Virensoftware scheitert an Hardware. Und ihr habt doch sicher noch weitere Computer, oder?«

»Sam hat noch einen, den er für die Arbeit benutzt, und Leo hat einen eigenen Laptop.«

»Dann besteht die Möglichkeit, dass einer von denen verändert worden ist. Und wer auch immer es auf euch abgesehen hat, könnte eure Passwörter bekommen haben, indem er einem von euch im Café beim Arbeiten am Laptop über die Schulter geschaut hat.«

Café. Ich dachte erst an Brooklyn, dann an Hannah. Und wenn Carver Brooklyn gestalkt hatte, konnte er das hier ebenfalls gewesen sein. Tatsächlich gab es eine ganze Reihe möglicher Täter.

»Oder sagen wir mal, du findest einen USB-Stick, von dem du glaubst, dass Patientenakten drauf sind. Du steckst ihn in den Computer, und die Malware erledigt den Rest.«

Ich öffnete den Mund, um zu erklären, dass ich nicht einfach einen unbekannten USB-Stick in meinen Computer stecken würde, aber sie unterbrach mich. »Bevor du sagst, dass das unmöglich ist, denk dran: Ein geteilter Computer ist nur so sicher wie sein am wenigsten umsichtiger Benutzer. Das Schlimme daran ist, dass es nicht mal besonders ausgeklügelt zu sein braucht. Jeder, der eine Suchmaschine bedienen kann, kann so was machen.«

»Also jeder.«

»So ziemlich.«

Die Tür der Radiologie ging auf, und ein Pfleger schob Leos Rollstuhl hindurch. Zusammengesunken und mit den Händen auf dem Schoß gefaltet, wirkte mein Junge so sehr wie eine jüngere Version seiner selbst, dass es mir einen Stich ins Herz versetzte.

Für Perla war das das Stichwort, um sich zu verabschieden. Davor trank sie noch den Rest ihres Kaffees aus und verstaute den Becher in ihrer Messenger-Bag. Als sie die Hand wieder aus der Tasche zog, hielt sie zwei in Plastik gewickelte Päckchen darin.

»Nachdem ich euer Haus durchsucht hatte, dachte ich mir, ihr könntet die hier gebrauchen.«

Ich nahm ihr die Päckchen ab. Darin befanden sich zwei Prepaidhandys. Als Perla mir meinen Laptop wiedergeben wollte, schob ich ihn weg.

»Den will ich nicht.«

Sie verstaute ihn in seiner Tasche und schlang sie sich dann zusammen mit ihrer eigenen über die Schulter. »Ich schau mir den noch ein bisschen genauer an, dann kriegst du ihn zurück.«

Ich wollte zu meinem Sohn gehen, doch Perla berührte mich am Arm. Ihre Augen blitzen mit einer Ernsthaftigkeit auf, die meiner wohl in nichts nachstand.

»Denk dran: Menschen sind Arschlöcher«, erinnerte sie mich. »Wenn irgendwer sich mit deinem Kind anlegt, ist es okay, wenn du auch ein Arschloch bist.«

24

Audrey lag im Sessel neben Leos Krankenhausbett zu einem kleinen Ball zusammengerollt, den Kopf hatte sie auf mein zusammengefaltetes Sweatshirt gelegt. Da Audrey schlief, ging Zoe heim und ließ mich mit Leo allein.

Das MRT hatte ergeben, dass Leo sich den Meniskus gerissen hatte. Eine Operation war zwar nicht nötig, aber er könnte in dieser Saison nicht mehr Football spielen. Während wir darauf warteten, dass der Doktor ihn entließ, rutschte Leo in seinem Bett unruhig und übellaunig herum. »Wo ist Dad?«, fragte er.

Ich hätte es hinauszögern oder wieder auf die Ausrede ausweichen können, die ich den Kindern vorher über Sams Lehrerkonferenz aufgetischt hatte. Aber es hatte nun genug Lügen gegeben.

Stattdessen gestand ich ihm, dass ich nicht wisse, wo sein Dad sei. Dann atmete ich tief durch und erzählte Leo die Teile der Geschichte, von denen ich das Gefühl hatte, er könnte mit ihnen umgehen. Aber welches Kind konnte wirklich mit irgendeinem Teil davon umgehen? Ich zwang meine Stimme, fest zu klingen, sobald ich bemerkte, dass sie zu schwanken begann.

Ich beendete meine Erzählung mit: »Ich bin sicher, es geht ihm gut«, obwohl ich mir da keineswegs sicher war.

Sogar bevor ich Leo vom Verschwinden seines Vaters berichtet hatte, war jeder Blick in seine Richtung schmerzhaft gewesen: Sein Gesicht war eine jüngere Ausgabe von Sams, die Haut um sein geschwollenes Auge hatte über die letzten paar Stunden eine Farbveränderung von Granatapfel zu Pflaume durchgemacht. Doch die Anzeichen körperlichen Leidens waren nur ein Schatten der Qual, die an Leo nun sichtbar wurde. Mit fünfzehn wirkte er normalerweise wie der Mann, der er einmal sein würde, doch in diesem Moment war er zu hundert Prozent ein Kind. Ich konnte die Frage in seinen Zügen so deutlich lesen, als hätte er sie mir entgegengebrüllt: *Warum?*

Ich legte meine Hand auf seine und ließ sie dort einen Moment länger liegen, als er es normalerweise gestattet hätte: »Ich habe es der Polizei gemeldet, sie suchen also nach ihm.«

Als Leo bei der Erwähnung der Polizei die Augen aufriss, ruderte ich zurück und gab das wieder, was ich zuvor von Officer Torres gehört hatte: »Mach dir keine Sorgen. Die Chancen stehen gut, dass dein Dad freiwillig gegangen ist und dass er zurückkommen wird.«

War es für Leo irgendwie besser, wenn er glaubte, dass sein Vater aus freien Stücken verschwunden war? Dem Gesichtsausdruck meines Sohnes nach zu urteilen, nicht besonders. Ich verstand das. Auch mir hatten Torres' Worte nicht viel Trost gespendet.

Audrey änderte die Position in ihrem Sessel, schlief aber weiter. Wenigstens eins meiner Kinder hatte seinen Seelenfrieden gefunden.

Ich wandte mich wieder Leo zu und bemerkte, dass er

in Richtung seiner Schwester und auf das Fenster hinter ihr starrte.

»Weiß sie Bescheid?«, fragte er.

Ich schüttelte den Kopf. »Ich glaube nicht, dass er uns für immer verlassen würde«, sagte ich. »Als du noch ein Baby warst, hat er dich immer mitgenommen – egal ob er nur zum Auto, zum Briefkasten, in den Garten oder sonstwo hingegangen ist.« Ich gestattete mir ein kurzes Lächeln bei dem Gedanken an Leo, der sich als Säugling gegen Sams Brust kuschelte und dessen pummelige Glieder aus dem Tragegurt ragten. »Er liebt dich und würde dich niemals verlassen. Vielleicht musste er einfach allein etwas erledigen, etwas Wichtiges.«

»Was ist denn wichtiger als wir?«

»Nichts.« Das war die wahre Antwort. »Aber vielleicht gibt es etwas, das er tun muss, bevor er zu uns zurückkommt.«

Leo fragte nicht nach, was das sein könnte, und ich wusste nicht, was ich ihm darauf hätte antworten sollen. Die Frage, die er dann tatsächlich stellte, war allerdings beunruhigender.

»Glaubst du, dass ihm etwas … *Schlimmes* … passiert ist?«

Ich log so geschmeidig wie nie zuvor. »Natürlich nicht.«

Leos Miene entspannte sich, und ich ließ ihm diesen Augenblick. Dann stählte ich mich und fragte: »Hast du deinen Dad die letzten Wochen in der Schule gesehen?«

Der Kiefer meines Sohnes spannte sich an, und rasch wandte er den Blick ab. »Weiß nicht.«

Ich versuchte, meinen Tonfall leise und beruhigend zu

halten. »Du weißt es nicht, oder du willst es mir nicht sagen?«

»Ich seh Dad ja nicht immer.«

Er log, aber ich entschied mich, nicht nachzubohren. Ich wusste, dass Sam die letzten paar Wochen nicht in der Schule gewesen war, und nach dem zu urteilen, wie Leo sich in seinem Bett wand, wusste er es auch.

Die zweite Frage war schon schwieriger. »Kennst du ein Mädchen namens Hannah?«

Nun grinste Leo. Er hatte das Grinsen von Sam geerbt, und es machte sich bis in die Augen hinein breit. »Komm schon, Mom.«

»Was, *komm schon*?«

»An meiner Schule gibt es ein paar Tausend Schüler, und die Hälfte aller Mädchen heißt Hannah. Ich kenne mindestens zehn.«

»Ist irgendeine davon bei deinem Vater in der Klasse?«

Ich hatte meine Worte sorgfältig gewählt, aber das spielte keine Rolle. Jede Hoffnung, die ich vielleicht gehegt hatte, dass Leo die Gerüchte nicht zu Ohren gekommen wären, verschwand mit seinem Grinsen.

»Heißt sie so?«, fragte er, und seine Stimme klang plötzlich leise und ein bisschen wütend.

Ich wollte nicht einfach automatisch davon ausgehen, dass wir über dasselbe sprachen, also fragte ich nach: »Wer heißt so?«

»Ach, niemand.« Mein Sohn verfolgte anscheinend dieselbe Strategie.

Ein Seufzer erschütterte meine Brust. Ich war so unglaublich erschöpft. »Ich weiß, es ist schwer, Leo, aber du musst es mir sagen.«

»Es ist gar nichts, Mom. Kinder sagen die ganze Zeit blöden Sch… blöde Sachen.«

Ich erhob mich von meinem Stuhl und setzte mich zu ihm auf den Bettrand. Aus dieser Nähe spürte ich die Hitze, die von ihm ausging. Sam und ich hatten oft Witze darüber gemacht, dass unser Sohn wohl von einem Terrier abstammen müsse, weil er so schnell überhitzte.

Wir *hatten* Witze gemacht. Ohne es zu bemerken, hatte ich beschlossen, meine Ehe als etwas Vergangenes zu betrachten. Das war inakzeptabel. Wie alles hier.

Auf einmal wurde mir bewusst, wie schwer das alles für Leo sein musste, wo er doch auf dieselbe Schule ging, an der sein Vater arbeitete. In den besten Zeiten war das Ansporn, gute Noten zu schreiben und sich gut zu benehmen. Doch in Zeiten wie diesen, wenn Gerüchte die Runde machten, sein Vater schlafe mit einer Schülerin …

Ich drückte Leos Hand. Ich hätte ihn ermuntern können, mir Details über die Gerüchte zu verraten, die er ganz offensichtlich gehört hatte, aber musste ich wirklich noch mehr erfahren? Musste ich ihre Haarfarbe kennen oder wissen, ob irgendwer ihn und sie außerhalb der Schule zusammen gesehen hatte? Musste ich darüber Bescheid wissen, was mein Ehemann angeblich von ihr verlangt hatte? Wollte ich meinen Sohn willentlich verletzen? Einen Namen konnte er mir nicht nennen, und alles andere würde unnötige Schmerzen verursachen.

»Ist schon okay, Leo. Du musst mir nichts erzählen.«

Erleichterung machte sich auf seinem Gesicht breit. Dann gab ich ihm sein neues Telefon, und die Erleichterung wurde zu Verwirrung.

»Was ist das?«, fragte er. »Wo ist mein Telefon?«

»Wir müssen die hier benutzen, bis wir Dad gefunden haben.« Ich schob die Zweifel beiseite, dass es irgendwie anders enden könnte.

»Aber wie soll Dad uns denn dann erreichen?« Die Hoffnung in seiner Stimme tat mir in der Seele weh.

»Er schafft das schon. Du darfst ihn aber nicht anrufen, okay? Ruf am besten eine Weile lang gar niemanden an.«

Er sah mich finster an. »Warum nicht?«

Ich zögerte, aber ich konnte es nicht vor ihm geheim halten, nicht wenn ich wollte, dass er in Sicherheit war, und das war mein vordringlichster Wunsch. Also erzählte ich ihm, dass irgendwer seinem Vater das Handy gestohlen hatte. Ich erwähnte die Nachrichten nicht, aber ich erzählte ihm, dass unser Haus abgehört worden war. Die Kamera im Schlafzimmer ließ ich dabei aus. Dann beschrieb ich die Postings, die Perla auf seinen Social-Media-Accounts entdeckt hatte.

»JL?« Er schnappte sich sein neues Telefon, bevor ihm bewusst wurde, dass es nicht sein altes war. Frustriert legte er es wieder hin. »Wie hat er ausgesehen?«

Ich beschrieb ihn, und Leo nickte lebhafter bei jedem Merkmal, bevor er schließlich sagte: »Ich bin mir ziemlich sicher, dass das der Kerl ist, der mich umgerannt hat.«

»Kennst du ihn denn?«

Er rümpfte verächtlich die Nase. »Ich hab ihn schon mal gesehen, aber kennen tu ich ihn nicht wirklich. Er ist ein Depp.«

»Wieso?«

»Keine Ahnung. Ist er halt einfach.«

»Ein bisschen mehr als das musst du mir schon erzählen.«

Leo seufzte. »Nachdem er mich umgehauen hat, hat er irgendwas gesagt.«

»Was denn?«

»Ich weiß nicht mehr, ich war ja ohnmächtig.«

Jetzt war ich an der Reihe zu seufzen. »Woher weißt du dann, dass er was gesagt hat?«

»Ein paar von meinen Freunden haben gesagt, dass er irgendwelchen Scheiß erzählt hat.« Er zuckte zusammen. »Sorry.«

Fluchen stand im Moment ganz oben auf der Liste der Dinge, um die ich mich einen Scheiß scherte.

»Einfach Provokationen?«

»Nein, es waren persönliche Sachen, irgendwas über seine Freundin.«

Mir schwante, dass es wohl etwas mit den Postings zu tun hatte, aber ich hakte nach. »Was ist denn mit seiner Freundin?«

»Keine Ahnung. Ich war nicht bei mir, erinnerst du dich?«

Ich erinnerte mich tatsächlich. Ich würde es nie vergessen können.

Obwohl sich mir der Magen dabei umdrehte, musste ich weiterfragen: »Du hast das nicht gepostet, oder?«

»Natürlich nicht.« Obwohl er verstehen musste, warum ich sie stellte, kränkte ihn die Frage sichtlich. Durch seine Antwort wusste ich nun, dass die gefälschten Postings als gezielte Provokation platziert worden waren. Wahrscheinlich waren sie der Grund dafür, dass mein

Sohn nun hier mit einer Gehirnerschütterung und einer Knieverletzung lag.

Leos Augen blitzten unvermittelt auf, und Dringlichkeit schärfte seinen Ton. »Dad war nicht beim Spiel?«

»Seit gestern hab ich ihn nicht mehr gesehen.«

»Da bist du dir sicher, oder? Du hättest ihn doch gesehen, wenn er da gewesen wäre, stimmt's?«

Ich musste an die Menge zurückdenken, die überschaubar gewesen war und die ich zweimal gründlich mit Blicken abgesucht hatte. Zwar hatte es bei unserer Ankunft schon gedämmert, aber es war noch nicht so dunkel gewesen, dass ich nichts mehr erkennen konnte. Trotzdem dachte ich eingehend über die Frage nach.

»Wahrscheinlich hätte ich ihn gesehen.« Absolute Gewissheit gab es für mich nicht mehr.

Bei seiner Antwort war Leo dann zugleich aufgeregt und verwirrt. »Wenn Dad nicht da war, warum hab ich dann sein Auto gesehen?«

Obwohl Sam erst seit einem Tag verschwunden war, hatte die Welt nur noch wenig mit der vor vierundzwanzig Stunden zu tun. Inzwischen musste ich sogar über die Mechanik des Atmens nachdenken. Also brauchte ich kurz, bis ich die Aussage meines Sohns verarbeitet hatte.

»Du hast das Auto deines Vaters gesehen?«

»Es war ganz bestimmt seins. Ich hab's an diesem blöden Aufkleber auf der Stoßstange erkannt.«

Lehre Kinder zu denken, nicht, was sie denken sollen.

»Wie viele Leute haben wohl diesen Aufkleber?«

»Weiß er, dass wir hier sind?«, fragte Leo. »Wenn er beim Spiel war, hat er vielleicht gesehen, was auf dem

Spielfeld passiert ist. Du solltest ihn anrufen und ihm sagen, dass es mir gut geht.«

Seine Stimme war so voller Hoffnung, dass ich mich abwenden musste. Ich konnte diesen Anruf nicht machen, und eine Sekunde später fiel das auch Leo auf.

»Ach. Stimmt ja.«

Der Gedanke an Sam ließ mich auf mein Handy hinabsehen. Ich hatte einen Anruf verpasst, was keinen Sinn ergab. Niemand kannte diese Nummer.

Bevor ich meine Mailbox abhören konnte, kam die Ärztin herein. Bei ihrem Eintreten regte sich auch Audrey in ihrem Sessel, und unter ihrem Pony schlug sie blinzelnd die Augen auf.

»Können wir jetzt heimgehen?«, fragte sie schlaftrunken. Dann: »Wo ist Daddy?«

Die Ärztin konzentrierte sich auf die erste Frage und sagte, alles sei in Ordnung, wir könnten jetzt heimgehen. Leider wusste ich, dass das nicht stimmte. Sie erläuterte, was wir für die Entlassung tun müssten. Zwar war es nicht weiter kompliziert, aber ich merkte es mir doch mit einem Eifer, der aus dem Wunsch entstand, die Kontrolle wenigstens über einen kleinen Teil unseres Lebens zurückzugewinnen.

Sobald sie fort war, checkte ich meine Mailbox. Es war Perla. Natürlich.

Ihre Nachricht war knapp: »Eine Frau hat versucht, dich auf deiner alten Nummer zu erreichen. Sie scheint dich ziemlich dringend sprechen zu müssen, aber sie hat ihren Namen nicht genannt, nur eine Telefonnummer.«

Die nannte sie rasch, bevor sie auflegte.

Da es mir widerstrebte, von meinem neuen Handy

aus anzurufen, beschloss ich, die Kids erst ins Auto zu bringen und mir dann eine Telefonzelle zu suchen. Ich glaubte, es würde nur ein paar Minuten dauern, bevor ich die geheimnisvolle Frau zurückrufen könnte.

Da täuschte ich mich.

Auf dem Weg zum Wagen schickte ich Zoe meine neue Nummer und teilte ihr mit, dass wir nach Hause unterwegs waren. Dann hob ich eine schläfrige Audrey hoch. Schweigend gingen wir vom Krankenhaus zu unserem Auto. Worauf wir sonst noch zuliefen, davon hatte ich keine Vorstellung. Ich brauchte einen Plan, einen, mit dem meine Kinder in Sicherheit wären. Einen, der Sam wieder nach Hause brächte.

Audreys Arme hingen schlaff um meinen Hals, ihr ganzer Körper sackte vor Müdigkeit in sich zusammen. Als sie herunterzurutschen begann, hievte ich sie aufwärts, und ihr Kopf lastete schwer auf meiner Schulter.

Ich empfand ihr Gewicht und ihren warmen Atem in meinem Ohr als tröstlich. Diese Aufgabe fühlte sich vertraut an. Normal.

Unwillkürlich straffte ich meinen Griff noch einmal, damit Audrey nicht wieder abrutschte, und mein Herz setzte aus. Dort auf dem Krankenhausparkplatz, zwei Reihen von unserem eigenen entfernt, stand ein blauer Toyota Camry. Genau wie der von Sam.

Leo entdeckte das Auto im selben Moment wie ich. Und wenn sein Anblick mich erstarren ließ, hatte es den entgegengesetzten Effekt auf Leo. Zu spät bemerkte ich, dass ich versäumt hatte, Leo zu erzählen, dass Carver Sweet Sams Camry aus unserer Einfahrt gestohlen hatte.

Leo rannte auf den Wagen zu, seine Verletzungen

machten seinen Gang zwar unbeholfen, bremsten ihn aber nicht.

Nein, Leo, brüllte es in meinem Kopf, aber ich blieb stumm. Die Worte wären auch vergeblich gewesen. Es gab keine Möglichkeit, meinen Sohn aufzuhalten. Meine eigenen Beine begannen sich nur einen Augenblick später in Bewegung zu setzen, Audrey hüpfte beim Rennen an meiner Brust auf und ab.

Sogar mit seinem verletzten Knie legte Leo die Distanz in Nullkommanichts zurück. Zuerst überprüfte er den hinteren Teil des Camry. Ich wusste, wonach er suchte: nach dem Aufkleber. Als Nächstes spähte er in das hintere Fenster auf der Fahrerseite. Aber sein Eifer hatte nachgelassen. Ich hatte bereits das Nummernschild gesehen und wusste es.

Er drehte sich um, als ich ihn einholte, und Schmerz lag in seinem Blick. »Es gehört nicht Dad.«

»Tut mir leid, Leo«, sagte ich und fügte dann widerstrebend hinzu: »Aber das ist wahrscheinlich besser so.« Ich wollte meinem Sohn erklären, warum ich erleichtert war, dass der Wagen nicht Sam gehörte. Aber die Worte blieben mir im Hals stecken.

Denn fast gleichzeitig fielen mir drei Dinge auf.

Zunächst ein dunkler Fleck auf dem Rücksitz, wo jemand einen Kindersitz installiert hatte. Gestohlen, nahm ich an, um das Blut zu verdecken.

Ich wusste, dass der Kindersitz gestohlen war, denn die zweite Sache, die mir auffiel, war, dass das Auto definitiv Sam gehörte. Irgendwer hatte das getarnt, indem er die Nummernschilder ausgetauscht, den Aufkleber abgekratzt und den Kindersitz direkt über dem Blutfleck festgezurrt hatte. Doch die kleine Schramme war nicht zu übersehen, wo Leos Rad einmal gegen die Fahrertür gefallen war, auch nicht der Streifen weißer Farbe auf der Stoßstange, die davon herrührte, dass ich den Zaun frisch gestrichen hatte.

Unglücklicherweise bemerkte ich den Kindersitz, die Schramme und den Farbstreifen, bevor mir das wichtigste Detail auffiel: das Spiegelbild. In der Glasscheibe sah ich den Schatten des Mannes, der im Auto meines Mannes herumgefahren war.

Den Mann, der für den Blutfleck auf Sams Rücksitz verantwortlich war.

25

Carver Sweet stand auf einem Balkon, ungefähr fünf Meter entfernt, und wurde vom gelben Parkplatzlicht angestrahlt. Von der Zeit, als Audrey als Kleinkind im Krankenhaus gelegen hatte, wusste ich, dass der Balkon von einem Wartebereich abging, in dem einige Münzautomaten, ein Fernseher und Tische voller Zeitschriften standen, mit denen die Familien von Chirurgiepatienten abgelenkt werden sollten. Vor sechs Jahren war ich allerdings lieber unruhig auf und ab gegangen als irgendwelche Ausgaben von *Entertainment Weekly* durchzublättern.

Da Carver den Blick über ein paar Fahrzeuge zu unserer Rechten schweifen ließ, hatte er uns noch nicht entdeckt.

Ich reichte Leo meine Handtasche und setzte Audrey ab. Dann schubste ich sie beide in Richtung unseres Leihwagens. »Verriegelt die Türen und ruft die Polizei. Sofort«, flüsterte ich.

Leo zögerte, sowohl die Gehirnerschütterung als auch die späte Stunde trugen zu seiner Verwirrung bei. »Wer ist der Typ, Mom?« Dann sah er mein Gesicht und wurde blass. »Du kannst doch nicht …«

Ich schnitt ihm das Wort ab und flüsterte: »Ich lass

den Bastard nicht aus den Augen, bis die Polizei hier ist.« Ich zeigte dorthin, wo Carver stand. »Außerdem kann er mir von da aus nichts anhaben. Geht jetzt.«

»Aber was, wenn ...«

»Wenn er sich von der Stelle bewegt, steig ich ins Auto und überfahr das Arschloch.« Dann wiederholte ich noch einmal bestimmter: »Geht jetzt.«

In diesem Moment drehte Carver den Kopf in unsere Richtung, und Leo rannte los und zog Audrey hinter sich her. Hinter mir hörte ich, wie sich die Autotür öffnete und dann wieder zugeknallt wurde, aber meinen Blick hielt ich fest auf den Mann auf dem Balkon gerichtet.

Nachdem er mich entdeckt hatte, legte Carver den Kopf schief und verharrte in dieser Position. Er beobachtete mich so, wie ich es oft bei Katzen gesehen hatte, die Vögeln auflauerten. Da er nicht fliegen konnte, konnte er mich nicht schnell erreichen, doch selbst aus dieser Entfernung konnte ich erkennen, dass er über seine Optionen nachdachte.

»Sie schon wieder.« Er klang beinahe belustigt, obwohl sich auch Ärger in seine Stimme mischte.

Mein eigener Ton war kein bisschen belustigt und brachte etwas sehr viel Stärkeres als Ärger zum Ausdruck. »Was haben Sie mit meinem Mann gemacht?«

Er lachte so leise, dass ich es kaum hörte. »Sie müssen das Blut auf dem Rücksitz gesehen haben.« Er trat an den Rand des Balkons und blickte hinab, schätzte ab, ob es zu weit für einen Sprung nach unten auf den Gehweg war. »Erinnern Sie sich an das, was ich Ihnen vor zwei Tagen gesagt habe? Ich nehme an, inzwischen wissen Sie, dass Ihr Leben am Arsch ist.«

»Wo ist Sam? Warum tun Sie das?«

Er fuhr fort, als hätte ich gar nichts gesagt. »Ich hab gehört, Ihr Junge hat heute Abend einen fiesen Schlag abbekommen.«

Bei der Erwähnung Leos beschleunigte sich mein Atem. Meine Stimme zitterte. »Sie kommen nicht nah genug heran, um meinen Sohn noch mal zu verletzen.«

Er taxierte weiter den Boden. »Ich bin jetzt doch ziemlich nah.«

»Sind Sie das? Warum springen Sie nicht hier runter, damit Sie nicht so schreien müssen?«

Und dabei kannst du dir ein Bein oder noch besser den Schädel brechen.

Genau wie Carver seine Chancen abschätzte, tat ich dasselbe mit meinen. Wie lange würde es bis zur Ankunft der Polizei dauern? Wie viel Sicherheitspersonal hatte gerade Dienst? Und waren die überhaupt dafür ausgerüstet, um es mit einem Mann wie Carver aufzunehmen?

Er wägte meine Aufforderung zu springen ab, als wäre sie ernst gemeint gewesen. »Ich denke, ich würde es schon überleben, aber obwohl ich meine Beweglichkeit nicht mehr sehr viel länger brauchen werde – im Augenblick brauch ich sie noch. Wissen Sie, wer einen Sturz gut wegstecken kann? Ihre Freundin Brooklyn. Ich hab hier nach ihr gesucht, aber sie ist schon entlassen worden.«

»Sie ist nicht meine Freundin, aber ich bin trotzdem froh, dass ich an dem Abend da gewesen bin.«

Er kicherte, doch seine Augen verengten sich zu Schlitzen. »Mir hat das weniger gefallen. Als ich im Gefängnis saß, glaubten die Häftlinge auf fast andächtige Weise an den Zufall. Sie wissen schon: ›Klar, es war mein Rucksack, aber das Heroin hat mir nicht gehört.‹ Oder: ›Ja, ich war in dieser Nacht mit meiner Freundin zusammen, aber ein anderer Typ hat ihr die Kehle durchgeschnitten.‹ Aber wissen Sie, Cassie Larkin, ich glaube nicht an Zufälle. Woher kennen Sie Brooklyn also?«

Ich schwieg und lauschte auf Sirenengeheul, Passanten oder die Rufe meiner Kinder.

»Ihre *Freundin* ist nicht hier und auch nicht in ihrer Wohnung. Wissen Sie vielleicht, wo sie sein könnte?«

Ich entgegnete weiterhin nichts, aber mein Gesicht verriet mich. »Sie wissen es tatsächlich.« Seine Miene verfinsterte sich. »Ich brauche die Adresse.«

»Und mir ist es ein Anliegen, dass Sie sich ins Knie ficken.«

Carvers bohrenden Blick spürte ich fast wie eine physische Kraft. »Warum helfen Sie ihr?«, fragte er. »Sie haben eine ganze Menge für jemanden aufs Spiel gesetzt, mit dem Sie angeblich nicht befreundet sind.«

»Ich muss keine persönliche Beziehung zu jemandem haben, um ihm zu helfen.«

»Das ist aber eine seltsame Aussage. Falls Sie wirklich nur zufällig in unsere Auseinandersetzung hineingestolpert sind, dann bedaure ich Sie, aber jetzt ist da nur noch wenig zu ändern.« Er lehnte sich gegen das Geländer. »Wie gesagt, ich brauche diese Adresse.«

»Ich denke, meine Antwort darauf war klar. Sie erinnern sich? Dass Sie sich ins Knie ficken war ein wichtiger Bestandteil davon.«

Ein Auto fuhr vorbei, aber es war nicht der Streifenwagen, auf den ich wartete. Carver bewegte sich, sein Gesicht war nun vollständig ausgeleuchtet. Irgendwie hatte das Zwielicht es weniger monströs erscheinen lassen, die eindringliche Entschlossenheit darin war wenigstens teilweise verborgen geblieben. Genau wie die wulstige Narbe an seinem Kinn. Er schien sich plötzlich bewusst zu werden, wie lange wir bereits hier standen, sowie des Risikos, das ein längeres Verweilen mit sich brachte.

»Sie scheinen Ihre erste Frage vergessen zu haben«, sagte er dann.

Obwohl er sie nicht beantwortet hatte, hatte ich sie keineswegs vergessen. Ich hatte ihn gefragt, was er mit Sam gemacht habe.

Als ich zu ihm hinaufsah, schränkte sich mein Sichtfeld ein, und ich fühlte mich, als würde mein gesamter Körper zusammengestaucht. Der Druck war so heftig, dass ich kaum noch aufrecht stehen konnte. Wenn Carver diesen Moment zum Angriff genutzt hätte, hätte ich vielleicht nicht fliehen können. Wie in meinem Van vor zwei Tagen erlitt ich angesichts der Bedrohung etwas wie eine Panikattacke, und zwar ebenso unvermittelt wie an jenem Abend.

Dann war es schlagartig vorbei, obwohl das Zittern und der unstete Herzschlag blieben.

»Ich hab das Foto Ihres Mannes in Ihrem Geldbeutel gefunden, also können Sie sich vorstellen, wie überrascht ich war, ihn mit ihr zusammen zu sehen. Sie hat ihn natürlich im Stich gelassen, also hab ich ihn mitgenommen. Da hat er noch geatmet. Jetzt bin ich mir da nicht mehr so sicher. Ich hab ihn auf einem Stapel Futtersäcke abgelegt, mit dem Gesicht nach unten.«

Ich hatte keine Ahnung, ob Carver die Wahrheit sagte, aber der Gedanke daran jagte mir einen riesigen Schrecken ein – dass Sam vielleicht meilenweit von dem Leben entfernt war, das wir fast zwei Jahrzehnte lang gemeinsam geführt hatten, halb erfroren und allein und verletzt. Oder Schlimmeres.

Bitte, lieber Gott, lass es nicht schlimmer sein.

Mit derselben Intensität, mit der ich Sam immer geliebt hatte, hasste ich nun Carver.

»Ich sage Ihnen, wo Ihr Mann ist, wenn Sie mir sagen, wo Brooklyn ist.«

Ich verspürte keinerlei Verantwortung gegenüber Sams Geliebter. Ich hatte sie schon einmal gerettet, und das war bereits mehr, als irgendwer von mir erwarten konnte. Außerdem konnte ich sie mit einem Anruf warnen, bevor Carver noch den Parkplatz verlassen hätte.

Aber was, wenn sie schlief oder nicht zu Hause war, dafür aber die Freundin, bei der sie nach ihrer Aussage gerade wohnte? Es bestand keinerlei Zweifel, dass Carver jeden foltern würde, wenn er so an die gewünschten Informationen gelangte.

Obwohl mir das klar war, hätte ich Carver diese Informationen trotzdem beinahe gegeben.

Stattdessen dachte ich mir eine Adresse aus. Aber mein Zögern verriet mich. Er musterte mich kurz und schüttelte dann bedauernd den Kopf. »Ich glaube Ihnen nicht. Sie hätten sie sterben lassen sollen. Irgendwann werden Sie begreifen, wie teuer Sie diese Entscheidung noch zu stehen kommen wird.«

Carver straffte sich, und ich nahm die aufgestaute Energie wahr. Nahm sie wahr und bereitete mich auf sie vor. Als wären wir durch einen Draht miteinander verbunden, handelten wir beide gleichzeitig. Während er sprang und nicht auf dem Asphalt, sondern auf dem Rasen landete, sprintete ich los.

Hatte er sich den Schädel gebrochen? Oder wenigstens ein Schienbein?

Dann hörte ich ihn hinter mir, wie er langsam aufholte, auch wenn er mit einem seiner Füße etwas unsicherer auftrat. Wahrscheinlich eine Verstauchung. Nicht annähernd so gut wie ein gebrochenes Schienbein.

Selbst verletzt entsprachen Carvers Schritte zwei meiner eigenen. Vielleicht würde ich es vor ihm zu meinem Auto schaffen, aber würde ich auch rechtzeitig einsteigen können, bevor Carver seine Hände um meine Kehle schloss?

Ich redete mir ein, dass ich nur den Wind hinter mir hörte, nicht Carvers Atem. Er konnte doch wohl nicht nahe genug sein, dass ich seinen Atem hörte?

Ich schlug einen Haken nach rechts, auf mein Auto zu. Leo hatte es Gott sei Dank schon gestartet.

Obwohl das Adrenalin mich vorantrieb, versorgte Carvers Wut ihn anscheinend mit einem noch effizienteren Treibstoff.

Meine Beine pochten, als ich mit der gesamten Energie, dem gesamten Atem, allem, was ich hatte, meinen Wagen zu erreichen versuchte. Da Carver nur ein paar Meter hinter mir war, schien mir die Distanz beinahe unüberbrückbar.

Doch plötzlich kam das Auto langsam näher. Noch näher. Ich brauchte einen Moment, bevor mir klar wurde, dass der Wagen sich bewegte. Langsam. Fünf

Meter von uns entfernt, dann zwei. Dann trat mein Sohn aufs Gas – er hatte das mit dem Gaspedal noch nicht ganz raus –, und Carver prallte von der Motorhaube ab. Er landete auf dem Asphalt, und ich konnte einen Blick auf Leos Gesicht werfen. Ich hatte mich getäuscht: Leo hatte das Gaspedal im Griff.

Ich sprang ins Auto, während Leo auf den Beifahrersitz rutschte. Ich hatte vor, meinen Verfolger zu überfahren, doch Carver kam schnell auf die Beine, verletzt, doch noch immer von seiner Wut angetrieben. Dann rannte er davon, verschwand genau in dem Moment, in dem der Streifenwagen eintraf.

Die Dunkelheit verschluckte Carver, als wäre er ihre Kreatur.

26

Ich hatte so viel Zeit mit der Polizei verbracht, dass ich mir die Frage stellte, ob ich uns nicht demnächst Freundschaftsbändchen flechten sollte. Die Polizei fasste Carver nicht, oder falls es ihnen gelang, teilten sie es mir nicht mit. Auch Sams Camry war jetzt vom Parkplatz verschwunden.

Ich hatte bei der Befragung auf dem Parkplatz nicht erwähnt, dass Leo meinen Verfolger über den Haufen gefahren hatte, und dem Officer war die kleine Delle, die Carver auf der Motorhaube hinterlassen hatte, gar nicht aufgefallen.

Detective Rico war nicht da, und dafür war ich dankbar. Ihn hätte ich nicht so leicht anlügen können.

Als ich dann wieder mit meinen Kindern im Auto saß, drehte ich mich zu ihnen um.

»Wir sollten wohl über das sprechen, was gerade passiert ist.«

Audrey zappelte sich aus dem Kindersitz frei und beugte sich über die Mittelkonsole zwischen den Vordersitzen. »Du meinst, dass Leo den Mann mit dem Auto angefahren hat?«

»Unter anderem, ja.«

Während ich erst mit Carver und dann mit der Polizei gesprochen hatte, hatten Audrey und Leo im Auto gewartet. Trotzdem fragte ich mich: *Wie viel hatten sie gehört?*

»Du hast der Polizei nicht erzählt, dass ich den Typen angefahren hab?«, fragte Leo. Es war eine Seltenheit, dass ich die volle Aufmerksamkeit meines Sohnes genoss, aber nun war es so.

»Genau.«

»Warum denn nicht?«

Ich hatte meine Gründe. Sogar mehrere, um genau zu sein. Die Person, die mir die Nachrichten geschickt hatte und die eventuell Carver war, hatte einen Streit zwischen Leo und Sam erwähnt. Dann hatte Perla mir die »Beweise« für Leos Cybermobbing gezeigt, und zwar nachdem das vermeintliche Mobbingopfer meinen Sohn angegriffen hatte. Ich mochte nicht, wohin das führte. Überhaupt nicht.

»Mir wäre es lieber, wenn sich die Polizei bei ihren Ermittlungen auf mich konzentriert.«

Audrey robbte weiter auf der Konsole nach vorn, sodass sie nun halb darauf lag. Sie lehnte sich gegen mich, und mir gab ihr warmes Gewicht neue Entschlossenheit. »Zählt es als Lüge, wenn du es ihnen nicht sagst?«

»Ja.«

»Hat der Kerl irgendwas mit Dad angestellt?«, fragte Leo.

Audrey riss die Augen so weit auf, dass ihre Augenbrauen unter dem Pony verschwanden. »Was meinst du damit? Daddy ist doch auf einer Lehrerkonferenz.«

Ich atmete durch, dann noch mal. Dann erzählte ich

meiner Tochter, dass ich die Wahrheit vor ihr geheim gehalten hatte. Während meiner Erklärungen beobachtete ich Audreys Miene, verwirrt, aber abwartend, dann Leos, dessen Lippen vor Ärger fest zusammengepresst waren. Egal was ich sagte, und egal ob Carver gefasst und Sam gefunden wurde, die Leben meiner Kinder hatten sich für immer verändert. Der Fels unter ihnen war erschüttert worden und hatte Risse bekommen. Vor allem für Audrey galt das. Sam hatte ihr einen Teil seiner Leber geschenkt, und auf seinen Schultern konnte sie den Himmel berühren. Und jetzt war er verschwunden. Schlimmer noch, er wurde vermisst, seit er mit ihr unterwegs gewesen war. Vielleicht würde ich diesen Riss kitten können, aber verschwinden lassen könnte ich ihn nie mehr. Seine scharfzackigen Ränder würden Audrey und Leo für immer an die Fehlbarkeit ihrer Eltern erinnern. An ihre Verletzlichkeit. Und das war der beste Fall. Im schlimmsten Fall …

»Ich wollte nicht, dass du Angst bekommst.«

Audrey verzog das Gesicht. »Aber es ist trotzdem eine Lüge.«

»Das stimmt, es tut mir leid.«

»Daddy hat an Halloween auch gelogen. Er hat behauptet, er wäre gleich zurück.«

Leo unterbrach sie ungeduldig. »Du hast mir nicht geantwortet, Mom. Hat dieser Arsch Dad etwas getan?« Leos Gesicht war vielleicht eine jüngere Version von Sam, aber den schneidenden Ton in seiner Stimme hatte er von mir geerbt.

Ich wollte ihm und seiner Schwester versichern, dass es ihrem Vater gut ging, aber das konnte ich nicht. Ich suchte nach Worten, die weniger schmerzen würden, dafür aber ehrlicher wären.

»Ich glaube, dieser Mann weiß, wo euer Dad ist.«

»Dann sollte sich die Polizei ihn schnappen und ihn fragen«, sagte Audrey.

Ich küsste meine Tochter aufs Haar. »Das versuchen sie ja.«

Meine Stimme klang fest, also kauften meine Kinder es mir ab. Sie glaubten es, aber ich tat das nicht. Ich wusste, dass niemand so sehr dafür kämpfen würde, Sam wiederzufinden oder meine Kinder zu beschützen, wie ich selbst. Wie Perla vorhin gesagt hatte: Manchmal musste man ein Arschloch sein. Nach diesem Tag hätte ich keinerlei Schwierigkeiten, diesem Rat zu folgen.

Auf unserem Weg zurück zu Zoes Haus entschloss sich die Heizung des Mietwagens, den Geist aufzugeben. Sie verströmte lediglich ein lauwarmes Lüftchen, das ich auf die Windschutzscheibe lenkte. Ein paar Streifen wurden enteist, die allerdings nicht breit genug waren, um hindurchzusehen. Ich verband die Streifen miteinander, indem ich das Kondenswasser mit dem Pulloverärmel abwischte. Ich war es so verdammt leid, dass ständig Dinge kaputtgingen.

Audrey stellte noch ein paar Fragen und schwieg dann. Leo sagte ebenfalls keinen Ton mehr, starrte aus dem Fenster und war nur mit den Kopfhörern verbunden, die er aus dem Handschuhfach geangelt hatte. Verstohlen warf ich einen Blick auf den Hinterkopf meines Sohnes, eine Wand, die zu Nachfragen nicht ermutigte und mich aus seinen Gedanken ausschloss.

Als ich vor Zoes Haus parkte, rannte Audrey zur Tür und klopfte. Bis Leo und ich die Tür erreicht hatten, stand sie bereits einen Spaltbreit offen, und meine Tochter hielt Zoes Taille umschlungen. Boo hüpfte um ihre Knöchel herum.

»Ich hab versucht dich anzurufen«, sagte sie und erinnerte mich damit an etwas: den Anruf, den ich eigentlich hätte erwidern sollen, bevor ich auf Carver stieß.

Ich fluchte leise, entschuldigte mich dann, ließ die Kinder bei Zoe und fand eine Telefonzelle vor einem Supermarkt ein paar Straßen weiter. Der Hörer fühlte sich klebrig an und roch nach vergorenen Beeren.

Die Frau am anderen Ende der Leitung grüßte freundlich. »Ich bin froh, dass Sie endlich anrufen, Cassie.« Es war, als sollte ich sie an der Stimme erkennen, was aber nicht der Fall war.

Glücklicherweise bemerkte sie meine Ratlosigkeit. »Ich bin's, Helen aus dem Lake Park Drive.«

Das Viertel, in dem Sam verschwunden war. »Ja, ich erinnere mich.« *Jetzt.* »Sie haben Sam und Audrey an Halloween gesehen.«

»Sie ist so ein zauberhaftes Mädchen und Ihr Mann – so gutaussehend.«

»Danke.« Ich versuchte nicht allzu ungeduldig zu klingen, auch wenn sich mein Puls beschleunigte. Glücklicherweise kam sie rasch zum Punkt.

»Erinnern Sie sich noch an das Haus der Gardners?«

Nach Brooklyns Geschichte würde ich es nie mehr vergessen. »Verlassenes zweistöckiges Haus mit einem gammeligen Kürbis auf der Veranda?«

»Genau das«, bestätigte sie. »Heute Abend hab ich

mich mit einem Nachbarn unterhalten, und er hat erwähnt, dass er Sam an Halloween ins Haus der Gardners hat gehen sehen.«

Sie machte eine Pause, und ich dachte darüber nach, dass auf Pausen selten gute Nachrichten folgten. Niemand zögerte, bevor er einem eröffnete, dass man im Lotto gewonnen habe. Gute Neuigkeiten wurden atemlos und eifrig mitgeteilt. Schlechte Nachrichten dauerten ein bisschen.

Schließlich sagte sie: »Er war nicht allein.« Noch eine Pause. »Eine Frau war bei ihm. Der Nachbar behauptete, sie und Sam wirkten ...«

»Befreundet?«, versuchte ich es.

»Intim.«

Ich umklammerte den klebrigen Hörer. »Hat Ihr Nachbar irgendwas darüber gesagt, wie diese Frau aussah?«

»Nicht viel. Er hat sie als attraktiv beschrieben, braunes Haar, ansonsten aber unauffällig.«

Helens vage Beschreibung störte mich. Brooklyn? Oder die junge Frau auf dem Foto? Beide hatten braunes Haar. Und da war noch etwas anderes, aber ich konnte es nicht recht fassen, es war, als versuchte ich, Rauch mit einem Schmetterlingsnetz zu fangen.

»Mein Nachbar war sich nicht sicher, aber er glaubt, Sam heute am frühen Abend noch einmal dort gesehen zu haben.«

Mein Herz begann zu rasen, das war dieser Tage wohl seine übliche Geschwindigkeit. Blöde Stresshormone. »Ist Sam jetzt auch dort?«

»Tut mir leid, Liebes, nein. Aber wenn Sie einen Blick

ins Haus werfen wollen, könnten wir uns davor treffen, ich habe einen Schlüssel. Früher hab ich immer ihre Blumen gegossen, und ich glaube nicht, dass die Schlösser schon ausgetauscht worden sind.«

Ich bat sie darum, Detective Rico anzurufen und ihm von dem zu berichten, was sie beobachtet hatte. Dann bedankte ich mich für die Information und sagte, ich werde gleich vorbeikommen.

Helen versicherte mir, es gebe keinen Grund für Dankbarkeit. »Wenn es um Bob ginge, würde ich dasselbe tun. Ich ruf dann mal diesen Detective an, aber vorher frage ich noch, ob mein Nachbar die Frau vielleicht ein bisschen genauer beschreiben kann.«

27

Ich kam vor Detective Rico an dem verlassenen Haus an. Auf der Türschwelle schloss ich meine behandschuhten Finger um den Schlüssel, den Helen mir gegeben hatte, seine Metallkanten schnitten mir in die Hand. Ich fragte mich, ob ich ihn überhaupt brauchen würde, immerhin hatten Sam und Brooklyn sich Zugang verschafft, und sie hatten keinen Schlüssel gehabt. Und tatsächlich: Der Knauf ließ sich ungehindert drehen. Ich steckte den Schlüssel ein und betrat das Haus.

Ich zog eine kleine Taschenlampe hervor, aber im Moment war sie ebenso unnötig, wie der Schlüssel es gewesen war. Draußen verdeckten zwar Wolken den Mond, aber eine Straßenlaterne vor dem Haus schien durch die vorhanglosen Fenster und leuchtete mir den Weg. Ich behielt die Taschenlampe in der Hand, schaltete sie jedoch nicht ein.

Das Haus war geräumig, aber ohne Möbel, sodass die Suche schneller vonstattenging als erwartet. Das Erdgeschoss und die angeschlossene Garage hatte ich in wenigen Minuten durchsucht.

Dann stieg ich mit zögerlichen Schritten die Treppe hinauf. Obwohl es keinen Grund gab, die Solidität der

Stufen anzuzweifeln, erwartete ich beinahe, dass sie unter meinen Füßen nachgeben würden.

Auf der Hälfte machte die Treppe eine Biegung nach links, sodass das Licht der Straßenlaterne dort nicht mehr hindrang. Ich blieb kurz stehen und schaltete die Taschenlampe ein, dann ließ ich den Lichtkegel über die Treppe und zu den Türen im ersten Stock gleiten. Eine stand offen, aber der Strahl reichte nur bis zur Schwelle. Die anderen waren verschlossen.

Ich nahm mir kurz Zeit, um die Umgebung zu inspizieren. Neben mir waren Nägel scheinbar sinnlos über die Wand verteilt, zogen sich aufwärts. Die Treppe entlang waren früher einmal Dutzende Familienporträts aufgehängt gewesen, jetzt erinnerten lediglich helle Flecken an der Wand an die Bilder. Würden auch die Wände in meinem eigenen Zuhause bald so aussehen?

Ich hielt den Strahl der Taschenlampe hüfthoch und stieg die letzten Stufen empor. Zuerst ging ich durch die geöffnete Tür. Es war ein Badezimmer. Der Duschvorhang war entfernt worden. Ich sah in die Schubladen. Sie waren leer.

Als Nächstes überprüfte ich die Zimmer, die, den pastellfarbenen Zootieren im einen und den im Dunkeln leuchtenden Sternen im anderen nach zu urteilen, wohl den Kindern gehört hatten. Im Zimmer mit den Sternen lehnte ein Müllsack in einer Ecke. Ich schüttete den Inhalt auf den Boden. Dann entfaltete ich jedes zusammengeknüllte Papier, sah in einen weggeworfenen Kinderschuh, schüttelte die kaputten Spielfiguren, roch sogar an einer entsorgten Tube Aknecreme. Als ich fertig war, schaufelte ich die Sachen wieder zurück in den Müllsack. Es fühlte sich nicht richtig an, ein Durcheinander zu hinterlassen.

Das Elternschlafzimmer hob ich mir bis zuletzt auf, und das Herz klopfte mir bis zum Hals, als ich mich der geschlossenen Tür näherte. Ich hielt die Luft an und öffnete die Tür.

Anders als die anderen Räume, war dieser Raum spärlich möbliert. Ein paar karierte Vorhänge hingen am Fenster, das zur Straße hinausging. Ein großes Doppelbett stand noch immer hier, wenn auch ohne Laken. Ich starrte wie gebannt auf dieses Bett und fragte mich, warum dieses Bett in einem ansonsten beinahe leeren Haus zurückgeblieben war.

Dann wandte ich mich ab und ging Richtung Ankleidezimmer. Sogar die Stangen darin waren entfernt und die Halterungen aus der Wand geschraubt worden.

Ich öffnete die Tür des Elternbadezimmers. Während der Rest des Hauses Melancholie ausstrahlte – die Nägel der Bilder, das weggeworfene Spielzeug, ein einziger vergessener Becher in der Küche –, gab es im Badezimmer Anzeichen von mutwillig wütender Zerstörung: ein faustgroßes Loch in der Wand, ein anderes in Form eines Fußabdrucks. Irgendwer hatte außerdem die Glastür der Dusche mit einem Hammer zertrümmert. Der Hammer lag noch immer inmitten des Scherbenhaufens.

Im Rest des Hauses hatten die Eltern möglicherweise ihren Zorn über die Zwangsversteigerung vor den Kindern verborgen, aber hier hatte er sich Bahn gebrochen.

Ich berührte die gesprungenen Kacheln der Duschwand mit den Fingerspitzen. Trocken. Aber ich wollte gar nicht wirklich wissen, ob sie feucht war – ich ging nur diesem großen Bett im Schlafzimmer aus dem Weg.

Wieder nebenan, trat ich dann doch an das Bett heran. Die Matratze war in der Mitte durchgelegen, und auf der rechten Seite hatte sie einen großen gelb-bräunlichen Fleck. Es gab keine Kissen oder Laken. Der Lattenrost war noch da, aber kein Kopfende.

Das Bett war das einzige Möbelstück im Raum, überhaupt der einzige sichtbare Gegenstand außer den Vorhängen am Fenster zur Straße hinaus. Das Fenster zum Garten hatte keine Vorhänge, die Scheibe war gesprungen.

Beide Fenster waren ganz geöffnet, und vor keinem gab es eine Jalousie. Da es windstill war, hingen die Vorhänge schlaff herunter, und die Kälte drang herein. Ich war froh über mein Sweatshirt. In letzter Zeit spürte ich Kälte intensiver.

Ich ging in die Knie und leuchtete unter das Bett, fand das Gleichgewicht, bevor ich darunterspähte.

Die kleinen Schaumstoffteile in der Ecke identifizierte ich als Ohrstöpsel, also ließ ich sie liegen. Außer kleinen mit Haaren durchsetzten Staubmäusen waren die einzigen anderen Gegenstände, die ich sehen konnte, eine Socke, ein Plastikkleiderbügel und ein zusammengeknülltes Blatt Papier.

Ich streckte den Arm aus und konnte mit minimaler Anstrengung alle drei Dinge unter dem Bett hervorangeln. Dann betrachtete ich meine »Beweisstücke«: Die Kindersocke hatte ein Loch am Zeh, der Kleiderbügel war zerbrochen, und der Zettel stellte sich als eine Hosenquittung aus einem Kaufhaus heraus, die aus dem vergangenen Jahr stammte.

Nichts davon bewies, dass Sam hier gewesen war. Aber hatte ich mir nicht genau das gewünscht – bezweifeln zu können, dass mein Mann sich mit einer anderen Frau auf diesem Bett gewälzt hatte?

Ich schloss die Augen und stellte mir Sams Gesicht vor: die dichten Augenbrauen, die sich beim Nachdenken zusammenzogen, sein Grinsen, die Schwielen, die das einzig Harte an ihm waren. Wenn er frustriert oder verärgert war, gehörte Sam nicht zu den Menschen, die losbrüllten. Stattdessen reparierte er Sachen. Nach einem kürzlichen Streit hatte Sam den Esszimmertisch abgeschmirgelt und neu lackiert.

Obwohl ich weniger als eine Minute in Gedanken versunken gewesen war, fühlte ich mich plötzlich verwundbar, mein Rücken kribbelte, als würde ich beobachtet. Ruckartig richtete ich mich auf und schlug mir den Kopf am Metallrahmen des Lattenrostes an. Ich rieb mir den Hinterkopf.

Niemand beobachtete mich – wenigstens soweit ich das beurteilen konnte.

Meine Hände fühlten sich eiskalt an, als ich sie unter die Matratze schob. Eigentlich wollte ich sie umdrehen, aber ich hatte vergessen, wie schwer so große Matratzen sein konnten. Schließlich schob ich sie nur in mehreren mühseligen Etappen zur Seite, bis sie schließlich auf den Boden rutschte.

Mein Atem ging schneller, allerdings nicht aufgrund der Anstrengung. Ein kleiner gelb-roter Plastikkeil lag auf dem Rand des Lattenrostes.

Sam war tatsächlich hier gewesen.

Ich hob das Zombiegebiss auf, das er am Halloweenmorgen getragen hatte – bei unserer letzten Begegnung.

Ich starrte auf das Plastikstück auf meiner geöffneten Handfläche. Ein wenig rote Farbe verschmierte meinen Handschuh.

Aber natürlich war es keine Farbe. Sondern Blut.

28

Ich wusste, ich hätte Detective Rico anrufen sollen, um sicherzugehen, dass er unterwegs war, aber ich war erstarrt, wie gelähmt wegen der blutigen Zähne in meiner Hand.

Wahrscheinlich dramatisierte ich. Es war ja nicht so, dass dieses kleine Plastikstück vor Blut getrieft hätte. Es war nur eine Schliere, die sich auf meinen Handschuh übertragen hatte. Und dennoch war es das Blut meines Mannes, und ich unterdrückte den Drang, es an meiner Jeans abzuwischen oder besser noch an der Matratze, auf der er vielleicht vor ein paar Stunden noch gelegen hatte. Mit jemand anderem.

Ich bemühte mich darum, dass mir dieser letzte Teil etwas ausmachte, und später wäre das wohl auch so, aber im Moment sah ich nur das Blut. Für mich war es nun nicht mehr denkbar, dass diese Geschichte nicht in eine Tragödie mündete.

Je länger ich auf den Fleck auf meiner Hand starrte, desto mehr begann diese zu zittern, bis mir das Plastikgebiss runterfiel und auf dem Boden landete.

Obwohl meine Hand nun leer war, beließ ich meinen Arm, wie er war: ausgestreckt, am Ellbogen angewinkelt, mit starren Fingern. Mit der linken Hand zog ich das Handy aus der Tasche und versuchte mit dem Daumen, Detective Ricos Nummer zu wählen.

Ich legte wieder auf, als ich das Auto hörte, trat ans Fenster und blickte durch den Spalt zwischen den Vorhängen. Ich musste gar nicht anrufen – die Polizei war schon hier.

Zuerst traf der Streifenwagen ein, dann die Spurensicherung, die meine Handschuhe als Beweis sicherte.

Eigentlich hatte ich den Drang verspürt, durch die Hintertür hinauszulaufen oder wenigstens die Handschuhe loszuwerden, aber so hätte sich eine schuldige Person verhalten. Ich war aber einfach nur verzweifelt und hoffte, dass diese Verzweiflung bei meinem Gespräch mit Detective Rico nicht allzu spürbar wurde.

Ricos Sakko war gebügelt, doch sein Hemd hatte Falten bekommen, seit ich ihm zuletzt begegnet war. Diesmal trug er keine Krawatte. Als er bemerkte, dass mir das auffiel, grinste er.

»Ein langer Tag«, erklärte er. »Ich habe gehört, Sie hatten am Krankenhaus eine Begegnung mit Carver.«

»Ich war überrascht, Sie dort nicht anzutreffen.«

»Ich dachte, ich könnte mich vielleicht mal zwanzig Minuten auf der Wache aufs Ohr legen.« Er zeigte auf sein zerknittertes Hemd. »Es ist nicht leicht, mit Ihnen Schritt zu halten.«

Trotz seines derangierten Erscheinungsbilds blieb Ricos Blick scharf, und seine Fragen folgten rasch aufeinander.

»Sie haben das Haus durch die Eingangstür betreten?«

»Ja.«

»Und Sie haben sich den Schlüssel von einer Nachbarin ausgeborgt?«

»Von Helen.«

»Ich dachte, Sie sagten, es sei nicht abgeschlossen gewesen.«

»Ich habe mir den Schlüssel geliehen, ihn aber letztendlich nicht gebraucht.«

Ich senkte die Arme. Irgendwo hatte ich gelesen, dass verschränkte Arme eine Person schuldig wirken lassen, und das durfte ich nicht riskieren, vor allem nicht, da ich die Polizei mit dem Blut meines Mannes an der Hand begrüßt hatte.

»Heute sind Sie zum ersten Mal in Besitz dieses Schlüssels gelangt?«

Eine seltsame Frage, die ich aber umgehend beantwortete: »Ja.«

»Und Sie haben auch keinen anderen Schlüssel zu diesem Haus?«

Als ich den Kopf schüttelte, fiel es mir wie Schuppen von den Augen: Rico könnte mich vielleicht wegen Einbruchs verhaften. Interessierte er sich deshalb so sehr dafür, wie ich ins Haus gekommen war?

»Erklären Sie noch mal den Grund für Ihr Hiersein.«

Es lag keinerlei Bösartigkeit in seiner Stimme, aber sein Blick war weiter fest auf mich gerichtet. Obwohl wir uns erst vor ein paar Tagen kennengelernt hatten, erschienen mir seine Augenringe dunkler zu sein und sein Gesicht bleicher.

»Ein anderer Nachbar …« Ich machte eine Pause, um einen Namen zu nennen, doch mir fiel auf, dass ich ihn nicht kannte. »Er hat Helen erzählt, dass er Sam an Halloween in dieses Haus hat gehen sehen, und dann noch einmal heute am frühen Abend. Darum hat sie mich angerufen.«

»Wie heißt dieser Nachbar?«

»Ich weiß nicht.«

»Wie heißt Helen mit Nachnamen?«

Das wusste ich auch nicht, also zeigte ich auf Helens Haus gegenüber. »Sie wohnt da drüben, in dem gelben Bungalow.«

Während Rico sich etwas notierte, steckte ich die Hand in die Tasche, um mein Telefon hervorzuziehen und ihm den Beweis für Helens Anruf zu zeigen. Dann erinnerte ich mich jedoch daran, dass mein altes Handy noch bei Perla war – das, auf dem Helens Anruf eingegangen war –, ich hatte ja von einem Münzfernsprecher aus zurückgerufen.

Zum Glück hatte ich mir ihre Nummer gemerkt. Ich gab sie Rico, außerdem noch Perlas Kontaktdaten.

Als ich den Inhalt unseres kurzen Telefonats wiedergab, fragte ich mich erneut, was mich an der Beschreibung der Frau durch den Nachbarn störte. *Attraktiv, braunes Haar und unauffällig*, hatte er gesagt. Als Sams Frau störte mich natürlich die Erwähnung, dass die Frau, mit der mein Mann vielleicht geschlafen hatte, attraktiv war. Aber es war mehr als das. Ein Zweifel huschte durch mein Hirn, zu flüchtig, als dass ich ihn hätte erwischen können.

Rico hielt mit seinen Notizen inne. »Warum haben Sie die Polizei nicht verständigt? Nach Ihrer Begegnung mit Carver Sweet beim Krankenhaus hätte ich gedacht, Sie würden anrufen?«

»Helen hat gesagt, sie ruft an.«

Doch meine Wirbelsäule begann zu prickeln, und ich wusste Bescheid, bevor Rico es aussprach: »Wir haben keinen Anruf von einer Helen erhalten. Wir haben allerdings einen Anruf erhalten, der einen Einbrecher bei dieser Adresse gemeldet hat. Besitzen Sie eine Schusswaffe, Cassie?«

Er sprach leise und redete mich zum ersten Mal nicht mit Dr. Larkin an, aber die vertrauliche Anrede tröstete mich nicht. Mit elf hatte ich einmal versucht, den Nachbarshund durch ein Loch zu entführen, das ich unter unserem Zaun hindurch gegraben hatte. Aber ich hatte die Ausmaße des Lochs überschätzt und war darin stecken geblieben. Während der Nachbarshund gnadenlos meinen nackten Knöchel abgeleckt hatte, hatten sich die morschen Bretter in meinen Rücken gedrückt, und ihre scharfen Zacken mich gegen den Boden gepresst. Jeder Versuch, mich freizuwinden, machte alles noch schlimmer, bis ich nur noch ganz flach atmen konnte.

In diesem Moment fühlte ich mich genauso.

»Ich besitze keine Schusswaffe«, erwiderte ich in einem barschen Ton, den ich kaum wiedererkannte.

»Der Anrufer hat angegeben, der Einbrecher sei bewaffnet. Nach allem, was Ihre Familie durchgemacht hat, könnte ich verstehen, wenn Sie eine bei sich hätten.« Sein Blick sollte Sympathie ausdrücken, und beinahe wäre ihm das auch geglückt. Aber ich hatte irgendwo gehört, dass Detectives normalerweise die Antworten auf ihre Fragen schon kannten. Wenn das stimmte, hatte Rico dann vielleicht einen »Beweis« dafür, dass ich bewaffnet war?

»Wird die Spurensicherung eine Waffe im Haus finden, Cassie?«

Würde sie? Zwar hatte ich das Haus sorgfältig durchsucht, aber sicher war ich mir nicht. »Falls die eine finden, gehört sie nicht mir.«

Ich versuchte, in Ricos Blick zu lesen, aber er war unergründlich. »Hinzu kommt noch, dass der Schlüssel, den Sie uns gegeben haben, nicht in das Schloss passt.«

Nicht? Dann: *Natürlich nicht.* Unsicher, was ich darauf antworten sollte, schwieg ich.

»Sie sind noch nie zuvor hier gewesen, stimmt das?«

»Ich war schon mal hier in der Gegend, als ich nach Sam gesucht habe, aber ich habe dieses Haus nie betreten.«

»Sie meinen vor heute Abend.«

»Natürlich.« Mir fiel auf, dass ich schon wieder die Arme verschränkt hatte, also ließ ich sie erneut hängen.

»Wo sind Ihre Kinder, Cassie?«

Ich spürte, wie die Falte zwischen meinen Augenbrauen tiefer wurde. Das war keine Frage, mit der ich gerechnet hatte. »Bei einer Freundin.«

»Beide?«

»Natürlich. Warum fragen Sie das?«

»Ich habe gehört, Leo hat sich beim Football ziemlich ernsthaft verletzt.«

»Er hat eine leichte Gehirnerschütterung und einen kaputten Meniskus«, bestätigte ich.

»Er kann aber gehen? Und Auto fahren?«

Hatte Rico herausgefunden, dass Leo Carver angefahren hatte? Mein Blick schoss zu meinem Leihwagen, um nachzusehen, ob die Spurensicherung die Kühlerhaube untersuchte, aber das Auto stand unbehelligt unter einer Straßenlaterne.

Rico fiel das auf. »Müssen Sie los?«

Das Herz hämmerte mir in der Brust. »Leo ist verletzt, kann aber laufen. Was das Fahren betrifft, er ist erst fünfzehn.«

»Er hat aber seine Fahrerlaubnis?«

»Was ist das denn für eine Frage, Detective?«

»Ich will nur sichergehen, dass ich die Details auch richtig verstanden habe. Bevor Sie hierhergekommen sind, haben Sie Leo bei seiner Freundin abgesetzt?«

»Bei meiner Freundin, nicht seiner«, stellte ich richtig. »Warum stellen Sie mir Fragen über Leo?«

Meine Frage blieb unbeantwortet. »Hat Ihre Freundin ein Auto?«

»Natürlich.«

»Und Leo hätte theoretisch Zugang dazu?«

»Wie hilft das alles denn dabei, Sam zu finden?«

Rico wandte mir nun seine gesamte Aufmerksamkeit zu. Seine Miene drückte weiterhin Mitgefühl aus, aber dieses rang mit etwas anderem – Misstrauen? »Ich habe einen Neffen, der gerade das College absolviert hat. Er war mal auf der Highschool in einen Autounfall verwickelt. Sie wissen ja, wie das läuft – unerfahrener Fahrer, schlechtes Wetter. Das Wetter war heute ja nicht so schlecht. Das erzähle ich Ihnen, weil ich seit dem Unfall meines Neffen ziemlich gut darin bin, Unfallorte zu lesen.«

Mir rutschte das Herz in die Hose. »Hatte Sam einen Unfall?«

»Nicht dass ich wüsste. Noch nicht.« Diesmal war

das Misstrauen unübersehbar. Aber aufgrund der Art seiner Fragen hatte ich das schreckliche Gefühl, dass es sich nicht auf mich richtete.

»Der Junge, der Ihren Sohn verletzt hat? Ich hab gehört, das war ein schmutziges Spiel, und ich verstehe, wie so etwas jemanden wütend machen kann. Ist Leo denn manchmal unbeherrscht?«

Auf einmal hatte ich furchtbare Angst, etwas Falsches zu sagen. »Nicht öfter als jeder andere Teenager auch. Wieso?«

»Dieser Junge hatte vor einer Stunde einen Unfall. Ist gegen einen Baum gefahren. Aber es gibt auch eine Delle an der anderen Seite seines Wagens. Wenn die Untersuchung abgeschlossen ist, werden wir vermutlich feststellen, dass er von der Straße abgedrängt worden ist. Wie gesagt, ich bin ziemlich gut im Lesen von Unfallorten.«

»Wollen Sie damit andeuten, Leo hätte etwas damit zu tun?«

»Ich versuche nur, der Wahrheit auf den Grund zu gehen. Und er und dieser Junge waren ja tatsächlich vorher aneinandergeraten.«

Wie er das sagte, ließ keinen Spielraum für Zweifel: Rico wusste über das Cybermobbing Bescheid. Ich fragte mich, was er sonst noch wusste. »Worüber haben Leo und Sam am Abend vor dem Verschwinden Ihres Ehemannes gestritten?«

Die Textnachrichten. Es hatte zwei davon gegeben. In der ersten war der Streit erwähnt worden. Und dann die zweite: **Ich bin sicher, dass Leo das, was er an diesem Abend gesagt hat, nicht so gemeint hat.**

Mir wurde bewusst, dass Rico über alles im Bilde war.

Nicht über alles im Sinne der Wahrheit, denn falls das so gewesen wäre, wäre Sam schon wieder zu Hause, und alles wäre vorbei. Nein, Rico kannte einfach die ganzen »Beweise«, die von der Person gefälscht worden waren, die es auf meine Familie abgesehen hatte.

Zorn war jahrelang meine Standardemotion gewesen, doch für ihn hatte ich jetzt keinen Platz. Angst und Verwirrung drängten ihn beiseite.

»Ich weiß nichts von einem Streit. Ich war an dem Abend nicht zu Hause, wie Sie sich vielleicht erinnern.«

»Und Sie haben auch danach nichts darüber gehört?«

»Wir hatten Wichtigeres zu besprechen.« Die Nachtluft fühlte sich kühl, aber zu reglos an, in ihr lag etwas Lauerndes. »Sie wissen über die Postings Bescheid.«

Es war keine Frage, und er lieferte mir auch keine Antwort. Sein breites Gesicht blieb ausdruckslos, sein Körper so still wie die Luft.

»Sie sind gefälscht, aber die meisten Mütter würden wohl dasselbe behaupten«, räumte ich ein.

Ich hätte Beispiele für Leos Freundlichkeit auspacken oder argumentieren können, dass diese Posts eine Grausamkeit demonstrierten, die ich an Leo nie zuvor bemerkt hatte. Rico hätte deshalb nicht seine Meinung geändert, aber es hätte mir ein paar Minuten vor meinem nächsten Geständnis verschafft. Denn ich wusste nun, ich musste dem Detective sämtliche Informationen liefern, wenn er Sam finden sollte.

Meine Wangen glühten, und ich musste zweimal schlucken, bevor ich die Worte herauspresste. »Es gab außerdem ein Foto. Ich weiß nicht, ob Sie darüber Bescheid wissen, aber ich nehme an, Sie werden es herausfinden. Offenbar möchte jemand, dass Sie Bescheid wissen.« Ich machte eine Pause, um meine Atmung wieder unter Kontrolle zu bringen. »Auf der Rückseite stand die Zahl Eins – drei Tage, drei Zahlen. Ich vermute, ich hätte Ihnen davon erzählen sollen, aber ich wollte Sie nicht auf eine falsche Fährte locken, und wenn ich ehrlich bin, hatte ich auch keine große Lust, ein Bild herumzuzeigen, das meinen Mann beim Sex mit einer anderen Frau zeigt. Aber ich kann Ihnen das Foto gleich morgen früh vorbeibringen.«

Sams Ruf. Unsere Ehe. Worin bestand der Sinn, all das zu beschützen, wenn der Preis dafür die Sicherheit meines Sohnes und Sams Leben waren?

Rico wartete ab, um sicherzugehen, dass ich fertig war, dann fragte er: »Wie sind Sie an das Foto gekommen?«

»Meine Tochter hat es in ihrem Rucksack gefunden.«

»Wo war der Rucksack?«

»In ihrem Fach in der Schule.«

»Wann?«

»Heute Nachmittag.«

Rico betrachtete mich mit zusammengekniffenen Augen. »Gibt es sonst noch irgendetwas, das Sie mir nicht erzählt haben?«

Ich seufzte so tief, dass meine Brust bebte. »Ich bin sicher, dass es noch etwas gibt, aber im Moment fällt mir nichts ein.«

Er rieb sich die Augen, und ich spürte, dass nun gleich sein eigenes Geständnis erfolgen würde. »Ich habe mit dem Rektor der Schule gesprochen.« Umständlich sah er in seinen Notizen nach. »Charles Diggs. Rektor Diggs hat behauptet, Sam könnte mit irgendwelchen Schülerinnen geschlafen haben.«

»Das hat er nicht.«

»Sams Freund Ozzy Delgado hat dasselbe ausgesagt, dass Sam niemals eine Schülerin anrühren würde.«

»Weil er das auch nicht tun würde.«

»Aber Ozzy hat ebenfalls ausgesagt, dass er eine Affäre hat. Ein untreuer Ehemann verschwindet also. Okay. Folgen wir der Geschichte. Entweder ist Sam gegangen, weil er seine ehebrecherische und möglicherweise illegale Beziehung fortführen wollte, oder Sie haben von der Affäre erfahren, und es hat Streit gegeben. In diesem Szenario wissen wir zwar nicht, wo sich Ihr Mann befindet – in einem Hotel? Einem Straßengraben? –, aber wir haben eine Vorstellung davon, was zu seinem Verschwinden geführt hat. Was in der Konsequenz bedeutet, dass wir wissen, wo wir nach ihm suchen müssen.«

Rico ließ seine Worte wirken. Ich konnte mich nicht rühren, wollte nur weg von hier, aber ich musste auch wissen, worauf er damit hinauswollte.

»Sehen Sie, das war mein erster Verdacht. Dann wurde Ihr Sohn in einem Footballspiel verletzt, und der Junge, der ihn umgemäht hat, ist ebenfalls im Krankenhaus gelandet. Der Plot nimmt eine unerwartete Wendung. Leo ist jähzornig. Er streitet sich mit seinem Vater – über die Affäre? –, und dann verschwindet Sam. Leo beleidigt diesen Jungen online, und dann stirbt dieser Junge beinahe bei einem Unfall.«

Diesmal konnte ich mich nicht mehr beherrschen: »Glauben Sie wirklich, dass mein Sohn zu so etwas fähig wäre?«

Er zuckte mit den Achseln. »Ich mag anonyme Tipps nicht allzu sehr. Ich bevorzuge es, wenn die Person, die die Anschuldigungen macht, auch gewillt ist, hinter ihnen zu stehen. Allerdings kenne ich Ihren Sohn nicht.«

»Dann lassen Sie mich Ihnen versichern: Er ist dazu nicht fähig.«

Rico steckte sein Notizbuch wieder ein. »Ich bin verheiratet. Sechsundzwanzig Jahre, drei Kinder, zwei leben noch zu Hause. Ich verstehe den Impuls, Ihren Mann und Ihre Kinder zu schützen. Aber ich brauche dieses Foto tatsächlich so schnell wie möglich. Und wenn ich Sam finden soll, müssen Sie offen zu mir sein. Sie können solche Sachen nicht für sich behalten, selbst wenn sie ein ungünstiges Licht auf Ihre Familie werfen.«

Der Detective klang nun weniger mitfühlend als vorher, und als er sich entfernte, hatte ich das sichere Gefühl, ihn enttäuscht zu haben.

29

Nach einem kurzen Kontrollanruf bei Zoe setzte ich mich ins Auto und dachte über meinen nächsten Schritt nach. Zuerst stach mir die kalte Luft in der Lunge, aber das Wageninnere füllte sich nach und nach mit meinem warmen Atem. Ich öffnete das Fenster einen Spaltbreit und wischte dann die beschlagene Windschutzscheibe mit dem Ärmel ab.

Obwohl in Helens Haus kein Licht gebrannt hatte, als ich ins Auto gestiegen war, war es nun hell erleuchtet. Helens Beschreibung von Sams Geliebter störte mich immer mehr.

Attraktiv, braunes Haar, ansonsten aber unauffällig. Es hörte sich wirklich nach Brooklyn an, aber plötzlich stolperte ich über das letzte Adjektiv: *unauffällig.* Plötzlich kam die Erinnerung zurück, aber ich konnte sie noch nicht ganz fassen. Ich hielt die Luft an und dachte nach. Dann fiel es mir wie Schuppen von den Augen, und ich atmete endlich aus.

Als ich Audrey gebeten hatte, die Frau zu beschreiben, die sie an Halloween zusammen mit ihrem Dad gesehen hatte, hatte Audrey mir erzählt, die Frau sei kostümiert gewesen: graue Perücke, geschminktes Gesicht, wie eine kaputte Puppe. Das war wohl kaum *unauffällig*.

Helen hatte gelogen. Mehr noch, sie hatte Brooklyn so beschrieben, wie sie normalerweise aussah, nicht im Halloweenkostüm. Also musste Helen mehr gesehen haben, als sie zugab.

Ich stieg wieder aus und betrachtete die helle Beleuchtung als Einladung. Nicht dass ich eine gebraucht hätte. Mit der Faust schlug ich gegen die Tür. Sie öffnete sich umgehend – doch statt fliederfarbenen Haars und einer faltigen Stirn begrüßte mich ein Mann mittleren Alters mit Strickmütze, einem dünnen Bademantel und einem finsteren Blick.

»Was wollen Sie?« Der Mann zog den Bademantel enger um sich.

»Ich bin auf der Suche nach Helen.«

Der Ausdruck des Mannes änderte sich von genervt zu verwirrt. »Wer?«

Ich wiederholte meine Worte und beschrieb Helen diesmal. Da ich keinerlei Reaktion erkennen konnte, fügte ich immer weitere Details hinzu, als ob der Mann nur dann eine ältere Frau kennen würde, die in diesem Haus wohnte, wenn ich die richtigen Worte wählte, um sie zu beschreiben. *Ach ja, ich war mir erst nicht sicher, aber jetzt, wo Sie ihre Stupsnase erwähnen …*

Der Mann mit der Strickmütze und dem Bademantel schüttelte nur den Kopf. »Meine Frau und ich wohnen hier schon seit vier Jahren.« Er klang entschuldigend, musterte mich jedoch misstrauisch. Er konnte schließlich nicht wissen, ob ich mit dem Ärger von gegenüber zu tun hatte. Und das hatte ich irgendwie ja tatsächlich.

Da fiel mir wieder ein, dass ich Helen das erste Mal auf der Straße getroffen hatte, und heute am frühen

Abend dann vor dem verlassenen Haus. Tatsächlich hatte ich Helen das Haus, von dem sie behauptete, es gehöre ihr, niemals betreten oder verlassen sehen.

»Vielleicht ist sie eine Nachbarin?«, fragte ich.

»Hab noch nie wen gesehen, auf den die Beschreibung passt.« Sein Blick wanderte über die Straße. »Äh ... wissen Sie, was da drüben los ist?«

Ich zog mein Telefon heraus, um ihm Fotos von Sam zu zeigen, bevor mir einfiel, dass ich das nicht konnte. Perlas Anweisungen zufolge konnte ich ihm nicht einmal meine neue Nummer geben. »Sie suchen nach einem Mann, der gestern Abend hier verschwunden ist.«

Bevor ich Sam noch beschreiben konnte, sagte der Mann im Bademantel schon: »Ach, es geht um diesen Lehrer? Ja, die Polizei hat vorhin seinetwegen rumgefragt.« Er dämpfte die Stimme zu einem Flüstern. »Ehrlich gesagt glaub ich ja, der Kerl hat seine Familie sitzenlassen.«

»Warum sagen Sie das?«

»Ist das nicht immer so? Entweder ist der Typ abgehauen, oder seine Frau hat ihn umgebracht?«

Er wollte die Tür schließen, aber ich streckte meinen Arm über die Schwelle. Mit dem anderen Arm zeigte ich zu dem Haus hinüber, in dem Rico und sein Team immer noch zugange waren.

»Wissen Sie, wer da drüben gewohnt hat?«

Der Mann runzelte die Stirn und fragte sich wohl, wie entgegenkommend er zu der hartnäckigen Fremden vor seiner Tür noch sein sollte. Er musste den Grad meiner Entschlossenheit wohl erkannt haben und dass mir einen

Namen zu nennen die einzige Möglichkeit war, um mich loszuwerden, denn schließlich antwortete er mir.

Und der Name, den er mir nannte, lautete nicht Gardner.

Während ich mit dem Mann gesprochen hatte, hatte ich einen Anruf von Zoe verpasst. Als ich sie zurückrief, berichtete sie eilig ihre erste Neuigkeit: Perla hatte ihr eine SMS geschrieben und gebeten, ich möge auf dem Heimweg bei ihr vorbeischauen. **Nichts Dringendes**, hatte sie geschrieben.

Rasch kam Zoe zu ihrer zweiten Neuigkeit, die sie atemlos hervorstieß. Trotzdem erreichte sie mich klar und deutlich: Sie hatte Hannah gefunden, wenigstens hoffte sie das. Zoe schickte mir ein Jahrbuchfoto und eine Adresse.

Ich sah auf die Uhr. Obwohl es schon spät war, war es auch Freitagabend. Hannah wäre wahrscheinlich noch wach. Das heißt, falls sie überhaupt zu Hause war.

Zuerst zu Hannah, dann zu Perla, entschied ich.

Ich ließ den Wagen an und kurbelte beide Fenster herunter. Die kalte Luft erfüllte die doppelte Aufgabe, die beschlagenen Fenster frei zu machen und dafür zu sorgen, dass ich aufmerksam blieb. Unterwegs hielt ich an einem Geldautomaten, dann fuhr ich ans andere Ende der Stadt, um eine Jugendliche zur Rede zu stellen, die das Gerücht in die Welt gesetzt hatte, sie schlafe mit meinem Mann.

Ein paar Straßen von Hannahs Haus entfernt fiel mir auf dem Gehweg neben einem 24-Stunden-Supermarkt ein Teenagerpärchen auf. Der Junge trug Jeans und ein Sweatshirt, dessen Kapuze er sich über den Kopf gezogen hatte. Das Mädchen war ähnlich gekleidet, auch wenn die Jeans tiefer auf den Hüften saß und das Sweatshirt sich enger an ihren Körper schmiegte.

Sie waren leicht auszumachen, vor allem das Mädchen. Sie erinnerte mich an einen farbenfrohen Schmetterling – vielleicht an einen mittleren Weinschwärmer, mit seinen gelben Flügeln mit den rosa Flecken darauf –, wie sie von Laterne zu Laterne flatterte, lachte, schlingerte und nebenbei mit dem Jungen neben ihr flirtete. Sie bewegte sich von einem Lichtkegel zum nächsten, ohne sich Sorgen über die Dunkelheit und die Geschöpfe darin zu machen, die ihre Flügel zu Staub zermahlen konnten.

Ja, ich war in einer üblen Stimmung.

Das Mädchen war nur wenige Jahre älter als Leo. Nach dem Gesetz war sie erwachsen, aber noch nicht lange. Ich erkannte sie vom Jahrbuchfoto her wieder. Hannah Zimmerman.

Der Junge bewegte sich, von Hannah umschwirrt, auf einer geraden Linie vorwärts – zuerst berührte sie seinen rechten Ellenbogen, um dann an seiner anderen Seite aufzutauchen und mit den Fingerspitzen seine linke Schulter zu streifen. Der Junge war wie gebannt von ihr, und ihre Sorglosigkeit färbte auf ihn ab.

Sie schienen auf dem Weg zum Supermarkt zu sein, also fuhr ich auf den Parkplatz und wartete dort. Das Paar blieb in einem Lichtkegel etwas über fünf Meter von mir entfernt stehen. Ich stieg aus, lehnte mich gegen die Tür und machte mich bereit, Hannahs Namen in meiner besten, nicht bedrohlichen Mutterstimme zu rufen.

Bevor ich das tun konnte, kam die junge Frau auf mich zu. Ihren Freund zog sie dabei am Saum seines Sweatshirts hinter sich her. Hannah drehte die Wattzahl ihres Lächelns herauf. Dunkelhaarig und hübsch, war Hannah wahrscheinlich daran gewöhnt, immer das zu bekommen, was sie wollte. In diesem Moment hatte ich offenbar etwas, das sie wollte. Ich nahm an, es handelte sich dabei entweder um Drogen oder Bier, der Ort, an dem wir uns befanden, ließ mich auf Letzteres tippen.

Hannah schubste ihren Freund vor. Die Hände in den Hosentaschen, lief er rot an, während er mit dem rechten Turnschuh gegen eine unsichtbare Markierung auf dem Asphalt kickte. Ich hatte keinerlei Zweifel, wessen Idee das hier war.

»Wir dachten uns, ob Sie uns vielleicht, na ja, ein bisschen Bier kaufen könnten.« Das Gesicht des Jungen war puterrot, die genuschelten Worte kaum zu verstehen.

Die Mutter in mir konnte es nicht lassen: »Glaubt ihr wirklich, es ist eine gute Idee, Fremde auf Supermarktparkplätzen anzusprechen?« *Oder, wenn wir schon dabei sind, Bier zu trinken.*

Der Junge wirkte einsichtig – ich bekam den Eindruck, dass er nicht so sehr hinter dieser Aktion stand wie seine Freundin –, aber Hannah wirkte verärgert.

Sie schaltete ihr strahlendes Lächeln ab. »Für wen halten Sie sich? Für meine Mutter?«

Okay … hübsch, aber nicht sehr originell mit den Kontern.

Ich musste mich selbst daran erinnern, dass ich etwas von diesem Mädchen wollte. »Du heißt Hannah, richtig?«

Das Mädchen legte eine Hand auf die Schulter ihres Freundes, die Nägel waren himmelblau und spitz gefeilt. Sie versuchte es mit einer schnippischen Antwort. »Kaufen Sie uns zwei Sechserträger, und ich beantworte Ihnen das vielleicht.«

»Lass es mich anders formulieren: Du heißt Hannah Zimmerman, und du behauptest, dein Kunstlehrer hätte dich zum Sex gezwungen.«

Ich versuchte, so sachlich zu klingen, wie meine Gemütsverfassung es eben erlaubte.

»Mr. Larkin? Ja, so war's auch.« Hannah schien es nicht zu stören, dass ihr Freund alles mit anhörte. »Ich stand auf der Kippe, und Mr. Larkin hat gesagt, ich soll nach dem Unterricht noch dableiben. Er hat gesagt, wenn ich ihm einen runterhole, würde ich eine Zwei kriegen, und wenn ich mit ihm schlafe, eine Eins.«

Ich gestattete mir einen Moment der Erleichterung. Dass sie ihn Mr. Larkin genannt hatte, ließ mich am Rest ihrer Geschichte zweifeln. »Einfach so?«

Sie schenkte mir ein Raubtierlächeln. »Ja. Wahrscheinlich ist seine Frau voll die Bitch oder so was.« Obwohl ich mich nicht vorgestellt hatte, hatte ich keinen Zweifel, dass Hannah wusste, wer ich war. Wer sollte auch sonst hier auftauchen, auf einem Supermarktparkplatz an einem Freitagabend, und ihr solche Fragen stellen?

»Und, hast du sein Angebot angenommen?«

Hannah sah zu dem Jungen, der aufs Pflaster starrte. »Mr. Larkin ist ziemlich heiß für sein Alter, also hab ich ihm einen runtergeholt, klar. Aber, na ja, ich hab ja 'nen Freund. Mit ihm schlafen wollte ich also nicht.«

»Und dann hat dir Mr. Larkin eine Zwei gegeben?«

»Er hat mir sogar ’ne Eins gegeben.« Ihr Lächeln war nun fast ein Zähnefletschen. »Wahrscheinlich fand er es ziemlich geil.«

Sie war zwar schon achtzehn, aber trotzdem immer noch ein Kind, also entschied ich mich dagegen, sie zu schlagen.

»Wie viel?«, fragte ich.

Alles in ihrem Gesicht zog sich zusammen – die kesse Nase, die perfekten Augenbrauen, die glossigen Lippen –, sodass sie aussah, als hätte sie gerade in eine Zitrone gebissen. »Was?«

»Lass uns den Scheiß abkürzen. Du hast nicht mit meinem Mann geschlafen.«

»Ich hab Ihnen doch gesagt, es war nur …«

»Nein, war’s nicht. Nicht mal das. Du hast also irgendwas davon gehabt, ich tippe auf Geld. Wie viel?«

Sie wollte eigentlich beleidigt wirken, aber ihr Zähnefletschen ruinierte den Eindruck: »So was würd ich nie machen.«

Als ich hierhergekommen war, hatte ich eigentlich vorgehabt, an Hannahs Gewissen zu appellieren: *Mr. Larkin könnte seinen Job verlieren, und das würdest du doch nicht wollen, oder?* Aber nun merkte ich, dass Hannah nicht die Art junge Frau war, die ein Gewissen hatte.

Ich griff in meine Handtasche und zog fünf Zwanzigdollarscheine heraus. »War es mehr als das?«

Nun hatte ich ihr Interesse geweckt. »Hyperthetisch, was wäre, wenn ich, sagen wir, bezahlt worden wäre, um mir irgendwelchen Scheiß auszudenken?«

Natürlich meinte sie *hypothetisch*. Kein Wunder, dass sie in den meisten ihrer Fächer durchfiel. Ich zog noch zwei Zwanziger heraus.

»Lass uns mal *hyperthetisch* reden.« Es war mir ein bisschen unangenehm, mich so über sie lustig zu machen, also schlug ich einen weniger scharfen Ton an. »Du bist schon von der Person bezahlt worden, die dir den Auftrag gegeben hat, also wäre alles, was ich dir jetzt gebe, eine Art Bonus. Ich gebe dir vierzig Dollar für jedes *hyperthetische* Detail, das ich nützlich finde.«

Ich musste damit aufhören.

Hannah dachte darüber nach, aber nur kurz. »Okay, vielleicht hat mich irgendwer darum gebeten, ich soll das Gerücht rumerzählen, aber es hat mir nichts ausgemacht. Wie gesagt, Mr. Larkin ist heiß.«

Ich erinnerte mich an Brooklyns Geschichte über Hannah in den blutigen Ballettschläppchen, die ein Grab für ihren toten Hund aushob. Und ich dachte daran, wie launisch ich in ihrem Alter gewesen war. Das und ein paar tiefe Atemzüge hielten mich davon ab, meiner Wut freien Lauf zu lassen. Nicht dass mir das leichtgefallen wäre.

Hannahs Freund starrte noch immer zu Boden und konzentrierte sich auf ein kleines Pflänzchen, das aus einem Riss im Asphalt wuchs. Mit der Spitze seines Sneakers trat er es kaputt.

Ich wandte meine Aufmerksamkeit wieder Hannah zu und gab ihr vierzig Dollar. »Wer hat dir gesagt, du sollst diese Gerüchte in die Welt setzen?«

Sie zuckte mit den Achseln. »Irgendein Glatzkopf, den ich auf 'nem Parkplatz getroffen hab.«

Ich behielt meine Gesichtszüge unter Kontrolle, obwohl die Worte wie Nadeln stachen: *Irgendein Glatzkopf.*

»Hat mir 'n paar hundert Dollar gegeben. Ich hab Ihnen zwei Sachen gesagt, krieg ich dafür jetzt achtzig?«

Ich gab ihr weitere vierzig. »Kannst du den Mann beschreiben? Ich meine, abgesehen davon, dass er kahlköpfig war.«

»Er war groß. Und alt. Ungefähr vierzig oder fünfzig.«

Ich gab ihr zwei weitere Zwanziger und versuchte auszurechnen, wie viele Informationen ich mir noch leisten konnte.

»Kannst du dich sonst noch an irgendwas erinnern, was diesen Mann betrifft? Sein Auto? Seine Kleidung?«

»Nein.«

»Hatte er eine Narbe?«

Ich hielt die Luft an, als sie über diese Frage nachdachte. »Ich weiß nicht. Vielleicht.« Als ich ihr dafür kein Geld gab, fügte sie hinzu: »Kommen Sie schon, dafür hab ich mir doch was verdient.«

Ich gab ihr noch einmal zwanzig. »Hat er dir irgendeinen Grund dafür gesagt, warum du die Gerüchte in Umlauf bringen solltest?«

Sie schüttelte den Kopf. »Er hat so was gesagt wie: ›Willst du dir dreihundert Dollar verdienen?‹ Und dann hat er mir gesagt, ich soll meinen Freunden erzählen, ich hätte mit Mr. Larkin Sex gehabt. Das war alles. Als ich Ja gesagt habe, hat er geantwortet, er würde es herausfinden, wenn ich mich nicht an die Abmachung halte.« Hannah fletschte nun nicht mehr die Zähne, sondern schlang die Arme um sich. »Er hat irgendwie unheimlich ausgesehen, als er das gesagt hat. Dann ist er weg, runter vom Schulhof. Sein Auto hab ich nie gesehen. Und er ist auch nie mehr zurückgekommen.«

»Wann ist das gewesen?«

Sie streckte die geöffnete Hand aus. Ich gab ihr weitere zwanzig.

»Keine Ahnung. Ungefähr vor ’nem Monat?«

Also lange vor der Nacht beim verlassenen Krankenhaus.

Frustriert stieg ich wieder in mein Auto. Ich erwartete eigentlich, dass Hannah und ihr Freund versuchen würden, irgendwen anderen zu bequatschen, ihnen Alkohol zu kaufen, aber der Junge schüttelte den Kopf und ging in die Richtung zurück, aus der sie gekommen waren. Er schien anscheinend doch ein bisschen Verstand zu haben, auch wenn er einen besseren Geschmack bei der Auswahl seiner Begleitung hätte gebrauchen können.

30

Perla lebte in einer Wohnung in Fountaingrove, früher mal als utopisches Gemeinschaftsprojekt des Winzers Thomas Lake Harris gegründet. Zu seinen Lebzeiten galt Harris als unsterblich, sodass er nach seinem Tod erst einmal monatelang herumlag, bevor seine Anhänger in Erwägung zogen, dass er wohl nicht einfach nur schlief.

Zurzeit gab es keine Unsterblichen mehr in Fountaingrove, obwohl einige der reichsten Einwohner dem schon nahekamen. Vor wenigen Jahren war die Gegend für genau das bekannt: ihre utopischen Wurzeln, die kleinen Villen und die Schnellstraße. Das war allerdings vor einer Feuersbrunst gewesen, der über neunzig Quadratkilometer Fläche und zweiundzwanzig Menschen zum Opfer gefallen waren. Viele der Häuser, die die Verheerung überstanden hatten, waren in den Hang gebaut und nach ihrem millionenschweren Ausblick benannt worden – einem Ausblick, der nun aus verkohlten Rebstöcken und den Gerippen von Häusern bestand, die neu errichtet werden mussten.

Ich hielt vor einem dieser Komplexe in Vista Bella an, stieg die Treppe bis zu der Wohnung hinauf, deren Nummer Zoe mir durchgegeben hatte, klingelte und klopfte dann noch zaghaft an.

Mein Klopfen verhallte wirkungslos. Ich rief Perla mehrmals an, landete aber stets umgehend auf der Mailbox. Dass Perla nicht öffnete, bereitete mir Sorgen, also drückte ich, nur für alle Fälle, auf die Klinke. Es war nicht abgeschlossen. Wie die Tür in dem leer stehenden Haus war auch diese nicht abgeschlossen. Ich schob sie auf, nur einen Spaltbreit, und rief ihren Namen Ich riskierte einen vorsichtigen Schritt über die Schwelle, in das Wohnzimmer, das dunkel und mit für den Raum zu massigem Mobiliar vollgestopft war.

»Perla?«, rief ich erneut.

Wieder keine Antwort.

Obwohl ich mich wie eine Einbrecherin fühlte, trieb mich meine Sorge weiter in die Wohnung hinein. Rasch durchquerte ich die übrigen Räume – ein Bad, ein Schlafzimmer und die Küche. Auf dem Küchentresen stand ein Kaffeebecher, daneben lag ein angebissener Muffin. Ich steckte den Finger in den Kaffee. Kalt. Vielleicht war das Mahl bei der Hälfte abgebrochen worden, oder Perla hatte keine Lust gehabt, hinter sich aufzuräumen. Als ich noch allein gelebt hatte, lagen meine Kleider immer in Haufen auf dem Boden, bis ich mich dazu durchrang, die Wäsche zu machen.

Alles, was ich bei meiner kurzen Durchsuchung der Wohnung herausgefunden hatte, war also, dass sie leer war, aber es gab keinerlei Anhaltspunkt, wie lange schon.

Nichts wies darauf hin, dass etwas nicht in Ordnung war, also verließ ich Perlas Wohnung wieder und zog die Tür hinter mir ins Schloss.

Auf dem Weg zu Zoe machte ich zu Hause halt, um den Anrufbeantworter abzuhören. Darauf gab es zwei Nachrichten. Die erste war ein Werbeanruf. Die zweite stammte von meinem Vater: »Ich kann dich auf deinem Handy nicht erreichen und wollte dir nur Bescheid geben … Morgen bin ich da.« Er nannte den Namen des Hotels und seine Zimmernummer.

Sturkopf. Ich gestattete mir ein kurzes Lächeln.

Die zweite Nacht in Folge wartete Zoe auf mich, als ich zu ihr nach Hause kam. Meine Freundin bot mir ihren Computer an, damit ich meine Mails checken konnte. Dann umarmte sie mich mit etwas weniger Begeisterung als sonst und sagte: »Wir reden morgen früh.«

Wie sie das sagte, gefiel mir nicht.

Ich wusste, dass ich Schlaf brauchte, doch stattdessen schaltete ich den Computer an. Die meisten Mails hatten mit der Arbeit zu tun, und ich wollte schon wieder ausschalten, als eine von ihnen meine Aufmerksamkeit erregte.

Linda? Wer ist Linda?

Erschöpft, wie ich war, starrte ich den Bildschirm mindestens dreißig Sekunden lang an, bevor ich mich erinnerte: Linda war die Geschäftsführerin des Cafés, das ich aufgesucht hatte. Wie ich den Barista gebeten hatte, hatte sie mir eine Videodatei geschickt. Die Betreffzeile bestand aus einem einzigen Wort: *Donnerstag*.

Der Tag, an dem Sam verschwand.

Es sah so aus, als schuldete ich Josh zweihundert Tacken.

Ich zögerte damit, das Video abzuspielen. Mir stockte der Atem, und mein Finger wollte sich nicht auf die Tastatur senken. Ich atmete tief durch, doch das brachte mir die Beherrschung auch nicht wieder. Ich konnte mich nicht dazu durchringen, das Video anzuschauen, weil es etwas repräsentierte: die Wahrheit. Ozzy, Brooklyn Breneman, Helen, Carver, vielleicht sogar die Polizei – alle verfolgten ihre eigene Agenda. Aber die Geschäftsführerin des Cafés hatte mir dieses Video geschickt, weil ich darum gebeten hatte. Sam war ihr egal, ich ebenfalls. Wir waren für sie Fremde und umgekehrt. Anders als bei dem Foto in Audreys Rucksack hatte ich keinerlei Zweifel an der Echtheit dieses Videos.

Ich drückte auf Play.

Die Geschäftsführerin hatte mir nur den Ausschnitt geschickt, der mich interessierte, also erschien das Paar sofort im Bild. Eine kleine Braunhaarige mit Pferdeschwanz und in Jogginghose, der ein großer Mann mit dunklem, raspelkurzem Haar folgte. Sogar aus der Ferne erkannte ich das schiefe Grinsen. Ich berührte den Bildschirm mit den Fingerspitzen, legte sie auf sein Gesicht, fühlte aber nur kaltes Glas statt Haut.

Sam.

Im Video setzte Brooklyn Breneman sich mit dem Rücken zur Kamera an einen kleinen Tisch auf der Terrasse. Sam setzte sich ihr gegenüber, sodass ich sein Gesicht frontal sehen konnte. Er beugte sich über den Tisch, sein Grinsen verschwand, seine Miene wirkte plötzlich sehr ernst. Er streckte die Hand aus und legte sie auf ihre.

Ich versuchte mir einzureden, dass es nur eine Geste des Trostes war, obwohl seine Hand dort verharrte.

Dennoch zwang ich mich weiterzuschauen. Ihre Lippen konnte ich nicht lesen, also versuchte ich es mit Körpersprache.

Brooklyn schien sich zu entspannen, sobald Sam sie berührte, ihr gerade aufgerichteter Rücken wurde weich, als auch sie sich vorbeugte. Ich fragte mich, welche Gesten noch erfolgt wären, wäre der Tisch zwischen ihnen nicht gewesen.

Ich konzentrierte mich so sehr auf die Bilder, dass mir Zeit und Datumsanzeige zunächst gar nicht auffielen. Das Café lag ein paar Minuten von der Highschool entfernt, und das Paar war um 12.23 Uhr aufgenommen worden – in Sams Mittagspause. Sie hätten kaum Zeit für ein Rendezvous und einen Espresso gehabt.

Aber machte das die unterschwellige Vertrautheit des Paares besser oder schlimmer? Es war eine Sache, sich für schnellen Sex zu treffen, etwas ganz anderes, falls es eine wirkliche Verbindung zwischen ihnen gab.

Dann fiel es mir wieder ein: Sam war zu diesem Zeitpunkt bereits suspendiert gewesen. Sie hätten also alle Zeit der Welt gehabt.

Auf dem Bildschirm streckte Brooklyn wieder die Hand über den Tisch und berührte Sams Gesicht. Meine eigenen Wangen begannen zu glühen, als wäre ich geohrfeigt worden. Sam schob ihre Hand beiseite, und kurz ließ ich mich zu der Folgerung hinreißen, dass diese Geste aus ehelicher Treue heraus geschehen wäre. Doch dann lächelte er wieder, und seine Hand lag erneut auf ihrer.

Die Datumsanzeige lautete allerdings 24. Oktober. Das Video stammte gar nicht von dem Tag, an dem Sam verschwunden war, sondern war eine ganze Woche früher aufgenommen worden. Es bestätigte vielleicht Brooklyn Brenemans Behauptung, Sam zu kennen, aber ansonsten war es, genau wie Helens Haus, eine Sackgasse.

Als Sam und Brooklyn Breneman sich zum Gehen wandten, bewegte ich die Maus, um das Video anzuhalten. Da sah ich ihn: den Mann am Tisch hinter ihnen, der verdeckt gewesen war, bis sie sich aus dem Sichtfeld entfernt hatten. Von dem Mann war in einer Ecke des Bildschirms nichts zu erkennen, bis auf die dünne Sichel seines kahlen Kopfes.

31

Trotz meiner Überzeugung, ich würde nie mehr schlafen können, hatte mich schlussendlich doch die Erschöpfung übermannt. Ich war auf Zoes Couch eingenickt, auf der es sich zwar sehr bequem saß, aber nicht so gut schlief. Als ich mich in eine sitzende Position hievte und dabei die einäugige Smooch von meiner Brust klaubte, beschwerten sich meine steifen Glieder, und mein Nacken knirschte. In meinen Zwanzigern hatte ich mich aus jeder Lage wie die Katze, die ich gerade abgesetzt hatte, entrollt, doch jetzt knackte und knallte ich wie eine Schüssel Reiscrisps.

Ich checkte die Uhrzeit auf meinem Handy. 5.48 Uhr. Sobald die Kinder wach waren, musste ich zu meinem Vater ins Hotel, aber ohne wenigstens drei Liter Kaffee würde ich nirgends hingehen. Ich schlurfte in die Küche und setzte mich auf einen der Barhocker, die an der Arbeitsplatte standen. Boo saß mit wedelndem Schwanz und gerümpftem Näschen auf dem Läufer daneben.

Ich hatte mir den Teil des Videos mit dem Glatzkopf letzte Nacht so oft angeschaut, dass meine Augen sich immer noch anfühlten, als hätte ich sie mit Salzwasser gespült. Es gab keine besseren Bilder von ihm, und je öfter ich mir alles ansah, desto unsicherer wurde ich, dass es sich bei dem Mann tatsächlich um Carver Sweet handelte. Trotzdem leitete ich den Clip an Detective Rico weiter. Die Polizei von Santa Rosa hatte bessere technische Möglichkeiten und schärfere Augen als ich.

Zoe schob ein Omelett in meine Richtung und brachte mir einen Becher Kaffee, eine Scheibe Weizentoast und ein Schüsselchen mit Apfelschnitzen.

»Du kriegst so was von einer Gehaltserhöhung«, sagte ich, während ich abwechselnd einen Bissen von dem Omelett mit grünem Paprika und Pilzen und einen Schluck Kaffee nahm. Normalerweise frühstückte ich nicht, doch da ich seit dem halben Sandwich aus dem Café nichts mehr gegessen hatte, betrachtete ich es eher als eine Art sehr spätes Abendessen. »Hast du was von Perla gehört?«

»Noch nicht, aber es gibt etwas, das ich dir zeigen will.« Als ich eine Augenbraue hochzog, goss sie mir Kaffee nach. »Nach dem Essen.« Sie legte Speckstreifen in die Pfanne. »Daryl hat gestern Abend noch getextet. Lester geht es anscheinend gut, und er besteht darauf, am Montag mit dem Labrador vorbeizukommen und uns Lemon Bars zu bringen.« Lemon Bars mochte Zoe am liebsten. »Die sind viel besser als seine Brownies. Er hat gefragt, ob ich die normalen oder welche mit ›Kick‹ möchte.« Zoe wendete den Speck in der Pfanne. Dann drehte sie die Platte ab und wandte sich mir mit verschränkten Armen zu. »Ich wollte gestern schon mit dir reden, aber du solltest erst eine Mütze Schlaf kriegen. Ich liebe dich, Cassie, aber du musst damit aufhören.«

Das Omelett war also ein Bestechungsversuch. »Ich liebe dich auch, Zoe, aber ich kann nicht.«

»Dieser Mann hätte dich gestern umbringen können.«

»Ich glaube zwar nicht, dass ich Detective Ricos Lieblingsmensch bin, aber ich glaube auch nicht, dass er mir irgendwie schaden würde.«

»Du weißt genau, dass ich nicht von ihm spreche. Aus irgendeinem Grund scheint Carver Sweet dich zu hassen.«

»Brooklyn Breneman behauptet, er liebt mich.«

»Du weißt, was ich meine. Er scheint es darauf anzulegen, dir wehzutun.«

Als ich an all das dachte, was meine Familie durchgemacht hatte, begannen meine Wangen vor unterdrücktem Zorn zu glühen. »Ich werde ihm nicht die Möglichkeit dazu geben.«

»Anscheinend hatte er gestern Abend schon eine.«

»Und doch sitze ich unversehrt hier beim Frühstück. Nebenbei, das Omelett ist ausgezeichnet.«

»Du wechselst das Thema.«

»Genau das tue ich. Auch der Kaffee schmeckt. Hast du da ein bisschen Zimt reingetan?«

»Ich mache mir Sorgen um dich.«

Innerhalb eines halben Tages war Zoe nach meinem Vater nun die zweite Person, die diesem Gefühl Ausdruck verlieh. Und sie hatten ja nicht unrecht. Ich machte mir selbst ein paar Sorgen um mich.

»Hör zu, Cassie, ich weiß, dass du Sam finden willst, aber du verhältst dich leichtsinnig und stur.«

»Danke.«

»Das war kein Kompliment.«

»Du hast gesagt, du wolltest mir etwas zeigen?«

Sie seufzte und holte einen Umschlag aus einer Schublade. Ich schob meinen Teller beiseite, da mir der Appetit vergangen war. Ich kannte diesen Umschlag.

»Ich muss dieses Foto zu Detective Rico bringen«, erklärte ich.

»Ich kann das gern für dich erledigen, aber zuerst musst du dir das ansehen.« Zoe legte das Bild auf den Tresen und nahm dann ein Vergrößerungsglas aus derselben Schublade. »Zwei Sachen. Schau dir den Rand der Matratze mal an.« Sie hielt das Vergrößerungsglas über die rechte Seite des Fotos, wo die Matratze und die Teppichkante aneinandergrenzten. »Sie wirkt ein bisschen verschoben. Nicht ganz so gerade, wie sie sein sollte.«

Selbst unter dem Vergrößerungsglas wirkte die Matratze auf mich vollkommen gerade. So sehr ich mir auch wünschte, dass das Foto eine Fälschung war, fragte ich mich doch, ob Zoe nicht ein Haar in der Suppe suchte, wo es keins gab.

Sie bemerkte die Skepsis auf meinem Gesicht. »Die zweite Sache ist offensichtlicher.« Sie bewegte das Vergrößerungsglas, sodass es über der Stelle zum Stillstand kam, an der Sams Arm den Körper seiner Geliebten umschlang.

»Siehst du hier, die Hüften der Frau?« Ich war Zoe dankbar dafür, dass sie das Wort »Frau« benutzte, nicht »Mädchen«. Sie bewegte das Vergrößerungsglas aufwärts, über den Punkt hinweg, an dem der Arm meines Mannes den Rumpf der Frau kreuzte. »Und jetzt schau dir diesen Punkt direkt über ihrer Taille an.«

Da sah ich es. Irgendwie. Etwas stimmte nicht, aber ich konnte es nicht genau benennen. Zoe zeigte darauf.

»Die Taille der Frau und ihre Hüften gehen nicht ganz genau ineinander über.« Sie fuhr eine Linie nach, und obwohl der Unterschied nur geringfügig war, verstand ich, was Zoe meinte.

»Die obere Körperhälfte ist ein bisschen kleiner als die untere.«

Zoe nickte. »Als ob jemand wollte, dass ihre Silhouette schmaler erscheint. Jünger.« Sie zog die Fingerspitze zum Rand der Matratze weiter. »Deshalb ist auch dieser Teil leicht gekrümmt.«

Einen Augenblick lang ließ ich mich von Zoes Begeisterung mitreißen. Das Foto war verändert worden. Doch dann wurde mir bewusst, was sie gerade nicht gesagt hatte.

»Das Foto ist also verändert worden, um die Frau darin jünger erscheinen zu lassen. Aber sie ist nicht insgesamt eingefügt worden? Sams Foto ist also nicht mit einem Foto dieser Frau zusammengesetzt worden?«

»Wahrscheinlich nicht«, räumte sie ein, schob aber rasch hinterher: »Das heißt aber nicht, dass es nicht auch andere Erklärungen dafür gibt.«

»Zum Beispiel?«

Zoe hatte sich eingehend mit dem Foto befasst, und ihr Zögern verriet mir, was sie nicht aussprechen wollte. Trotzdem versuchte sie es. »Es könnte ein altes Foto sein. Aus der Zeit, bevor du mit Sam zusammen warst.«

Ich betrachtete das Foto als Ehefrau, nicht als Technikerin der Spurensicherung, und entdeckte eine kleine Narbe oberhalb seines Hüftknochens. Vor ein paar Jahren waren wir nach Lake Tahoe gefahren. Leo hatte den Schlitten schon angeschoben, während Audrey noch nicht richtig darin saß, und der ungünstige Winkel ließ Sam und Audrey geradewegs gegen einen Felsen knallen. Sam wäre damals nicht verletzt worden, wenn er sich nicht so vollständig um unsere Tochter gewickelt hätte.

»Es ist kein altes Foto.«

»Da das Foto verändert wurde, wissen wir jetzt immerhin, dass es Brooklyn Breneman sein könnte, stimmt's?«, fragte Zoe, als wäre es ein Trost für mich herauszufinden, dass Sam mich nur mit einer einzigen Frau betrogen hatte.

Ich konnte nur wenig Begeisterung für ihre Theorie aufbringen. »Die Haarfarbe stimmt wohl.«

Leo kam in die Küche geschlurft, und sowohl Zoe als auch ich schraken hoch.

»Du bist aber früh auf.« Ich faltete das Foto zusammen und gab es Zoe zurück, die es wieder in der Schublade verschwinden ließ.

»Ich hab den Speck gerochen.« Leo schnappte sich eine Handvoll der Streifen, hielt dann aber inne. Er rümpfte die Nase. »Brennt da was?«

Ich richtete den Blick abwärts, aber der Schinken brutzelte, und der Dunstabzug über dem Herd hätte jeden Rauch, der von dort aufstieg, abgesaugt. Ich roch auch nichts anderes als Speck und Kaffee.

Zoe drehte die Platte dennoch ab, und wir suchten beide den Raum ab. Die Luft war reglos und klar.

Auf einmal begannen meine Finger zu kribbeln, und ein eiskalter Schauer lief mir über den Rücken. Zoe begann einen Satz: »Ich kann nichts …«, aber ich unterbrach sie.

»Weck deine Schwester auf.«

Denn jetzt roch ich es ebenfalls. Rauch, nur ganz leicht, aber beißend, der Geruch nach schwelendem Holz, das mit ... irgendetwas behandelt worden war.

Ich wandte mich Zoe zu und bat sie, die Feuerwehr zu rufen, aber sie hielt den Hörer bereits in der Hand.

»Hast du einen Feuerlöscher?«

Sie zeigte auf einen Schrank.

Auf wackligen Beinen rannte ich dorthin, packte den Feuerlöscher und nahm Boo an die Leine.

»Wo ist Smoochs Transportbox?«

Zoe hielt eine Hand über das Telefon und deutete in Richtung ihres Schlafzimmers.

Während ich Smooch in die Box verfrachtete, identifizierte ich auch den zweiten Geruch. Es war der Geruch nach Ausflügen und Anlegestellen, nach Benzol und Kohlenwasserstoffen, nach Bösartigkeit und Vorsatz. Benzin.

Leo kehrte mit einer schläfrigen Audrey zurück und bewegte sich jetzt schneller, denn er war nicht länger nur durch mein Drängen motiviert.

»Die Feuerwehr ist unterwegs«, verkündete Zoe. Sie schnappte sich ihre Handtasche, die Schlüssel und die Transportbox, während ich Boo hochhob und unter den Arm klemmte, mit dem ich nicht den Feuerlöscher hielt. Mit ein paar schnellen Schritten war ich bei der Eingangstür und legte die Hand dagegen. Warm, nicht heiß. Noch nicht. Ich gab Zoe und den Kindern ein Zeichen, zur Hintertür zu gehen. Dort tat Zoe es mir gleich und legte erst eine Hand auf das Holz. Es fühlte sich kalt an.

»Habt ihr alles?« Leo und Zoe nickten, aber Audrey

machte sich von ihrem Bruder los, rannte zu mir und umschlang meine Beine.

»Mami?«

»Wir müssen los, Peanut. Geh zu deinem Bruder.«

Doch sie vergrub ihr Gesicht an meinem Bauch, und ihre Arme hielten mich an Ort und Stelle fest. Das war's. Sie hatte ihre Grenze erreicht. Offenbar war ihr das verfluchte Feuer egal, und sie würde sich von hier nur auf meinem Arm wegbewegen.

Ich gab Leo den Hund, hob Audrey hoch und wies mit einer Kopfbewegung auf die Tür. Zoe nickte, drehte den Knauf, hielt die Luft an und riss die Tür auf.

Draußen war der Benzingestank stärker. Die Flammen waren zwar noch nicht zu sehen, aber ich wusste, dass sie da waren und nur darauf warteten, der Benzinspur zu folgen, die sich bis zu einer Pfütze auf der Hintertreppe zog.

Ich rief Leo zu, er solle aufpassen, und nicht hineintreten, die plötzliche Vorstellung brennender Schlafanzugbeine beschleunigte meinen Herzschlag und meinen Schritt. Sie war zwar nicht real, konnte es aber leicht werden. Ich riss mich zusammen und zwang mich selbst und meine Familie voran.

Wir hielten einen großen Sicherheitsabstand, als wir uns dem Vorgarten näherten, und jetzt konnten wir es auch hören: ein leises Knistern wie das Brechen winziger Knochen. Immer noch keine Flammen. Wie ein lauerndes Tier, dessen Atem unheilvoll die Luft schwängerte.

Als wir um die Ecke bogen, sahen wir es schließlich. Ein kleiner Haufen von etwas, das wie Lumpen aussah, war vor dem Haus angezündet worden, und das

Feuer breitete sich rasch immer weiter aus. Ich nahm das Schimmern von Benzin wahr, eine Pfütze auf der Eingangstreppe genau wie die vor der Hintertür. Jetzt griffen die Flammen auf sie über. Tanzten, blähten sich auf, verschlangen.

Ich setzte Audrey ab, zog die Sicherung von dem Feuerlöscher ab, zielte mit der Düse auf das Haus, an dessen Außenwand das Feuer bereits leckte, die Flammen streckten ihre benzingetränkten Tentakel in beide Richtungen aus. Ich schwang den Feuerlöscher von einer Seite zur anderen, es war, als versuchte ich mit einem Wattebausch die Blutung einer durchtrennten Arterie zu stillen.

Eine kleine Menschenmenge hatte sich auf dem Gehweg versammelt, die meisten von ihnen noch im Schlafanzug, aber einige auch schon für die Arbeit angezogen. Ich ignorierte sie und hielt den Finger fest auf den Knopf gedrückt, bis das letzte bisschen Schaum aus der Düse tropfte. Ein Nachbar übernahm mit einem zweiten Feuerlöscher, ein weiterer mit einem Gartenschlauch.

Gemeinsam hinderten wir das Feuer daran sich auszubreiten. Die Feuerwehr war unterwegs. Bis zu ihrem Eintreffen konnten wir das Feuer hoffentlich in Schach halten, aber sicher war ich mir nicht.

Ich ließ den leeren Feuerlöscher fallen und ging zu dem inzwischen verkohlten Haufen, von dem das Feuer ausgegangen war. Beim Näherkommen sah ich, dass es sich tatsächlich um einen Berg Kleider handelte. Die meisten von ihnen waren verbrannt, aber ein Streifen Jeans war noch zu erkennen.

Jeans mit der gleichen Waschung wie die, die Sam am

Abend seines Verschwindens getragen hatte. Ich kniete mich hin. An der Jeans nahm ich keinen Benzingeruch wahr, sie war auch neben die anderen Kleidungsstücke gelegt worden. Ich war nicht imstande zu entscheiden, ob sie wirklich Sam gehörte, aber so demonstrativ, wie sie hier platziert worden war, lag das nahe. Zumindest war sie eine Botschaft. Zitternd und nach Rauch stinkend, hatte ich nun selbst eine Botschaft, die ich gern überbringen wollte.

32

Ich wartete weder auf die Feuerwehr noch auf die Polizei. Nachdem ich Zoe das Versprechen abgenommen hatte, für sich und die Tiere einen sicheren Zufluchtsort zu finden, einen Ort, den ich nicht kannte, nahm ich die Kinder und machte mich auf zu einem Hotel am anderen Ende der Stadt – nicht um selbst dort abzusteigen, sondern um mich mit einem Mann zu treffen, den ich seit sechs Jahren nicht mehr gesehen hatte.

Von unterwegs rief ich Detective Rico an. Die Morgendämmerung hatte gerade begonnen, Finger nach dem Himmel auszustrecken, die noch eher grau als blau waren, doch Rico hob schon nach dem zweiten Klingeln ab.

»Hallo?« Wenn er nicht kurz gebraucht hätte, um sich zu räuspern, hätte ich gar nicht den Eindruck gewonnen, ihn aus dem Schlaf gerissen zu haben.

»Das Haus meiner Freundin Zoe ist angezündet worden.«

»Guten Morgen, Cassie.« Er hustete. »Heute ist es also ein Brand, ja? Sind alle in Ordnung?«

»Uns geht's gut.« Ich gab ihm Zoes Adresse. »Nach unserem Gespräch gestern Abend wollte ich mich nicht dem Vorwurf aussetzen, irgendetwas vor Ihnen geheim zu halten.«

»Nein, das würden wir nicht wollen.« Keine Spur von Schlaf war mehr in seiner Stimme zu hören, die inzwischen vertraute Schärfe war zurück. Im Hintergrund hörte ich Federn quietschen, als er sich aus einem Bett oder von einer Couch erhob.

»Natürlich kann ich mir nicht sicher sein, aber ich habe den ziemlich klaren Eindruck, dass irgendwer Sams Jeans dort hingelegt hat, damit ich sie finde. Neben einen Haufen Kleider, mit dem das Feuer angezündet wurde.«

»Ich nehme an, Sie sind nicht mehr dort?«

»Im Moment nicht, aber Sie wissen ja, wie Sie mich erreichen können.«

»Im Moment sind Sie die Nummer drei auf meiner Kontaktliste.« Ich war mir nicht sicher, ob das ein Witz war. »Machen Sie nur nicht wieder irgendwas, damit sich das ändert.«

Wie die Dinge lagen, konnte ich das nicht versprechen. »Haben Sie das Video aus dem Café bekommen, das ich Ihnen geschickt habe?«

»Ja. Haben Sie auch das Foto für mich?«

»Oh, was das betrifft … Das werde ich Ihnen nun leider doch nicht vorbeibringen können.«

»Ach?«

»Es ist in Zoes Haus.«

Obwohl das Foto ein Beweisstück war, und obwohl ich hoffte, dass das Feuer nicht auf Zoes Wohnung übergegriffen hatte, wünschte sich ein Teil von mir, dass das Foto verbrannt war.

»Ich finde, wir sollten uns persönlich unterhalten.«

»Wahrscheinlich, aber gerade kann ich nicht.«

Irgendwo in Ricos Haus lachte ein Kind. Auf einmal

war ich neidisch, weil ich mir diese Leichtigkeit auch für meine eigenen Kinder wünschte.

»Können Sie um neun auf der Polizeiwache vorbeikommen?« Rico formulierte es als Frage, aber ich war mir sicher, dass es nicht so gemeint war.

»Bis um neun.« *Falls ich es schaffe.*

Mein Zögern entging ihm nicht. »Sie müssen wirklich herkommen, Cassie.« Dann machte er eine Pause. »Und bringen Sie Leo mit.«

Ich wollte gerade fragen, warum er mit Leo sprechen wolle, aber Rico schnitt mir das Wort ab. »Ich muss auflegen.« Plötzlich wirkte er zerstreut. »Ich sehe Sie und Ihren Sohn dann um neun.«

Meine Intuition sagte mir, dass ihn nicht seine Familie abgelenkt hatte. Das Verhalten des Detective erinnerte mich an dasjenige Sams an dem Morgen, als Brooklyn Breneman ihn angerufen hatte. Ich versuchte, nicht daran zu denken, wie es damals weitergegangen war.

Eine graue Wolkenfront kroch über den Himmel, und ein kalter Wind war aufgekommen. Trotz der Kälte stand ich vor dem Hotelzimmer meines Vaters und konnte nicht klopfen.

»Ich friere«, maulte Audrey. Sie hatte immer noch den Schlafanzug an, und die Jacke, die ich in der Eile für sie gegriffen hatte, war für einen Novembermorgen zu dünn. Sie schmiegte sich an Leo und benutzte ihn als Windschutz.

Auf dem Weg zum Hotel hatten die Kinder Fragen zu dem Brand gestellt, aber schnell bemerkt, dass ich auch keine Antworten hatte. Am Hotel angekommen, war ich unsicher gewesen, ob ich die Kinder ohne Begleitung und verletzlich im Auto lassen oder ob ich sie mitnehmen sollte, damit sie ihren Großvater trafen, den Leo kaum und Audrey überhaupt nicht kannte.

Nach kurzem Zögern war ich zu der Einschätzung gelangt, dass ihre körperliche Unversehrtheit im Moment eher bedroht war als ihre seelische, also hatte ich sie die Hoteltreppe bis dorthin hinaufgeführt, wo wir jetzt standen.

Schließlich klopfte ich an, und die Tür öffnete sich umgehend. Ich starrte in das Gesicht meines Vaters.

Red McConnells Haar war in den vergangenen sechs Jahren schütterer geworden, die Falten um seine Augen tiefer. Er machte einen Schritt nach vorn, als wollte er mich umarmen, aber etwas in meiner Miene ließ ihn mir zur Begrüßung nur zunicken.

Audrey machte einen Schritt nach vorn. »Du bist mein Großvater«, sagte sie. »Der andere. Nicht Daddys. Er hieß Frank, aber er ist schon tot.«

»Tut mir leid, das zu hören.«

»Wir sind mal zu ihm auf seine Farm gefahren, als ich noch klein war. Grandpa Frank hat Bohnen angebaut, aber er hatte auch Hühner. Darf ich bei dir fernsehen?«

»Na klar.«

Audrey enterte das Zimmer, schnappte sich die Fernbedienung vom Nachttisch und sprang aufs Bett, wo sie sich ein Nest aus Kissen baute. Leo ließ sich in einen Sessel fallen, steckte die Kopfhörer in die Ohren und schaute auf sein Handy. Beide hielten den Anschein von Normalität aufrecht, aber ich erkannte die Zeichen: Audreys Stimme war eine Oktave höher als üblich, und Leos Blick war glasig und abwesend.

»Ich hab versucht, dich auf dem Handy zu erreichen«, sagte Red.

»Ich hab eine neue Nummer.« Ich gab sie ihm zusammen mit der strikten Anweisung, sie nur im Notfall zu benutzen, und auch dann nur von einer Telefonzelle aus.

Darauf zog er eine Augenbraue hoch, und mir war klar, dass er nachfragen wollte. Allerdings war ich dankbar, dass er es nicht tat.

Red betrachtete seine Enkel, und ich erriet seine Gedanken: Wie viel sollte er in ihrer Gegenwart sagen? Das Schweigen zwischen mir und meinem Vater wurde immer unangenehmer, je länger wir über diese Frage nachgrübelten.

Ich ergriff zuerst das Wort. »Du hättest nicht herkommen müssen.«

»Du brauchst mich. Wo sollte ich sonst sein?«

Ich biss mir auf die Zunge, um nicht zu entgegnen: *Wo warst du denn, als Audrey dich brauchte?*

Er beantwortete die nicht gestellte Frage trotzdem: »Ich weiß, dass es Zeiten gegeben hat, in denen ich mehr hätte tun können, und das tut mir leid. Du riechst nach Rauch.«

»Lange Geschichte.« Ich wollte sie ihm erzählen – vor allem war ich gekommen, um ihn zu warnen und ihm mitzuteilen, dass er zu Hause sicherer wäre –, aber ich fand noch nicht die richtigen Worte dafür. »Ist Sue mitgekommen?«

»Ich nehme an, das wäre sie, wenn wir uns nicht

vor drei Jahren getrennt hätten.« Es war als Scherz gemeint, erinnerte mich aber vor allem an die ganze verlorene Zeit. Sogar Red konnte sich kein Lächeln abringen.

»Hast du eine neue Freundin?«

»Nicht wirklich.«

Noch eine Gesprächspause. Im Geist bereitete ich schon meinen besten Small Talk vor – *hier ist es wahrscheinlich kälter als in Arizona, oder?* –, aber bevor ich noch etwas sagen konnte, ergriff Red das Wort: »Ich bin nicht siebenhundertachtundneunzig Meilen weit geflogen, um über meine gescheiterten Beziehungen oder das Wetter zu sprechen.«

Eltern hatten manchmal diese Art von telepathischer Begabung.

»Siebenhundertachtundneunzig Meilen, hm?«

»Ich hab's gegoogelt.«

Zum ersten Mal seit Betreten des Hotelzimmers – und vielleicht seit vielen Stunden vorher – lächelte ich. »Das sieht dir ähnlich. Wahrscheinlich hast du auch eine Ansprache vorbereitet.«

»Ich hab sie im Flugzeug auf eine Serviette geschrieben.«

»Und, hast du geübt?«

»Mein Sitznachbar tat so, als wäre er genervt, aber ich glaube, er hat sich heimlich in dich verliebt.«

»Das muss ja eine Rede sein.«

»Vielleicht hab ich ihm auch Fotos gezeigt.«

Erneut musste ich an die verlorene Zeit denken. »Ich hab mich in den letzten sechs Jahren ziemlich verändert.«

»Nicht so sehr. Außerdem waren die Bilder neueren Datums.« Als ich meine Augenbrauen fragend hochzog, erklärte Red: »Sam hat mir Fotos von dir und den Kindern aus eurem Strandurlaub letztes Jahr gemailt.«

Sam hatte Kontakt zu meinem Vater aufgenommen? Bevor ich ihn noch bitten konnte, das näher zu erläutern, fragte Red: »Wegen Sam ... wissen sie Bescheid?« Ich strengte mich an, nicht zu Audrey und Leo zu schauen.

»Ein bisschen.«

Den Großteil meiner Kindheit über waren wir nur zu zweit gewesen. Obwohl es sich gut anfühlte, wieder in unsere vertrauten Muster zu verfallen, ernüchterte mich, dass Sam heimlich in Kontakt zu meinem Vater gestanden hatte. Nie würde ich das Gefühl vergessen, das mich überfiel, als ich in die Augen der kleinen gelbsüchtigen Audrey schauen musste, nachdem Red sich nicht hatte testen lassen wollen, weil er sich angeblich so sehr vor Spritzen fürchtete und weil die Chancen auf eine Eignung als Spender bei Sam und mir doch ohnehin besser standen.

»Ich bin immer noch wütend auf dich.«

»Ich weiß. Aber das heißt ja nicht, dass ich jetzt nicht für dich da sein kann.«

Ich warf einen verstohlenen Blick auf Audrey in ihrem Kissennest. »Sie war sehr krank.« Sie wäre beinahe gestorben. Aber dieses letzte Detail konnte ich nicht hinzufügen, vor allem nicht vor dem Hintergrund dessen, was in den letzten paar Tagen alles passiert war. Es erschien mir gefährlich, diesen Gedanken ins Universum zu entlassen.

»Wenn du als Baby so krank geworden wärst, hätte ich das nicht überstanden«, sagte er. »Du bist schon immer stärker als ich gewesen.«

Ich fühlte mich gar nicht sonderlich stark, sondern eher, als könnte mich ein einziger falscher Schritt in die Knie zwingen. »Anscheinend weil Spritzen mir nichts ausmachen.«

Er zuckte bei dieser Bemerkung zusammen. »Das hab ich wohl verdient.«

»Hat Sam dir wirklich Bilder von mir und den Kindern geschickt?«

»Ich vermute, dass er sich seit dem Tod seiner eigenen Eltern noch klarer bewusst darüber ist, was ich aufgegeben habe und was unsere Entfremdung dich kosten könnte.«

Die Formulierung erstaunte mich. »Was *du* aufgegeben hast?«

Red trat einen Schritt näher, ohne mich jedoch zu berühren. »Ich kann dir sagen, dass es mir leidtut oder dass ich mit der Situation nicht gut umgegangen bin, aber wir wissen beide, dass keine Entschuldigung ausreichen würde. Das Einzige, was ich tun kann, ist, dir jetzt zu helfen.«

»Ich vermisse ihn«, sagte ich leise. »In den letzten Tagen hab ich ein paar schreckliche Dinge über ihn gehört, aber ich vermisse ihn trotzdem.«

»Was auch immer du gehört hast, es ist nicht wahr. Sam ist ein besserer Vater, als ich es je sein kann, und ich habe auch nie einen Mann getroffen, der seine Frau mehr geliebt hat.«

Ich hielt nach Anzeichen dafür Ausschau, dass er das

so meinte, denn ich wollte gern an den Sam glauben, den er beschrieb.

»Verrätst du mir jetzt, warum die Kinder noch immer im Schlafanzug sind und du nach Lagerfeuer riechst?«

Ich schnappte mir Reds Schlüsselkarte vom Tisch und ging mit ihm nach draußen. Als die Tür zu war, erzählte ich ihm alles. Vielleicht war ich wütend auf ihn, aber es gab außer Sam niemanden, dem ich mehr vertraute – weshalb mich sein Verrat vor sechs Jahren und Sams Verrat jetzt so sehr aus der Bahn warfen.

Nachdem ich meinen Bericht beendet hatte, sagte ich: »Ich muss ihn finden.«

»Wie die Polizei schon gesagt hat, die meisten verheirateten Männer verschwinden freiwillig.« Er war jetzt stiller, weniger auf Sams Seite. Verständlicherweise.

»Also glaubst du auch, dass er eine Affäre gehabt hat?«

»Du nicht?« Obwohl er sich Sams Treue so sicher gewesen war, bevor er meine Geschichte gehört hatte, waren ihm nun Zweifel gekommen. »Aber das heißt doch nicht, dass er nicht zurückkommt. Ich weiß besser als sonst wer, dass Männer Idioten sein können.«

»Selbst wenn er mich betrogen hat, heißt das immer noch nicht, dass er aus freien Stücken verschwunden ist.«

»Und für diesen Fall ermittelt die Polizei.«

»Ich bekomme immer mehr den Eindruck, dass die weniger wegen seines Verschwindens ermitteln als vielmehr gegen uns als Verdächtige.«

»Wenn sie jemanden verdächtigen, bedeutet das aber, dass es ein Verbrechen gegeben hat. Die werden sich da reinknien.«

»Ich kenne Sam besser als die Polizei.« Stimmte das denn? Die Zweifel meines Vaters waren ansteckend.

»Bestimmt.«

»Wenn Sam in jener Nacht unterwegs gewesen wäre, wäre er auch dazwischengegangen«, sagte ich.

»Ich weiß, Sam ist ein toller Typ.« Das Eingeständnis erfolgte widerwillig. Ich wusste aus eigener Erfahrung, dass es nicht leicht war, der Person zu vergeben, die dem eigenen Kind Schmerzen bereitet hatte.

»Das meine ich nicht.« Ich suchte nach einem Beispiel, das meinen Punkt veranschaulichen würde. Es gab Dutzende, aus denen ich auswählen konnte, aber ich entschied mich für den Tag, an dem ich beschlossen hatte, dass ich ihn liebte. »Ein paar Monate nachdem Sam und ich uns kennengelernt hatten, begegneten wir diesem Mann und seinem Sohn an einer Tankstelle. Der Sohn war ungefähr acht Jahre alt, und sein Vater stieß ihn voran, maulte, der Junge sei zu langsam. Dann versetzte er dem Kind einen Schlag auf den Rücken. Ich dachte über meine Möglichkeiten nach: Sollte ich dem Tankwart Bescheid geben, die Polizei rufen, mich einmischen? Obwohl ich nur einige Sekunden brauchte, um mich für einen Anruf bei der Polizei zu entscheiden, lag Sam zu diesem Zeitpunkt bereits benommen am Boden. Er war dazwischengegangen, und dem Vater, der wenigstens fünfzehn Kilo mehr wog und offenbar sehr viel selbstverständlicher die Fäuste benutzte, hatte die Einmischung gar nicht gefallen.«

Als ich mich an diese Szene erinnerte, kehrte der Schmerz zurück.

»Zu diesem Zeitpunkt war der Tankwart schon herausgekommen, und die Polizei war alarmiert. Ich weiß nicht, was mit dem Mann passiert ist, aber Sam hatte am Ende einen fiesen Bluterguss. Seine ersten Worte nach dem Vorfall waren: ›Besser ich als der Junge.‹«

»Du fühlst dich verpflichtet, dich Sam gegenüber anständig zu verhalten, weil er nicht zögern würde, sich dir gegenüber anständig zu verhalten?«

»*Verpflichtet* ist nicht das richtige Wort. Und da ist noch mehr. Als Audrey eine Leber brauchte, hat Sam nie nach den Risiken für sich selbst gefragt. Kein einziges Mal.« Ich berührte Red am Arm. »Das ist keine Spitze gegen dich. So ist es einfach gewesen. Weil du mich als Teenager erlebt hast, denkst du vielleicht, dass ich manchmal leichtsinnig bin, und vielleicht bin ich das auch. Aber trotzdem denke ich nach, bevor ich handle. Sam tut das nicht. Er glaubt, gute Menschen sollten verhindern, dass Schlimmes geschieht. Immer. Er nennt das eine moralische Verpflichtung. In seinem Kopf ist das einfach die Ordnung der Dinge.«

Red nickte. »Und du denkst, diese *moralische Verpflichtung* hat ihn jetzt in Schwierigkeiten gebracht.«

»Ja.«

»Ich bewundere Sam, aber ich lebe nach einem anderen Grundsatz, der nur eine unumstößliche Konstante kennt: dich und die Kinder zu beschützen.«

»Wie vor sechs Jahren?«

Red wurde aschfahl, und ich bedauerte meine Worte umgehend. Als ich in der Mittelstufe beschlossen hatte, Konditorin zu werden, hatte mein Vater Torten mit zu viel Zucker gegessen, Kekse mit zu wenig Zucker und jede Menge Kuchen, die entweder am Rand angebrannt oder noch klitschig in der Mitte waren. Oft beides zugleich. Ich habe nie den Dreh rausgehabt. Mein Vater hat jeden Bissen runtergewürgt. Er war ein Mann, dem ich eigentlich sollte vergeben können.

Er ergriff meine Hand und drückte sie. »Bei dieser Geschichte geht es um mehr, als ich dir damals erzählen konnte.«

Das überraschte mich. »Dann erzähl es mir jetzt.«

»Wie gesagt, mein oberstes Anliegen wird immer sein, dass du in Sicherheit bist, und jede Ablenkung birgt Gefahren.«

»Mach schon – lenk mich ab.«

»Es ist nicht wichtig, nicht jetzt.« Er schüttelte den Kopf. »Du kannst mit den Kindern bei mir bleiben.«

»Können wir nicht. Und es *ist* wichtig. Ich bin noch viel mehr abgelenkt, wenn ich nicht weiß, wovon zum Teufel du redest.«

»Ich weiß, dass du wütend bist, aber ich bitte dich – bleib bei mir. Lass mich helfen.«

»Du hast eine Kreditkarte benutzt, richtig? Unter deinem eigenen Namen eingecheckt?« Als Red nickte, fuhr ich fort: »Dann sind wir hier nicht sicher – und ist es nicht das, was du unbedingt willst? Unsere Sicherheit?« In meinen Worten lag mehr Schärfe als beabsichtigt.

»Wir können uns ein anderes Hotel suchen«, schlug er vor.

»Die führen trotzdem noch Buch.«

»Vielleicht ein zwielichtiges, wo sie keine Fragen stellen. Oder wir könnten irgendwo campen gehen. Ich wette, in dieser Gegend gibt es eine Menge Campingplätze.«

Sosehr ich mich auch auf meinen Vater verlassen wollte, ich konnte es nicht.

»Du vertraust mir nicht«, sagte er.

»Doch. Soweit ich es eben kann.« Vertrauen war in den letzten Tagen zu einem trügerischen Gut geworden.

Er kam einen Schritt näher, und ich dachte schon, er wollte mich umarmen. Aber er trat nur näher, um mir etwas zuzuflüstern, als ob die nächsten Worte von jemandem aufgeschnappt werden könnten, der meiner Familie etwas Böses wollte. »Wo willst du denn hin?«

Ich wollte gerade entgegnen, dass ich es nicht wisse, als mir eine Idee kam. »Das kann ich dir nicht verraten«, sagte ich stattdessen. »Aber danke, dass du gekommen bist. Nachdem ich Sam wiedergefunden habe, würde ich gern reden und mehr darüber erfahren, warum du nicht helfen wolltest, das Leben deiner Enkelin zu retten.«

Red zuckte zusammen, und es tat mir sofort wieder leid. »Genügt es denn nicht zu wissen, dass ich einen guten Grund dafür hatte?«

»Vielleicht«, erwiderte ich. »Wenn du mir diese Erklärung vor sechs Jahren geliefert hättest.«

Ich umarmte meinen Vater halbherzig und ging dann wieder ins Hotelzimmer, um meine Kinder zu holen.

33

Mein Vater brachte uns zum Auto. Nachdem die Kinder eingestiegen waren, ermahnte er mich vorsichtig zu sein. Er wollte noch mehr sagen, aber die zuschlagende Autotür hinderte ihn daran.

Leo war wieder ausgestiegen und fragte mit bebender Stimme und noch immer glasigen, weit aufgerissenen Augen: »Mom, warum hast du denn eine Pistole?«

Das war eine Frage, die ich leicht beantworten konnte: Ich hatte keine.

Ich beugte mich ins Auto und sah die Waffe auf dem Beifahrersitz liegen. Daneben klebte ein Post-it, aber diesmal stand keine Zahl darauf, sondern ein Wort, nur in Großbuchstaben und in roter Tinte: HEUTE.

»Mom?«

Mein Mund wurde trocken, mehr aufgrund des Zettels denn aufgrund der Waffe. »Die gehört mir nicht.«

Mein Vater trat zu mir. Die Härchen in meinem Nacken richteten sich auf.

»Dad, hol deine Sachen.«

Seine Mundwinkel hoben sich, als er hörte, wie ich ihn genannt hatte, aber er ging ohne eine weitere Frage zurück ins Hotel.

Leo beäugte die Pistole. Die Finger seiner rechten Hand zuckten, und ich legte ihm die Hand auf den Arm. »Nicht.«

Er machte einen Schritt zurück. »Das wollte ich gar nicht.«

Ich zog eine Augenbraue hoch, sagte aber nichts. Ich verstand seinen spontanen Drang – sie zu berühren, sicherzugehen, dass sie echt war, denn wie konnte sie das überhaupt sein?

Bis Leo die Waffe bemerkt hatte, war Audrey schon auf den Rücksitz geklettert. Nun veranlasste sie die Neugier dazu, sich hinzuknien.

»Setz dich wieder hin«, sagte ich streng. Als sie gehorchte, wandte ich mich an Leo: »Pass auf deine Schwester auf.«

Es kribbelte mir noch immer im Nacken, und ich kauerte mich neben die Fahrertür, ließ die Finger am Metall entlanggleiten, suchte nach Spalten oder Beulen. Währenddessen brannte mir Leos starrer Blick auf dem Hinterkopf, und Audreys Stimme drang ebenso brennend an mein Ohr: »Mami?«

Sie riss die Hintertür auf, und ich hatte Glück, dass sie mich nicht am Kiefer erwischte. Ich drückte die Tür wieder zu.

»Sekunde, Peanut.«

Neben der hinteren Stoßstange fand ich schließlich, wonach ich gesucht hatte: ein kleines Rechteck aus magnetischem Metall. So leicht es zu entdecken gewesen war, machte ich mir Sorgen, dass es noch weitere, besser versteckte GPS-Tracker gab.

Hatte Carver den am ersten Abend hier platziert, bevor ich Sams Verschwinden bemerkt hatte? Oder später am Krankenhaus, als ich auf Leos MRT-Ergebnisse gewartet hatte? Vielleicht hatte auch Helen den Tracker angebracht, während ich vom Anblick des Blutes meines Ehemanns abgelenkt gewesen war. Ich dachte über all die Orte nach, an denen ich gewesen war, an all die Menschen, die ich getroffen hatte, doch alles, was ich wusste, war, dass irgendwer mich zu Zoe verfolgt hatte, um das Feuer zu legen, dann zu diesem Hotel, um die Pistole in meinem Auto zu deponieren.

Da kam mir ein weiterer Gedanke: War ich vielleicht schon seit Monaten überwacht worden? War Carvers Auftauchen in der Nähe meines Zuhauses wirklich das zufällige Ereignis gewesen, für das ich es zunächst gehalten hatte?

Eine seltsame Nummer tauchte auf meinem Handy auf. Als ich abnahm, hielt ich die Luft an.

Zoe vergeudete keine Zeit mit Begrüßungen. »Ich hab mit der Polizei gesprochen. Cassie …« Ihre Stimme brach, und sie zögerte. Als ich das Telefon fester an mein Ohr presste, hörte ich einen Anflug von etwas, das vielleicht ein Schluchzen war. »Perla ist tot.«

Ich legte die Hand auf das Autodach, um nicht umzukippen.

»Sie ist ermordet worden.«

Das konnte nicht stimmen. Sie hatte mir geholfen. Ich hatte sie doch gerade noch gesehen. Erst gestern Abend.

Ich musste an meine erste Begegnung mit Perla denken. Sie war damals nur fünf Jahre älter gewesen als Leo heute. Sie war noch so jung. Auch heute noch jung.

Dann fiel mir auf, dass es kein *noch* mehr gab.

»Sie haben ihre Leiche gestern spätabends in ihrer Wohnung gefunden.«

Jede Einzelheit traf mich wie ein Schlag in die Magengrube. Dann wurde mir auch noch klar, was das alles bedeutete: Mein Telefon und mein Laptop waren bei Perla gewesen. Beide konnten benutzt worden sein, um sie zu ihrer Wohnung zurückzuverfolgen.

Perla war tot. Zoe hatte noch nicht gesagt, wie sie getötet worden war, aber ich betrachtete die Waffe auf meinem Vordersitz und wusste Bescheid. Sie war erschossen worden, weil sie mir geholfen hatte. Dann war die Mordwaffe in meinem Wagen platziert worden. Mir wurde übel. Perlas Tod war meine Schuld, das war so sicher, als hätte die Pistole tatsächlich mir gehört.

»Cassie, die Polizei hat gefragt, warum du vor Ankunft der Feuerwehr verschwunden bist. Wann du gestern zu mir gekommen bist. Ob Leo die ganze Zeit deiner Abwesenheit bei mir war. Warum stellen sie denn Fragen über Leo?«

Ich nahm die Pistole aus meinem Auto, entfernte die Patronen – ich konnte nicht riskieren, dass irgendein neugieriges Kind die Knarre vor der Polizei fand – und wischte dann alles mit dem Saum meines Sweatshirts ab.

»Wer hat sie gefunden?«, fragte ich. War sie schon vor meinem Besuch getötet worden? Und falls ja, wo war die Leiche gewesen?

»Was?«

Ich musste es wissen. Nur um sicherzugehen. »Wer hat sie gefunden, Perlas …« Ich konnte den Satz nicht beenden. Konnte das Wort *Leiche* nicht aussprechen.

»Die Polizei. Sie haben einen Hinweis bekommen.«

Natürlich. Genau wie sie einen Hinweis auf meine Anwesenheit in dem verlassenen Haus bekommen hatten – ein bewaffneter Einbrecher, hatte Rico gesagt – und genau wie sie wahrscheinlich einen Hinweis darauf bekommen hatten, dass sich die Pistole in meinem Wagen befand. Wie viel Zeit blieb mir noch? Nicht viel, nahm ich an. Auf einmal war ich mir sicher, dass die Nachricht von Perlas Tod das gewesen war, was Rico vorhin abgelenkt hatte.

»Außerdem hab ich gehört, dass einer der Polizisten den Schlüssel erwähnt hat, den du ihnen gegeben hast. Er passte in Perlas Türschlösser. Und dann noch etwas von irgendwelchen Fingerabdrücken auf einem Einwickelpapier?«

Plötzlich begriff ich: Ich war bei Perla zu Hause gewesen. Ich hatte die Tür geschlossen, als ich gegangen war. Ich hatte der Polizei ihren Schlüssel gegeben. Und ich hatte ihnen ein Einwickelpapier gegeben, auf dem wahrscheinlich nur meine Fingerabdrücke oder die Fingerabdrücke meines Sohnes zu finden waren. Den Stein mit der Zahl Drei darauf, den Detective Rico erwähnt hatte, hatte ich nie zu Gesicht bekommen, aber ich hätte darauf gewettet, dass er genauso sorgsam präpariert worden war wie der ganze Rest. War es vielleicht ein Stein aus meinem eigenen Garten gewesen? Stammte die Farbe darauf aus unserer Garage?

Plötzlich musste ich an die SMS denken, die ich bekommen hatte, als ich mit Leo im Krankenhaus war: **Ich weiß ja, wie du sein kannst, wenn du eifersüchtig bist.** Zu diesem Zeitpunkt hatte ich vermutet, Brooklyn Breneman wäre tot, und irgendein Beweis wäre an ihrer

Leiche hinterlassen worden. Richtiger Gedanke, falsche Person.

Ich warf die Pistole, die Patronen und den Tracker in einen Müllcontainer. »Von welchem Telefon rufst du an?«

»Von einer Nachbarin. Ich hab mir gedacht, du wolltest nicht, dass ich mein eigenes benutze.«

»Bring dich irgendwo in Sicherheit.«

Dann gab ich ihr Leos Nummer – mein eigenes Handy hatte ich benutzt, um Rico anzurufen, zur Sicherheit schaltete ich es aus und nahm den Akku heraus. Ich überlegte, es ebenfalls in den Müll zu werfen, aber es schien mir eine zu wertvolle Ressource zu sein, um es so leichtfertig aufzugeben.

Den Tracker suchen, mit Zoe reden, die Waffe entsorgen – all das hatte nur ein paar Minuten gedauert. Aber jede verstrichene Sekunde erschien mir wie eine, die mich näher an etwas Furchtbares brachte.

Ich gab meinem Dad, der gerade aus der Tür trat, ein Zeichen, er solle einsteigen. Nach dem, was Perla zugestoßen war, konnte ich ihn nicht hier zurücklassen. Wir würden das Auto irgendwo loswerden müssen, aber im Moment mussten wir erst mal vom Hotel wegkommen. Und zwar schnell.

Ich wies meinen Vater an: »Lass dein Handy hier.«

Er ließ es fallen, zertrat es und kickte es über das Pflaster. Es schlitterte über den Asphalt und blieb neben dem Müllcontainer liegen.

Ich fuhr genau in dem Moment vom Parkplatz herunter, in dem auf der verzierten Fassade des Hotels das rot-blaue Blinklicht eines Streifenwagens erschien.

Ich floh nicht vor der Polizei. Nicht mit den Kindern im Auto. Aber leicht machen musste ich es ihnen auch nicht. Obwohl ich vorhatte, Rico anzurufen – vor allem, da ich mich nicht zur vereinbarten Zeit mit ihm würde treffen können –, brauchte ich Gelegenheit zum Nachdenken.

Mein Fuß ruhte auf dem Gaspedal, und mein Blick war starr geradeaus gerichtet, als ich vom Parkplatz herunterfuhr und dabei zwei entgegenkommende Streifenwagen passierte. Ich war mir nicht sicher, aber als ich einen Seitenblick riskierte, hatte ich den Eindruck, dass einer der Officers in meine Richtung sah. Sobald ich auf der Straße war, bog ich nach links ab und drückte aufs Gas.

Okay, vielleicht floh ich doch vor der Polizei.

Ich ignorierte Audreys Fragen und den panischen Blick meines Vaters, meine ganze Konzentration galt zwei Dingen: der Straße vor mir und meinem Rückspiegel.

Irgendwann erreichte ich wieder die Telefonzelle vor dem Supermarkt, von der aus ich Helen am vorigen Abend angerufen hatte.

»Wo fahren wir hin?«, fragte Audrey vom Rücksitz aus.

Beim Anhalten versuchte ich, die Hände ruhig am Lenkrad zu halten. »Ich werde Grandpa bitten, einen Freund von mir anzurufen«, sagte ich, obwohl das nicht ganz der Wahrheit entsprach.

Ich warf über den Rückspiegel einen Blick ins Gesicht meiner Tochter. Es fehlte definitiv nicht mehr viel, bis sie nicht mehr konnte.

»Dad, ich muss dich mit den Kindern hierlassen.« Mein Ton sollte möglichst unbeschwert klingen. »In ein paar Minuten bin ich wieder zurück.«

Er fragte nicht nach, er hatte den Tracker gesehen. Er wusste Bescheid.

»Lass mich stattdessen gehen.«

Ich lächelte ihn an und wünschte mir, ich hätte sein Angebot annehmen können. »Das ist nicht böse gemeint, Dad, aber ich bin schneller als du.«

Allerdings fragte ich mich, ob das schnell genug sein würde. Welcher Abstand wäre sicher genug, um mich des Autos zu entledigen? Und sobald ich das einmal getan hatte, wie lange würde es dauern, bis ich wieder bei meiner Familie wäre?

Falls die Polizei nach mir suchte, wäre es egal. Nicht einmal ein olympischer Athlet war schneller als ein Streifenwagen.

»Ich könnte schon drei Städte weiter sein, bevor dein Freund hier ist«, sagte er.

»Ich lass dich das nicht tun.«

»Ich würde nicht ...«

Ich schnitt ihm das Wort ab: »Vor sechs Jahren warst du nicht da. Sei es jetzt.«

Mir drehte sich der Magen um, als ich diese Worte aussprach, aber sie beendeten wie geplant die Debatte. Um es mit Perlas Worten auszudrücken: *Manchmal musste man ein Arschloch sein.*

Bevor er und die Kinder ausstiegen, gab ich meinem Vater, nur für den Ernstfall, Anweisungen und eine Nummer, die ich vor langer Zeit auswendig gelernt hatte.

»Er hilft euch«, sagte ich und tat so, als wäre ich mir dessen vollkommen sicher.

Außer er ist nicht zu Hause.

Außer er schläft.

Außer er entscheidet sich, dass er nicht riskieren will, festgenommen zu werden, weil er jemandem hilft, den er kaum kennt.

Während meine Kinder mir hinterherschauten, wie ich nach einer guten Stelle suchte, an der ich das Auto zurücklassen konnte, fragte ich mich, ob ich nicht einen Fehler beging, indem ich einem Mann vertraute, der seinen Lebensunterhalt mit marihuanagewürztem Gebäck verdiente.

34

Daryl lebte auf einem anderthalb Hektar großen Grundstück zwischen Santa Rosa und Sebastopol. Das Haus war klein und benötigte einen neuen Anstrich, aber der Hanfgarten daneben war gut gepflegt.

Lester kam den Kiesweg hochgestapft, um das Auto zu begrüßen. Daryls abruptes Bremsmanöver überraschte den schwarzen Labrador, und er prallte von der Fahrertür ab. Der Trichter um seinen Hals verhinderte einen Nasenstüber.

»Sorry, Doc«, sagte Daryl verlegen. »Ich hätte schwören können, dass er in seinem Verschlag ist.«

»Ich freue mich, dass es ihm besser geht. Und noch mal danke fürs Abholen.«

»Kein Problem, Doc.«

Daryl parkte den Wagen neben der Veranda und würgte den Motor ab. Audrey löste sofort ihren Sicherheitsgurt. Sie sprang aus dem Auto und vergaß für den Moment die ganze traumatische Situation. Ich fragte mich, wie lange das wohl anhalten würde.

Leo ging ihr widerwillig hinterher, bevor mein Vater ausstieg, flüsterte ich ihm zu: »Pass auf meine Kinder auf, okay? Ich muss mit Daryl reden.«

Er nickte, wich meinem Blick aber aus. Mir war nicht

klar, ob er nicht wollte, dass ich meine eigene Sorge in seinen Augen gespiegelt sah, oder ob er noch verletzt von meinen Worten vorhin war.

Daryls Wohnzimmer war nicht das, was ich erwartet hatte. Es hatte einen gefärbten Betonboden, und der Druck eines abstrakten Gemäldes kontrastierte mit dem grauen Plüschsessel und einem weinroten Teppich, wahrscheinlich aus Wolle. Ein geöffneter Laptop stand auf dem Hocker, der als Tisch diente.

Daryl setzte sich auf die geometrisch gemusterte Couch, die neben einer großen siebenblättrigen Pflanze stand. Den letzten Teil *hatte* ich erwartet. Das Marihuana verströmte seinen charakteristischen Geruch.

»Er ist männlich, aber schön, also hab ich ihn behalten«, sagte Daryl.

Ich brauchte einen Augenblick, um zu begreifen, dass er von der Pflanze sprach. Ich stellte die naheliegende Frage: »Hat Lester nicht versucht, sie zu fressen?«

Daryl kicherte. »Ein- oder zweimal.«

Seine ausgefranste Jeans und das zerrissene Shirt wirkten auf dem Sofa unpassend.

»Schöne Wohnung«, sagte ich.

»Die Möbel hab ich von meiner Schwester geerbt, als sie letztes Jahr bei einem Motorradunfall gestorben ist«, erklärte er. »Sie hatte schon immer einen besseren Geschmack als ich und leider auch einen draufgängerischen Charakter.«

Ein solcher Satz aus dem Munde des »Haschunternehmers«, wie er sich nannte. »Ich wusste nicht, dass du eine Schwester verloren hast. Tut mir leid.«

»Ich glaube, sie hätte den Boden gemocht. Ein Kunde

hat mir gesagt, dass mein alter Teppichboden das Andenken meiner Schwester entehrt. Außerdem hat er nach Gras gestunken.«

Daryl schlug ein flipflopbewehrtes Bein über das andere. »Also, Doc, warum sind Sie hier?«

Ich hatte mich für Daryl entschieden, weil das Haus eines Haschdealers aus nachvollziehbaren Gründen nicht die naheliegendste Wahl als Zuflucht für meine Familie war.

»Mein Mann ist verschwunden, und eine ehemalige Patientin, die mir geholfen hat, ist erschossen worden.« Ich beobachtete, wie Daryl auf diese zweite Information reagieren würde. Sein Gesicht war versteinert, die Augen rot verschleierte Kugeln, also erzählte ich ihm auch den Rest. Meiner Meinung nach verdiente er die ganze Geschichte, immerhin hatte er uns in sein Zuhause gelassen.

Als ich fertig war, stellte Daryl die Beine wieder nebeneinander ab und beugte sich vor. »Darf ich offen sprechen?«

»Geht es bei dir auch anders?«

Daryl grinste. »Nee, nicht wirklich. Ich hab Sam nur einmal getroffen, aber er schien mir ein aufrechter Kerl zu sein. Außerdem sehen Sie super aus. Das beleidigt Sie jetzt nicht, oder? Weil Sie Ärztin sind?«

»Kommt drauf an, was du damit sagen willst.«

Er nickte, als hätte ich gerade etwas Tiefsinniges von mir gegeben. »Also, Sie sehen super aus, Sie sind schlau, und Sie haben Lester geholfen, auch wenn ich nicht dafür bezahlen konnte.«

Also eigentlich immer, aber das behielt ich für mich.

Lester verdiente Hilfe. »Nicht dass ich keine Komplimente mag, in diesem Fall sind es ja eine ganze Menge, aber …?«

»Warum sollte er Sie verlassen?«

»Wegen einer anderen Frau.«

»Nee, das glaub ich nicht.«

»Du glaubst nicht, dass er eine Affäre hatte?«

»Nein, nein, das wär schon möglich, aber sogar die Frau, die Ihnen erzählt hat, dass sie was miteinander hatten, hat nicht dran geglaubt, dass er Sie verlassen würde, oder? Außerdem, wie gesagt, Sie sehen super aus.«

»Das erwähntest du bereits.«

»Und Sie haben Kinder, außerdem, nehm ich an, ein ordentliches Gehalt.« Daryl schaute mich verlegen an. »Noch mal sorry dafür, dass ich für Lesters OP nicht bezahlen konnte, doch seit Haschisch legalisiert worden ist, ist es schwieriger, über den Monat zu kommen, verstehen Sie? Ich würde ja die Möbel meiner Schwester verkaufen, aber sie sind alles, was mir von ihr geblieben ist.«

»Ist schon in Ordnung, Daryl.«

»Egal, ich denke, Sie müssen den ganzen Scheiß beiseitelassen und sich auf das konzentrieren, was Sie wissen.«

Ich war mir nicht sicher, worauf er hinauswollte, und das musste er mir wohl ansehen, denn er fügte hinzu: »Wovon wissen Sie, dass es ganz sicher stimmt?«

»Was meinst du?«

»Als Sie mir Ihre Geschichte erzählt haben, haben Sie gesagt, dass Sam eine Affäre hat, aber das *wissen* Sie nicht. Sie *glauben* es nur.«

»Es gibt schon einige Anhaltspunkte.«

»Aber Sie *wissen* es nicht.« Er lehnte sich auf der Couch zurück. »Ich kenn da diesen Typen, Jace, der hat eine Schildkröte, die er Turtle getauft hat.«

»Schlau.«

»Ja, er ist eigentlich dauerbreit«, sagte der Mann, der neben einem Topf mit einer Marihuanapflanze saß. »Turtle hat ein ungewöhnliches Muster, als er noch klein war, ist er von einem Rasentrimmer erwischt worden.«

Das ließ mich zusammenzucken. »Armer Turtle.«

»Ja, fast hätte auch eins seiner Beinchen dran glauben müssen. Ein neugieriger kleiner Kerl, treibt sich immer da rum, wo er nichts zu suchen hat.«

»Genau wie Lester.«

Er nickte wieder vielsagend. »Also, Jaces Kumpel Joe hat Turtle gesehen und drauf bestanden, dass das Tier die Wiedergeburt seines toten Vaters ist, weil die Initialen von seinem Vater auf Turtles Panzer zu sehen sind. Er hat Jace tausend Dollar für Turtle geboten.«

»Ich nehme an, Jace war zu diesem Zeitpunkt auch breit?«

»Ist er ja immer. Egal, Jace besteht darauf, dass das Muster nicht die Initialen von Joes Dad darstellen, sondern eine Palme, und sie streiten sich stundenlang darüber, wer nun recht hat. Irgendwann haut Joe total angepisst ab und schwört, dass er sich seinen toten Vater zurückholt. Später am Abend fällt Jace auf, dass Turtle weg ist.«

»Gestohlen?«

Daryl grinste. »Sehen Sie, das dachte Jace auch. Er

geht also zu Joes Haus und schmeißt einen riesigen Stein durch sein Fenster. Dann wird er abtransportiert.«

»Verhaftet?«

»Auf einer Bahre. Es war ein echt großer Stein, und Jace hat sich den Rücken verrenkt. Als Jace dann wieder raus ist aus dem Krankenhaus, willigt Joe ein, den Bullen nicht Bescheid zu sagen, will nicht mal, dass Jace für das kaputte Fenster zahlt – wenn er ihm Turtle gibt.«

»Also hat Joe ihn doch nicht gestohlen.«

»Nee. Es stellt sich raus, dass Turtle in einem der Badezimmerschränke stecken geblieben ist. Wie gesagt, neugieriges kleines Aas.«

Ich verstand, was Daryl mit seiner Geschichte zum Ausdruck bringen wollte. »Du meinst, Jace hat nur angenommen, dass Joe Turtle gestohlen hat, und dass er sich eine Menge Ärger hätte sparen können, wenn er einfach bloß ein paar Minuten länger sein Haus durchsucht hätte.«

»Genau.« Daryl verschränkte die Finger und legte sein Kinn darauf ab. »Also ... was wollen Sie jetzt machen?«

Ich dachte darüber nach. Eingehend.

»Ich weiß, dass Sam beim Halloweenrundgang mit unserer Tochter verschwunden ist.«

Er nickte.

»Ich weiß, dass er bei der Arbeit suspendiert wurde, wegen der Gerüchte, er hätte was mit einer Schülerin gehabt.«

Er nickte, diesmal noch energischer. »Was noch?«

»Vielleicht hat er eine Affäre gehabt.«

Daryl hörte auf zu nicken. »Nee. Ich meine, ja, vielleicht hatte er eine. Aber Sie wissen nur, dass es ein Foto gibt, an dem irgendwer wenigstens ein bisschen rumgedoktert hat. Außerdem wissen Sie, dass Sams Freund glaubt, er hätte eine Affäre gehabt, und diese Frau …« Er machte eine Pause, damit ich ihren Namen einsetzen konnte.

»Brooklyn Breneman.«

»Sie wissen, dass diese Brooklyn behauptet, Sam und sie hätten was miteinander gehabt. Aber das Video ist der einzige nicht gefälschte, neutrale Beweis, den Sie haben, und darauf sieht man nur, dass sie sich nahestanden. Sie könnten genauso gut Freunde gewesen sein. Sam könnte diesem gestörten Mädchen geholfen haben …«

»Hannah. Aber die hat ja schon zugegeben, dass sie gelogen hat.«

Er lächelte mich so nachsichtig an wie ich manchmal Audrey. »Ob Lügnerinnen eventuell noch mehr Lügen erzählen, wenn sie dafür Geld bekommen?«

»Auch wieder wahr.«

»Egal, vielleicht hat Sam Hannah wirklich geholfen, er scheint die Art Mann zu sein, die so was machen würde. Also sind Brooklyn Breneman und Sam Freunde, die sich beide Sorgen um dieses Mädchen machen, und Brooklyn Breneman übertreibt, was ihr Verhältnis betrifft. Wenn Hannahs Lüge überzeugend genug war, dass Sam suspendiert wurde, könnte Brooklyn dann nicht auch lügen? Sehen Sie … Sie wissen es nicht. Also konzentrieren Sie sich auf das, *was* Sie wissen.«

Ich dachte über all die »Tatsachen« nach, die ich einfach so für bare Münze genommen hatte. Nicht nur die Affäre, auch Sams Blut auf dem Plastikgebiss, Sams

Jeans, mit der das Feuer an Zoes Haus gelegt wurde. Wegen der Nachrichten und der Überwachungsapparaturen, die bei uns zu Hause gefunden worden waren, wusste ich, dass wir beobachtet wurden, und wer auch immer das tat, konnte jedes dieser Details vortäuschen.

»Perla ist tot, das weiß ich. Helen hat gelogen, als sie behauptet hat, in diesem Haus zu wohnen. Und ich weiß, dass Carver Sweet wenigstens einen Menschen getötet hat, ein Mädchen namens Natalie, und dass er auch versucht hat, Brooklyn Breneman zu töten.«

»Schauen wir mal.« Daryl zog seinen Laptop zu sich, zögerte aber, bevor er zu tippen begann. Er sah mich an, der Blick war wachsam, trotz der blassroten Farbe der Augen. »Übrigens, das, was Ihnen da an dem Krankenhaus passiert ist – das ist wirklich ziemlich krasser Scheiß.«

»Es war ziemlich dummer Scheiß.«

»Krass«, beharrte er. »Aber nächstes Mal müssen Sie vorbereitet sein. Loszuziehen ohne eine Möglichkeit, sich zu verteidigen, *das* wäre ziemlich dummer Scheiß.«

»Ich nehm keine Waffe mit, ich wüsste sowieso nicht, wie man sie benutzt.«

»Ich könnte es Ihnen zeigen.«

Ich dachte an die Pistole, die ich gerade erst auf meinem Beifahrersitz gefunden hatte. »Keine Waffe.«

»Dann vielleicht Pfefferspray?«

»Hast du Pfefferspray?«

»Natürlich«, erwiderte er, als ob der Besitz von Pfefferspray eine Selbstverständlichkeit wäre. »Auch Taser, wenn das mehr nach Ihrem Geschmack ist. Wichtiger ist allerdings Information.« Er tippte auf die Tastatur. »Zuerst diese Schlampe, die Sie gerettet haben und die zum Dank mit Ihrem Mann gevögelt hat …«

»So ist es nicht ganz gewesen, und ich weiß auch nicht, ob ich sie als Schlampe bezeichnen würde.«

»Sie natürlich nicht. Weibliche Solidarität und so. Aber wenn du den Mann von jemandem bumst, der mir am Herzen liegt, oder es wenigstens behauptest, dann kannst du noch zufrieden sein, wenn ich dich nur Schlampe nenne.«

Daryl tippte Brooklyn Breneman in den Browser ein, aber die Resultate waren dürftig. Offenbar war sie Mitglied einiger Berufsverbände und war in einem Artikel über steigende Wasserpreise zitiert worden. Es gab auch ein paar Fotos von Brooklyn in Rock und Bluse. Ich kannte sie nur in Jogginghose.

Daryl tat so, als müsste er gähnen. »Lass uns mit Perla weitermachen.«

Er brauchte nicht mehr Informationen als ihren Vornamen. Perlas Foto war der Aufmacher der örtlichen Zeitungswebseite. Eins dieser Fotos »aus glücklicheren Tagen«, die sich die Redaktionen von Social-Media-Accounts holen. Perla und ihr Rottweiler machten irgendwie dasselbe alberne Gesicht über einer Schlagzeile, die lautete: *FRAU AUS SANTA ROSA ERSCHOSSEN*. Die drei Absätze, die das Bild begleiteten, fügten der Schlagzeile nicht viel hinzu.

Mein peripheres Sichtfeld trübte sich leicht ein, also schloss ich die Augen. »Sorry, Doc«, sagte Daryl.

Ich konnte hören, dass er erneut auf die Tastatur einhämmerte. Als ich die Augen wieder aufschlug, war Perlas Foto verschwunden. Genau wie Perla selbst. Ich wusste nicht, ob mein Magengrimmen stärker war oder der Wunsch, jemandem einen Faustschlag zu verpassen.

»Was ist mit Helen?«, fragte Daryl. »Kennen Sie ihren Nachnamen?«

Ich musste einräumen, dass das nicht der Fall war, aber ich gab ihm die Adresse, die Helen als ihre eigene angegeben hatte. Dreißig Sekunden später war sein Grinsen zurück, und Daryl zeigte auf den Bildschirm. »Sehen Sie, Doc? Noch etwas, das Sie zu wissen geglaubt haben, aber eigentlich doch nicht wussten. Wie ich gesagt habe.«

Er stupste den Computer in meine Richtung, und ich musste die Information drei Mal lesen, bevor ich überzeugt war, dass sie stimmte. Das Grundbuch verzeichnete den Namen der Hausbesitzerin: Helen Staley.

»Das verstehe ich nicht«, gestand ich. »Helen hat gar nicht gelogen, als sie behauptet hat, dass sie da lebt?«

»Anscheinend verstehen Sie es ja doch.« Das Grinsen verschwand wieder von Daryls Gesicht. »Vor dem Hintergrund dessen, was mit Perla passiert ist, mach ich mir Sorgen um diese geheimnisvolle Helen. Obwohl wir zugegebenermaßen immer noch nicht sicher wissen, ob sie tatsächlich da wohnt, nur dass sie als Besitzerin eingetragen ist.«

»Das heißt, der Mann, der mir die Tür geöffnet hat, muss gelogen haben. Selbst wenn er das Haus tatsächlich von ihr gemietet oder sogar gekauft hätte, hätte er ihren Namen doch kennen müssen. Was hat dieser Mann also in Helens Haus gemacht?«

Daryl tippte jetzt schneller. »Das können wir nicht sagen, wenigstens nicht mit den Informationen, die wir haben.«

Ich zog mein Telefon heraus, um Detective Rico anzurufen und ihm von Helen zu berichten, aber dann fiel mir auf, dass er Zugang zu denselben Informationen wie ich hatte. Tatsächlich wohl zu weit umfangreicheren Informationen. Sehr wahrscheinlich hatte er schon bei Helen angeklopft, obwohl ich daran zweifelte, dass der Mann, wer immer er auch gewesen sein mochte, Detective Rico geöffnet hatte.

Als ich meine Aufmerksamkeit wieder dem Bildschirm zuwandte, tippte Daryl bereits »Carver Sweet« in die Suchmaschine ein. Die ersten paar Treffer verlinkten wieder zu unserer Lokalzeitung, aber glücklicherweise direkt zu Artikeln über Carver. Ich musste also nicht mehr dieses Foto von Perla und ihrem Hund ansehen.

Daryl klickte auf den neuesten Artikel, ich las über seine Schulter hinweg mit.

Anne Jackson, 52, wurde in ihrem Haus in Cloverdale am späten Mittwochabend tot aufgefunden, anscheinend war sie vergiftet worden. Nach ihrem Ehemann Carver Sweet, 55, wird in Zusammenhang mit dem Tötungsdelikt gefahndet

Sweet hat später am selben Abend noch eine zweite Frau angegriffen, berichtet die Polizei, doch er floh, nachdem eine Passantin einschritt.

Das Opfer, dessen Identität geheim gehalten wird, ist am Donnerstagmorgen aus dem Krankenhaus entlassen worden.

Nachdem er den Artikel halb gelesen hatte, lehnte sich Daryl auf der Couch zurück. »Mir tut ein bisschen leid, dass ich sie eine Schlampe genannt hab.«

Ich beugte mich über ihn hinweg und scrollte ein Stück nach unten. Dann las ich weiter, die Details über Annes Tod und den Angriff auf Brooklyn, außerdem die Kommentare von Sweets Nachbarn. Die Attacken seien »verstörend«, die Ehe zwischen Jackson und Sweet entweder »problembeladen« oder »liebevoll« gewesen, je nachdem, wen man fragte.

Gegen Ende kam der Artikel auch noch auf Carvers Verurteilung vor 38 Jahren zu sprechen.

Sweet, zu diesem Zeitpunkt 19 Jahre alt, hat 15 Jahre im staatlichen Gefängnis von San Quentin für den Mord an seiner Exfreundin Natalie Robinson, 16, abgesessen. Robinsons Leiche wurde weniger als eine Meile von ihrem Zuhause entfernt aufgefunden. Der Schädel der jungen Frau war gebrochen, und ihre Rippen wiesen Anzeichen früherer Verletzungen auf, doch die Todesursache lautete Ersticken. Robinson war der Polizei zufolge zwar bewusstlos, aber noch am Leben, als sie begraben wurde.

Nach Aussage der Mutter der Toten hatte sich Sweet die gesamte Beziehung über gewalttätig verhalten, was dazu geführt hatte, dass Natalie Robinson diese Beziehung ungefähr einen Monat vor ihrer Ermordung beendet hatte.

Natalie Robinsons Mutter Delphine, 75, ist dieses

Jahr an idiopathischer Lungenfibrose gestorben, einer chronischen Lungenerkrankung.

Nachbarn berichten, dass Delphine in den Jahrzehnten nach dem Tod ihrer Tochter zurückgezogen gelebt habe.

»Sie hat das Haus danach nur noch selten verlassen«, sagte ein Nachbar, der ungenannt bleiben wollte. »Ein Kind auf so furchtbare Weise zu verlieren – wie soll man darüber auch jemals hinwegkommen?«

Daryl tippte auf den Bildschirm. »Oh, super, Carver hat seine Strafe in San Quentin abgesessen«, sagte er aufrichtig begeistert.

Da ich noch immer mit dem beschäftigt war, was wir gerade gelesen hatten, fragte ich mit deutlich geringerem Enthusiasmus: »Was ist daran super?«

»Ich kenn da jemanden. Er kann in der Datenbank Informationen bekommen, hat aber vor allem Kontakte in die örtliche Szene.«

»Kommt er legal an diese Informationen?«

Daryl runzelte Stirn und Nase gleichzeitig, als versuchte er, die Bedeutung dieses Wortes zu erfassen.

»Spielt ja auch keine Rolle«, entschied ich. Was immer ich tun musste, um meine Familie zu beschützen, würde ich tun, auch wenn illegale Internetrecherchen und Pfefferspray dazugehörten.

Nach weiteren Minuten Recherche und einigen E-Mails kritzelte Daryl eine Adresse auf ein Post-it. »Carvers ehemaliger Zellengenosse, Ernesto Marin, genannte Ernie. Mein Kontakt hat zwar keine Privatadresse rausgefunden, aber Ernie hält sich wenigstens ein paar Mal wöchentlich hier auf.« Er reichte mir das Post-it. »Offenbar hat er eine ziemliche Schwäche für mit Schinken gefüllte Waffeln.«

35

Ich gab Audrey das letzte Immunsuppressivum aus der alten Flasche und ließ drei Pillen aus der neuen bei Daryl. Für alle Fälle.

Nachdem ich Leo so fest umarmt hatte, wie er es mir erlaubte, drückte ich Audrey einen gefalteten Zettel in die Hand.

»Meine neue Nummer«, erklärte ich. »Ruf mich an, wann du willst, auch wenn es nur wegen irgendeiner Dummheit ist, die Lester gemacht hat.«

»Er macht wirklich Dummheiten«, sagte sie, lächelte dabei aber nicht.

Ich zögerte. »Willst du, dass ich bleibe?«

»Wirst du Daddy finden?«

»Ich gebe mir die größte Mühe.«

»Ich will, dass du Daddy findest.« In ihren Augen brannte ein Vertrauen, das ich nicht verdient hatte, und ich zog sie an mich, um diesem Blick zu entgehen. Dennoch meinte ich, was ich sagte, als ich ihr ins Ohr flüsterte: »Mach ich. Versprochen.«

Daryl bot mir seinen zehn Jahre alten Honda für die hundert Kilometer nach San Francisco an.

Ich betrat den Diner im Mission District und fragte die Angestellten nach Ernie. Daryls Informant war offenbar verlässlich: Ernie war hier Stammkunde – normalerweise bestellte er Schinkenwaffeln mit Schlagsahne, extra Ahornsirup und zwei Maraschinokirschen –, kein Wochenende ließ er aus.

Obwohl ich keinen Appetit hatte, vor allem nicht, nachdem der Kellner Ernies übliche Bestellung beschrieben hatte, setzte ich mich an den Sonnenplatz, der roten Tür gegenüber, und bestellte einen Käsetoast.

Eine halbe Stunde verging, dann fünfundvierzig Minuten. Die Kellnerin beobachtete, wie ich an meinem Leitungswasser nippte, und ich spürte, dass sie mich gleich zum zweiten Mal fragen würde, ob irgendetwas mit meinem Toast nicht in Ordnung sei. Der Diner war gut gefüllt, und mein Platz am Tresen daher wertvoll. Ich zwang mich, von meinem Sandwich abzubeißen, das nun, mit kaltem Käse, wirklich eine Herausforderung war.

Während ich an meinem Sandwich knabberte und die Anwesenden betrachtete, bemerkte ich die Blondine in der blauen Strickweste gar nicht, bevor sie schon wieder mit einer roten to-go-Tüte in der Hand an der Tür stand.

Ich ließ meinen Käsetoast liegen und eilte zur Kasse, wo ich die Rechnung und einen Zwanziger auf den Tresen legte.

»Was hat diese Frau bestellt?«, fragte ich.

Der Mann hinter der Kasse nahm sich meine Rechnung und wollte mir das Wechselgeld herausgeben, aber ich schüttelte den Kopf. Ich zeigte auf den Platz, an dem die Blondine nur wenige Sekunden zuvor noch gestanden hatte. »Was war in der Tüte?«

»Schinkenwaffeln, Schlagsahne. Extra Sirup, zwei Kirschen.«

Verdammt.

Ich lief zur Tür hinaus.

Als ich die junge Frau in der blauen Strickweste entdeckte, befürchtete ich, dass sie in ein Auto steigen würde. Doch sie ging zu Fuß. Wegen ihrer hohen Absätze war sie leicht zu verfolgen, aber ich blieb dennoch immer einen halben Block zurück und widerstand dem Drang, die Frau gleich hier auf der Straße anzusprechen. Auf sie hatte ich es ja nicht abgesehen.

Sobald die Menge etwas spärlicher wurde, hielt sie unvermittelt an. Die Pause, bevor sie über die Schulter sah, gab mir die Sekunde, die ich brauchte, um mich in den Eingang eines Leihhauses zu ducken.

Hatte die Frau gespürt, dass sie verfolgt wurde, oder war das ihr normales Verhalten? In einer Großstadt zu leben und einem ehemaligen Straftäter Essen zu bringen machte sie vielleicht vorsichtiger als die meisten anderen. Vor Ungeduld war ich ganz zappelig. In den benachbarten Fenstern gab es zwar Spiegelbilder, aber sie waren zu schmutzig, um von Nutzen zu sein. In ihnen verschmolz die Blondine mit der formlosen Masse.

Fünf Sekunden. Zehn. Ich konnte nicht sicher sein, ob sie inzwischen weitergegangen war. Vielleicht stand sie noch immer auf der Straße und sah sich nach der seltsamen Frau um, die ihr vom Diner hierher gefolgt war. Aber ich konnte es nicht riskieren, ihre Spur zu verlieren, also trat ich wieder ins Gedränge.

Die Frau war weg.

Frustration schäumte in mir hoch, aber ich zwang sie hinunter. Die Frau konnte ja nicht mehr als ein paar Sekunden Vorsprung haben. Wenn ich einen Zahn zulegte, könnte ich die Lücke, die sich zwischen uns aufgetan hatte, schnell schließen.

An der nächsten Straßenecke konnte ich sie noch immer nirgends entdecken. Ich blickte nach links, dann nach rechts. War sie in einem der Geschäfte verschwunden, die ich gerade passiert hatte? Das erschien mir unwahrscheinlich, nicht mit einer Tüte Waffeln mit Pampe obendrauf, die mit jeder Minute matschiger wurden.

Ich musste noch die Hälfte des nächsten Blocks zurücklegen, bevor ich sie wieder sah. Trotz der Absätze ging die Frau nun schneller.

Ich beschleunigte meine Schritte ebenfalls noch einmal und hielt mich am Rand der Menschenmenge, dicht an den Schaufenstern der Geschäfte, die mir Deckung bieten würden, falls sie sich noch einmal umblickte.

Die Blondine bog um eine Ecke, und ich auch. Sie überquerte die Straße, ich hinter ihr.

Eine Gruppe von etwa einem Dutzend Touristen schob sich zwischen uns. Die Frau blickte sich noch einmal um, aber ich konnte mich leicht hinter einen der Touristen ducken.

Wenige Minuten später verlief sich die Menge, und die Geschäfte, Bäckereien und Gebrauchtwarenläden wurden zu Wohnungen mit Glasfassade. Die Frau drosselte ihr Tempo, und ich rechnete damit, dass sie unter eine der roten Markisen treten würde. Sie ging jedoch weiter, hatte es nun auch nicht mehr so eilig, ihre Schritte waren inzwischen schwerer, aber gleichmäßig. In diesen

Schuhen mussten ihr die Füße wirklich wehtun. Als sie die Straße erneut überquerte, zwang ich mich dazu, mich ein wenig weiter zurückfallen zu lassen. Die Menge hatte sich weiter ausgedünnt, und es gab weniger mögliche Verstecke.

Sie bog noch einmal ab. Da ich ein paar Sekunden hinter ihr war, hätte ich beinahe verpasst, dass sie die Stufen zu einem viktorianischen Stadthaus hochstieg. Sie klopfte nicht, sondern hatte offenbar einen Schlüssel. Hier war sie zu Hause. In einem der Fenster im zweiten Stock sah ich, wie die Frau die Tüte an einen Mann übergab, auf den Ernies Beschreibung passte. Er trug eine Baseballkappe, die er sich ständig in die Stirn zog. Ein nervöser Tick? Neben ihm setzte ein kleiner Junge einen Rucksack auf, während er aus dem Blickfeld verschwand. Ernie zusammen mit diesem Jungen zu sehen machte mich sehr wütend.

Einen Moment später traten die Frau und der Junge aus der Tür des Stadthauses. Sie stiegen in ein Auto, und ich wartete, bis es die Straße hinabgekrochen war, bevor ich reinging, um mich mit einem verurteilten Pädophilen zu unterhalten.

36

Ich klopfte. Als Ernie die Tür öffnete, stutzte ich, die Ansprache, die ich mir vorher zurechtgelegt hatte, war vergessen.

»Oh«, sagte ich stattdessen. »Sie sind verletzt.«

Ernie war mit dem Schirm seiner Baseballcap an der Tür hängen geblieben, sodass sie ihm beinahe vom Kopf gerutscht wäre. Er zerrte sie zurecht, damit sie ihm wieder die Stirn bedeckte, aber ich hatte gesehen, was er zu verbergen versuchte: ein Stück Gaze, das mit Pflaster an Ort und Stelle gehalten wurde. Am Rand der Gaze war entzündete Haut zu sehen. Eine offensichtlich infizierte Wunde.

Ich zwang mich, nicht mehr auf seine Stirn zu starren. »Ernie, richtig?«

Der Mann rückte den Rand seiner Kappe über der Stirn zurecht. Er sah mich – augenscheinlich überrascht – missmutig an, fing sich aber schnell wieder. »Ich kaufe nichts.«

»Ich muss nur kurz mit Ihnen reden.«

Sein Blick wirkte plötzlich leer, und seine Zunge schoss hervor, um einen Tropfen von etwas, das wie Sirup aussah, vom Mundwinkel zu lecken. »Ich esse gerade.«

Seltsam. Er hatte mich noch immer nicht nach meinem Namen gefragt. »Das ist aber eine schlimme Wunde, die Sie da haben.«

Er ruckte noch einmal an seiner Kappe, und seine Augen verengten sich.

»Ich glaube, sie könnte sich entzündet haben. Ich bin Tierärztin, ich kann sie mir anschauen.« Ich konnte nicht viel für Ernie tun, er brauchte Antibiotika – aber ich wollte, dass er mir vertraute.

»Ich will nicht, dass ein Tierarzt an meinem Kopf rumfummelt«, knurrte er.

»Dann sollten Sie zum Arzt gehen.«

Dem ausgefransten Jogginganzug und dem schlechten Haarschnitt nach zu urteilen, war Ernie niemand, der Geld für eine Krankenversicherung übrig hatte.

»Darf ich fragen, wie das passiert ist?«

»Ich hab mich geprügelt.« Er reckte die Brust vor, um anzudeuten, dass er seinem Gegner auch ein paar Schläge verpasst hatte.

»Haben Sie die Polizei gerufen?«

Jede Beziehung zu ihm, die ich bis dahin vielleicht aufgebaut hatte, schrumpelte zusammen wie eine gesalzene Schnecke. »Warum sollte ich die Arschlöcher denn rufen?«

Ich widerstand dem Drang, einen Schritt nach hinten zu machen, und streckte stattdessen das Rückgrat durch. »Der Typ, mit dem sie sich geprügelt haben – war das Carver Sweet?«

Ernies Augen verengten sich zu Schlitzen. Tatsächlich hatte Carver ihn so zugerichtet. »Sie kennen Carver?«

»Er hat meiner Familie ein paar ziemlich schlimme

Dinge angetan.« Ich zeigte auf seine Stirn. »Ich nehme an, Sie wissen, wovon ich spreche. Wann war er hier?«

»Vor ein paar Tagen.«

Carver konnte nicht wissen, dass ich nach Ernie suchen würde, warum war er also gekommen? »Was wollte er?«

Ernie verlagerte leicht das Gewicht und war offensichtlich drauf und dran, mir die Tür vor der Nase zuzuschlagen. Ich machte einen Schritt nach vorn und stellte meinen Fuß auf die Schwelle.

»Hören Sie, ich nehme nur ein paar Minuten Ihrer Zeit in Anspruch. Ich könnte mir auch diese Wunde ansehen – im Austausch gegen ein paar Informationen über Carver.«

Er betastete den Gazestreifen, der unter dem Schirm der Cap hervorschaute. Was auch immer dort vor sich hin eiterte, musste wehtun. Schließlich sagte er: »Ich kann Sie wohl reinlassen. Für eine Minute.«

Ernie drehte sich um und ging wieder in die Wohnung. Noch immer hatte er nicht nach meinem Namen gefragt.

Die Luft im Wohnzimmer roch leicht nach Infektion, Sirup und verarbeitetem Fleisch. Die einzigen Möbelstücke in dem engen Raum waren ein kleines Sofa, ein Tisch, der kaum größer war als die Schachtel eines Gesellschaftsspiels, und ein Stuhl aus Eichenholz, der aus dem benachbarten Esszimmer geholt worden war.

Die Waffeln lagen in ihrem Karton auf dem Tisch, aber er schob sie beiseite.

»Verbandskasten?«, fragte ich. Er zeigte mir den Weg zum Bad, wo ich den Kasten unter dem Waschbecken fand. Ich setzte mich damit ans andere Ende des Sofas.

»Warum war Carver hier?«

Ernie nahm seine Baseballcap ab und legte sie auf den Tisch, sodass der Gazeverband und der Streifen entzündete Haut sichtbar wurden. Als ich mich vorbeugte, wich er zurück.

»Geben Sie mir ’ne Minute«, sagte er.

Ich lehnte mich wieder zurück. »Sind Sie seit Ihrer Entlassung in Kontakt mit Carver?«

Er schüttelte den Kopf und zuckte daraufhin zusammen. Er berührte noch einmal seine Stirn. »Hab seit Jahren nicht mehr mit ihm gesprochen.«

»Warum war er hier?«

Ernies Blick schoss vom Fenster zur Tür, bevor er auf meinem Gesicht landete. »Er ist verrückt.«

»Auch Verrückte haben Gründe.«

Schweiß rann Ernie über die stoppelige Wange. Ein Stückchen Waffel klebte dort. »Er hat nach Delphine gefragt.«

Das war keiner der Namen, auf die ich vorbereitet gewesen war. »Natalies Mutter?«

Seine Augen waren erneut schmal wie Schlitze. »Sie wissen darüber Bescheid?« Als ich nickte, fuhr Ernie fort: »Dann wissen Sie wahrscheinlich auch, was mit Natalie passiert ist.«

Ich musste an die Bilder zurückdenken, die Brooklyn mir gezeigt hatte, und sah das misshandelte Mädchen vor mir, das lebendig begraben worden war.

»Teilweise.«

»Das war echt brutal, Mann. Sie ist bei der Geburt fast gestorben.«

»Natalie hatte ein Kind?«

Ernie schüttelte den Kopf. »Totgeburt. Carvers Kind. Delphine hat Natalie gefunden, als sie gerade verblutete, hat sie gerettet, aber das spielte keine Rolle. Am Ende ist sie doch gestorben.«

Obwohl ich keine Zeit zu verlieren hatte, brauchte ich eine gute Minute, bis ich wieder sprechen konnte. »Wissen Sie, was passiert ist?«

»Die Polizei glaubt, dass sie erschlagen wurde, aber es dauerte, eh sie die Leiche gefunden haben. Sie ist vergraben worden, und wer auch immer das gemacht hat, hat nicht gewartet, bis sie tot war. Sie glauben, dass sie sich bei dem Versuch sich zu befreien, die Finger gebrochen hat, aber es ist schwer zu sagen. Wie gesagt, sie haben eine Weile gebraucht.«

Ich räusperte mich ein paar Mal, bis ich die nächste Frage stellen konnte. »Sie haben gesagt: *Wer auch immer das gemacht hat*. Heißt das, Sie glauben nicht, dass Carver sie getötet hat?«

Ernie rang die Hände und sah mich nicht an. »Es kann schon sein.«

»Aber Sie glauben nicht, dass er es war.«

»Ich weiß nicht, Mann. Wirklich nicht.« Als Ernie seine Aufmerksamkeit wieder mir zuwandte, funkelten seine Augen. »Vielleicht war es ein Unfall, und er hat versucht ihn zu vertuschen, vielleicht hat er sie auch umgebracht. Ich glaube, dass er sie möglicherweise tatsächlich umgebracht hat. Aber was auch immer passiert ist, Delphine war wütend, sie hatte ihre Tochter verloren, und Carver sollte dafür bezahlen.«

Ernie verzog das Gesicht und seufzte dann, als wäre die Entscheidung, die er gerade getroffen hatte, ihm schwergefallen. »Mein Kopf tut wirklich weh, Mann. Können Sie sich den jetzt vielleicht angucken?«

Ich nahm ein Paar Latexhandschuhe aus dem Verbandskasten. »Warum wollte Carver mit Ihnen über Delphine sprechen?«

»Ist in dem Koffer vielleicht Aspirin oder so was?«

Ich schaute nach und zog ein Blättchen Ibuprofen hervor. Bevor er antwortete, schluckte er beide Kapseln.

»Er wusste, dass Delphine und ich uns früher mal nahestanden, und er hat geglaubt, dass sie hinter manchem von dem Scheiß stecken könnte, der ihm in letzter Zeit passiert ist.«

»Was denn für ›Scheiß‹?«

»Er hatte ein paar Probleme mit seiner Frau. Mehr hat er nicht gesagt.«

Ich rutschte nach vorn und fing an die Pflaster zu lösen, mit denen die Gaze befestigt war. »Warum hat er geglaubt, dass Delphine was damit zu tun hat?«

»Sie hat ihm wegen Natalie die Polizei auf den Hals gehetzt, warum sollte sie ihm also nicht wieder Schwierigkeiten machen? So hat er jedenfalls gedacht.«

Als die Pflaster ab waren, begann ich vorsichtig, die Gaze von der Wunde zu ziehen. »Das hätte sie ihm dann aber lange nachgetragen, vor allem hat Carver ja jahrelang für etwas im Gefängnis gesessen, das er vielleicht gar nicht getan hat.«

»Sie haben Delphine nicht gekannt.« Mit der Faust wischte er sich den Schweiß von der Wange. »Als Natalie noch am Leben war, wollte Delphine, dass sie perfekt war. Sie hat sie mit erst drei Jahren zu Schönheitswettbewerben geschickt, sie war fast noch ein Baby. Mit aufgesprühter Bräune, falschen Wimpern, dem ganzen Scheiß. Und auch wenn sie gar nicht im Wettbewerb stand, hat Delphine auf einer Tabelle auf dem Kühlschrank überwacht, was ihre Tochter aß. Als Natalie mal ein paar Pfund zugelegt hat, hat Delphine sie gezwungen, eine Woche lang nur Sellerie zu essen. Und als sie ein paar Cracker stibitzt hat, hat Delphine sie in diese Kiste eingesperrt.« Er machte eine Pause. »Das erinnert mich an Natalies Tod. Wenn Carver sie nicht umgebracht hat, dann ist Delphine es gewesen.«

Ernie zitterte und zappelte mit dem Fuß. Ich vermutete, dass er mir diese Geschichte erzählte, um mich von dem abzulenken, was er mir verschwieg. Schließlich sagte er: »Wissen Sie auch über ihre andere Tochter Bescheid?«

Meine Hand erstarrte. »Eine andere Tochter?«

»Megan. Nach ihr hat Carver auch gefragt.«

»Mir war nicht bewusst, dass Delphine noch eine Tochter hatte.«

»Das wusste kaum jemand.« Ernie trommelte weiter mit dem Fuß auf den Boden. »Hören Sie, ich werde immer wegen meiner Vergangenheit verurteilt. Aber ich liebe Kinder.« Die Galle stieg mir hoch, und ich musste mir Mühe geben, damit der Ekel mir nicht anzusehen war. »Delphine hingegen – sie hat es genossen, Natalie und Megan wehzutun. Von der Kiste hab ich Ihnen ja schon erzählt, oder? Manchmal hat sie Natalie tagelang da drin gelassen.«

»Klingt, als hätten Sie da eine wirklich angenehme Person zur Freundin gehabt.«

Ernies Schultern spannten sich an, und zum ersten

Mal, seit wir das Zimmer betreten hatten, schien er seinen Schmerz zu vergessen. Ich saß ganz still, eine der Federn in der Couch grub sich in meinen Oberschenkel, der Geruch nach verarbeitetem Fleisch mischte sich mit dem penetranten Rostgeruch der blutigen Kompressen.

»Wir waren nicht befreundet.«

Ich gab mir Mühe, einen neutralen Gesichtsausdruck beizubehalten. Ich wusste, wie leicht Tiere, die man in die Ecke trieb, zuschnappen konnten. Stattdessen konzentrierte ich mich wieder auf seine Wunde, meine Hand zitterte dabei nur ein bisschen.

»Was ist mit Megan passiert?«

»Keine Ahnung.«

»Hat Delphine sie auch getötet?«

»Ich hab Ihnen doch gesagt, dass ich es nicht weiß.«

Ernies zappelnder Fuß und sein unsteter Blick verrieten mir, dass er log, aber ich ließ es gut sein. Für den Augenblick sollte er denken, ich wäre auf seiner Seite. »Wie haben Sie Delphine kennengelernt?«

»Als Carver und ich Zellengenossen waren, hat sie mich dafür bezahlt, ein Auge auf ihn zu haben.«

Ich zog das restliche bisschen Verband von seiner Stirn ab und versuchte, meinen Schock zu verbergen. Die Wunde nässte, das Sekret war dickflüssig und gelb. Die Haut daneben fühlte sich heiß an. Ich konnte ihm helfen, aber er brauchte definitiv Antibiotika, die ich nicht hatte. Doch es war gar nicht die Infektion selbst, die mich hatte innehalten lassen, mit einer offenen Wunde hatte ich gerechnet, aber die Wunde hier war vorsätzlich eingeritzt worden. Sie bestand aus vier Buchstaben: PÄDO.

»Haben Sie denn nicht daran gedacht, eine desinfizierende Salbe draufzuschmieren?«

»Zuerst war es nicht so schlimm.«

Ich tupfte die Wunde mit einem alkoholgetränkten Tuch ab und öffnete dann eine Packung mit antiseptischer Salbe, die ich auf seine Stirn auftrug. Er sah aus, als würde er gleich in Ohnmacht fallen, ein öliger Film bedeckte sein Gesicht.

»Hatten Sie in den Monaten vor ihrem Tod Kontakt zu Delphine?«

»Nicht wirklich. Kann ich noch von diesen Tabletten haben?«

Ich hielt ihm eine weitere Packung Ibuprofen hin, doch diesmal ließ ich nicht los, als er danach griff. »Sie lügen.«

»Nein«, behauptete er, doch er klang nicht wirklich überzeugend. Anderer Leute Geheimnisse zu verraten machte ihm nichts aus, aber er war nicht so scharf darauf, seine eigenen zu teilen. »Ich meine, ich hab gar nicht so oft mit ihr geredet – viele von diesen Geschichten kenne ich aus zweiter Hand –, aber dann und wann brauchte sie Hilfe bei irgendwas ... Nichts Illegales, wirklich nicht. Aber für einen verurteilten Straftäter ist es schwer, einen Job zu finden, wissen Sie?«

»Was für *Jobs* haben Sie denn für Delphine erledigt?«

Er lief dunkelrot an. »Nur so Zeug halt.«

Ich nahm eine weitere Kompresse und befestigte sie mit Pflaster auf seiner Stirn. Vielleicht drückte ich sie etwas fester an als nötig. Er zuckte zusammen. »Ich hab ein paar Schmerztabletten«, log ich. »Eigentlich für Tiere, aber sie erfüllen ihren Zweck. Wenn ich in Spendierlaune bin.«

»Ist ja egal.«

»Vielleicht hab ich auch ein paar Antibiotika im Auto.«

»Das ist herzlos, Mann. Sind Sie nicht so was wie gesetzlich verpflichtet, mir die zu geben?« Das Beben in seiner Stimme zeigte mir, dass er diese Pillen haben wollte, unbedingt, aber seine Geheimnisse wollte er für sich behalten.

»Ich helfe Ihnen gern, wenn Sie meine Fragen beantworten.«

»Ich hab sie doch beantwortet.«

»Was für Jobs haben Sie für Delphine erledigt?«

Ernie verschränkte die Arme vor der Brust und presste die Lippen aufeinander. Ich hatte nur noch eine Option, und sie war riskant. Ich beugte mich vor und versuchte rüberzukommen, als wäre ich stark genug, ihn außer Gefecht zu setzen. »Wie alt ist das Kind?«

»Was?«

»Der Junge, den ich am Fenster gesehen habe; der sich den Rucksack aufgesetzt hat.«

Ernie erstarrte.

»Ich würde ihn auf ungefähr acht oder neun schätzen. Wer ist er, Ernie?«

Er zögerte misstrauisch. »Der Sohn meiner Freundin.«

Da die Mieten in San Francisco so waren, wie sie nun mal waren, wusste ich, dass sich ein Kerl wie Ernie dieses viktorianische Stadthaus nicht aus eigener Kraft leisten konnte. »Das hier ist ihre Wohnung, stimmt's? Leben Sie hier zu dritt?«

»Ja, na und?«, brachte Ernie nach einer Weile heraus.

»Sie sind ein verurteilter Pädophiler, Ernie. Sie leben mit einem Kind zusammen. Weiß Ihre Freundin davon?«

Er wand sich. »Es wäre ihr egal.«

Das bezweifelte ich sehr. »Was ist mit dem Jugendamt, wäre es denen auch egal?« Ich sah ihm direkt in die Augen, selbst als er meinem Blick auszuweichen versuchte. »Was ist mit Ihrem Bewährungshelfer? Sie waren schon zweimal im Gefängnis, können Sie sich eine dritte Verurteilung wirklich leisten?«

Sein Gesichtsausdruck wechselte von Wut zu Angst. »Was wollen Sie?« Das Zittern war zurück. Ich hatte ihn.

»Beantworten Sie ehrlich meine Fragen, und ich erzähle weder Ihrer Freundin etwas von Ihrer Vorstrafe noch den Behörden von Ihrer Wohnsituation.« Das war eine Lüge, denn ich hatte den Entschluss gefasst, beides zu tun, als ich den Jungen am Fenster gesehen hatte.

Ernie seufzte und starrte mich böse an. »Delphine hat mich letztes Jahr angeheuert.«

»Wofür?«

Ernie massierte sich mit den Fingerspitzen die Schläfen. »Haben Sie noch von diesen Schmerztabletten? Mann, das tut wirklich weh.«

Ich wühlte in meiner Handtasche und zog den Großteil des Bargeldes heraus, der mir noch blieb – nicht viel nach dem Essen und nachdem ich bereits Hannah hatte bestechen müssen.

Ernie schüttelte den Kopf. »Pillen.« Er beugte sich vor und beäugte meine Handtasche. Würde ich ihn stoppen können, wenn er sie sich mit Gewalt schnappte?

Ich öffnete die Handtasche und bemerkte das Pfefferspray, das Daryl mir aufgedrängt hatte. Ein Capsaicinstrahl würde ihm die Augen verätzen, vielleicht konnte ich ihn auch auf den Wundverband richten. Das würde brennen. Dann fiel mir die Beule in der Reißverschlusstasche auf.

Ich zog das Fläschchen mit Audreys Medizin heraus und schüttelte mir zwei Pillen auf die Hand.

»Die sind stark, es ist also besser, wenn Sie jetzt erst mal nur eine nehmen.« Sie waren tatsächlich stark, aber die Pillen, die Audrey einnehmen musste, damit ihr Körper ihre Leber nicht abstieß, würden gegen Ernies Schmerzen nicht helfen.

Stirnrunzelnd musterte er die Tabletten. »Was ist das?«

»Die sind wie Oxycodon für Hunde«, log ich.

»Was ist mit den Antibiotika?«

»Die hole ich aus dem Wagen, sobald wir fertig sind.«

Ernie schluckte beide Tabletten. Ich hatte nur ein paar Minuten, bevor ihm auffallen würde, dass sie kein Schmerzmittel waren und dass ich auch keine Antibiotika im Auto hatte.

»Wofür hat Delphine Sie angeheuert?«

»Kann ich noch eine Tablette für später haben?«

Ich schüttelte eine weitere Pille aus dem Fläschchen, behielt sie aber in der geschlossenen Hand.

»Delphine wollte, dass ich jemanden ausfindig mache.«

Ich streckte die Hand aus und öffnete sie. Ein Geschenk. »Wen?« Er schnappte sich die Tablette von meiner Hand und schluckte sie sofort, das hatte ich bereits geahnt. Bald würde er sich wundern, warum er weiter so einen klaren Kopf hatte. Na ja, so klar, wie der Kopf von jemandem wie Ernie eben sein konnte.

Irgendetwas an der Art, wie Ernie mich nun ansah, erinnerte mich daran, dass er mich bei der Begrüßung so komisch angesehen hatte, als hätte er mich wiedererkannt. Furcht schnürte mir die Brust zusammen. »Sie wissen, wer ich bin.«

»Ich hab Sie gerade erst kennengelernt, Mann.«

»Und trotzdem haben Sie nicht nach meinem Namen gefragt.«

»Warum sollte ich? Irgendeine heiße Braut will sich meine Wohnung ansehen, und ich lass sie rein.«

Es ergab keinen Sinn, aber ich fragte ihn dennoch: »Hat Delphine Sie angeheuert, weil Sie *mich* finden sollten?«

Trotz des Schmerzes, der sein Gesicht noch immer mit einer schweißglänzenden Blässe überzog, wurde sein Blick auf einmal zu dem eines Raubtiers. »Cassie Larkin, Terra Linda Drive. Ehemann Sam. Zwei Kinder. Kurz vor ihrem Tod habe ich Delphine diese Informationen gegeben.«

Keuchend erhob ich mich, aber Ernie packte mich am Arm. Sein Atem ging nun stoßweise, seine Augen waren glasig. »Was ist mit den Antibiotika?«

Ich riss mich los und wich vor ihm zurück, dann griff ich – nur für den Fall der Fälle – in meine Handtasche und umklammerte das Pfefferspray. Ich zeigte auf seine Stirn. »Sie sollten sich besser von einem Arzt behandeln lassen. Nicht von einer *Tierärztin*.«

Er blickte zu Boden und streckte die Hand nach

seiner Baseballkappe aus. Er setzte sie auf und zog sie so zurecht, dass der Schirm wieder seine Stirn bedeckte.

»Noch ein Ratschlag: Sie sollten hier nicht bleiben, vor allem da Carver nun weiß, wo Sie wohnen.« Ich machte eine Pause, damit die Worte ihre Wirkung entfalten konnten. »Falls Carver sich noch mal blicken lässt, könnte das Ihre Freundin und deren Sohn in Gefahr bringen. Und ich weiß ja, das Letzte, was Sie wollen, ist, dass ein Kind Ihretwegen Schaden nimmt.«

Ich ließ Ernie zusammengesunken auf dem Sofa zurück, sogar die fiebrige Röte auf seinen Wangen war nun aschfahl geworden. Ich kam bis zum Hauseingang, bevor die Schreie begannen.

Ich ordnete sie sofort als das ein, was sie waren: ein Anzeichen extremen Schmerzes, der von etwas anderem herrührte als von einer entzündeten Schnittwunde. In der Wohnung fand ich Ernie auf dem Boden zusammengerollt vor, seine Beine zuckten, während er sich mit beiden Händen den Bauch hielt.

Er stöhnte auf: »Ich muss kotzen.« Ich rollte ihn auf die linke Seite, und beinahe hätte er sich auf meine Schuhe erbrochen.

Ich sah mich im Wohnzimmer um, entdeckte aber nirgends ein Festnetztelefon, und mein eigenes Handy wollte ich nicht benutzen.

»Haben Sie ein Telefon?«

Ernie konnte nicht mehr sprechen, aber es gelang ihm mit einem Schulterzucken Richtung Küche zu deuten. Dort lag sein Telefon auf dem Tresen neben der Mikrowelle. Es war passwortgeschützt, also benutzte ich die Notfalloption auf dem Sperrbildschirm, um den Notarzt zu verständigen. Meinen Namen nannte ich nicht, gab nur an, dass ein Mann eine Vergiftung hatte und dass ich die Flasche mit dem wahrscheinlichen Giftstoff auf dem Couchtisch stehen lassen würde.

Nachdem ich aufgelegt hatte, fühlte ich Ernies Puls. Er war schwach, doch Ernie atmete gleichmäßig. Ich ließ das Handy in seiner Reichweite liegen.

»Ich muss los, aber ein Krankenwagen ist unterwegs«, teilte ich ihm mit, bevor ich noch ein letztes Mal seinen Puls überprüfte.

Ich konnte nicht bleiben, nicht wenn PÄDO auf seine Stirn geritzt worden war und der Name meiner Tochter auf dem Fläschchen mit dem Gift stand. Ich hatte nämlich keinerlei Zweifel, dass Ernies plötzliche Schmerzen von den Tabletten herrührten, die ich ihm verabreicht hatte. Tabletten für meine Tochter, die kaum fünfzig Pfund wog und nicht wie Ernie über hundert Kilo. Obwohl mir nicht klar war, wer das gewesen sein konnte, begriff ich, dass irgendjemand das Medikament meiner Tochter gegen ein Gift ausgetauscht haben musste – laut dem Zeitungsartikel stand Carver unter Verdacht, seine Frau vergiftet zu haben.

Ich fand keine Worte, die meinem tiefen Zorn hätten Ausdruck verleihen können.

Mit zitternder Hand stellte ich das Fläschchen auf den Tisch und pulte das Etikett, so gut es ging, ab. Damit es keinerlei Missverständnis geben konnte, nahm ich Stift und Zettel aus meiner Handtasche und schrieb in Großbuchstaben das Wort GIFT darauf, malte einen Pfeil daneben und stellte dann das Fläschchen auf eine Ecke der Notiz.

Dann stieg ich über den in Krämpfen daliegenden Pädophilen hinweg und rannte mehrere Blocks zurück zu Daryls Honda.

37

Bis ich die Golden Gate Bridge überquerte, hatte sich der Nebel verzogen, und die Sonne brachte die roten Pylone zum Glühen. Zu meiner Rechten erstreckte sich die dichte Skyline der Stadt bis zum Horizont. Zu meiner Linken glitten Segelboote über den Pazifischen Ozean, sanfte Wellen schlugen an ihre Rümpfe.

Obwohl die Aussicht spektakulär war, bestaunte ich sie nicht wie üblich. Stattdessen hatte ich Angst. Angst, dass Sam nie gefunden würde, Angst, dass es eine katastrophale Entscheidung gewesen war, meine Kinder bei Daryl zu lassen, Angst, dass ich getötet würde und meine Kinder auch den zweiten Elternteil verloren.

Doch selbst das war nicht so schlimm wie meine größte Angst – dass nämlich Audrey und Leo etwas zustoßen würde. Diese spezielle Angst war millionenfach angewachsen, als ich dabei zusehen musste, wie Ernie sich auf dem Boden seines Wohnzimmers wand.

Auf dem Weg zurück zum Auto hatte ich Red auf dem Prepaidhandy angerufen, das wir ihm auf dem Weg zu Daryl gekauft hatten. Atemlos hatte ich ihm von den vergifteten Tabletten berichtet und ihn beschworen, den Kindern nichts zu essen zu geben oder sie auch nur ein Glas Wasser trinken zu lassen.

Alles sei gut, hatte er mir versichert. Den Kindern gehe es gut. Daryl ebenfalls. Ja, sogar Lester gehe es gut. Das hatte mich jedoch keinesfalls beruhigt.

Meine Angst war berechtigt. Das wurde eine halbe Stunde später deutlich, als Leo mich anrief. Daryls Honda hatte zwar Bluetooth, doch mein Telefon war damit nicht verbunden. Ich hob trotzdem ab und aktivierte den Lautsprecher am Handy.

»Alles in Ordnung?«, fragte ich.

Leo hätte eigentlich dasselbe sagen sollen wie mein Vater eine halbe Stunde zuvor: *Alles ist gut.*

Stattdessen antwortete er: »Ich glaube nicht.«

Das reichte, um mich erstarren zu lassen. Ich hatte Angst, dass Audrey eine der vergifteten Pillen geschluckt hatte.

»Was ist los?«

»Du weißt ja, dass Audrey Dad vermisst.« Es sollte lässig klingen, als wäre er schon zu reif für so eine Sehnsucht. Ich verspürte den heftigen Drang, meinen Sohn zu umarmen.

»Geht es ihr gut?«

»Mom, reg dich ab. Sie ist okay. Aber ich dachte, du solltest wissen, dass sie vielleicht eine Dummheit gemacht hat.«

»Was denn?«

»Ich weiß nicht mal, ob es überhaupt so schlimm ist.«

Ich schaltete die Heizung an. »Was hat Audrey getan?«

»Sie hat versucht, Dad anzurufen. Von Daryls Telefon aus.« Leos Stimme klang blechern, eine Erinnerung daran, wie weit er von mir entfernt war.

»Gib mir bitte Red.«

»Mach ich. Aber ... das ist noch nicht alles. Ein Typ ist rangegangen. Er hat Audrey erzählt, dass er Dad kennt und dass Dad schon die ganze Zeit versucht, dich zu erreichen, dass er aber deine neue Telefonnummer nicht hat.«

Das Telefon fühlte sich plötzlich heiß in meiner Hand an. »Hat sie sie ihm gegeben?«

»Sie ist erst sechs.«

Das war Leos Art, mir mitzuteilen, dass sie es natürlich getan hatte.

»Hol deinen Großvater.«

Als Red ans Telefon kam, überschlug ich mich mit den Anweisungen. »Frag Daryl, ich glaube, er hat einen Lieferwagen, den er manchmal für ... die Arbeit benutzt.«

Nachdem ich Dad fragen und Daryl das bestätigen hörte, fügte ich hinzu: »Fahrt mit dem Lieferwagen Richtung Süden.« Ich strengte mich an, damit mir irgendein bestimmter Ort einfiel, der zwischen Daryls Haus in Sebastopol und dem Abschnitt des Highway 101 lag, auf dem ich mich gerade befand. »Wir treffen uns bei dem Hundeauslauf, auf dem Lester von Bienen angegriffen worden ist. Daryl weiß Bescheid.«

Glücklicherweise musste ich meinem Vater gegenüber nicht betonen, wie ernst die Lage war, oder ihm sonst irgendetwas erklären. Später würde er wahrscheinlich eine Erklärung haben wollen, aber in diesem Moment brummte er nur ein kurzes »Okay« und legte auf.

Also ... das Arschloch, das Sams Telefon hatte, hatte nun auch meine neue Nummer. Ich erwog kurz, das

Handy aus dem fahrenden Auto zu werfen, entschied mich aber dagegen. Im Augenblick brauchte ich es noch, außerdem war ich ein bewegliches Ziel. Ein sehr wütendes bewegliches Ziel.

In Rohnert Park fuhr ich vom Highway ab. Dann rief ich Detective Rico an.

»Sie haben unsere Verabredung versäumt.«

Ich hatte mich zusammengerissen, solange ich mit meinen Kindern und meinem Vater gesprochen hatte, aber als ich nun Detective Ricos Stimme hörte, brach ich fast zusammen.

»Wie viel haben Sie schon gehört?«, fragte ich, und meine Stimme versagte.

»Tun Sie einfach so, als wüsste ich gar nichts.«

Ich fing mit etwas an, das er auf jeden Fall wusste: »Perla ist tot.« Meine verdammte Stimme versagte schon wieder. Ich schluckte und atmete durch. »Darum mussten Sie heute früh das Telefonat beenden.«

»Ja.«

Es war nur ein Wort, aber ich empfand die Ehrlichkeit als tröstlich. In letzter Zeit war alles ein einziger Betrug gewesen, selbst die Nachmittagssonne, die eisige Strahlen durch die Windschutzscheibe warf.

»Ich hab sie nicht umgebracht, und mein Sohn auch nicht.«

Ich spürte, wie Rico meine Schuld abwägte. Strich er sich dabei wie gewöhnlich über seine Krawatte? Und falls ja, was war heute darauf? Aus irgendeinem Grund stellte ich mir Katzen mit Sonnenbrillen vor.

Ich riss mich zusammen und riskierte es: »In meinem

Auto lag eine Waffe. Am Hotel. Ich hab sie in den Müll geworfen.«

»Wir haben sie gefunden.«

»Sind meine Fingerabdrücke darauf?« *Oder Leos.*

»Ich nehme an, Sie haben sie abgewischt, als Sie sie gefunden haben, aber meistens erwischt man nicht alles.«

Ich konzentrierte mich auf die Mitte dieses Satzes: *Als Sie sie gefunden haben.* Ich hoffte, das bedeutete, dass er mir wenigstens ein bisschen glaubte.

»Was denken Sie von mir, Detective?«

»Fragen Sie mich, ob ich glaube, dass Sie Ihren Mann umgebracht haben? Oder Perla?« Er machte eine Pause, und mein Telefon vibrierte. Ich ignorierte es, während ich auf sein Urteil wartete. Endlich sagte er: »Das denke ich nicht.«

Vielleicht war es eine leichtfertige Frage, aber ich stellte sie trotzdem: »Warum nicht?«

»Die *Beweise*, die anonymen Hinweise … Es fühlt sich alles …«

Hatte ich mir die seltsame Betonung des Worts *Beweise* nur eingebildet? »… arrangiert an?«, schlug ich vor.

»Rachsüchtig«, sagte er. »Aber ich gehe den Beweisen trotzdem nach.« Diesmal gab es keine auffällige Betonung. »Außerdem: Obwohl die hilfsbereite Nachbarin Helen anscheinend die Stadt verlassen hat, haben wir ein paar aufschlussreiche Überweisungen auf ihrem Konto gefunden.«

Zuerst Hannah, jetzt Helen. Offenbar standen die Leute Schlange, um meine Familie für ein bisschen Geld in die Pfanne zu hauen.

»Erzählen Sie mir auch den Rest, Dr. Larkin.«

Dass er meinen Titel benutzte, fühlte sich wie eine Botschaft an: *Wir sind beide Profis. Ich bin hier, um Sie zu beschützen und Ihnen zu helfen, aber wir sind nicht befreundet.*

Ich fasste meine Aktivitäten der letzten Stunden zusammen, erzählte zuerst von den vergifteten Tabletten und arbeitete mich dann zum Großteil dessen vor, was Ernie mir verraten hatte.

»Er hat behauptet, Delphine hat ihn dafür bezahlt, Sie zu finden?«

»Ja.« Ich warf einen kurzen Blick auf mein Handy, auf die SMS, die ich vor einer Minute ignoriert hatte, und mein Fuß rutschte vom Gaspedal. Der Wagen rollte aus und touchierte dann mit der Stoßstange einen Baum. Mir blieb die Luft weg. Vielleicht hatte ich mich von Rico verabschiedet, aber wahrscheinlich nicht, denn meine Welt schnurrte plötzlich auf die paar Quadratzentimeter meines Handydisplays zusammen.

Leo.

38

Es gibt kaum Plätze, die düsterer sind als die elterliche Vorstellungskraft. Zuerst fürchten wir, dass unsere Babys nicht zur Welt kommen, aber wenn sie dann endlich außerhalb unseres Körpers leben, außerhalb unserer Vierundzwanzigstundenobhut, dreht unsere Fantasie frei. Wir befürchten, dass unsere Kinder in ihren Krippen ersticken, vom Spielplatz verschwinden oder Drogen nehmen, die mit Fentanyl versetzt sind, und dann lautlos im Zimmer ihres besten Freundes verenden.

Doch auch wenn wir Eltern uns solche Dinge vorstellen, erwarten wir nicht, dass sie tatsächlich passieren. Bei Audrey hatte ich Angst vor dem plötzlichen Kindstod, war dann aber von der Diagnose ihrer Gallengangatresie vollständig überrumpelt worden. Dasselbe war gestern Abend passiert, als Leo auf dem Footballfeld ausgeknockt worden war.

Aber nur weil Eltern mit solchen Dingen nicht rechnen, heißt es nicht, dass wir nicht für den Fall ihres Eintretens planen. Sam und ich hatten uns über Onlinegefahren, Fremde, mit denen man nicht mitgehen soll, harten Alkohol und schnelle Autos so lange den Mund fusselig geredet, bis unsere Kinder unsere Lektionen Wort für Wort auswendig herbeten konnten. Wir hatten sogar ein Familiencodewort: *Xyz*. Schnell zu tippen, leicht zu merken, kam in keiner normalen Konversation vor. Die Abmachung war, dass unsere Kinder uns diese drei Buchstaben nennen oder schicken konnten und wir sofort zur Stelle wären. Keine Vorwürfe. Keine Fragen. Wenn Audrey eine Entschuldigung brauchte, um von einer Pyjamaparty nach Hause zu kommen, würden wir eine liefern. Wenn derjenige, der Leo heimfahren sollte, getrunken hatte, würden wir ihn abholen kommen. *Xyz*. Als wir darüber sprachen, hatte Leo die Augen so sehr verdreht, dass sie ihm beinahe aus den Höhlen gefallen waren.

»Genau, weil ihr mir natürlich nicht ungefähr ewigen Hausarrest aufbrummt, wenn ich mich betrinke«, hatte er gesagt.

Bei dieser Erinnerung wollte ich lächeln, konnte es aber nicht. Ich konnte nur auf das Display meines Handys starren.

Xyz.

Es war das erste Mal, dass eins meiner Kinder das Codewort benutzt hatte. Ich rief zurück, aber keiner ging ran. Trotz der Versprechungen, die ich abgegeben hatte, als ich vor all den Jahren diesen Pakt mit meinen Kindern schloss, war ich nicht da gewesen, um sie zu beschützen, als es darauf ankam.

Ich fuhr wieder auf die Straße, dann zurück auf den Highway und beachtete keine Geschwindigkeitsbegrenzung mehr. Das Klingeln in meinen Ohren war so scharf und penetrant wie der Wind.

Ich versuchte es noch mal bei Leo, dann bei Daryl,

doch keiner von beiden hob ab. Als Nächstes rief ich Rico zurück und gab ihm Daryls Adresse durch.

Zu diesem Zeitpunkt war ich selbst schon fast dort und näherte mich der Abzweigung zum Highway 12, als die Nachricht eintraf. Ich hatte mein Handy in der Becherhalterung abgestellt, und zwar in einem Winkel, in dem ich das Display lesen konnte. Ich drosselte mein Tempo, bevor ich einen raschen Blick darauf riskierte, um nachzusehen, ob Leo geschrieben hatte.

Ein Bild – zu klein, um es zu erkennen – war auf meinem Display erschienen.

Bevor ich anhalten konnte, meldete sich mein Handy erneut. Trotz der wertvollen Sekunden, die ich dadurch verschwendete, hielt ich auf dem Seitenstreifen und nahm mein Telefon in die Hand.

Ein zweites Foto war unter dem ersten aufgetaucht, beide stammten von einer bekannten Nummer: Helen.

Der Wind, der durch die Bäume draußen peitschte, schien die Windschutzscheibe zu durchdringen und direkt in mich zu fahren. Ich drehte die Heizung bis zum Anschlag auf.

Dann betrachtete ich beide Fotos nur ein paar Sekunden lang, aber die Details brannten sich mir mit großer Klarheit ein.

Das erste Foto, auf den ersten Blick kaum zu deuten, war in Daryls Wohnzimmer aufgenommen. Daryl schlief auf dem Sofa, eine blau gestreifte Decke war bis zu seinem Kinn hochgezogen. Leo und Audrey lagen auf dem Boden daneben, jeweils ein Sofakissen unter dem Kopf. Sie lagen auf dem Bauch, und ihre Köpfe waren gerade weit genug gedreht, dass sie atmen konnten. Audreys rechter Arm und Leos linker waren ausgestreckt, ihre Fingerspitzen berührten sich. Doch natürlich schliefen sie nicht wirklich. Sie waren betäubt und dann so hindrapiert worden. Mir fiel das sofort an der kerzengeraden Haltung meiner Kinder auf, und als ich Daryls Gesicht näher heranzoomte, auch an den weißen Augäpfeln, die hinter seinen halb geöffneten Lidern durchblitzten. Ein wenig Speichel glänzte auf Daryls Wange.

Red war nirgends zu sehen. Wo war er?

Das zweite Foto zeigte Sam. Es war eine Nahaufnahme, sein Gesicht war fahl und blau geschlagen, sein Blick war leer, sein Mund stand offen. Ich hatte nicht den Eindruck, dass er genau wie Audrey und Leo betäubt worden war, aber ich hätte auch nicht sagen können, ob er noch lebte. Der Bluterguss auf seiner Stirn ließ mich stutzen. Er musste ihm zugefügt worden sein, als sein Herz noch schlug. Der Farbe nach zu urteilen – violett, nicht rot wie ein frischer Bluterguss und auch nicht grün wie ein älterer – war die Verletzung einige Tage alt. Sam lag auf etwas, das wie Jute aussah. Auf dem Foto hatten seine Lippen noch einen leicht rosa Schimmer, doch das tröstete mich nur wenig. Auch wenn ich Anzeichen von Leben auf dem Foto erkannte, konnte ich nicht mit Bestimmtheit sagen, wann es aufgenommen worden war. Es war mir unmöglich, meine professionelle Distanz zu wahren. Das hier war keiner meiner Patienten. Sondern Sam.

Ich las die Nachricht: **Wenn keine gute Tat ungestraft bleibt, sollten die Folgen der schlechten doch immerhin schlimmer sein, oder nicht? Du musst dich also entscheiden.**

Es folgte eine Reihe weiterer Nachrichten.

Du kannst dich für deine Kinder entscheiden oder für deinen Mann.

Mein Herz zersprang, und jede einzelne Scherbe war schwerer als das Ganze.

Wenn du noch einmal bei der Polizei anrufst, sterben alle drei.

Wenn du zu verhandeln versuchst, sterben alle drei.

Wenn du irgendwen von diesem Telefon aus anrufst, sterben alle drei.

Wenn du versuchst, irgendwem ein Zeichen zu geben, sterben alle drei.

Die drei Punkte, die anzeigten, dass getippt wurde, erschienen auf dem Display, dann eine weitere Nachricht: **Entscheide dich jetzt.**

Mir wurde klar, dass es keine Rolle spielte, ob Sam noch am Leben war, denn je nachdem, wie ich mich entschied, wäre er es vielleicht ohnehin nicht viel länger.

Eine weitere Nachricht, nur eine Zahl: **3.**

Als Vater hatte Sam zugelassen, dass er angekotzt, angelogen und angeschrien worden war. Er hatte sich die Füße an herumliegenden Spielzeugen verletzt und gebrochene Herzen, schlaflose Nächte und Krankheiten überstanden, eingebildete ebenso wie echte. Er hatte Zeit, Geld und sein ganzes Herz geopfert, hatte nie aufgehört, Audrey und Leo mit unbeugsamer Hingabe zu lieben.

2.

Es war egal, ob er mir untreu gewesen war, Sam war ein Mann, der sein eigenes Leben riskierte, um einen Fremden zu retten. Also stellte sich gar nicht die Frage, ob er es auch opfern würde, um seine Kinder zu retten. Ohne Zaudern oder Bedauern.

1.

Ich hatte geglaubt, dass die schwierigste Prüfung meines Lebens Audreys Krankheit sein würde. Dann war Sam verschwunden, meine Kinder waren bedroht worden, und ich dachte, nein, das ist jetzt die größte Herausforderung. Doch nun würde ich mit einem Wort meinen Mann zum Tode verurteilen.

Ich traf die einzig mögliche Entscheidung und tippte: **Kinder.**

39

Als ich vom Highway abgefahren war, waren keine Autos mehr in der Nähe, nur Gestrüpp, das kurz davorstand, den Asphalt zu überwuchern. Ich mied die übliche Durchgangsstraße und näherte mich Daryls Haus über einen Privatweg. Der Besitzer wäre über meine unerlaubte Benutzung vielleicht nicht begeistert, aber das war jetzt meine geringste Sorge.

Als die Straße eine Kurve hin zu einer weißen Ranch mit roten Fensterläden beschrieb, bog ich scharf rechts ab. Der rissige Asphalt wurde zu Beton, der wiederum zu Kies, dann zu Dreck und vertrocknetem Gras wurde. Da es sich nicht länger um eine richtige Straße handelte, bahnte ich mir meinen eigenen Weg über das unebene Feld. Bei jedem Buckel rüttelte es mich durch, und ich schlug mir zweimal schmerzhaft das Knie am Lenkrad an, aber ich fuhr trotzdem, so schnell ich konnte.

Daryls Haus wurde am Horizont langsam größer, bis ich in der hereinbrechenden Dunkelheit die Details erkennen konnte. Ich hielt nach Streifenwagen Ausschau, aber keiner war bis jetzt eingetroffen.

Ein niedriger Drahtzaun trennte die beiden Grundstücke voneinander. Ich drosselte die Geschwindigkeit und hatte vor, den geliehenen Wagen stehen zu lassen und über den Zaun zu klettern. Daryls Lieferwagen war nur ein Stückchen weiter auf der anderen Seite, näher an der Hauptstraße, geparkt, die Tür stand offen. Ich bräuchte lediglich ein paar Minuten, um ihn zu erreichen.

Wie sich bald herausstellte, hatte ich keine paar Minuten mehr. Eine weiße Limousine, die mir nicht bekannt vorkam, fuhr aus der Garage, in der vorhin noch das Auto gestanden hatte, mit dem ich gerade unterwegs war. Zuerst sah es so aus, als rollte sie auf die Einfahrt zu, doch dann bog sie scharf ab.

Wäre ich von vorn gekommen, von der Hauptstraße, hätte ich die Limousine verpasst. Wäre ich auf dem Highway nicht 140 gefahren, wäre ich zu spät gekommen.

Ich spannte jeden Muskel an und trat aufs Gas. Dann raste ich mit einem Ruck in den Drahtzaun und schlug mir erneut das Knie an. Zwei der drei Drähte des Zaunes rissen beim Aufprall, den dritten schleifte ich hinter mir her. Das Auto quietschte protestierend, als das Metall sich im Radkasten verhedderte.

Die weiße Limousine verschwand in einem Hain aus Eichen und Pinien, aber vorher sah ich noch eine Gestalt, die zusammengesackt am vorderen Beifahrerfenster lehnte.

Leo.

Wenn Leo vorn saß, saß Audrey wahrscheinlich hinten und war noch immer bewusstlos.

Obwohl ich mich entschieden hatte, die Kinder zu retten, wurden sie weggebracht. Ich hatte nicht wirklich erwartet, dass der Bastard, der meine Familie bedrohte, nach den Regeln spielte, aber gehofft hatte ich es trotzdem. Der Verlust dieser Hoffnung schnürte mir jetzt die Luft ab.

Inzwischen wickelte sich der Draht auch um die Antriebswelle, und der Wagen kam zitternd zum Stillstand. Trotz meines schmerzenden Knies – ich merkte, dass es schon begonnen hatte anzuschwellen – sprintete ich die letzten Meter bis zu Daryls Lieferwagen. Ich betete, dass der Schlüssel steckte.

Tat er nicht, und ich wäre beinahe verzweifelt auf die Knie gesunken. Doch dann wurde ich auf ein metallischgrünes Glänzen aufmerksam. Ein Schlüsselbund im Kies in Form eines Marihuanablattes, und daran hing der Schlüssel zum Lieferwagen.

Ich handelte instinktiv, klare Gedanken waren ein Luxus, der meine Kinder noch mehr in Gefahr gebracht hätte, legte den Gang ein und drückte das Gaspedal durch, sodass der Wagen einen Satz in Richtung Einfahrt machte. Eine Sekunde später erreichte ich die Straße, gerade noch rechtzeitig, um die weiße Limousine um eine Kurve biegen zu sehen.

Ich wollte nach meinem Telefon greifen, um die Notrufnummer zu wählen, da bemerkte ich meinen fatalen Fehler. Ich hatte es im beschädigten Wagen zurückgelassen. Also verfolgte ich die Limousine und trommelte dabei mit den Handflächen auf das Lenkrad.

Schneller. Ich muss schneller fahren.

Ich holte auf, doch dann beschleunigte die weiße Limousine. Ich warf einen Blick auf meinen Tacho und zuckte zusammen. 130. Die Geschwindigkeitsbegrenzung lag auf dieser Straße bei der Hälfte.

Einen Unfall bei 130 km/h würden meine Kinder nicht überleben.

Ich drosselte die Geschwindigkeit und hoffte, dass der Fahrer der weißen Limousine es mir gleichtun würde.

Kurz darauf wurde er zwar langsamer, fuhr aber immer noch schneller als ich. Ich wusste, mit ein paar wohlüberlegten Abbiegemanövern könnte er mir in meinem rumpeligen Lieferwagen innerhalb von Minuten entkommen.

Ich erwartete, dass die Limousine auf die Schnellstraße auffahren würde, doch dann fiel mir ein, was wahrscheinlich auch dem anderen Fahrer bewusst war: Auf der Schnellstraße gab es mehr Polizeiüberwachung.

Ich erhaschte einen Blick auf eine Baseballcap, als der Wagen nach links abbog, außerdem auf einen männlichen Kiefer, der mir vertraut vorkam, doch im abnehmenden Licht und durch den wachsenden Abstand zwischen uns ließ sich unmöglich mehr erkennen.

Erinnerungen schossen mir durch den Kopf.

Audrey in ihrem Krankenhauskittel, am Tag nachdem ihr ein Teil von Sams Leber transplantiert worden war. Danach war ihre Haut vollkommen rosig gewesen, wenn man von der Narbe einmal absah.

Leo als Kleinkind am Strand von Salmon Creek, wie er eine winzige Krabbe auf seiner Handfläche inspizierte. Er hatte das Näschen krausgezogen, als er sie auch mir zur Begutachtung präsentiert hatte.

Audrey, die bei ihrer Abschlussfeier für die Vorschule herumgezappelt hatte, denn fürs Stillsitzen war sie nicht gemacht, auch nicht fürs Mundhalten. Sie war dafür gemacht zu tanzen, herumzuwirbeln, zu lachen.

Leo bei seiner Orientierungsveranstaltung in der

Highschool, wo er mich hatte stehen lassen, um sich zu seinen Freunden zu gesellen. Mir hatte es nichts ausgemacht. Mein größtes Glück war schon immer gewesen, die Freude meiner Kinder miterleben zu dürfen.

Ich würde nicht akzeptieren, dass ich meine Kinder nicht retten konnte.

Ich löste mich von den Erinnerungen, obwohl sie mich nicht ablenkten, sondern sogar zu meiner Entschlossenheit beitrugen. Mein Atem und mein Puls gingen langsamer, und meine Augen gewöhnten sich an das immer weiter nachlassende Licht. Mein Knie pochte nicht mehr, ich wurde nicht weiter von Angst oder Müdigkeit geplagt. Die Welt war auf die Straße vor mir und die weiße Limousine zusammengeschnurrt.

Abrupt bog der Wagen ab, zurück in die Zivilisation, und ich erkannte, wo wir uns befanden. Obwohl ich sonst aus einer anderen Richtung kam, benutzte ich diese Straße fast jeden Tag. Ungefähr anderthalb Kilometer von hier befand sich meine Praxis.

Ich staunte über die Umgebung. Der Entführer würde die Verfolgungsjagd doch wohl nicht auf diesen stärker befahrenen Straßen fortsetzen wollen?

Unvermittelt leuchteten die Bremslichter vor mir auf, und das Auto kam fast zum Stehen. Es fädelte sich in Richtung der Auffahrt ein, und die Hintertür auf der Fahrerseite wurde aufgerissen. Vom Rücksitz fiel eine Gestalt auf die Straße. Ich widerstand dem Drang scharf zu bremsen – das Risiko, die Kontrolle über den Lieferwagen zu verlieren, war zu groß. Stattdessen drückte ich das Pedal in Intervallen und steuerte weg von dem unerwarteten Hindernis auf dem Asphalt.

Audrey.

Nachdem er auf diese Weise die Hälfte seines Ballasts abgeworfen hatte, setzte der Fahrer der weißen Limousine seinen Weg fort. Nun hatte er es nicht mehr so eilig. Wortlos hatte er mich wieder vor eine Wahl gestellt: Ich konnte ihn weiter verfolgen oder Audrey retten.

Der gemächliche Rückzug des anderen Fahrers zeigte mir, wie sicher er sich über meine Entscheidung war.

Also hob ich meine Tochter von der Straße auf, während ich untröstlich mitansehen musste, wie die weiße Limousine mit meinem Sohn darin verschwand.

40

Audreys Arm war aufgeschürft, wo er über die Straße geschrammt war, böse Striemen mit kleinen Steinchen darin. Es schien nichts gebrochen zu sein, und auch ihr Kopf war nicht verletzt, aber ich machte mir trotzdem Sorgen. Dasselbe Immunsuppressivum, das verhinderte, dass meine Tochter ihre transplantierte Leber abstieß, machte sie auch empfindlicher für Infektionen.

Da entdeckte ich den Zettel, der aus ihrer Hosentasche ragte: *Ein Wort zur Polizei, und Leo stirbt.* Die Buchstaben waren eilig hingekritzelt worden, das Gekrakel gerade eben lesbar. Wahrscheinlich war die Notiz während der Verfolgungsjagd verfasst worden.

Ich steckte sie in die Tasche, schnallte Audrey auf dem Rücksitz an, achtete darauf, die Wunde nicht zu berühren, und machte mich auf zu meiner Praxis ein paar Straßen weiter.

Da Leos Entführer nach Süden und ich in nördlicher Richtung unterwegs war, fühlte sich jede Lenkraddrehung, die Hilfe für meine Tochter näher brachte, wie ein Verrat an meinem Sohn an. Ich fuhr ein bisschen schneller, als es der Verkehr eigentlich zuließ.

Zuerst Audrey, dann Leo.

Audrey kam wimmernd zu sich, und das Wimmern wurde allmählich zu einem ausgewachsenen Jaulen.

»Mami, mein Arm tut weh.«

Ich fuhr mit gleichbleibender Geschwindigkeit, riskierte aber einen Blick, um nachzusehen, ob Audrey irgendwie desorientiert wirkte. Obwohl ich mehr Angst vor einer Infektion hatte, konnte ich eine Gehirnerschütterung nicht ausschließen, auch wenn nirgends eine Beule zu sehen war. »Wie fühlt sich dein Kopf an?«

»Mein Arm tut weh, nicht mein Kopf.«

Ich hielt vor der Tierarztpraxis und stellte den Motor ab. »Kannst du laufen, oder soll ich dich tragen?«

»Ich kann laufen, aber mein Arm tut weh.« Ich nahm sie trotzdem auf den Arm, ihr Körper fühlte sich heiß und unwahrscheinlich winzig an meiner Brust an.

»Ich bin kein Baby mehr«, beschwerte sie sich.

»Du bist schon ein großes Mädchen«, stimmte ich ihr zu. »Aber denk dran, dein Arm tut weh.«

»Ach ja.« Sie vergoss weitere Tränen. »Er tut weh, Mami.«

»Ich weiß.«

Vor der Tür stellte ich Audrey auf dem Boden ab.

»Verdammt.«

»Mami!«

»Entschuldigung.«

Die Tür war abgeschlossen, und meine Schlüssel lagen zusammen mit meinem Handy in dem Auto, das ich bei Daryl hatte stehen lassen.

Draußen war es schon beinahe dunkel, was mich daran erinnerte, dass dieser Tag nicht mehr allzu viele Stunden hatte. Verzweifelt sah ich mich um. In den Vorgärten umgaben mich tausend Steine, aber alle waren abgerundet und keiner größer als eine Halbdollarmünze. Nutzlos.

Dann sah ich an einem der Mäuerchen einen Stein, der nicht zu den anderen passte. Ich ging hin, rüttelte daran, und mein Herz machte einen Sprung, als ich bemerkte, dass er locker saß. Ich machte ihn ganz los. Er war zwar ebenfalls klein, hatte aber eine scharfe Kante. Damit würde es klappen.

Ich stellte mich vor das Fenster, das der Tür meiner Praxis am nächsten war, umwickelte meine Hand mit meinem Sweatshirt und schlug mit dem Stein gegen die Scheibe. Ein zweiter Schlag, und das Glas zerbrach. Ich entfernte die größten Scherben aus dem Rahmen, bevor ich hineingriff, es entriegelte und hineinstieg.

Audrey starrte mir mit schreckgeweiteten Augen entgegen, als ich ihr die Tür öffnete.

Als wir drin waren, schaltete ich das Licht an und warf einen Blick auf die Wanduhr. Wie weit waren Leos Entführer in den letzten Minuten wohl gekommen?

Ich löste meinen Blick gewaltsam von der Uhr und wandte die Aufmerksamkeit wieder meiner Tochter zu. Ich gab ihr eine Ibuprofen.

Erst Audrey. Dann Leo.

Als könnte sie meine Gedanken lesen, fragte Audrey: »Wo ist Leo?«

Ich setzte sie in einem der Sprechzimmer ab und sammelte dann schnell zusammen, was ich benötigte.

»Ich hole Leo, sobald wir deinen Arm versorgt haben.« Audrey war so abgelenkt von ihren eigenen Schmerzen, dass sie das Stocken in meiner Stimme nicht wahrnahm, aber ich hoffte, dass sie meine Entschlossenheit bemerkte.

Die Haut war an einer Stelle von Audreys Unterarm abgeschürft, aber die Hautschicht darunter war noch intakt, und es gab auch keine Schnitte, die das Nähen der Wunde nötig gemacht hätten.

Obwohl es also nicht stark blutete, ließen die freigelegten Nervenenden Audrey bei jeder Berührung zusammenzucken. Von Patienten konnte ich mich leicht distanzieren, da ich wusste, dass jeder kurzfristige Schmerz langfristig zu einer Heilung führte. Aber das hier war Audrey.

Ich hielt den Arm meiner Tochter über das Waschbecken und spülte die Wunde mithilfe einer Spritze, bis der Dreck und die Asphaltsteinchen daraus entfernt waren. Jedes Mal, wenn sie zusammenzuckte oder aufschrie, hätte ihr Schmerz ebenso gut mein eigener sein können. Ich biss die Zähne zusammen und trug ein Desinfektionsmittel auf, ganz vorsichtig, um die Haut nicht noch weiter zu beschädigen.

»Fast fertig?«, fragte Audrey und biss sich auf die Lippe.

Mein tapferes Mädchen. »Fast fertig«, bestätigte ich. Ich schmierte noch eine antiseptische Salbe auf die Wunde und wickelte eine Mullbinde um Audreys Arm.

Wieder schaute ich hoch zur Uhr. Der Abstand zwischen mir und Leo war um weitere sechs Minuten angewachsen. Wenn ich in der Hitze des Gefechts nicht mein Handy zurückgelassen hätte, hätte ich den Notruf alarmiert. Aber das war, bevor ich die Notiz in der Hosentasche meiner Tochter gefunden hatte: *Ein Wort zur Polizei, und Leo stirbt.*

Auch in der Textnachricht war ich davor gewarnt worden, die Polizei zu verständigen. Würde die Person, die Audrey aus dem Auto gestoßen hatte, überhaupt etwas von diesem Anruf mitbekommen? Gab es hier, wie in meiner Wohnung, irgendeine Überwachungsapparatur? Aber was, wenn ich die Technologie für etwas verantwortlich machte, das eigentlich menschlicher Verrat war?

Wem konnte ich Leos Leben anvertrauen?

Ich konzentrierte mich wieder auf meine Tochter. Es blieb keine Zeit für viele Fragen, aber ich stellte die wichtigste: »Was ist passiert?«

»Ich glaube, ich bin hingefallen.«

»Nein, nicht mit deinem Arm. Bei Daryl.« Und da fiel mir siedend heiß ein, dass ich weder wusste, was mit Daryl noch was mit meinem Vater geschehen war. Das letzte Mal, dass ich Daryl zu Gesicht bekommen hatte, war er vermutlich bewusstlos gewesen, auf dem an die Nachricht angehängten Bild. Und mein Vater …

»Ich hab mit Lester gespielt«, antwortete Audrey.

»Als ich dich in dem Auto gesehen habe, konnte ich nicht erkennen, wer bei dir war.«

»Vielleicht Daryl?«

»Keine Ahnung. War er's?«

Audrey dachte darüber nach. »Ich glaube nicht. Er hat sich hingelegt.«

»Hast du dich auch hingelegt?« Als Audrey daraufhin nickte, fragte ich weiter: »Warst du müde?«

Audrey zuckte die Schultern. In Windeseile ging ich sämtliche Möglichkeiten durch. Ein starkes Muskelrelaxans hätte Daryl und die Kinder betäuben können, aber es hätte auch ihre Atmung beeinträchtigt. Und wie sollte der Angreifer überhaupt an so etwas herankommen?

Ein Sedativum wie Flunitrazepam war leichter zu beschaffen, doch Audrey schien keinerlei Symptome eines Entzugs zu verspüren: Kopfweh, Orientierungslosigkeit, Krämpfe. Wahrscheinlich hätte sie an irgendeinem dieser Symptome gelitten, wenn man ihr eine Dosis verabreicht hätte, die sie hätte bewusstlos machen können.

Dann gab es noch den Zeitfaktor. Falls es in ein Getränk oder eine Speise gemischt worden war, würde ein Sedativum Stunden brauchen, bis es seine volle Wirkung entfaltete.

Eine Injektion? Die würde sicherlich schneller wirken, aber für Nichtmediziner war an so etwas nicht so leicht ranzukommen. Es war auch nicht so leicht, drei Menschen gleichzeitig zu betäuben – sogar vier, wenn ich meinen Vater mitrechnete –, selbst wenn zwei von ihnen noch Kinder waren.

»Der Mann im Auto hat was von Geistern erzählt.«

Die Worte meiner Tochter erwischten mich unvorbereitet. »Was?«

»Er hat mit irgendwem gesprochen und was von einem Geisterkeller gesagt.«

Ich wusste, dass Audrey sich verhört haben musste, wahrscheinlich wegen des Betäubungsmittels, aber ich bohrte nach. »Er hat mit jemandem telefoniert?«

»Mhm.«

»Hat er einen Namen genannt?«

»Mhmm.«

»Erinnerst du dich sonst noch an irgendwas?«

»Nur an die Geister. Mami, wo ist Leo?«

In meinem Kopf überschlugen sich so dunkle Gedanken, dass ich mich kurz auf nichts anderes konzentrieren konnte, aber ich zwang mich zurück in die Wirklichkeit und zu der Frage, die ich mir selbst vor ein paar Minuten gestellt hatte: *Wem konnte ich Leos Leben anvertrauen?*

Ich nahm den Hörer des Praxistelefons ab und wählte die Nummer von Detective Rico, doch der Anruf wurde durch ein Klingeln an der Eingangstür unterbrochen. Obwohl die Praxis geschlossen war, hatte irgendwer gerade das Gebäude betreten.

41

Ich umklammerte die Schulter meiner Tochter mit einer plötzlich kaltschweißigen Hand. »Bleib hinter mir, okay?«

Ich schnappte mir eine Verbandsschere und schlich mich in den Empfangsbereich, wo Detective Rico neben dem Ständer mit der Tiernahrung stand. Seine Krawatte war mit Gummienten bedruckt. Er versuchte zu lächeln, aber sein Gesicht wirkte angespannt.

»Ich wollte Sie gerade anrufen«, sagte ich.

»Wollten Sie das?« Er zeigte auf die Schere in meiner Faust. »Wofür ist die denn?«

»Um sie jemandem in den Hals zu rammen, aber offenbar brauche ich sie nicht.« Ich steckte die Schere in die Tasche. »Warum sind Sie hier?«

»Sie waren nicht schwer zu finden. Ihr Name steht draußen dran.« Dann deutete er auf das kaputte Fenster neben der Tür. »Außerdem haben Sie einen Alarm ausgelöst.«

Ich lehnte mich gegen die Wand. »Wie geht es den beiden?«, fragte ich erschöpft.

Rico starrte mich an, ohne zu blinzeln. »Ihr Vater und Daryl? Denen geht es gut.«

Also war mein Vater ebenfalls betäubt worden.

Ich zögerte, unsicher, wie viel ich ihm erzählen sollte.

Ein Wort zur Polizei, und Leo stirbt.

»Was ist hier los, Cassie?«

Ich wollte ihm vertrauen, irgendwem musste ich vertrauen, aber ich wusste, dass ein entführtes Kind und ein vermisster Erwachsener zwei Dinge waren, die die Polizei sehr unterschiedlich behandelte. In dem Augenblick, in dem ich Detective Rico eröffnen würde, dass Leo entführt worden war, würde es schnell laut werden: Eine Suchmeldung würde herausgegeben, Details über eine weiße Limousine, in der sich mein Sohn befand, würden über digitale Anzeigetafeln und Handydisplays laufen. Die Bundespolizei würde alarmiert, und jede Strafverfolgungsbehörde würde über das Verschwinden meines Sohnes in Kenntnis gesetzt. Rico würde wahrscheinlich von mir verlangen, dass ich ihm die Nummer gab, von der die Nachrichten an mich geschickt worden waren, selbst wenn das eher zu nichts führen würde.

Dann war da noch Audrey, die als Zeugin würde aussagen müssen. Würde Rico sie selbst befragen? Oder eine Kinderpsychologin? Ich hatte keine Ahnung.

Was ich aber wusste, war, dass selbst wenn sämtliche Strafverfolger zwischen hier und Kanada mobilisiert wurden, selbst wenn das Rattern von tausend Rotorblättern am Himmel den Eindruck erwecken würde, das Jüngste Gericht wäre angebrochen, ja selbst wenn die Glücksgöttin selbst sich an meinem Empfangstresen materialisieren würde und eine Tasche voller Hasenpfoten und vierblättriger Kleeblätter und guter Wünsche bei sich hätte – es wäre nicht genug. Es ging um Leo. Meinen Sohn. Er war entführt worden, und es gab nichts, was ich nicht tun würde, um ihn wiederzubekommen – und das schloss ein, dass ich Rico vertrauen würde.

Mir war klar, dass der Zettel, den ich erhalten hatte, mich davor warnte, trotzdem atmete ich tief durch und sagte: »Leo ist entführt worden.«

Obwohl Detective Rico sich nicht bewegte, wenigstens zunächst nicht, schien sich der Pulsschlag der Umgebung zu erhöhen.

»Ich dachte mir schon so was«, sagte er und klang dabei so erschöpft, wie auch ich mich gerade fühlte. Als Antwort auf meine erstaunte Miene schloss Rico die Lider, bis seine Augen nur noch als kleine Keile sichtbar waren: »Sie sind vor uns bei Daryl gewesen. Sie saßen in seinem Honda, den wir dort fahruntüchtig vorgefunden haben, und hierher sind Sie in seinem Lieferwagen gefahren. Ich habe die Nummernschilder überprüft. Sie hätten Daryl und Ihren Vater nicht einfach bewusstlos zurückgelassen … wenn nicht jemand Ihre Kinder mitgenommen«, er warf einen Blick auf meine Tochter, »und dann eins von ihnen aus dem Auto gestoßen hätte.«

Vor meinem inneren Auge lief die Szene noch einmal ab: Audrey fiel aufs Pflaster, wie eine Fastfood-Packung oder eine Zigarettenkippe, achtlos aus dem fahrenden Auto geworfen. Vermutlich würde sich der Fahrer meines Sohns ebenso rasch entledigen, sobald er zu nichts mehr nutze war.

»Ich nehme an, das heißt, Leo steht nicht mehr unter Verdacht?« Bei dieser Frage versagte mir die Stimme.

»Ich musste die Sache aus allen Blickwinkeln betrachten.« Der Hauch einer Entschuldigung. Er zog sich seine

Gummientenkrawatte zurecht und begann mit den Fragen:

Was ist passiert?

Was haben Sie gesehen?

In welche Richtung fuhr die weiße Limousine?

Können Sie den Fahrer beschreiben?

Dann entschuldigte er sich, um ein paar Anrufe zu erledigen. Ich nutzte die Gelegenheit, um selbst jemanden anzurufen: meinen Vater. Er versprach, in fünf Minuten da zu sein.

Als Rico zurückkehrte, wusste ich, dass sich durch meine Offenheit alles verändert hatte. Das bisschen Kontrolle, das mir noch geblieben war, hatte ich gerade an die Polizei von Santa Rosa übertragen. Ich war mir nicht sicher, wie ich das fand.

Der Blick des Detective fiel auf meine Tochter, die mir nicht von der Seite wich.

»Audrey, stimmt's?« Er beugte sich nicht hinab oder setzte ein freundliches Gesicht auf, wie andere Erwachsene es vielleicht getan hätten.

Sie versteckte sich hinter meinem Rücken, nur ihr Kopf und eine Schulter waren für den Detective zu sehen. Der zeigte auf ihren verborgenen Arm. »Bei dem dicken Verband muss das aber eine schlimme Verletzung sein.«

»Ich bin hingefallen«, erklärte Audrey. Vielleicht lag es an der Erschöpfung, doch sogar für meine Ohren klang diese einfache Antwort unaufrichtig.

»Ach so?«

»Ich glaube, ich bin aus einem Auto gestoßen worden.«

Ricos Kiefer spannte sich an, aber er behielt einen neutralen Tonfall bei. »Wer hat dich denn gestoßen?«

Ich war auf die Antwort meiner Tochter genauso neugierig wie der Detective, aber sie zuckte nur mit ihrer gesunden Schulter.

Ricos Augen verengten sich zu Schlitzen, das kannte ich inzwischen: Gleich würde er eine unangenehme Frage stellen. Ich wappnete mich, doch stattdessen blickte er einfach nur auf Audrey hinunter. Ich wusste, was sein Schweigen zu bedeuten hatte.

»Warum malst du nicht ein Bild?«

Ich führte meine Tochter zu Zoes Schreibtisch, setzte sie auf den Stuhl und drückte ihr ein paar Stifte und einen Block in die Hand.

Als Audrey außer Hörweite war, sagte Rico ruhig: »Ist es denkbar, dass Sam das getan hat?«

Es fiel mir schwer, nicht laut zu werden. »Natürlich nicht.«

»Sind Sie da sicher?« Als ich schwieg, sagte er: »Ich hab mal einen Typen verhaftet, der versucht hat, sein kleines Kind zu ersticken, weil seine Frau das Sorgerecht zugesprochen bekam. Sie hielt ihren Ehemann zwar für ein Arschloch, aber sie hat trotzdem nicht geglaubt, dass er zu so etwas fähig wäre.«

»Sam ist kein Arschloch.«

»Vielleicht nicht, aber wissen Sie, was einen guten Polizisten ausmacht? Ein guter Polizist trifft keine Annahmen. Wenn ich einen Typen sehe, der ein Auto die Straße runterschiebt, nehme ich nicht einfach an, dass ihm das Benzin ausgegangen ist. Vielleicht hat er das Auto gestohlen. Also halte ich ihn an und frage, was passiert ist. Und genauso frage ich Sie jetzt: Könnte das eine Sorgerechtsangelegenheit sein?«

Mein Blick wanderte zum Eingang. Draußen wurde es immer dunkler, und die hohe Hecke vor der Tür absorbierte jedes verbliebene bisschen Licht, löschte alles aus, was einmal jenseits des Empfangsbereichs der Praxis existiert hatte. Ein eisiger Wind wehte durch das kaputte Fenster herein, aber ich unterdrückte ein Zittern.

»Falls Sam dafür verantwortlich wäre, hätte er Audrey nicht aus einem fahrenden Auto gestoßen«, erklärte ich.

»Falls Ihr Mann mit jemandem zusammenarbeitet, könnte diese Person sie gestoßen haben. Oder vielleicht dachte Sam sich auch, dass ein Kind besser ist als gar keins.«

»Leo ist fünfzehn. Es ist schwer genug, ihn dazu zu bringen, seine Wäsche zu machen. Keine Chance, dass er sich einfach so aus seinem Leben reißen lassen würde.«

Rico zuckte die Schultern. »Wie gesagt, ich stelle nur Fragen.«

Ich warf noch einen Blick auf die Uhr. Mit einem Wimpernschlag war der zweite Zeiger von einer Zahl zur nächsten gesprungen. Fünf weitere Minuten waren vergangen.

»Wir müssen noch mal mit Audrey sprechen und so viel über das herausfinden, was passiert ist, wie möglich.«

»Natürlich.«

»Können Sie jetzt mit aufs Revier kommen?«

Schon wieder eine Bitte, die eigentlich keine war.

Als ich Ricos Gesicht betrachtete, erinnerte ich mich

an den Tag, an dem ich Leo zum ersten Mal in der Krippe gelassen hatte. Ich war außer mir vor Angst gewesen. Sam hatte stundenlang recherchiert, welche Betreuung die beste war, und die Frau, für die wir uns am Ende entschieden, hatte wasserdichte Empfehlungen. In ihrer Obhut hatte Leo eine Vorliebe für Bilderbücher und Preiselbeerpfannkuchen entwickelt, und sie reagierte mit heiligem Gleichmut auf seine Wutausbrüche. Doch die Wahrheit war, dass diese Beziehung geendet hätte, sobald wir ihren Wochenlohn nicht mehr hätten zahlen können. Sie mochte Leo, aber von keiner Fremden, wie handverlesen sie auch sein mochte, konnte man eine ebenso aufopferungs- und hingebungsvolle Liebe wie von einem Elternteil erwarten.

Auf einmal zweifelte ich an meinem Entschluss, den Detective ins Vertrauen zu ziehen. Selbst wenn er der Beste in seiner Abteilung war, selbst wenn er massenweise Auszeichnungen und lobende Erwähnungen erhalten hatte, gab es immer noch Regeln, an die er sich halten musste. Er musste Berichte schreiben und abteilungsübergreifende Zusammenarbeit sicherstellen. Leo hatte dafür keine Zeit. In der letzten Nachricht hatte »heute« gestanden, und es waren nicht mehr allzu viele Stunden übrig, bevor Heute zu Morgen wurde.

»Selbstverständlich komme ich mit aufs Revier«, log ich.

Er berührte mich kurz am Arm, und ich blickte ihm in die Augen. Die Aufrichtigkeit seines Mitgefühls ließ mir Tränen in die Augen steigen.

»Es tut mir leid«, sagte er, und ein Seufzer erschütterte seine Brust. »Ich hab seit einer Woche kaum Salz gegessen, aber jetzt würde ich für eine Tüte Chips jemanden *umbringen.*« Er zog ein zusammengefaltetes Blatt Papier aus der Tasche, entfaltete es und zeigte es mir. »Kennen Sie diesen Mann?«

Als ich das Foto betrachtete, begann mein Herz wie wild zu klopfen. Der Mann war zwar ebenso kahlköpfig wie Carver, aber da endete die Ähnlichkeit auch schon. Carver war älter, kantig und vernarbt, während der Mann auf dem Foto ein längliches Gesicht hatte, weichere Wangen und dünnere Lippen.

Es war der Mann, der mir in Helens Haus die Tür geöffnet hatte. Hatte er vielleicht auch die weiße Limousine gefahren?

»Ich habe ihn in Helens Haus gesehen. Wer ist das?«

»Damon Kripke.«

Ich schluckte am Kloß in meinem Hals vorbei. »Was hat er mit der ganzen Sache zu tun?«

»Das Motiv habe ich noch nicht rausgefunden, aber seine Akte ist umfangreicher als meine Sammlung ungewöhnlicher Krawatten, und einige Hinweise scheinen zu ihm zu führen.«

»Was denn für Hinweise?«

»Zunächst mal Helen. Aber auch Hannah Zimmerman. Beide haben Kripke als denjenigen identifiziert, der sie bezahlt hat. Und dann ist da noch das Video, das Sie mir weitergeleitet haben. Es ist schwer zu erkennen, aber er scheint der Mann gewesen zu sein, der Ihrem Ehemann und Brooklyn gefolgt ist.«

Er machte eine Pause, die mir verriet, dass er etwas vor mir verheimlichte.

»Was sonst noch?«

»Ich habe den Namen überprüft, den Sie erwähnt haben – Megan. Soweit ich das sehe, hatte Delphine keine weiteren Kinder.«

Ich nahm das Zögern in seiner Stimme wahr. »Aber?«

»Wahrscheinlich ist es nur ein Zufall, aber der zeitliche Ablauf stimmt.« Rico sprach jetzt langsam, als wägte er jedes Wort sorgfältig ab. »In den späten Siebzigern ist ein drei Monate altes Mädchen dieses Namens vor einem Supermarkt in Fresno entführt worden.«

Bevor ich nach weiteren Details fragen konnte, flitzte Audrey zu uns herüber, um uns zu zeigen, was sie gemalt hatte. Ich hielt es erst für eine Katze.

»Cooler Elefant«, sagte Rico, und sie strahlte. »Er isst Erdnüsse«, ergänzte er und tippte auf das Blatt. Dann bemerkte er meinen verblüfften Blick und zuckte die Schultern. »Mein Jüngster ist auch ein Künstler. Wer, glauben Sie, sucht meine Krawatten aus?«

Audrey stellte sich auf die Zehenspitzen, um auf das Bild von Damon Kripke zu schauen, das Rico mir gezeigt hatte. Sie zupfte an meinem Ärmel, zeigte darauf und sagte: »Das ist er, Mami. Das ist der Mann der den Zettel dagelassen hat, auf dem stand, Daddy ist pädophil. Hab ich das richtig gesagt?«

Rico zog die Brauen zusammen. Dies war ein Detail der Geschichte, das ich ihm verschwiegen hatte.

»Du und deine Mutter, ihr kommt jetzt mit mir auf die Wache. In Ordnung?«

Audrey nickte, und ich schaute weg, das schlechte Gewissen fesselte meinen Blick an die Scheibe, die ich eingeschlagen hatte, um in die Praxis zu gelangen. Glasscherben glitzerten auf den Fliesen. An jedem anderen Tag hätte ich sofort Besen und Schaufel geholt, aus Angst davor, dass sich einer meiner Patienten die Pfote verletzen könnte. Doch nun erschienen mir die Glasscherben keine größere Gefahr als der Sand darzustellen, aus dem sie hergestellt worden waren.

Ich hatte es nicht eilig, die Scheibe zu ersetzen, denn was konnte ein Dieb schon stehlen, das ich vermissen würde? Was den größten Wert für mich hatte, war mir bereits genommen worden. »Mein Vater müsste gleich kommen. Er und Audrey können bei Ihnen mitfahren, wenn das in Ordnung ist. Ich komme in Daryls Lieferwagen nach.«

»Sind Sie sicher, dass Sie fahren können?«

Mein Herzschlag beschleunigte von einem zaghaften Klopfen zu einem vollen Sprint. »Mir geht es nicht gut, aber fahren kann ich.«

Ich drückte die Tür auf und ging hinaus, um meinen Vater zu empfangen, bevor der Detective die Unaufrichtigkeit in meinem Gesicht entdeckte.

42

Mein Vater parkte den Leihwagen am Straßenrand vor der Praxis, fuhr ein Stückchen vorwärts, rückwärts, dann wieder vorwärts, bis das Fahrzeug vollkommen parallel zum Gehweg stand. Dann fuhr er langsam zurück, bis der vordere Teil der Limousine gerade mit der Parkuhr abschloss. Noch nie in seinem Leben hatte er derart achtsam geparkt.

Als er ausstieg, mied er meinen Blick und studierte stattdessen den Text auf der Parkuhr, der besagte, dass um diese Uhrzeit nichts bezahlt werden musste. Erst dann steckte er Schlüssel und Hände in die Hosentasche und sah mich an.

»Bist du okay?«, fragte ich.

Er kaute auf seiner Unterlippe und wandte hastig den Blick ab, sobald er meinem begegnete. Zuerst gab ich die Schuld für sein seltsames Benehmen dem fahlen Schimmer seiner Haut und den trüben Augen, die noch immer einen Rest des Betäubungsmittels erahnen ließen, das ihm bei Daryl verabreicht worden war. Ich machte einen Schritt nach vorn und legte ihm die Hand auf den Arm, doch er zuckte zurück. Er wollte meinen Trost nicht.

»Was ist bei Daryl passiert?«

»Ich erinnere mich nicht an viel«, sagte er leise. »Irgendwelche Neuigkeiten von Leo?«

Da kam Audrey nach draußen, und mein Vater zog angesichts ihres bandagierten Arms eine Augenbraue hoch.

»Du bist mein neuer Opa«, sagte sie.

»Das bin ich.« Er versuchte sich an einem Lächeln, aber es verblasste schon wieder, noch bevor es seine Augen erreicht hatte. Ich musterte meinen Vater mehrere Sekunden lang, bevor ich meine Tochter wieder zur Tür brachte.

»Geh lieber noch mal rein, okay? Hier draußen ist es viel zu kalt.«

Nachdem ich Audrey hinter den Empfangstresen verfrachtet hatte, ging ich zu meinem Vater zurück, der inzwischen unruhig auf und ab ging.

»Ich hatte gehofft, du könntest Audrey und Detective Rico auf die Wache begleiten«, sagte ich.

»Gern, aber wo willst du hin?«

»Ich fahre euch nach.«

»Können wir das mit dem Lügen sein lassen?«

Ich zögerte und sagte dann mit leiser Stimme: »Ich muss Leo finden. Auf der Wache bin ich nutzlos, und falls ihm was passiert, während ich irgendwo sitze und Kaffee aus einem Pappbecher trinke …« Ich hielt inne und musterte ihn. »Geht es darum?«

»Worum?«

Ich machte eine kreisende Bewegung vor seinem Gesicht. »Na, darum. Du siehst mich nicht an, und du siehst total kaputt aus. Du musst dir wegen Leo keine Vorwürfe machen …«

»Natürlich muss ich das, und das tue ich auch, aber darum geht es nicht.«

Irgendwo hatte ich mal gehört, dass man die negative Energie einer Person noch aus einigen Metern Entfernung spüren kann. Die Wellen, die mein Vater jetzt verströmte, hätte ich auch noch zwei Straßen weiter wahrgenommen.

»Worum auch immer es geht, einfach raus damit.«

Er begegnete meinem Blick und sagte schließlich: »Ich wünschte, ich hätte Audreys Leben retten können. Ich verstehe, warum du damals so böse auf mich warst. Warum du es noch immer bist.«

Bei diesen Worten versuchte ich, den Groll hervorzuholen, den ich seit sechs Jahren wie einen parasitären Zwilling mit mir herumtrug. Obwohl sie sich schon längst erholt hatte, hatte ich diesen Groll benutzt, wann immer ich einen Vorwand brauchte, die Welt furchtbar zu finden oder mein Versagen als Mutter zu erklären.

Klar, Sam, ich habe vielleicht Leos Spiel verpasst oder bin zu spät zu Audreys Party gekommen, aber mein Vater wollte sich nicht testen lassen und Audrey helfen, ist das nicht viel schlimmer?

Durch meinen frischen Schmerz erschien mir die Vergangenheit nun jedoch weniger bedeutsam, und meine nachtragende Art kam mir kleinlich vor und potenziell gefährlich für meinen Sohn. Ich hatte meine Kinder zu oft im Stich gelassen, diesmal wäre es anders.

»Mir tut es auch leid«, sagte ich.

Reds Augen wurden wegen des Friedensangebots ganz feucht, und er nahm es nickend an, doch sein Mund war noch immer zu einem grimmigen Strich gepresst. Offenbar war das Gespräch noch nicht vorüber.

»Als du mich damals angerufen und mir von Audreys Krankheit erzählt hast, wollte ich spontan helfen.« Seine Stimme versagte. »Ich wollte nie etwas anderes als mich um dich kümmern. Seit der ersten Nacht.«

Seine Augen leuchteten nun, die Schultern hatte er gestrafft, und dabei drückte Red mir die Hand. Seine war feucht, meine kalt.

»Ich muss dir etwas gestehen«, sagte er dann.

Reds Stimme überschlug sich fast, als er mir jetzt seine Geschichte erzählte.

1980 hatte er zum ersten Mal an Delphine Robinsons Haus etwas in Ordnung gebracht, im Frühjahr, in dem Natalie sechzehn wurde.

Lange bevor es zu einem privaten Wohnhaus geworden war, hatte Delphines Zuhause im Napa Valley zu einem Weingut gehört. Im späten 19. Jahrhundert erbaut, war es eines von Hunderten Weingütern, die 1920 in diesem Bundesstaat existierten. Dann folgten kurz hintereinander die Prohibition, dann die Weltwirtschaftskrise, und alles änderte sich.

Das Keltern von Messwein, das vom 18. Verfassungszusatz ausgenommen war, rettete einige Weingüter, während andere keine Trauben mehr anbauten, aber die meisten mussten zumachen, nur ein paar Dutzend konnten überleben.

Im Laufe der kommenden Jahrzehnte wurde einigen der verlassenen Gebäude – den sogenannten »Geisterkellereien« – als Restaurants, als Geschäften oder manchmal sogar wieder als Weingütern neues Leben eingehaucht.

Mehr als die Prohibition hatte ein kleiner Schädling das Weingut an den Rand des Ruins gebracht, das später zu Delphines Zuhause wurde. Um die Einbußen auszugleichen, die durch den Reblausbefall entstanden waren, war eine Molkerei gegründet worden, doch durch schlechte Geschäftsentscheidungen war auch sie irgendwann dem Untergang geweiht gewesen.

So gelangte das Gebäude in den Besitz einer exzentrischen Frau, die mit ihren beiden Töchtern dort einzog. Delphine beauftragte deshalb Red damit, das Haus zu renovieren.

Am Tag, an dem Red Delphines Tochter Natalie begegnet war, fiel ihm der kastige Pulli auf, den sie trotz der warmen Temperaturen trug, und er erriet sofort, dass das junge Mädchen schwanger war. Allerdings musste er ebenso rasch lernen, dass über solche Angelegenheiten in Delphines Haus nicht gesprochen wurde.

Außerhalb des Hauses kamen ihm jedoch Gerüchte zu Ohren: Delphine hatte seit Natalies Geburt mehrere Fehlgeburten erlitten – Narbengewebe, erklärte jemand, eine medizinisch notwendige Entfernung der Gebärmutter, behauptete ein anderer. Und doch war Delphine in diesem Frühjahr plötzlich mit einem Baby im Schlepptau aufgetaucht.

Der Name des Säuglings lautete Megan.

Red hatte nie viel für Kinder übrig gehabt, aber Natalies kleine Schwester war das hübscheste Baby, das er jemals gesehen hatte. Ihre Augen strahlten mit einer Klugheit, die sie zweifellos später entwickeln würde, und trotz ihrer zerkratzten Haut und der zu dünnen Ärmchen lächelte Megan viel. Normalerweise. Manchmal bemerkte Red aber auch Anflüge von Zorn. Aufgrund der Gerüchte fragte Red irgendwann vorsichtig, ob Megan adoptiert sei. Delphine blaffte ihn nur an: *Sie ist meins,* und damit war das Gespräch beendet. Wenigstens für Delphine. Als Red Natalie ein paar Tage später dieselbe Frage stellte, verriet ihm das junge Mädchen, dass die kleine Megan ihrer Mutter Anfang des Jahres in einem Supermarkt in Fresno aufgefallen sei. *Wäre es nicht schön, noch ein kleines Mädchen zu haben?*, hatte Delphine gefragt – als wären sie beim Autokauf, und sie hätte überlegt, ob sie sich vielleicht die schickeren Ledersitze leisten sollte. Laut Natalie hatte Delphine das Baby im Supermarkt nicht mehr aus den Augen gelassen und dabei so getan, als begutachtete sie Gläser mit Oliven und verschiedene Joghurtsorten. Eigentlich interessierte sie sich aber nur für das Mädchen, dessen Mutter es Megan genannt hatte und das schutzlos im Einkaufswagen saß. Als Megans Mutter sich nach einer Dose Tomaten gebückt hatte, weil diese heruntergefallen und davongerollt war – weg von ihrem Baby –, hatte Delphine sich mit drei schnellen Schritten das Baby aus dem Einkaufswagen geschnappt, mit fünf weiteren war sie aus dem Gang verschwunden, das Baby gab auf ihrem Arm keinen Mucks von sich, selbst als seine Mutter zu schreien begonnen hatte. Das Geräusch hatte den einzigen Sicherheitsmann von seinem Posten am Ausgang weggelockt.

Natalie bestand darauf, dass Red diese Geschichte für sich behielt, und er befolgte ihren Wunsch. Zu leichtfertig, wie sich im Nachhinein herausstellte, zumal er Wochen brauchte, bevor er die Blutergüsse auf Natalies Arm sowie die Kratzer bemerkte, die sogar noch tiefer waren als die bei Megan.

Red schob es auf seine Feigheit. Er wusste, was er riskierte, wenn er Natalie und ihre Schwester ohne Delphines Zustimmung wegbrachte. Durch eine solche Tat wäre sein Foto in jeder Nachrichtensendung und in jeder Zeitung aufgetaucht: der unheimliche Handwerker, der zwei Mädchen entführte, eine davon ein hübscher, hochschwangerer Teenager.

Doch Red ließ die Sache nicht los. Wenn es klappen sollte, konnte er sie nicht einfach mit nach Hause nehmen. Nicht bevor er die Polizei davon überzeugt hatte, dass die Kinder die Opfer von jemand anderem waren, und dass er sie nur retten wollte.

Vielleicht konnte er zur Polizei gehen, bevor er die Mädchen mitnahm? Ihnen von Megan berichten und sie die Datenbank nach vermissten Babys durchforsten lassen.

Aber was, wenn die Polizei ihm nicht glaubte oder wenn Natalie bezüglich des Namens ihrer Schwester gelogen hatte? Was, wenn die Eltern stattdessen nach einer Sara oder einer Angela suchten? Es würde eine Untersuchung geben, doch Red war sich nicht sicher, ob die Kinder das überleben würden.

Außerdem bestand die Möglichkeit, dass Natalie sich alles nur ausgedacht hatte. Dennoch, die Blutergüsse bei Megan und Natalie waren echt, was aber nicht bedeutete, dass Red nicht nach einer unverfänglichen Erklärung suchte: ein Unfall, eine Sportverletzung oder selbstverletzendes Verhalten als ein Schrei nach Aufmerksamkeit.

Vierundzwanzig Stunden später hörte Red damit auf, nach Ausflüchten zu suchen und traf stattdessen eine Entscheidung: Er würde Natalie und Megan fortbringen und sich über die Einzelheiten später den Kopf zerbrechen.

In jener Nacht bemerkte Red den Schweiß an Natalies Haaransatz, die Intensität, mit der sie sich am Esszimmertisch festklammerte, die Art und Weise, wie sie den übergroßen Pulli wie eine Decke um sich zog – und da wusste er Bescheid. Bei Natalie setzten die Wehen ein. Delphine bemerkte es gar nicht, also inszenierte Red in der Küche eine Ablenkung – das Klappern heruntergefallener Kacheln, gefolgt von der Lüge, er habe Schränke mit den falschen Maßen bestellt. Selbst in der Küche hörte er noch das Quietschen der Eingangstür, die er eigentlich längst hatte in Ordnung bringen wollen.

Delphine hörte es zwar nicht, aber die Stille erregte ihre Aufmerksamkeit. Daran, wie sich ihre Miene verfinsterte, erkannte Red schließlich den Moment, in dem ihr Natalies Abwesenheit bewusst wurde.

Draußen auf der Veranda schrie Delphine nach ihrer Tochter. Als sie sie entdeckte, brüllte sie: *Was hast du getan?*

Unter der Magnolie sah nun auch Red das Mädchen. Natalie kroch auf allen vieren und hatte Mühe sich aufzurichten. Als er mit der Arbeit hier begonnen hatte, war die Magnolie über und über mit teetassengroßen rosa Blüten bedeckt gewesen, doch in dieser Nacht waren die Äste kahl. Natalie war kreidebleich, ihr Gesicht schweißnass. Sie behauptete, sie habe eine Fehlgeburt erlitten. Aber konnte das stimmen?

Red fiel auf, dass Natalie nicht mehr ihren Pulli trug. Hatte sie das Neugeborene darin eingewickelt und ihn dann zusammen mit dem Baby irgendwo in der Dunkelheit abgelegt?

Delphine ging um das Haus herum und rief dabei die ganze Zeit: *Baby, Baby, Baby*. Als ob ein Neugeborenes, vor allem ein totes, zu einer Antwort fähig gewesen wäre.

Während Delphine rief und Natalie blutete, suchte Red eilig die Büsche und Beete in der Umgebung nach Lebenszeichen ab. Da er nichts entdecken konnte, fragte er sich fieberhaft, wie er Natalie und Megan zu seinem Truck bringen und gleichzeitig das Baby finden sollte. Falls es überhaupt noch lebte. Delphine schickte Red weg, und er war sich sicher, dass sie es auch so meinte. Sie scheuchte Natalie ins Haus.

»Ich kann ihr helfen«, bot er Delphine an. Doch sie ging wortlos hinein und kam mit einer Waffe in der Hand auf die Veranda zurück. »Das hier geht nur uns etwas an. Hau ab.«

Red versuchte Zeit zu gewinnen. »Ich muss noch meine Brieftasche und meinen Schlüssel holen«, behauptete er.

Genau in diesem Moment hörte Red in der Ferne etwas, das wie das erstickte Weinen eines Babys klang.

Delphine legte den Kopf schräg, und Red glaubte schon, sie hätte es auch gehört. Doch dann bemerkte er, dass sie nur ihn musterte. Für einen Moment war Red sich sicher, gleich eine Kugel in den Bauch oder eine Etage tiefer gejagt zu bekommen. Doch Delphine erlaubte ihm widerwillig, die Brieftasche zu holen, die doch bereits in seiner Hosentasche steckte. Während er sich dem Haus näherte, zielte sie die ganze Zeit auf seine Schamgegend.

Dann schrie Natalie auf – ob es sich um Theater oder um einen echten medizinischen Notfall handelte, war Red sich nicht sicher –, und Delphine wandte die volle Aufmerksamkeit ihrer Tochter zu. Keine Spur Mitgefühl war auf ihrem Gesicht zu erkennen, nur kalte Entschlossenheit.

Red versuchte es noch ein letztes Mal: »Ich kann sie ins Krankenhaus fahren.« Delphine lehnte sein Angebot ab, indem sie die Waffe hob.

Plötzlich traf ihn die Erkenntnis wie ein Schlag in die Magengrube: Drei Kinder benötigten seine Hilfe, doch er konnte nur eins von ihnen retten. Megan, die inzwischen fünfzehn Monate alt war und die Delphine Anfang des Jahres entführt hatte, schlief im Haus. Natalie, dem jungen Mädchen, konnte er wahrscheinlich nicht helfen. Dann war da noch das Neugeborene, dessen Weinen er nun hören konnte, da war er sich sicher.

Solange Delphine noch über Natalie gebeugt und somit abgelenkt war, schlüpfte Red ins Haus und packte Megan, die trotz ihres Alters noch klein genug war, um sie auf einem Arm zu halten. Er konzentrierte sich auf ihren Herzschlag – unregelmäßig, aber stark – und versuchte, nicht an die beiden Kinder zu denken, die er gezwungen war zurückzulassen.

Nachdem er Delphines Haus in jener Nacht verlassen hatte, kehrte Red nie mehr in sein eigenes Zuhause zurück, nicht einmal um eine Tasche zu packen. Sein einziger Stopp auf dem Weg aus der Stadt hinaus war eine Telefonzelle, von der aus er die Notrufnummer wählte. Red berichtete dem Mitarbeiter von Natalie. Er wollte eigentlich die ganze Geschichte erzählen – die Misshandlungen, Delphines Grausamkeit, das Baby, das er hatte zurücklassen müssen –, aber seine neue Tochter begann zu weinen, und da er sich fürchtete, mit einem entführten Kleinkind erwischt zu werden, legte Red ohne ein weiteres Wort auf.

Aufgrund seines Hinweises suchte die Polizei nach Natalie und fand sie zwei Wochen später auch – allerdings lag sie zu diesem Zeitpunkt tot in einer Kiste unter der Erde.

Obwohl ich wusste, dass es nur ein Schattenspiel war, schien Reds Haut abzuschlaffen, und seine Stimme klang ermattet, als er die Geschichte beendete.

»Was ist mit Megan passiert?«, fragte ich. Dabei wusste ich es schon. *Ich* war Megan. Und das bedeutete: »Du bist nicht mein Vater.«

Red ergriff meine Hand, als wollte er unsere Verbindung bekräftigen, ließ sie aber genauso schnell wieder los.

»Ich liebe dich, Cassie. Mein Lebenssinn bestand darin, dich aufzuziehen. Aber nein, dein Vater bin ich nicht.«

43

Reds Blick wanderte die Straße hinab, nicht auf etwas Bestimmtes zu, sondern eher von mir und meinen verurteilenden Blicken weg. Ich machte einen Schritt seitwärts, wieder in sein Blickfeld hinein, und zwang ihn so, mich anzusehen.

»Delphine hat mich also aus diesem Supermarkt in Fresno entführt, und dann hast du mich von ihr entführt?« Mein Atem ging in kurzen, wütenden Stößen.

»Was hätte ich denn sonst tun sollen?«

»Was ist mit meinen Eltern?«

»Es gab nur deine Mutter, und sie ist schon vor Jahren gestorben.«

»Woher weißt du das?«

Schweigen.

»Vor wie vielen Jahren?«

Als er antwortete, klang seine Stimme belegt. »Vor ungefähr zwanzig Jahren.«

Vor zwanzig Jahren. Zu diesem Zeitpunkt war ich schon erwachsen. Auf dem College. Es würde nur noch ein paar Jahre dauern, bis ich Sam kennenlernen und selbst Kinder haben würde. »Ich hätte sie kennenlernen können. Meine Mutter.«

Red hatte Mühe, den Blickkontakt zu halten. »Ich

habe Jahre gebraucht, um sie ausfindig zu machen, und zu diesem Zeitpunkt …«

»Du wolltest mich nicht verlieren?« Meine Stimme versagte, als ich daran dachte, was ich selbst verloren hatte – ganz zu schweigen von meiner Mutter, deren einziger Fehler gewesen war, im Supermarkt eine Dose Tomaten fallen zu lassen. »Was ist mit dem Baby passiert, das du zurückgelassen hast? Mit Natalies Kind?«

Red zuckte zusammen und sah wieder weg. »Ich habe später gehört, dass die Polizei nur Natalies Leiche gefunden hat. Kein Baby.«

»Aber wie ist das möglich?«

Er zuckte mit den Achseln. »Delphine war reich, und sie wusste, wie man ein Geheimnis bewahrt.«

Offenbar nicht so gut wie der Mann, der mich aufgezogen hatte. »Bist du sicher, dass das Baby jene Nacht überlebt hat?«

Red zögerte. »Ich möchte gern glauben, dass es so war.«

Ich hingegen war mir nicht so sicher, dass ich mir das auch wünschte. Wie musste es wohl für ein Kind gewesen sein, in so einem Haus aufzuwachsen?

Plötzlich erinnerte mich der Schmerz dieses anderen Kindes an den meines Sohns, und ich wandte mich einem anderen Detail aus Reds Geschichte zu. »Warte mal. Wo genau ist Delphines Haus gewesen?«

Mein Vater legte den Kopf schief. »Warum?«

Audreys Satz. Als ich ihre Wunde gesäubert hatte. Der Satz, den ich in diesem Moment zu leichtfertig abgetan hatte, der jetzt allerdings meinen Puls zum Rasen brachte. »Audrey hat gehört, wie ihr Entführer etwas von einem Geisterkeller gesagt hat.«

Red sog scharf die Luft ein, als er dieselbe Verbindung wie ich herstellte. »Die Geisterkellerei.«

»Erinnerst du dich noch an die Adresse?«

»Den Ort werde ich nie vergessen.« Aber er nannte keine Adresse, stattdessen trat er in den Schein der Straßenlaterne und ergriff meine Hand. Seine Haut fühlte sich kalt und klamm an. »Geh nicht.«

»Er hat Leo.«

»Lass die Polizei das erledigen. Diesen Detective Rico. Der scheint doch ein kluger Kerl zu sein.«

»Ist er. Aber wenn ich entführt worden wäre, was würdest du dann tun?«

Er zögerte keine Sekunde. »Alles.«

Ich zeigte Richtung Praxis, in der Audrey hinter dem Empfangstresen saß. »Kümmere dich um sie.«

»Ich habe dir die Adresse noch nicht gegeben.« Seine Stimme schwankte.

»Das wirst du. Du schuldest mir was.«

Er trat einen Schritt zurück und schüttelte den Kopf, obwohl wir beide wussten, dass er sie mir verraten würde. Dann nannte er eine Anschrift in Napa.

»Wir müssen darüber reden.«

Ich musste nicht fragen, worüber. »Das werden wir.«

Sein Atem ging stoßweise. »Nachdem du Leo gefunden hast.«

»Und Sam.«

Red wandte den Blick ab, um mir den Zweifel in seinen Augen zu ersparen.

»Sag Rico, wohin ich unterwegs bin.«

»Aber du willst einen Vorsprung?«

Wir waren vielleicht nicht blutsverwandt, aber Red kannte mich besser als jeder andere.

»Gib mir dreißig Minuten.«

Sobald Red ihn einmal informiert hatte, würde Detective Rico Vorschriften zu befolgen, Anrufe zu tätigen und Sperrungen um das Gelände vorzunehmen haben. Ich wollte Rico dort haben, aber erst nach meiner Ankunft.

Ich sah, wie Ricos Wagen mit Red und Audrey darin von der Praxis wegfuhr, dann stieg ich in den Lieferwagen. Im Heizlüfter steckte ein gefalteter Zettel.

Mit zitternder Hand griff ich danach. Die Schrift war krakelig, die schwarze Tinte verlief an den Worträndern. Als ich das Papier berührte, färbte die Tinte auf meine Finger ab. *Ich habe dich wegen der Polizei gewarnt. Nun muss ich sie beide töten.*

Auf der Rückseite des Zettels stand dieselbe Adresse, die Red mir gerade genannt hatte.

Wie lange hatte die Nachricht schon hier gesteckt? Ich beschloss, dass sie erst nach Ricos Ankunft aufgetaucht sein konnte, aber noch vor den anderen Streifenwagen. Wie auch immer, es war ein riskantes Manöver gewesen. Darüber machte ich mir Sorgen und auch über die Einladung.

Auf dem Highway fuhr ich schneller, als es die Vorsicht geboten hätte, versuchte meinen Gedanken davonzufahren. In meiner Jugend war ich immer das Mädchen ohne Mutter gewesen, aber das war egal, denn ich hatte ja meinen Vater. Dann war ich auf die Junior Highschool gekommen, eine größere Zahl meiner Klassenkameradinnen hatte damit begonnen, BHs und Make-up zu tragen, und die Jungs hatten angefangen, uns zu beachten, auch wenn BHs und Make-up sie furchtbar einschüchterten. Damals hatte ich mir eine Mutter erfunden – in den Geschichten, die ich meinen Schulkameradinnen erzählte, war sie eine Pilotin, die kunstvolle Torten backte und den Text jedes einzelnen Aerosmith-Songs auswendig kannte. Als dann eine Mädchenclique meine Lügen entlarvt hatte, war mein Absturz schnell und schmerzhaft gewesen. Auch für sie. Eventuell habe ich einer von ihnen die Nase gebrochen.

Doch einmal mehr war mein Vater da gewesen. Er war immer da gewesen. Bis heute. Durch ein einziges Geständnis hatte ich ihn verloren, genauso wie eine Mutter, die vielleicht Pilotin war und Torten backte, während sie Aerosmith hörte, deren wahren Beruf und deren wahre Interessen und Lieblingssongs ich allerdings niemals kennenlernen würde, weil ich *sie* niemals kennenlernen würde.

Noch schlimmer, mein Mann und mein Sohn wurden vermisst.

In der Nachricht stand: *Nun muss ich sie beide töten.*

Nein. Das würde nicht geschehen. Ich hatte schon genug verloren.

Ich erreichte Napa in der Hälfte der Zeit. Als ich mich dem Grundstück näherte, fuhr ich langsamer. Wie bei Daryl steuerte ich auf eine benachbarte Parzelle zu, statt direkt auf das Anwesen zu fahren.

Ich war nicht dumm. Ich wusste, dass ich kein Druckmittel hatte. Aber ich hatte mein Leben, und vielleicht konnte ich das zur Verhandlungsmasse machen.

Der Elektromotor des Tores war wohl schon seit Längerem kaputt, das Tastenfeld, über das man den Code eingab, baumelte nutzlos daneben. Eine Windbö schleuderte die Metallbox wieder und wieder gegen den Zaun, das hohle *Klonk* eines Uhrpendels.

Ich rüttelte an der verrosteten Kette und dem Schloss, die das Tor sicherten. Das Schloss sprang fast sofort auf und fiel in den Kies.

Ich fuhr ohne Licht und mit heruntergelassenen Fenstern. Ich hörte das Knirschen der Reifen auf dem Kies und spürte, wie der kalte Wind über meine Wangen strich.

Der Weg wurde schmaler, und ich lenkte den Lieferwagen so weit davon herunter, wie ich konnte, und parkte zwischen zwei Eichen. Dann schaltete ich den Motor ab und stieg aus.

Ich ging auf das beleuchtete Haus zu, das sich an den Hang schmiegte. Dabei ließ ich die Walnussbäume und den Kiesweg hinter mir und passierte etwas, das früher vielleicht einmal ein Gästehaus gewesen war. Nun waren davon nur noch zwei Wände, die sich wegen des fehlenden Dachs neigten, sowie absackende Bodendielen unter freiem Himmel übrig.

Näher am Haupthaus stolperte ich und landete unter einer Eiche auf den Knien. Als ich die Hand ausstreckte, um das Gleichgewicht wiederzuerlangen, stach ich mich an einer Flockenblume. In der Dunkelheit ertastete ich das Hindernis, an dem ich mit dem Schuh hängen geblieben war: Ein einzelner Knochen ragte aus dem kompakten Untergrund. Ich erzitterte. Ich war am richtigen Ort.

Mit Gedanken an den Knochen und das, was er bedeuten mochte, hielt ich mich nicht lange auf, sondern konzentrierte mich auf die Reihen von Rebstöcken, die auf einem benachbarten Hang wuchsen und zu dem hell erleuchteten Haus führten.

In der Ferne hüpften die Scheinwerfer eines Autos auf und ab. Es gab keine Bäume oder Büsche, die mir hätten Schutz bieten können, also blieb ich einfach still stehen und beobachtete. Ich hoffte, dass ich weit genug weg war, um von den Schatten verschluckt zu werden, aber wenn der Fahrer nach mir suchte, würde er mich auch finden.

Das Auto steuerte auf den Hauptweg zu, der ungefähr hundert Meter von meinem Standort entfernt vorbeiführte. Falls der Fahrer mich entdeckt hatte, ließ er es sich nicht anmerken. Als die Scheinwerfer endlich erloschen waren, ging ich weiter Richtung Haus. Unterwegs erinnerte ich mich an die Schere, die ich vorhin eingesteckt hatte. Jetzt zog ich sie hervor und drückte mit dem Finger gegen die Spitze, um mir Mut zu machen.

Der Weg endete. Und nur mit meiner winzigen Schere bewaffnet, erklomm ich den Hang und ging auf das Haus oben am Hügel zu.

44

Ich schaffte es nicht bis zum Haus. Als ich um die Ecke bog, erweckte ein weiteres Gebäude meine Aufmerksamkeit: Es war aus Beton, die Fenster waren mit Sperrholz vernagelt, die verrotteten Dachbalken hatten resigniert nachgegeben. Die Molkerei wahrscheinlich. Mein Blick wanderte von dort zu dem benachbarten Gebäude, einem Lagerschuppen. Alt, verlassen, glanzlos. Es war die Art von Gebäude, in der man Stapel von Jutesäcken erwarten würde – wie die auf dem Bild des bewusstlosen Sam, das irgendwer mir geschickt hatte.

In dem Maß, in dem der Mond die Sonne ablöste, changierte der kornblumenblaue Himmel immer mehr ins Indigo. Ich hielt mich im Schatten der Eichen. Als ich mich dem Schuppen näherte, drangen Kletten durch die Barriere meiner Jeans und hafteten an meinen Socken. Ich rüttelte an der Tür. Verschlossen.

Frustriert, aber nicht überrascht, suchte ich festen Tritt, umschloss die Schere mit der Hand und warf mich mit der Schulter gegen die Tür. Mein Körper absorbierte den Großteil der Wucht. Ich warf mich ein zweites Mal dagegen. Der Rahmen krachte und splitterte. Ein dritter Schlag, und ich war drin, wischte die Spinnweben beiseite, die quer über den Eingang hingen.

Meine Schulter pochte, als ich auf der Schwelle stand und den Schuppen begutachtete – früher war er offensichtlich zur Lagerung leerer Futtersäcke benutzt worden. Das abnehmende Licht sickerte durch die vier kleinen Fenster zwischen den Dachsparren und musste sich dabei seinen Weg durch Staubwolken und Spinngewebe bahnen.

Der Satz, den Carver bei unserer Begegnung im Krankenhaus ausgesprochen hatte, quälte mich nun: *Ich hab ihn auf einem Stapel Futtersäcke abgelegt, mit dem Gesicht nach unten.*

So an Sam zu denken – bewusstlos auf dem Bauch liegend, die beiden Arme nutzlos zur Seite ausgestreckt – brachte mir unverhofft eine messerscharfe Klarheit. Mühsam holte ich Luft. In rascher Folge rasten Bilder durch meinen Kopf: Sam, der seinen Arm um seine Geliebte legte. Daryl, betäubt neben meinen Kindern. Sam, zusammengeschlagen auf einem Jutesack. Die Bilder verschwommen miteinander, bis Sams Arm nicht mehr von dem Daryls zu unterscheiden war und der Stoff von Daryls Sofa mit einem Stapel Futtersäcke verschmolz – eine Horrorshow in meinem Hirn, die ich nun mit neuer Intensität betrachtete.

Ich hatte mich so sehr auf die Frau, die auf dem Foto mit Sam abgebildet war, und auf die Möglichkeiten, in denen das Bild verändert worden sein könnte, konzentriert. Doch jetzt sah ich, was mir zuvor entgangen war: Auf dem Bild von Sam und der Frau hatte es keinerlei Spannung in seiner Schulterpartie gegeben, auch nicht in seinen Armen. Er war im Profil so hindrapiert worden, dass die blau geschlagene Seite seines Gesichts an der Brust seiner »Geliebten« lag.

Das Geräusch eines sich räuspernden Mannes ließ mich hochschrecken, und ich stieß mir die bereits schmerzende Schulter an einem Industriesauger, der an einem Balken über mir befestigt war.

»Endlich ist Ihr Timing mal nicht katastrophal«, sagte er.

Sofort erkannte ich die Stimme wieder. Es war dieselbe, die mich und meine Kinder bedroht hatte.

Mit der Schere in der geballten Faust ging ich in die Richtung, aus der die Stimme kam, und entdeckte Carver in einer Ecke, zum Großteil verborgen von einem Kistenstapel. In seiner aktuellen Verfassung stellte er keine Gefahr dar: Er kämpfte gegen die Fesseln an seinen Hand- und Fußgelenken.

»Würden Sie mich vielleicht losbinden?«

»Hab ich eigentlich nicht vor.«

Durch die Fenster im Gebälk warf der Mond fahle Streifen Licht durch spinnwebenbedeckte Scheiben und über Carvers Gesicht. Seine Lippe war angeschwollen, und die wulstige Narbe an seinem Kiefer war aufgeschürft. Kiessteinchen steckten ihm in der Wange.

Während meiner Suche nach ihm hatte ich mir Carver auf tausend Weisen vorgestellt, allerdings niemals hilflos. Dennoch konnte ich ihn nicht einfach als Verdächtigen ausschließen, nur weil er gefesselt war. Kriminelle hintergingen sich häufig gegenseitig. Man musste nur an Ernie denken, der all sein Wissen mit mir geteilt hatte, nur für ein paar Schmerztabletten, die keine waren.

Genauso ein großer Fehler wäre es gewesen, Carver als hilflos einzustufen.

»Wo ist Leo?«

Trotz seiner misslichen Lage grinste er höhnisch. »Sollte eine Mutter nicht wissen, wo ihre Kinder sind?«

»Wissen *Sie* denn, wo *Ihr* Kind ist?«

»Darüber wissen Sie Bescheid?«

Ich holte scharf Luft. Was Red mir über das Baby erzählt hatte, stimmte also, und Carver wusste es. Das hatte ich nicht erwartet. »Mein Vater, Red, hat hier als Handwerker gearbeitet.«

»Ich kannte Red, das heißt: Ich wusste von ihm.« Er setzte seine Worte mit Bedacht. »Von Natalie.«

»Er war in der Nacht hier, als Natalie Ihr Kind zur Welt gebracht hat.«

»Und er hat nicht versucht, sie zu retten?«

Sie. Das Baby war also ein Mädchen gewesen.

Noch während mir diese Tatsache bewusst wurde, flammte schon Wut in mir auf, dass er Red die Schuld gab. »Wäre es denn nicht Ihre Aufgabe gewesen, Ihr Kind zu beschützen?« Sofort bemerkte ich meine Scheinheiligkeit: Vor einer Stunde hatte ich Red dasselbe vorgeworfen. Und wer war ich überhaupt, hier ein Urteil zu fällen, wo ich meinen eigenen Sohn doch so vollkommen im Stich gelassen hatte? »Was ist aus ihr geworden?«

»Da sie hier aufgewachsen ist, nehme ich an, nichts Gutes.« Für einen Moment wurde Carvers Blick ganz sanft. »Wussten Sie, dass Delphine Natalie in eine Kiste sperrte, wann immer sie etwas tat, das ihr nicht gefiel? Und es gefiel ihr *wirklich* nicht, dass ihre Tochter sich hatte schwängern lassen. Normalerweise hat Delphine sie nach einem oder zwei Tagen wieder rausgelassen, aber beim letzten Mal hat sie sie einfach vergraben und ist abgehauen.«

Wie er das so nebenbei sagte, ließ in mir den Wunsch entstehen, ihm mit meiner Schere ein Auge auszustechen.

»Sie wussten von den Misshandlungen und haben nichts unternommen?«, fragte ich. Selbst wenn es Delphine gewesen war, die Natalie getötet hatte, und nicht er, verdiente Carver doch jedes Jahr, das er in San Quentin abgesessen hatte.

Carvers Brustkorb blähte sich auf, er straffte die Schultern, und ich wurde wieder daran erinnert, wie grausam er sich bei unserer ersten Begegnung beim alten Krankenhaus verhalten hatte. »Damals wusste ich nichts von alledem. Bis vor Kurzem dachte ich, Natalie hätte eine Fehlgeburt gehabt, und Ernie hat mir von der Kiste erzählt. Aber Red – er ist in jener Nacht hier gewesen. Er hätte verhindern können, dass dieser ganze Mist passiert.«

Meine Hand schloss sich fester um die Schere. Ich hatte genug davon, mit ihm über dieses Kind zu reden. Ich wollte mein eigenes finden. »Wo ist mein Sohn? Und wo mein Mann?«

»Wahrscheinlich tot.«

Ich rammte ihm die Schere in den Fuß, und er schrie auf. »Was zum Teufel …?«

»Was haben Sie mit meinem Sohn gemacht?«

»Ich habe nichts damit zu tun. Ich bin nur hier, weil Damon, dieser Arsch, mich betäubt hat.« Seine Miene verfinsterte sich. »Sie haben mich in den Fuß gestochen.«

»Sie haben Glück, dass es nicht Ihre Halsschlagader war. Warum sollte Damon Kripke Sie betäuben?«

Er verzog das Gesicht, hob den Fuß an und drehte ihn so ins Mondlicht, dass er ihn untersuchen konnte.

Ich seufzte ungeduldig. »Ich hab kaum Ihren Zeh geritzt.«

Carver stellte den Fuß auf den Boden. »Sie kennen die Geschichte doch. Mann trifft Frau. Mann merkt, dass die Frau dabei ist, sein Leben zu ruinieren. Mann versucht, die Frau umzubringen.« Er hielt inne und versuchte sich an einem Grinsen, doch es wollte ihm nicht recht glücken. »Dann bringt die Frau ihren Freund dazu, den Mann bewusstlos zu spritzen und ihn in irgendeinen verdammten Schuppen zu schmeißen.«

Meine Haut fühlte sich kalt an, und ich rieb mir über die Arme – nicht weil dieser Psychopath, der zu meinen Füßen gefesselt dasaß, mich finster ansah, sondern weil es so lange gedauert hatte, bis ich die Verbindung hergestellt hatte. *Wovon wissen Sie, dass es ganz sicher stimmt?*, hatte Daryl gefragt. Er wäre enttäuscht gewesen, dass ich so lange gebraucht hatte, um diese Lektion zu lernen.

»Es ist also nicht nur Damon Kripke«, sagte ich. »Brooklyn ist auch in Leos Entführung verwickelt?«

»Sie kapieren es immer noch nicht. Sie ist nicht einfach nur *verwickelt*. Sie steckt hinter allem. Damon ist einfach irgendein Typ, den sie manipuliert, genau wie sie mich manipuliert hat. Und Sie und Ihren Mann. Damals, in der Nacht, als Sie alles versaut haben – nichts in dieser Nacht war ein Unfall.«

»Ich weiß. Sie haben Brooklyn Breneman von der Straße abgedrängt.«

»*Sie* hat *mich* abgedrängt. Sie wusste, wo und wann Sie auftauchen würden. Sie hat einen Tracker an Ihrem Auto angebracht, stimmt's?« Er musste meinen Zweifel bemerkt haben, denn er höhnte: »Natürlich hat sie einen Tracker an Ihrem Auto befestigt, bei mir hat sie dasselbe gemacht.« Das Grinsen war zurück, und es war eisig. »Aber Ihr Timing stimmte nicht. Sie hat wohl nicht vorausgesehen, dass ich sie beinahe umgebracht hätte.«

Carvers Miene zeigte nun eine Mischung aus Feindseligkeit und Verwirrung. »Aber ich habe immer noch nicht kapiert, warum – warum sollte meine eigene Tochter mich umbringen wollen?«

Mir fielen ohne große Mühe drei Gründe ein. *Weil Sie ihre Mutter sterben ließen. Weil Sie nie nach ihr gesucht haben. Weil Sie ein Arschloch sind.* »So, wie Sie versucht haben, sie umzubringen?«

»Damals wusste ich noch nicht, dass sie meine Tochter ist, aber ich wusste durchaus, was sie mir alles angetan hatte.«

»Und jetzt, wo Sie wissen, dass sie Ihre Tochter ist, wollen Sie sie da nicht mehr töten?«

Carver blieb stumm, doch ich konnte die Antwort auf seinem Gesicht ablesen.

Ich betrachtete ihn und seine Fesseln. Wenn er Damon und Brooklyn angreifen würde, würde mir das eine ziemlich gute Ablenkung liefern.

Er bemerkte, dass ich überlegte, und knurrte beinahe: »Binden Sie mich los.« Mein Blick fiel auf seine Hände. Sie waren geballt, genau wie in der Nacht, in der wir uns zum ersten Mal begegnet waren.

»Weil Sie mich so freundlich gebeten haben oder weil Sie versucht haben, mich zu töten?«

»Ich habe nicht versucht, Sie zu töten. Ich wollte nur, dass Sie Brooklyn sterben lassen.« Als Carver bemerkte, dass ich keine Anstalten machte ihn loszubinden, lehnte er sich gegen die Wand. »Im Krankenhaus hab ich gelogen.«

»Das wundert mich nicht. Worüber?«

»Ich habe Sam nie hierhergebracht.«

Ich musterte ihn, traute mir aber inzwischen nicht mehr zu, eine Lüge zu erkennen. »Ich verstehe nicht ganz.«

Carver leckte sich über die aufgesprungene Lippe und zerrte noch einmal an seinen Fesseln. »Als Brooklyn und Damon Sam aufgelauert haben, habe ich das Ende ihres Gesprächs noch belauscht. Damon hat erwähnt, dass sie Sam hier abladen wollten.«

»Aber woher stammte das Blut auf dem Rücksitz?«

»Damon und ich hatten eine Meinungsverschiedenheit.«

»Sams Schlüssel?«

»Er hat sie verloren, als die beiden ihn überwältigt haben, und ich hab sie aufgehoben. Ich brauchte ein Auto.« Carvers Zunge fuhr noch einmal über seine Wunde. »Wissen Sie, wie meine Frau gestorben ist?«

»Sie wurde vergiftet.«

Er nickte. »Das war Brooklyn. Sie hat Gift in den Tee meiner Frau geschüttet und dann dabei zugesehen, wie ich ihn ihr eingeschenkt habe. Bis zu diesem Zeitpunkt haben wir beide Brooklyn für eine Freundin gehalten und sie sogar zu uns nach Hause eingeladen. Zuerst hat sie dann irgendwelchen Kram ins Netz gestellt, der mich meinen Job gekostet hat. Dann hat sie unser Konto abgeräumt und unsere Katze umgebracht und sie so auf unserem Bett drapiert, als würde sie schlafen. Dann … Anne.«

Sein ganzer Körper verkrampfte sich bei dieser Erinnerung. »Jeden Tag habe ich eine Notiz mit einer Zahl darauf gefunden *3, 2, 1*. Und am letzten Tag hat Brooklyn dann unten auf die Teedose ein einziges Wort mit Edding geschrieben: *Heute*.«

Bei diesen Worten fühlte ich mich, als wäre ich mit einem stumpfen Messer ausgehöhlt und dann ausgeschabt worden. Ein Teil von mir hatte glauben wollen, dass es nur eine leere Drohung war und dass Sam und Leo überleben würden.

»Und dann …« Carver versagte die Stimme. Er räusperte sich und setzte noch einmal an: »Und dann hat Brooklyn sich hingekniet und meiner Frau erzählt, es sei meine Idee gewesen, ich hätte mir Annes Tod gewünscht. Es ist mir egal, ob sie meine Tochter ist. Weil sie dafür gesorgt hat, dass das der letzte Gedanke meiner Frau war, *werde* ich sie umbringen.«

Dann streifte Carver sich die Fessel von den Handgelenken, und ich merkte, wie töricht ich gewesen war.

45

Carver packte mich und schlang mir den Arm um die Kehle. Ich wehrte mich, aber er war doppelt so breit wie ich. Er lachte über die Schere in meiner Hand, steckte sie ein und zerrte mich aus dem Schuppen.

Er versuchte mich zu beruhigen. »Auch wenn Sie mich in den Fuß gestochen haben, werde ich Sie nicht umbringen. Außer Sie wehren sich weiter.«

Ich schlug meine Zähne in seinen Arm. Er zuckte zusammen, ließ mich aber nicht los, sondern drückte stattdessen nur noch fester zu. Dann lockerte sein Griff sich ein wenig. Ich bin mir nicht mal sicher, ob Carver bewusst war, dass er sich zurückhielt, nicht seine ganze Kraft einsetzte. Als ich Sterne vor den Augen hatte, entließ ich alle Spannung aus meinem Körper. Obwohl mein Instinkt brüllte, ich solle kämpfen, ließ ich zu, dass er meinen schlaffen Körper fast schon behutsam auf dem Boden ablegte.

Ich wartete, bis Carver gegangen war und öffnete die Augen erst, als ich seine Schritte nicht mehr hören konnte. Selbst dann blieb ich noch eine Minute lang liegen. In der letzten Stunde hatte ich so viele Dinge erfahren – über meinen Vater, über Carver, über die Frau, die meine

Familie ins Visier genommen hatte –, aber ich hatte noch immer keine Antwort auf die bedeutsamen Fragen bekommen: *Wo war Sam? Und wo war unser Sohn?* Ich wollte und konnte nicht akzeptieren, dass sie tot waren, wie Carver vermutete.

Mein Atem beschleunigte sich, als ich mich schließlich erhob. Ich tastete in meiner Tasche nach meinem Handy, erinnerte mich dann aber, dass ich es nicht mehr hatte. Als ich den Blick hob, erstarrte ich.

Carver kam wieder auf mich zu, und er war nicht allein. Damon ging hinter ihm, er war kleiner als Carver, aber breiter. Auf Damons Glatze spiegelte sich das Mondlicht, und in diesem Licht waren rote Klümpchen auf seinem Gesicht sowie eine geschwollene Lippe zu erkennen. Bevor Damon Carver außer Gefecht gesetzt hatte, hatte dieser also offenbar noch ein paar Treffer landen können.

Zuerst dachte ich, ich hätte mich getäuscht, und Carver hätte schon die ganze Zeit über mit Damon zusammengearbeitet. Doch dann bemerkte ich die Waffe in Damons rechter Hand. Trotz des Blutergusses erkannte ich Damon als den Mann wieder, der Helens Tür geöffnet hatte, und wahrscheinlich auch als den Mann, der sein Gesicht mit einer Baseballcap verdeckt hatte, als er Audrey aus der weißen Limousine stieß.

Obwohl Damons Waffe nicht auf mich gerichtet war, würde er nur einen Sekundenbruchteil brauchen, um das zu ändern. Also stand ich so still, wie ich konnte.

»Du bist zu früh, Cassie«, sagte er und schob Carver zur Seite. »Wir waren noch nicht ganz bereit für dich.«

Ich versuchte, in dem Flickenteppich seines Gesichts

zu lesen, wie tief seine Loyalität zu Brooklyns Vorhaben war. »Warum tun Sie das?«

Damons Blick schnellte zwischen Carver und mir hin und her, und die Hand, in der er die Pistole hielt, machte einen Ruck. Ich erkannte die Verzweiflung in seiner Miene: Er versuchte, sich für das zu wappnen, was auch immer ihm Furchtbares aufgetragen worden war.

»Ich tue das, weil ich ihr Freund bin und sie mich darum gebeten hat.« Damons Arm versteifte sich, der Pistolenlauf war nun auf Carvers Brust gerichtet. Carvers Gesicht wurde zur steinernen Maske, und seine Augen erstarrten. All seine Dreistigkeit war wie weggeblasen.

»Sie wollte eigentlich mehr Zeit mit dir, Carver. Aber da Cassie jetzt hier ist, ist es zu riskant, euch beide am Leben zu lassen.«

Ich schüttelte den Kopf, und Carver wollte etwas sagen, aber Damon machte einen Schritt nach vorn und hob den Pistolenlauf noch ein paar Zentimeter an, sodass er nun auf Carvers Schläfe gerichtet war. Dann drückte er ab, einfach so, drei Mal. Carvers Mund erschlaffte, und der Tod verschlang alles, was er gerade noch hatte sagen wollen.

Damon gestikulierte mit seiner Waffe in Richtung des Hauses. »Bringen wir es hinter uns.«

Im Haus reichte ein Kamin über zwei Stockwerke bis zu einer Decke mit Rotholzbalken, einem Bronzekronleuchter und einer Reihe nackter Glühbirnen, die davon herabhingen. Die zwei Flügel des oberen Stockwerks waren durch eine Galerie verbunden, von der aus man das

Wohnzimmer überblicken konnte, das ganz in weißem Leinen und purpurrotem Leder gehalten war.

Ich nahm das alles wahr, aber nur bis ich meinen Sohn entdeckte, der bewusstlos auf das Sofa drapiert worden war. Hinter ihm stand Brooklyn mit einem Revolver. Sobald ich Leo erblickt hatte, sah ich nichts anderes mehr. Brooklyn hob die Waffe, um auf Leos Kopf zu zielen.

Ich hätte mich nach vorn werfen können, wäre die Waffe auf mich gerichtet gewesen. Ein paar schnelle Schritte, und ich wäre bei ihr gewesen. Ich hätte mir zwar eine Kugel eingefangen, wahrscheinlich mehr als eine, denn der Mann hinter mir hatte ja ebenfalls eine Pistole, aber ich bezweifelte, dass Brooklyn rasch genug gehandelt hätte, um auch Leo zu erschießen. Da die Waffe jedoch auf den Kopf meines Sohnes zielte, wagte ich nicht, mich zu rühren.

Brooklyn Brenemans Gesicht war noch immer mit Blutergüssen übersät, ein Spiegelbild von Damons Verletzungen. Das ergab Sinn, immerhin waren sie vom selben Mann verursacht worden. Doch bei unserem letzten Treffen hatte sie ihre Armverletzung offenbar übertrieben, denn jetzt hatte sie keinerlei Schwierigkeiten, die Pistole zu halten.

Brooklyn kniff die Augen zusammen und neigte den Kopf, während sie mich musterte. Ihre Mundwinkel kräuselten sich, nicht ganz zu einem Lächeln, es kam dem aber nahe, und dann fragte sie Damon, den Blick immer noch auf mich gerichtet: »Du hast dich um Sam gekümmert, ja?«

Ich hielt die Luft an. *Nein.*

»Ja, ich hab mich um ihn gekümmert.«

Ich dachte an Carvers Wut in der Nacht unserer ersten Begegnung zurück. Damals war er wie ein Tier gewesen, jenseits von Verstand oder logischem Denken, Brooklyn hatte Carvers Leben Stück für Stück demontiert, bis nur noch diese Hülle übrig war, leer bis auf das limbische System in seinem Gehirn, das nach Rache schrie.

Der Gedanke traf mich mit solcher Wucht, dass ich beinahe ins Taumeln geriet: *Erst rette ich Leo, und dann töte ich alle anderen in diesem Raum.*

Ich schüttelte den Gedanken ab. So ein Mensch war ich nicht. Ich war keine Mörderin. Ich rettete Leben und nahm sie nicht. Ich probierte diese Gewissheit an, musste aber feststellen, dass sie nicht mehr passte, wie ein eingelaufener Pullover, den ich noch trug, obwohl er an meinen Schultern zerrte und seine Wolle auf meiner Haut kratzte.

»Ich muss sagen, ich staune, dass Sie so schnell hierhergekommen sind. Bei dem Tempo hatten Sie Glück, nicht angehalten zu werden.« Brooklyn lächelte, aber in diesem Lächeln lag ein Anflug von Ungeduld. »Zehn Minuten früher, und wir hätten nicht mal genug Zeit gehabt, Ihren Mann umzubringen.«

Meine Muskeln spannten sich an, während ich mich im Raum nach einer Waffe umsah. Nach einer Option. Auf dem Couchtisch sah ich eine Packung Kaugummi, daneben ein Einwickelpapier. Der Streifen Folienpapier war ordentlich zu einem Herz gefaltet worden. Das brachte mich zurück zu meinem letzten Morgen mit Sam und dem Origamihund, bei dem ich zuerst geglaubt hatte, er stammte von ihm.

»Vergessen Sie nicht, dass Sams Tod auf Ihre Kappe

geht. Vorhin habe ich Ihnen die Wahl gelassen, und Sie haben sich für die Kinder entschieden. Und außerdem, Cassie, haben Sie die Polizei gerufen, und diese Entscheidung muss doch ebenfalls Konsequenzen haben, oder? Also, wer soll hier sterben: Sie oder Ihr Sohn?«

Das war die einfachste Entscheidung, die ich je zu treffen hatte. »Ich tausche gern mein Leben gegen das meines Sohnes ein.« Die offensichtliche Frage hing zwischen uns: *Was hinderte Brooklyn daran, uns beide zu töten?*

An dem Abend, an dem ich Brooklyn zum ersten Mal begegnet war, hatte ich an den Angriff auf eine Kommilitonin denken müssen und daran, wie ich sie im Stich gelassen hatte. Sie hatte an jenem Abend zwar überlebt, aber eine Weile nachdem Dirk sie vom Balkon gestoßen hatte, war sie in den Ozean hinausgeschwommen und ertrunken. Dabei hatte sie nicht vorgehabt sich umzubringen. Nach dem Angriff war ihr Körper trotz der Reha einfach zu schwach, um sich gegen die Strömung zu wehren.

Auf einmal fiel mir der Name der jungen Frau wieder ein: Stephanie. In jener Nacht am alten Krankenhaus hatte ich geglaubt, mit Brooklyns Rettung Sühne dafür leisten zu können, nicht mehr für Stephanie getan zu haben. Ich dachte, ich könnte für die vielen Streits Buße tun, die ich in der Highschool vom Zaun gebrochen hatte, und für die Hölle, die ich meinen Vater hatte durchleben lassen. Dafür, dass ich für Sam nicht da gewesen war. Aber die Wahrheit war, dass ich Brooklyn hätte sterben lassen sollen. Ich hätte Stephanie retten, Brooklyn jedoch Carver überlassen sollen.

Nun wandte Brooklyn sich an Damon. »Lass Sams Leiche verschwinden.«

Damon ging weg. Ich hörte, wie ein Auto anfuhr, und versuchte, mir nicht vorzustellen, dass Sams Leiche in dessen Kofferraum lag.

Jetzt waren nur noch Brooklyn und ich übrig, aber der Abstand zwischen uns war zu groß für mich, um an die Waffe zu kommen.

Ich ließ zu, dass Brooklyn mich hinausführte und Leo allein im Haus zurückblieb. So blieb mir Zeit zum Nachdenken. Brooklyn ging mit mir den Weg zurück, über den ich auf das Grundstück gelangt war. Der Mond brachte die Tautropfen auf dem Gras zum Glitzern, sodass die Halme wie Eissplitter aussahen.

Sie beschleunigte den Schritt und zwang mich voran, und ich begriff, was sie vorhatte. Wir gingen auf die Eiche am Rand des Anwesens zu.

Der Baum war mir bereits bei meiner Ankunft aufgefallen, aber ich war zu abgelenkt gewesen, um mir seiner vollen Größe bewusst zu werden. Die Eiche musste mehrere hundert Jahre alt sein, ihr Stamm war dick, und die Äste ragten dreißig Meter in den Himmel hinauf. Beim Näherkommen wurde das Mondlicht zum Großteil vom Geäst abgeschirmt. Auch der Boden veränderte sich hier, das Gras wurde zu Kräutern. Einige davon kannte ich: die Ölmadie mit ihren klebrigen Blättern, die haarlosen Stängel von etwas, das ich für Erdmandel hielt. Doch das meiste, was hier wuchs, war zu stark niedergetrampelt worden, um sich noch bestimmen zu lassen. In den Lichtstrahlen, die das Blattwerk der Eiche durchdrangen, war nur Erde zu sehen.

Auf meinem Todesmarsch bemerkte ich alles. Ich sog gierig die Luft ein, kühl und süß, füllte meine

Lunge, bis sie fast barst. Ich stand kurz davor zu hyperventilieren, doch diese Schwäche durfte ich mir nicht erlauben. Ich suchte nach einer Gelegenheit, sah aber keine.

Wenigstens war jeder Schritt, den ich mit ihr zusammen machte, ein Schritt weg von meinem Sohn. Da Brooklyn mit mir beschäftigt war und Damon Sams Leiche irgendwo loswurde, konnte Leo vielleicht das Bewusstsein wiedererlangen und …

Brooklyn trieb mich weiter voran, und auch wenn sie nichts sagte, hörte ich ihren Atem. Er ging schnell. Aufgeregt. Sie genoss einen Moment, den sie sich wahrscheinlich schon lange ausgemalt hatte.

Der dunkle Himmel, die Eiche und diese Frau versetzten mich zurück in die erste Nacht. Ich quälte mich mit jeder Entscheidung, die ich seither getroffen hatte. In der Rückschau hätte ich zwar alles anders gemacht, aber ich glaubte nicht, dass ich das hier hätte vermeiden können. Ich hatte nicht mehr Kontrolle als ein Zebra, das von einem Paar jagender Löwen in den Hinterhalt gelockt worden war. Was blieb mir jetzt noch zu tun, um mich und Leo zu retten? Im Augenblick war ich machtlos, und sie bewegte sich mit der trägen Gewissheit einer Person, die das wusste. Selbst wenn ich entkam, wäre das sinnlos, wenn ich es nicht zurück zum Haus schaffte, um meinen Sohn zu retten oder ihm die Flucht zu ermöglichen.

»Sie werden ihm nichts tun?«, fragte ich, und die Stimme versagte mir dabei.

»Nein«, erwiderte sie.

In ihrer Aufregung hatte Brooklyn es zugelassen, dass

sich die Lücke zwischen uns beinahe schloss. Ich ging langsamer, um den Abstand zwischen uns weiter zu verkürzen.

Dann nahm im Schatten unter der Eiche ein Albtraum Gestalt an. Im Boden klaffte ein Loch. Es war unmöglich, seinen Zweck misszuverstehen – die Kiste, die sich darin befand, war so lang wie ein menschlicher Körper. Mein Körper.

Instinktiv wusste ich, dass die Maße geradezu perfekt passten. Wir hielten neben dem Loch an, und sie trat vor mich, sodass wir einander gegenüberstanden. Leider hielt sie inzwischen wieder fast drei Meter Abstand von mir und vom Rand der Grube, würde also nicht hineinstürzen und mir die Anstrengung abnehmen, ihr das Genick zu brechen.

»Hier haben wir gegärtnert«, erklärte sie. »Delphine und ich.« Sie kickte einen Klumpen Erde in Richtung Grab. »Sie wissen, warum wir hier sind, ja? Es würde mich wirklich stören, wenn Sie es nicht wüssten.«

Ich dachte an das, was Red mir über die Nacht erzählt hatte, in der er mich von hier weggebracht hatte.

»Sie sind böse, weil ich diesem Ort entkommen bin und Sie nicht.«

Ihr Gesicht verzerrte sich, ihre Stimme klang wütend. »Sie sind nicht *entkommen*«, blaffte sie. »Sie haben nicht die Entscheidung getroffen wegzugehen. Sie wurden *ausgewählt*.«

Als Kleinkind hatte ich keinen Anteil an dem gehabt, was damals geschehen war, aber solche Argumente würden mir jetzt auch nicht helfen. Meine Kidnapperin war nicht zu besänftigen.

»Sie hat mich gezwungen, meinen Hund hier zu begraben«, sagte Brooklyn.

»Die Geschichte, die Sie mir über Hannahs Misshandlung erzählt haben, war Ihre eigene.«

Auch die Fotos von Natalie, die sie mir gezeigt hatte, hatten ihr gehört, nicht Carver. Sie hatte mein Entsetzen gesehen, als ich Natalies zerschmetterten Körper zu Gesicht bekommen hatte, und doch hatte sie für mich das gleiche Schicksal geplant.

Sie warf einen Blick auf den Erdhaufen neben der Grube, und ihre Augen wurden trübe. Ein paar Herzschläge lang tauchte sie in die Vergangenheit ab, und mein Fuß glitt nach vorn. Doch bevor ich noch einen weiteren Schritt machen konnte, sah sie mich wieder an.

»Delphine war nie sehr gut darin, ihre Haustiere am Leben zu erhalten«, erklärte Brooklyn. »Wussten Sie, dass man Grabheuschrecken in Natalies Grab gefunden hat? In der Zeitung haben sie berichtet, dass sie sich beim Versuch zu entkommen die Finger gebrochen hat, aber die Bisse wurden nicht erwähnt. Es waren Hunderte, wenn man Delphine glaubt. Manchmal scherzte sie darüber, dass es wie ein schlimmer Fall von Windpocken ausgesehen hätte, als die Polizei Natalie schließlich aus der Erde zog. Aber selbst falls Delphine sie getötet hat, hat Carver seine Gefängnisstrafe verdient, weil er sie einfach im Stich ließ. Er hat sogar noch Schlimmeres verdient.«

Da hörte ich etwas. Das Kratzen eines kleinen Tieres. Ich dachte an all die Kreaturen, die hier lebten, Kreaturen, die sich bald von meiner Leiche ernähren würden, und mir drehte sich beinahe der Magen um.

»Ich glaube, jetzt ist es so weit«, sagte sie. »Leos Grab haben wir noch nicht ausgehoben, das macht Damon dann.«

Noch nicht? Ich hatte gehofft, sie aufhalten zu können. Ich hatte gehofft, dass sie keinen Grund mehr hätte, Leo zu töten, sobald ich tot wäre. Zu spät wurde mir bewusst, dass sie nie einen schnellen Tod für mich oder meinen Sohn im Sinn gehabt hatte. Unter der Erde gefangen, würde ich genauso sterben, wie Natalie gestorben war, aber erst nachdem sie Leo umgebracht hatte.

Von hinten stießen mich zwei Hände hart in den Rücken, und ich stürzte mit dem Gesicht voran in das perfekt dimensionierte Grab.

46

In der Kiste war ich nicht allein. Ich fühlte sie, noch bevor ich ihr Kratzen am Holz hörte. Ich testete die Ecken der Kiste aus und stemmte mich gegen den Deckel, obwohl ich wusste, dass er sich nicht würde öffnen lassen. Es waren ein paar kleine Löcher darin, doch sie waren mit Erde verstopft, und die Erde auf der Kiste würde den Deckel wie Beton an Ort und Stelle halten. Ich verschaffte mir einen Überblick über den Inhalt meiner Taschen, doch meinen Graböffner hatte ich offenbar in meiner anderen Hose vergessen. Ich wünschte mir, ich hätte die Schere noch gehabt, die Carver mir abgenommen hatte, doch andererseits hatte sie ihm ja auch nicht allzu viel genutzt.

Dann spürte ich wieder die Insekten. Harte kleine Panzer kratzten über meine Wade, während mehrere von ihnen in mein Hosenbein krochen.

Ich schloss den Mund und presste die Augen zusammen. Aber es gab nichts, was ich tun konnte, um meine dröhnenden Ohren zu schützen.

Die Vorhut erreichte meine Knie. Wie viele waren es? Fünf? Sechs? Ich presste die Schenkel zusammen und dachte an Natalie, die in einem Grab wie diesem lag, über und über mit Insektenbissen bedeckt. Meine Brust zog sich zusammen, meine Haut fühlte sich klamm an.

Das Atmen bereitete mir Mühe. Was mich daran erinnerte, dass auch meine Nase ihnen schutzlos ausgeliefert war. Ein weiteres Insekt, das sich von der Gruppe entfernt hatte, erforschte meinen Hals. Ich zuckte zusammen, als die Antennen des Tieres an meinem Ohrläppchen kitzelten. In der Dunkelheit stellte ich mir Knopfaugen in außerirdisch aussehenden Köpfen vor, malmende Kieferklauen, die nagten und schabten. Doch die Insekten waren hier nicht die wirkliche Bedrohung. Ich versuchte auszurechnen, wie viel Zeit mir blieb, bevor mir die Luft ausging, aber Mathe war nicht einmal bei klarem Verstand meine Stärke. Und mein Verstand war gerade alles andere als klar. Dennoch war mir klar, dass der Verbrauch des begrenzten Sauerstoffs und der Ausstoß von Kohlendioxid bald dazu führen würden, dass die Luft, die mich umgab, nicht mehr zum Atmen taugte. Meine Atmung und mein Herzschlag würden sich verlangsamen, was zu einer Vergiftung, Bewusstlosigkeit und schließlich zum Tod führen würde. Wie lange hatte ich noch? Ich unterdrückte den Drang zu schreien. Niemand würde mich hören, und es würde nur kostbare Luft verbrauchen.

Ich bewegte mich und erschreckte damit das Insekt neben meinem Kopf. Es biss mir ins Ohrläppchen. War es mit Natalie genauso losgegangen?

In diesem engen Raum hatte ich wenig Platz zu manövrieren, aber ich nahm all meine Kraft zusammen und warf mich gegen einen Winkel der Kiste. Unter meinen Beinen ertastete ich morsche Stellen am Holz, aber da sie sich am Boden des Sargs befanden, nutzten sie mir nichts.

Mein Strampeln machte die Insekten nur noch aggressiver. Sie fauchten, und frische Bisse entstanden an meinen Beinen.

Ich versuchte, dankbar für die Insekten und für diese blöde Kiste zu sein. Wenn Brooklyn nicht entschlossen gewesen wäre, diese ganz spezielle Folter durchzuführen, hätte sie mich wohl direkt in der Erde vergraben. In diesem Fall wäre ich nun bereits erstickt.

Vom Kohlendioxid schmerzte mein Kopf. Bald würde ich schläfrig werden – war es schon so weit? Meine Lider fühlten sich jedenfalls schwerer an als noch vor ein paar Minuten –, und dann wäre es vorbei mit dem Pläneschmieden. Nächste Station wäre der Tod. Meiner und Leos.

Meine Lunge verkrampfte sich, und es war stockdunkel, die Nacht hier war vollkommener als die einen Meter über meinem Kopf.

In meinem Grab hatte ich nicht nur Gesellschaft von den Insekten. Der Biss meiner Erinnerungen war ebenso schmerzhaft. Red, der mein Fahrrad los- und mich in den Wind entließ. Es hatte sich wie Fliegen angefühlt, und da ich wusste, dass er in der Nähe war, war ich nicht hingefallen. Sam in seinem Krankenhaushemd, der mir versicherte, dass mit Audrey alles in Ordnung kommen werde. Obwohl ich immer gut mit meinen Fäusten war, war Sam der Starke von uns beiden. *War* der Starke. Tränen nutzten mir nichts, sie rannen aber trotzdem.

Die Kinder. Nur das.

Dann: eine Frau, die mich anbrüllte und mir befahl, verdammt noch mal die Schnauze zu halten, gefolgt von einer schmerzhaften Ohrfeige, die meine Mundschleimhaut hatte aufplatzen lassen.

Wo war das denn hergekommen?

Ich trommelte mit den Fäusten gegen das Holz über mir, bis sie pochten. Dann ließ ich die Arme sinken, eine Geste, die sich wie Aufgeben anfühlte. Ich verdiente das hier. Alles. Da draußen, umgeben von grenzenloser Luft und tausend Ablenkungen, hatte ich mir einreden können, dass mich keine Schuld traf. Aber das stimmte nicht. Ich hatte die Frau gerettet, die meinen Mann getötet und meinen Sohn entführt hatte. Und das Schlimmste: Ich hatte an Sam gezweifelt.

Ein Insekt biss mich in den Arm und durchstieß meine Haut.

Ich war dumm gewesen. Leichtsinnig. Übermütig in meiner Wut. Doch auch wenn ich meine Schuld in diesen Punkten einräumte, hatte doch Sam den höheren Preis dafür bezahlt. Bald gälte das auch für Leo, es sei denn, ich hörte auf zu jammern und käme aus dieser Kiste frei. Als das Insekt erneut zubiss, zerdrückte ich seinen Panzer mit dem Ellbogen. Ich hatte meinen Tod als gegeben hingenommen, und dann – schlimmer noch – auch Leos. Mein Kopf dröhnte, aber ich fand mich nicht mehr mit dem ab, was mir noch vor einigen Momenten als unausweichlich erschienen war. Ich würde nicht wie Natalie in dieser Kiste sterben, mit gebrochenen Fingern und durch Hunderte von Insektenbissen wunder Haut.

Ich spreizte die Beine, so weit es ging, und schlug sie dann schnell zusammen. Einige der Insekten wurden betäubt, aber andere bissen zu. Mir war es egal, ob ich hier mit *Tausenden* Bissen übersät herauskäme, ich würde Brooklyn meinen Sohn nicht überlassen.

In der Dunkelheit tastete ich meinen Sarg ab. Er bestand aus altem Sperrholz. Meine Hände wanderten über die Bereiche der Kiste, die ich auf der Suche nach weiteren morschen Stellen erreichen konnte. Dann streifte ich einen meiner Schuhe ab und stieß mit dem Zeh gegen das Fußende der Kiste, arbeitete mich weiter, um die Fugen zu überprüfen.

Die Kiste war solide gezimmert, aber sie war nur so stabil wie die Materialien, aus denen sie bestand. Ich wand mich in die Rückenlage. Als ich den Deckel absuchte, entdeckte ich eine morsche Stelle. Ein Wasserschaden. Das Holz war schon vor langer Zeit wieder getrocknet, an dieser Stelle aber schwächer geblieben.

Mit den Knien rammte ich gegen den Deckel und hörte es krachen. Irgendwo. Ein paar weitere Stöße, und Erde rieselte auf meinen Bauch herab. Ich rutschte ein paar Zentimeter aufwärts und brachte die Knie so nah wie möglich zur Mitte. Ich hoffte, dass dies auch durch das schwere Erdreich über mir die schwächste Stelle sein würde. Erneut rammte ich die Knie gegen den Deckel. Das Holz knarrte und wäre beinahe gebrochen. Ich hielt inne und begriff, dass das Zerbrechen der Kiste ein neues Problem erzeugen würde. Wie tief war das Loch noch mal gewesen, bevor es mit Erde gefüllt worden war? Wenn ich das Holz einmal durchschlagen hätte, würde Erde auf mich herabstürzen. Aber wie viel? Ich war mir ziemlich sicher, dass es ein niedriges Grab gewesen war, aber ich war mir nicht sicher, ob es nicht trotzdem noch reichte, um mich zu ersticken.

Doch mir blieb keine Wahl. Wieder und wieder stieß ich mit den Knien zu, und endlich gab das Holz nach. Ich widerstand dem Drang, den Deckel ganz durchzustoßen, denn wieder erinnerte ich mich daran, wie leicht ich von einer Erdlawine erdrückt oder durch die schwere Erde auf meinem Körper wenigstens bewegungsunfähig gemacht werden konnte.

Mit einem Knie als Stütze benutzte ich Beine und Hände, um die Erde an den Rand der Kiste zu pressen. Ich arbeitete schnell und zielstrebig, drückte die Erde in die Ecken und konnte nun Mondlicht sehen, während meine Knie pochten und meine Finger wund vom Graben waren. Ich robbte zu der Öffnung, verbog mich in dem engen Raum und zerrte Muskeln in Richtungen, für die sie nicht geschaffen waren. Während ich weiter Erde beiseiteschaufelte, fanden meine Finger die Öffnung, die ich mit den Knien geschlagen hatte. Ich hielt die Luft an, presste Augen und Mund fest zusammen und streckte die Hände durch das Loch, wobei Erdklumpen auf mein Gesicht prasselten. Während ich mich gegen das Gewicht des Erdreichs stemmte, zog ich mich durch die Öffnung hinaus. Hustend und spuckend. Aber frei.

Eins der Insekten begleitete mich auf meiner Reise nach draußen, mit seinen Kieferklauen zwickte es mir in den Hals. Ich wischte es ab und drückte es mit der Hand in die Erde.

Nicht länger lebendig begraben, richtete ich mich auf und hörte dasselbe Knirschen, das mir schon aufgefallen war, bevor ich in die Grube gestoßen wurde, doch es war jetzt schwächer. Ich stellte mir Leichen von hier Begrabenen vor, die mit Knochenhänden scharrten, um mich wieder an meinen rechtmäßigen Platz unter ihnen zu zerren.

Mit der ganzen Kraft, die noch in meinen brennenden Beinen steckte, rannte ich auf das erleuchtete Haus zu, das mir unmöglich weit entfernt zu sein schien.

47

Ich betrat das Haus durch die Küche. Es war dunkel, aber alle Lichter im Wohnzimmer strahlten hell. Damons Stimme war deutlich zu hören. »Carver war ein Arschloch – und diese Frau auch, wegen allem, was sie dir genommen hat –, aber ich vergreif mich nicht an einem Kind.«

»Du bist ein Idiot.«

Aufgrund der Tatsache, dass Brooklyn daraufhin scharf die Luft einsog, folgerte ich, dass Damon sie gepackt hatte. »Ja, das glaube ich auch.«

Ich riskierte einen Schritt nach vorn und spähte ins Wohnzimmer. Leo saß auf der Couch, an derselben Stelle wie bei meinem ersten Betreten dieses Hauses. Die Hände waren ihm mit Paketband hinter dem Rücken gefesselt, ein Streifen davon klebte auch auf seinem Mund, doch die Füße waren frei.

Brooklyn berührte Damon am Arm, aber ihr Ton klang barsch. »Seine Eltern sind sowieso tot. Zu wem soll er also gehen?«

Er schob sie beiseite und wischte sich die Hand an seinem Hemd ab. »Du bist ein Monster. Du bist …« Er brachte den Satz nicht zu Ende, sein Gesicht war blass, die Stimme zitterte.

»Ich bin kein Monster. Ich bin die Enkelin eines Monsters.« Ihre Stimme klang eiskalt, und doch war ich mir nicht sicher, ob Damon die Bedrohung erkannte.

Ich nutzte aus, dass sie abgelenkt waren, und machte noch einen weiteren Schritt, hielt mich noch immer im Schatten, konnte sie sehen, blieb aber selbst noch vor ihren Blicken verborgen. Ich bemerkte, dass Leo inzwischen ein blaues Auge hatte, und meine Laune verfinsterte sich entsprechend. Ich hoffte, dass er bereit wäre zu kämpfen, wenn es darauf ankam. Da sah ich mein eigenes Spiegelbild – schmutzverschmiertes Gesicht und fiebriger Blick.

»Er ist zwar ein Zeuge, aber na gut. Egal. Wir müssen ihn nicht töten. Willst du das hören?«

»Das ist genau, was ich hören will, aber ich nehm's dir nicht ab.«

Damon drehte sich um und ging zur Tür. »Das solltest du besser nicht tun«, warnte sie ihn, doch er ging einfach weiter.

Brooklyn folgte Damon nach draußen, und ich handelte rasch, trat ins blendende Licht. Ihr Streit drang von der Veranda herein, ein Gewirr aus Vorwürfen und Beleidigungen, und ich stand neben der Couch, als ich es hörte – ein Krachen, das sich in einen Knall verwandelte, das gleiche tödliche Echo, das ich vernommen hatte, als Carver in den Kopf geschossen worden war.

Sie musste auch Damon erschossen haben.

»Warum hast du das getan?«, fragte sie dann.

Ich erstarrte, denn für einen Moment glaubte ich, dass Brooklyns Frage mir galt – wir waren ja nur durch eine

Fliegengittertür getrennt und standen keine fünf Meter voneinander entfernt.

Dann schrie sie die Frage ein zweites Mal: »Warum hast du das getan?« Sie war an Damon gerichtet, nicht an mich.

Ich riss Leo am Ellbogen von der Couch hoch und wandte mich Richtung Küche, wollte das Haus auf demselben Weg verlassen, auf dem ich es betreten hatte, doch das Fliegengitter schlug in seinen Rahmen, und Brooklyn war wieder da. Die Waffe hielt sie entspannt an ihrer Seite, doch der Lauf hob sich sofort, als sie mich sah.

Sie schoss. Wir waren näher am Flur als an der Küche, also bewegten wir uns in jene Richtung. Da Leos Hände hinter dem Rücken gefesselt waren, schlingerte er in meinem Griff. Wir zogen uns weiter ins Haus zurück, bogen sofort in den Flur ab und rannten dann, so schnell es unsere Beine und der begrenzte Raum erlaubten. Ich riss Leo am Arm, als Zeichen, wann wir abbiegen mussten, aber das war unsere einzige Form der Kommunikation. Wir begriffen beide, wie wichtig Schweigen war.

Das Haus war zwar groß, aber nicht unendlich, sodass ich im zweiten Flur begann, Türen zu probieren. Die erste war abgeschlossen, und die nächsten beiden führten in Räume, die nicht geeignet waren – der eine war ein Badezimmer mit einem winzigen Fenster, der andere eine fensterlose Kammer. Aber die dritte Tür führte schließlich in ein Schlafzimmer.

Ich zog sie hinter uns zu und verriegelte sie. Ich widerstand dem Drang, das Ohr gegen die Tür zu pressen. Zwar konnte ich Brooklyn nicht hören, aber ich wusste, dass sie da draußen irgendwo war und, genau wie wir es getan hatten, Türen öffnete. Jetzt war sie still, die Zeit für Hohn und Spott war vorbei.

Ich öffnete das Fenster und drückte das Fliegengitter auf. Ich befreite Leos Handgelenke und riss ihm auch das Packband vom Mund, dann bedeutete ich ihm, er solle zuerst hindurchklettern, doch er war schon dabei. Er sprang durch die Öffnung und landete in einer fließenden Bewegung auf dem Boden. Mein Abgang war weniger anmutig, aber mit der Hilfe meines Sohnes gelang mir die Landung, ohne dass meine Knie nachgaben.

Der Türknauf des Zimmers, das wir gerade verlassen hatten, klapperte. Dann hörte das Rütteln auf. Die verriegelte Tür bildete nur ein schwaches Hindernis, und Brooklyn würde uns finden. Sie kannte die Schlupfwinkel auf diesem Gelände besser als wir, und sie musste ja nur nahe genug an uns herankommen, um die Waffe auf uns zu richten.

Am liebsten wäre ich einfach losgerannt, aber wir konnten nicht kopflos irgendwohin laufen, also warf ich einen Blick nach links – ein Schuppen, einen kurzen Fußmarsch entfernt, und eine frei stehende Garage direkt dahinter. Ich verwarf beides. Es war zu offensichtlich. Und zu weit weg.

Ich dachte an die Autos auf der anderen Seite des Hauses, aber ohne Schlüssel waren sie nutzlos.

Dann zeigte ich auf die Veranda zu unserer Rechten, die wahrscheinlich zum größten der Zimmer des Hauses gehörte, und mit wenigen Schritten waren wir dort, als ich eine Tür knallen hörte.

Ich ließ den Blick über die Veranda schweifen und betete um einen Unterschlupf, einen Winkel, irgendein

Loch, in dem wir uns hätten verstecken können, auch wenn mir das Herz bei dem Gedanken stehen blieb, erneut zwischen Erde und Holz gepfercht zu sein.

Der Wind frischte auf und blies mir das Haar ins Gesicht. Ich musste die Augen zusammenkneifen, um etwas zu erkennen.

Unsere einzige Möglichkeit war loszurennen, einen Sprint mit vollem Tempo hinzulegen, und noch als ich diesen Entschluss fasste, musterte Leo bereits das Feld, und ich wusste, dass auch er begriffen hatte, dass wir keine bessere Alternative hatten.

Ich hörte Schritte und flüsterte ihm eindringlich zu: »Los!«

Dann war mein Sohn verschwunden, aber ich blieb – traf dieselbe Entscheidung, die ich schon früher getroffen hatte, tauschte mein Leben gegen seins ein –, da stand Brooklyn auch schon vor mir, die Waffe im Anschlag und offenbar sehr unglücklich darüber, mich zu sehen.

Brooklyn drückte ab, verfehlte mich aber, weil ich einen Haken nach rechts schlug. Als sie noch einmal schoss, durchschlug die Kugel meine linke Schulter. Aber bevor sie noch einen dritten Schuss abgeben konnte, raste ich in sie hinein. Ich packte sie mit unnachgiebigem Griff, war nah genug, um den Lavendel und den Schweiß an ihrer Haut zu riechen, dann grub ich meine Zähne in ihren Hals.

Brooklyn jaulte auf und ließ die Waffe los, sie fiel herunter, aber aneinandergepresst, wie wir waren, blieb sie zwischen uns stecken. Brooklyn krallte sich in meine verletzte Schulter, aber der Schmerz war nicht annähernd so groß wie meine Wut. Ich machte einen Schritt rückwärts, und die Waffe fiel klappernd zu Boden.

Brooklyn und ich sahen uns an, dann stürzten wir uns beide auf die Pistole. Brooklyn war nicht unter der Erde begraben gewesen, und sie hatte auch noch zwei gesunde Schultern, aber ich hatte meinen Zorn. Eine Sekunde später hatte ich auch die Pistole.

»Delphine hat dein Bild an der Wand hängen lassen, nachdem du entführt worden warst. Wusstest du das? Sie hat Tausende Dollar für Privatdetektive ausgegeben, um dich zu finden. Dabei warst du nicht mal ihre eigene Tochter. *Ich* war zwar blutsverwandt mit ihr, und ich war hier. Aber sie wollte immer nur dich, *Megan.*«

Ob sie Zeit schinden oder Mitleid erregen wollte, wusste ich nicht, ich hatte keins von beidem für sie übrig. Mein Mitgefühl hob ich mir für jene auf, die sie verletzt hatte. Getötet.

Ich drückte ab.

Nichts geschah.

Keine Kugeln mehr.

Der Schock zeichnete sich auf Brooklyns Gesicht ab, dann etwas anderes. Ich hatte diesen Ausdruck oft genug bei Patienten gesehen, also wusste ich, was sie als Nächstes tun würde.

Sie drehte sich um und rannte los.

48

Brooklyn stolperte über das Feld, und ich verfolgte sie. Ich würde nicht zulassen, dass sie mir entkam. Obwohl Eichen, Kiefern und Zypressen das Anwesen säumten, hätte sie keine Zeit, ihren Schutz zu suchen. Halb rechnete ich damit, dass sie bei dem Schuppen anhalten würde, in dem ich Carver gefunden hatte – und in dem sie wohl meinen Mann gefangen gehalten hatte, bevor sie ihn umbrachte –, aber sie torkelte, ohne das Tempo zu drosseln, daran vorbei.

Es gab nur einen weiteren Ort, der als Ziel infrage kam. Die alte Molkerei. Das Dach des schmucklosen Betongebäudes sah aus, als könnte es jeden Moment einstürzen, die meisten Fenster waren mit Sperrholz verrammelt, obwohl ein paar zerbrochene Scheiben noch die Stellung hielten.

Brooklyn stürmte nur wenige Sekunden vor mir durch die offene Tür.

Die Luft in der Molkerei roch übel. Ich hörte Tiere durch die über Putz verlegten Rohre huschen. Meine Lunge brannte, als sich eine Staubschicht auf meine Kehle legte. Das Mondlicht drang durch Risse in Dach und Wänden schräg herein, und alles wurde in ein unheimliches weißes Licht getaucht.

Brooklyn umrundete eine Maschine, die aussah, als wäre sie einmal zum Abfüllen der Milch verwendet worden, mehrere Walzen auf ihrem Förderband fehlten. Brooklyns Schritte wurden langsam, schlurfend, und ich näherte mich ihr bis auf wenige Zentimeter.

Dann standen wir einander gegenüber, und ich konnte an ihrem grimmig verzogenen Mund und dem Beben ihrer Nasenflügel ihre Entschlossenheit erkennen, mich umzubringen.

Ich ballte die Fäuste. Mein Medizinstudium hatte mich gelehrt, Leben zu retten, aber es hatte mir auch Einblick gewährt, wie man Leben nahm. Allerdings war es eine Sache zu wissen, wo man zuschlagen musste, um größtmöglichen Schaden zu verursachen, eine ganz andere Sache war es, an diese verwundbaren Punkte auch heranzukommen.

Doch auch Brooklyn wusste Bescheid. Sie stürzte sich so unvermittelt auf mich, dass ich es nicht kommen sah, und rammte ihre Faust gegen meine Schläfe. Kurz war meine Sicht getrübt, ich wankte, blieb aber aufrecht. Dann schlug ich zurück und zielte dabei auf ihre Nieren. Sie taumelte einen Schritt nach hinten, ging aber sogleich wieder auf mich los, und obwohl ich diesmal damit rechnete, traf mich ihr Schlag in der rechten Gesichtshälfte. Ich riss die Augen auf, schüttelte den Kopf und rang um Konzentration.

Um Kraft zu sparen, wartete ich und beobachtete ihre Schultern und Hände. Als sie wieder ausholte, musste sie die Schultern senken und so den Hals entblößen. Ich schlug ihr mit der Faust seitlich dagegen, direkt auf die Hauptschlagader, und sie erzitterte. Dann neigte sie sich nach hinten, nun wackelig auf den Füßen, und ich schlug noch einmal zu, diesmal gegen ihren Kehlkopf. Sie wurde gegen das Fließband geschleudert, und nur dass sie sich an der Maschine abstützen konnte, verhinderte, dass sie zu Boden ging.

Sie richtete sich wieder auf und griff sich keuchend an den Hals. Ich schlug noch einmal auf ihre Nieren, zielte diesmal genauer. Ihr Körper sackte zusammen, und sie krachte auf den Boden, auch ihr Kopf landete unsanft.

Sie wischte sich das Blut ab, das ihr aus einer Schnittwunde auf der Stirn rann. »Du kannst kämpfen, das muss ich dir lassen«, sagte sie lallend. »Was mich ziemlich wundert, denn du musstest doch in deinem ganzen verdammten Leben noch nie um etwas kämpfen.« Mit diesen Worten erhob sie sich. Wie zum Teufel hielt sie sich nur immer noch auf den Beinen?

Ich schlug wieder zu, allerdings kraftlos und ohne genau zu zielen. Brooklyn warf sich nach vorn, Kopf und Schultern angespannt, um den Aufprall abzufedern, aber ich wirbelte herum und wollte ihr den Ellbogen gegen die Kehle rammen. Allerdings verfehlte ich sie. Taumelnd stand ich da und starrte in das Gesicht der Frau, die meinen Mann auf dem Gewissen hatte. Neue Wut durchflutete mich. Ich hatte nicht vor, Brooklyn einfach nur aufzuhalten. Ich wollte sie zerstören, bis sie nichts mehr als ein Sack gerissener Sehnen und gebrochener Knochen wäre.

Ihre Augen glühten, ihre Intensität stand meiner in nichts nach, aber ich hatte die Oberhand. Als sie zuschlug, verfehlte sie mich. Ich atmete aus – ein kurzer scharfer Atemstoß – und konzentrierte meine gesamte Kraft in meiner Faust. Dann ließ ich den Ellbogen vorschnellen. Der Schlag landete mit einem Knirschen.

Als sie rückwärtstaumelte, hielt sie sich an der Maschine fest, um das Gleichgewicht nicht zu verlieren.

Ich machte einen weiteren Schritt, doch ihre nächste Frage ließ mich innehalten. »Wusstest du, dass es ein zweites Grab gibt?«

Sie lächelte, ein freudloses Grinsen, so kalt wie die Luft, so kalt wie ihr Blick. Ich erinnerte mich an etwas – beim Grab. Ein kratzendes Geräusch. Ich dachte, Tiere hätten es verursacht.

»Ganz in der Nähe von deinem übrigens, bei dem Baum. Wenn Sam vorhin noch nicht tot war, dann ist er es jetzt bestimmt.«

Mein Herz zersprang in tausend Scherben. Das Scharren, das ich gehört, das Kratzen, das ich ignoriert hatte. War das etwa Sam gewesen? Neuer Schmerz glühte in meiner Brust, sodass mir das Atmen schwerfiel. Aber ich war hier noch nicht fertig.

Brooklyns Plan war es gewesen, mich mit dieser Information abzulenken, und es funktionierte. Eine Sekunde lang konnte ich mich nicht rühren, war hin- und hergerissen zwischen dem Verlangen, mich wieder auf Brooklyn zu stürzen oder zum Grab meines Mannes zu rennen. Indem ich Sam seinem Schicksal überließ, würde ich genauso zu seiner Mörderin wie Brooklyn.

In diesem Moment wollte ich mich für Sam entscheiden, hätte mich für Sam entscheiden sollen, aber Adrenalin und Wut erlaubten das nicht. Ich stolperte in ihre Richtung, und Brooklyns Arm schoss vor, ein rostiges

Messer erwischte mich an der rechten Seite. Sie hatte sich also nicht an der Maschine festgeklammert, um das Gleichgewicht zu halten. Sie hatte nach einer Waffe gesucht, die sie dort verborgen hatte. Bei der Art, wie sie aufgewachsen war, ergab es Sinn, überall Waffen zu deponieren.

Schmerz durchfuhr mich, begleitet von frischer Wut. Ich wehrte Brooklyn ab, als sie mich erneut angriff. Mit dem Zeh stieß ich an ein Stück Metall, das aus dem Fußboden ragte, doch es war nur ein weiterer Schmerz, den ich nicht mehr fühlte. Ich packte den Saum ihres T-Shirts mit der Faust und zog sie zu mir heran.

Brooklyn wand sich, der Stoff riss, aber ich hielt sie weiter eisern fest, wechselte vom Shirt auf den Arm, den ich drehte, bis sie das Messer fallen ließ. Etwas knackte. Schulter oder Ellbogen? Egal. Es war ihrer, nicht meiner. Wir fielen zur Seite, meine Schulter krachte gegen einen Stapel morscher Kisten. Brooklyn bekam jedoch den härteren Schlag ab, ihr Kopf prallte gegen die Metallkante der Maschine.

Sie lag da wie in jener Nacht beim verlassenen Krankenhaus. Damals hatte ich sie gerettet. Sie versuchte sich aufzusetzen, und meine Hand zuckte. Selbst jetzt noch wollte ich ihr die Hand reichen. Aber ich durfte nicht. Sie würde mich nicht in Ruhe lassen, auch meine Familie nicht. Ich musste sicher sein. Die Pistole hatte mich vielleicht im Stich gelassen, aber die Erfahrung jahrelanger Schlägereien in der Jugend würden das nicht tun. Als Brooklyn sich wieder zu regen begann, trat ich auf sie ein, meine Seite pochte im Takt mit meiner Schulter, bis sie damit aufhörte.

Als ich aus der Molkerei stolperte, rief ich nach Leo, aber eigentlich schrie ich nur in den Wind. Vielleicht hatte Leo es zur Straße geschafft, oder er hatte sich irgendwo versteckt. Ich konnte nur hoffen, dass er mich hören und mir zu der hundertjährigen Eiche am Rand des Grundstücks folgen würde, denn ich wusste nicht, ob mir genug Kraft blieb, um Sam allein auszugraben.

Das Haar peitschte mir ins Gesicht, als ich mich wieder dem Schuppen neben dem Haus näherte, mir einen Spaten griff und dann quer über das Anwesen rannte. Unterwegs betete ich, dass ich das zweite Grab leer und mit einem Erdhaufen daneben vorfinden würde, Sam säße an seinem Rand. Doch es lag unberührt da. Als ich keuchend neben der alten Eiche zum Stehen kam, begann ich zu graben. Selbst bei den nur mageren Mengen an Erde, die ich mit dem Spaten aushob, brannten meine Arme. Ich lauschte nach Sirenen, betete, dass sie kommen würden, aber ich wurde deshalb nicht langsamer, auch nicht, als das Herz in meiner Brust zu flattern begann.

Eine Hand legte sich mir auf den Rücken, und ich schreckte auf. Meine Kehle schnürte sich zusammen. Doch diesmal wollte mich niemand in mein Grab stoßen, sondern es war Leo, der mir zu Hilfe kam. Mein wunderbarer Junge. Sein Gesicht war schweißnass, als wäre er gerannt.

»Die Polizei?«, fragte ich, und er nickte.

Ich reichte ihm die Schaufel und fiel auf die Knie.

Obwohl er nicht wissen konnte, wonach er grub, arbeitete Leo mit einer Kraft, die mir nicht mehr zur Verfügung stand. Selbst kniend fühlte ich mich wackelig, aber ich kratzte, so gut es ging, Erde mit den Händen aus dem Grab. Ich bemerkte, dass meine Finger wund waren, aber sie taten nicht weh. Auch andere Teile meines Körpers fühlten sich taub an, inklusive meines Kopfes, und mir war übel.

Sams Grab war sogar noch weniger tief als mein eigenes, und Leo gelang es schnell, das Holz freizulegen.

Ich zeigte auf die Kiste, war zu schwach, um aufzustehen, geschweige denn das Holz selbst zu zertrümmern. Leo begriff. Er schlug mit dem Spaten auf den Deckel des behelfsmäßigen Sargs, und das Holz splitterte bei jedem Mal etwas mehr.

Ich beugte den Kopf über den Rand der Grube, um zu horchen, Schweiß rann mir in die Augen, aber ich hörte nichts. Mir wurde schwarz vor Augen, dann folgten Blitze aus blau-rotem Licht. Ich meinte außerdem, Sirenen zu hören, doch der Wind pfiff mir laut in den Ohren.

Lebte Sam noch? Oder kamen wir zu spät?

Wir waren nun von Männern und Frauen umgeben, die meisten trugen Uniform, aber manche, wie Detective Rico, auch einen Anzug.

Vorhin hatte Red mir erzählt, wie Natalie in der Nacht, in der sie ihr Kind zur Welt gebracht hatte, beinahe unter einem Baum gestorben war. Sie war gerettet worden, nur um später in ihrem Grab doch noch ums Leben zu kommen. Jetzt waren sie alle tot: Natalie. Delphine. Carver. Wahrscheinlich auch Brooklyn. Wenn die Erde hier so blutdurchtränkt war, wie konnten die, die hier geboren wurden, irgendetwas anderes als eine Tragödie erwarten?

Detective Rico ragte neben mir auf, sein brauner Anzug war fleckig von der eine Spur helleren Erde, als er Leo und einem uniformierten Beamten dabei half, den Deckel aufzustemmen. Es war seltsam, Rico so derangiert zu sehen. Er trug auch keine Krawatte. Noch seltsamer erschien mir aber die Sorge auf seinem Gesicht. Dann packten sie alle zusammen den Deckel und zogen.

Jetzt konnten wir ihn sehen – Sam.

Mein Blick fiel auf Sams linke Hand, seinen Ringfinger. Dieser Körperteil von ihm bewegte sich zuerst. Dann sah ich die Trage und die Notfallsanitäter, die sie herbeibrachten, bevor ich schließlich in die Leere stürzte.

49

Später erzählte Detective Rico, warum Brooklyn das getan hatte.

Auf meiner Suche nach Sam hatte ich furchtbare Geschichten über Delphines Grausamkeiten erfahren, weitere kamen später heraus. Die meisten hatten mit dunklen Räumen und Gegenständen zu tun, die Haut durchstechen konnten, der emotionale Missbrauch hinterließ allerdings ebenso viele Narben.

In fast allen Geschichten spielten die Kisten eine Rolle, die sie für Natalie und später auch für Brooklyn gebaut hatte. Jahrelange Misshandlungen hatten Blut- und Urinflecken auf dem Sperrholz hinterlassen, die Innenseiten der Deckel waren übersät mit den Kratzern, die zwei verzweifelte Mädchen dort hinterlassen hatten. Natalie wurde in ihrer Kiste beerdigt, und Brooklyn versuchte, mich in ihrer eigenen zu begraben.

Normalerweise blieben die Mädchen drei Tage lang in ihren Kisten. Jetzt verstand ich es. Die Notizen: 3. 2. 1. Ein Countdown, aber auch Vergeltung. Wir hatten drei Tage verbracht, die so schrecklich wie die von Brooklyn gewesen waren. Sie wollte, dass wir alles verloren, weil sie nie ein Leben gehabt hatte. Außerdem waren in jener Nacht drei Mädchen in diesem Haus gewesen, aber ich wusste nicht, ob das auch eine Rolle spielte. Vielleicht war es nur Zufall.

Brooklyn kam erst frei, als ihre Mutter im August starb. Für jemanden, der sich seine Freiheit so hart erkämpft hatte, warf Brooklyn sie ziemlich leichtfertig wieder weg. Sie hat überlebt, sitzt jetzt aber im Gefängnis. Ich bin mir noch immer nicht sicher, wie ich das finde. Auch Damon hat überlebt, und ich habe gehört, dass sie noch immer in Kontakt stehen. Ich kann nicht behaupten, dass mich das überrascht.

Laut Rico hat Brooklyn nach dem Tod ihrer Mutter die Fotos von Natalie gefunden, die sie mir gezeigt hat. Außerdem fand sie die Nachrichten, die Carvers Zellengenosse Ernie Delphine vor ihrem Tod hatte zukommen lassen – Nachrichten, die Brooklyn zu uns führten: zu mir, dem einstigen Mädchen, das auf ihre Kosten gerettet worden war; und zu Carver, Brooklyns Vater, dem Mann, von dem Brooklyn glaubte, er hätte *sie* retten sollen.

Aus irgendeinem Grund wurde Red in Delphines Nachlass nirgends erwähnt. Vielleicht wusste Delphine gar nicht, dass er mich mitgenommen hatte, sondern glaubte, es wäre Carver gewesen, denn auch er war in jener Nacht im Haus gewesen. Wie auch immer, ich bin dankbar dafür, dass er verschwiegen wurde und niemand ihm ein Haar gekrümmt hat, denn schließlich ist er trotz allem immer noch mein Vater.

50

Als Sam wieder heimkam, bestand Audrey darauf, sich um die Dekoration zu kümmern, darum war der Flur am Eingang mit halb aufgeblasenen Ballons geschmückt. Ich hätte nicht gedacht, dass es so viele verschiedene Rosatöne gibt. Leo musste den Klebebandspender halten. Jedes Mal wenn Audrey ihn aufforderte, einen Ballon zu verschieben, beschwerte er sich, wie ältere Brüder es eben tun, doch sein Murren klang nicht sehr überzeugend. Das Ballonherz wurde mit jedem Versuch etwas schiefer. Sam würde es lieben.

»Hier muss noch mehr Klebeband hin.« Audrey zeigte auf einen schlaffen Ballon, der schon mit drei Streifen befestigt war.

»Ja, das hilft bestimmt«, sagte Leo, riss aber trotzdem noch einen Streifen ab.

Mein Kuchen war auch nicht besser gelungen – ich schob es auf meine schlimme Schulter –, aber er war selbst gemacht und ein Schokoladenkuchen, also würde Sam ihn lieben, obwohl er Schlagseite hatte.

Das Böse, das sich in unser Leben gedrängt hatte, hatte uns nicht bezwungen, und ich würde es weiterhin mit rosa Ballons und Schokoladenkuchen und allem, was mir sonst zur Verfügung stand, abwehren.

»Fertig?«, fragte ich mit brüchiger Stimme. »Bei mir im Auto sitzt nämlich ein ziemlich schlecht gelaunter Patient.«

»Weinst du?«, fragte Leo. Dann drehte er sich zu Audrey um. »Mom weint tatsächlich wegen ein paar blöden Ballons.«

»Natürlich«, erwiderte Audrey. »Sie ist halt Mom.« Als wäre das eine Erklärung für alles. Und im Lichte dessen, was geschehen war, war es das wohl auch. Doch in diesem Haus würde ich künftig nur noch Freudentränen vergießen.

Audrey trat zurück, betrachtete die Wand und nickte. »Fertig«, entschied sie.

Dann half ich Sam aus dem Auto. Er machte einen Witz darüber, dass er wie ein Rentner mit dem Schwamm gewaschen worden war, um mich davon abzulenken, dass er unter Schmerzen zusammenzuckte.

Nur Freudentränen, ermahnte ich mich selbst.

Noch immer schämte ich mich dafür, dass ich mich so leicht hatte hinreißen lassen, an Sam zu zweifeln. In dem Video im Café, in dem er seine Hand auf Brooklyns gelegt hatte, hatte ich die Tränen nicht gesehen, die sie absichtlich vergossen hatte, um ihn zu dieser Geste zu bewegen. Aber ich hätte es wissen müssen. Ich hätte all das durchschauen müssen.

Er versicherte mir, dass ich mir wirklich keine Vorwürfe machen müsse.

Noch immer der bessere Mensch von uns beiden.

Sam stützte sich auf meine gesunde Schulter, und wir gingen zum Haus. In der Vergangenheit hätte ich vielleicht so getan, als fiele es mir gar nicht auf, aber nun wussten wir beide, dass es kein Zeichen der Schwäche war, wenn ich ihn stützte. Vielmehr waren wir gemeinsam stärker.

Kein *Ich liebe dich, aber ...* mehr. Inzwischen wussten wir, dass wir nach den ersten drei Wörtern aufhören sollten.

»Kommt Red auch?«, fragte Sam und war doch überrascht, als ich bejahte. Red hatte mich gerettet, ein Kleinkind, dem er damals schon Anzeichen einer sich entwickelnden Wut attestiert hatte. Die Einladung bedeutete nicht, dass ich ihm vergeben hatte – noch nicht –, sie bedeutete aber, dass ich es versuchte.

Unser Chihuahua-Mischling Boo hüpfte um Sams Beine herum, sodass dieser beinahe gestolpert wäre.

»Daryl hat gesagt, er kommt auf einen Sprung vorbei.«

Audrey kreischte. »Heißt das, Lester kommt auch?«

Ich lächelte und nickte. »Lester auch.« Falls er den Morgen überstanden hatte, ohne sich an irgendwas zu überfressen. Ich schätzte die Chancen auf 64 %. »Und Zoe kommt auch.«

»Müssen wir mit dem Kuchen auf sie warten?«, fragte Audrey.

Leo mischte sich ein. »Mom hat den gebacken. Wahrscheinlich verlängern wir unser Leben, wenn wir warten.«

Ursprünglich wollte ich in kleinerem Rahmen feiern – nur wir vier –, aber Sam hatte mir versichert, dass eine größere Feier für ihn in Ordnung sei. Ich hatte aus demselben Grund nachgegeben, aus dem er beharrlich geblieben war: Die Liebe sollte siegen. Der Rachefeldzug einer anderen Person würde uns doch nicht dazu bringen, unser Leben zu ändern.

»Ich denke, wir sollten den Kuchen gleich essen«, entschied Sam.

»Okay, es ist dein Magen«, warnte ihn Leo.

Mit Tellern hielten wir uns gar nicht erst auf. Ich stellte den Kuchen auf den Küchentresen, und Sam verteilte Gabeln. Audrey setzte sich auf einen Barhocker, während wir anderen drei stehen blieben. Ich stellte mich nah genug zu Sam, dass ich sein Bein an meinem spüren konnte. Vermutlich würde ich in den kommenden Wochen häufig eine beruhigende Berührung brauchen, doch das war okay, denn bei Sam schien es sich genauso zu verhalten. Er lehnte sein Bein gegen meins und legte seine Hand auf meine.

Während wir auf unsere Gäste warteten, aßen wir den halben Kuchen auf. Obwohl er ein bisschen trocken und windschief war, war er immer noch das Beste, was wir jemals gegessen hatten. Trotz Leos Murren bestand Audrey auf genau diesen Kuchen zu ihrem siebten Geburtstag, was dazu führte, dass wir die Feier umgehend planten.

Pläne für die Zukunft machen. Etwas, das ich noch vor Kurzem für völlig unmöglich gehalten hätte. Fast so unmöglich wie das Lachen, das nun so leicht aus den Kindern herausbrach und ein- oder zweimal sogar ganz unerwartet aus mir. Ich lehnte mich gegen Sam. Seine Wärme und der Kuchen, aber vor allem das Lachen, dienten als Bollwerk gegen die Dunkelheit, die zwar immer da, aber nicht mehr stark genug war, um in unser Zuhause einzudringen. Nicht wenn ich das nicht zuließ.

Danksagung

Zuerst möchte ich allen Leserinnen und Lesern danken, die nicht mit mir verwandt sind, aber trotzdem bis zur Danksagung durchgehalten haben. Das wird mir immer Ehrfurcht einflößen.

Mein tiefer Dank gilt meinem Agenten Peter Steinberg von Foundry Literary + Media, den ich schon so oft großartig genannt habe, dass er wahrscheinlich langsam genug davon hat. Doch ohne meinen *großartigen* Agenten und seinen Glauben an diesen Roman gäbe es keine Danksagung zu schreiben. Ein großer Dank geht auch an das Foundry-Team, mit besonderer Anerkennung an Michael Nardullo und Richie Kern. Ich fühle mich geehrt, ein Teil der Foundry-Familie zu sein.

Danke auch meinem brillanten Lektor David Highfill für seine Unterstützung und dafür, immer auf die nettestmögliche Weise recht zu haben, danke auch an alle anderen bei William Morrow. Ebenfalls danke an Jennifer Doyle und das Team von Headline. So viele kluge und talentierte Menschen haben daran gearbeitet, diesem Buch Leben einzuhauchen. Ich stehe bei ihnen allen in der Schuld.

Außerdem habe ich Glück, viele wunderbare Freund/innen und Kolleg/innen zu haben, die mich auf dieser

Reise begleitet haben. Sie sind zu zahlreich, um sie alle hier aufzuzählen, aber einige verdienen eine besondere Erwähnung. Judy Coffey, Diane Hernandez und David Ebright für geschenkte Zeit. Denise Barredo, Karen Jacobsen und Jason Turner für ihre unbegrenzte Unterstützung. Bruce Baird dafür, dass er am Anfang, in der letzten Minute, und wann immer ich ihn zwischendurch brauchte, für mich da war. Außerdem Holly Clarke dafür, dass sie einfach in allem super ist.

Ich bin ebenfalls Lieutenant i. R. Tom Swearingen von der Polizei von Santa Rosa dankbar, da er so großzügig mit seiner Zeit und Expertise war. Jeder Fehler sollte meiner künstlerischen Freiheit angekreidet werden.

Besonderer Dank gilt Patty Hayes und Lisa Ostroski dafür, dass sie all die seltsamen Textnachrichten beantwortet haben, wie man am besten jemanden umbringt. Und kein einziges Mal habt ihr die Polizei angerufen, um sie von meiner Beschäftigung in Kenntnis zu setzen. Diese Geschichte wäre weniger gut ohne euren Rat und eure Geduld.

Außerdem möchte ich noch Chuck Sambuchino, der die Mängel auf den allerersten fünfzig Seiten gefunden hat, und Becky Jenkins nennen, denn sogar Versprechungen, die man sich als Kind gegeben hat, sind wichtig.

Ohne viele dieser Menschen gäbe es kein Buch, aber ohne meine Mutter Norma und meinen Vater Ron gäbe es gar keine Autorin. Also, ja, danke dafür und dafür, dass ihr meine ersten und glühendsten Fans wart.

Ich möchte auch meinem Stiefvater Rob Hodges meinen Dank aussprechen, meiner weitläufigen Familie, den Middendorfs und den Harringtons, außerdem der gesamten Familie Chavez. Ich hätte in keine freundlichere und tollere Familie einheiraten können. Ich fühle mich gesegnet, so viele zu lieben und von so vielen geliebt zu werden.

Schließlich danke ich meinem Mann Alex und unseren Kinder Jacob und Maya dafür, dass sie all die spontanen (und oft weitschweifigen) Lesungen zufälliger Passagen über sich ergehen ließen, dafür, dass sie mich zum Lachen gebracht haben und die besten Menschen sind, die ich kenne. Ihr inspiriert mich jeden Tag. Dieser Roman und alles andere sind für euch.